韓國翰林詩硏究

韓國翰林詩研究

金 倉 圭

도서출판 역락

머리말

　拙著는 1996年 간행한 〈韓國翰林詩評釋〉의 姉妹編으로 보면 되겠다. 前者가 翰林詩硏究의 기초가 되는 評釋을 위주로 한 것이라면, 금번의 拙著는 理論篇이 되겠다. 이 책의 내용은 〔Ⅰ 硏究史 및 諸論〕은 〔翰林詩의 硏究史와 諸論 考〕(1995)를 · 〔Ⅲ 內容論〕은 〔翰林詩 主題分類考〕(1998)를 〈慕山學報〉에 발표한 것이며, 〔Ⅱ 形式論〕은 〔翰林詩 形式論〕(1999)을 大邱敎大 〈論文集〉에 발표한 것이다. 이들을 한데 묶어 〈韓國翰林詩硏究〉라고 이름 붙여, 출간하게 된 것이다. 위의 글들은 발표한 論文集들에 실었던 것을, 그대로 옮겨 싣지 않고, 군데군데 修正을 가하였다. 또 2000년까지 각종 論文誌에 발표된 한림시 관련 논문제목들을 補完하였음도 밝혀두는 바이다. 그리고 附錄篇에는 각종 文集 · 族譜 내지 樂譜 등에 실려있는 한림시 작품들을 복사하여 실었는데, 이 방면 硏究者들의 參考資料로 이바지 해주기 위한 것이다. 이 附錄에는 자료로 이바지해 주기 위해서, 原典을 寫眞版으로 찍어 선명한 畵面이 되었으면 좋았겠으나, 이들 자료들을 이용하기가 容易치 않은 여러 事情이 있어, 不得不 상태가 좋지 않은 複寫紙面을 그대로 인쇄에 붙였다. 〈韓國翰林詩評釋〉의 作品對較대로 附錄에 싣지 않은 경우도 있고, 日帝下에 朝鮮古書刊行會에서 出刊한 〈大東野乘〉과 金台俊의 〈朝鮮歌謠集成〉에 실린 翰林詩 작품들도 참고자료로 거두어 실었음을 밝히는 바이다.

　〔內容論〕은 1987년 博士學位論文을 大幅 수정하여 발표한 것이고, 〔形式論〕은 翰林詩 形式의 基本型인 正格型 · 變容型 · 變格型으로 分類하였는데, 이 翰林詩의 形式을 좀더 深度있게 考察하기 위해서는, 口傳되다가 朝鮮建國이후 定着한 麗民詩(世稱 麗謠)와

宮廷詩(世稱 樂章)와의 形式關係를 살펴보는 일이다. 이 兩者間을 翰林詩가 橋梁的 구실을 했기에, 互相關係를 밝히기 위해서는, 이들의 形式을 考察함으로써, 翰林詩의 位相을 確然하게 드러낼 수 있겠으나, 拙著에서는 이들 形式을 考察하지 못한 아쉬움을 남기게 되었다.

나는 陶南의 〈韓國文學史〉만을 固執하여, 20년 가까이 大學講壇에서 이를 講義하여 왔다. 陶南이 우리 國文學을 開拓한 草創期 業績과 더불어, 光復後 큼직큼직한 權威있는 著書들을 내어놓았다. 나같이 口尙乳臭한 書生으로서는, 焉敢生心 뭐라고 말붙일 수 있을까. 陶南이 우리 國文學界에 떨쳐 세운 功勞는, 筆舌로 어찌 다 표현할 수 있으랴. 陶南은 民族主義者로 一貫되게 생활에서나·학문에서나, 一生을 志操있게 살아간 참다운 韓國的 선비의 龜鑑이라 이를 만하다. 그러나 그의 大著作들을 살펴볼 때, 일본쪽 학자들의 理論과 用語들을 收容함으로써, 民族的 主體性있는 理論과 用語로 바꿔 써질 못한 점이 아쉽다. 이 점이 바로 京城帝大出身으로서, 학문적 限界點이 아니었던가 생각된다.

그리하여 陶南以來로 그 學說과 理論들은 지금껏, 우리 國文學界에서는 그대로 墨守되어 오고 있다. 나는 우리 國文學만은 일본의 理論이나 學說·用語들을 써서는 안 된다고 確信한다. 우리 國文學은 어디에 내어놓아도 부끄럽지 않은, 韓國的 主體性있는 古典文學의 理論과 學說·用語들을 時急히 定立해야 할 時點이, 바로 지금이 아닌가 한다. 이런 이론이나·학설이나·용어들은 光復後 곧장 定立되어야 했으나, 南北分斷과 더불어 混亂의 渦中에서 機會를 놓치고 말았던 것이다. 나는 自山의 國文學을 考察하면서,

그가 草創期 國文學의 處女林을 開拓한 功勞와 民族主義的 觀點에
서 民族性을 强調한 점등을 고려할 때, 光復後 60년이 다가오는
歲月속에서 21세기를 맞이하는 이 時點에, 우리 國文學의 틀도 새
로 짜야하는 革命的 措處가 필요함을 再强調하는 바이다.
　　이런 생각을 하면서, 감히 拙著를 刊行하는 바이다.

　　　　　　　　　　　　　　　　　2001년　5월　8일

　　　　　　　　　　　　　　　道山　金　倉　圭　識

목 차

Ⅲ 內容論

■ 찾아보기

■ 부 록 : 翰林詩集成 / 259

Ⅰ 研究史 및 諸論

1. 緒 言

우리 國文學論著 속에는 일본어와 일본국문학 용어들이 混在하고 있다. 이를 정리하는 마당에, 새로운 국문학용어의 제정이 시급한 실정이다.

우리 국문학용어 중 가장 혼란상을 야기하고 있는 것은, 高麗詩文學의 명칭이라 할 수 있다. 이는 논자에 따라 "古俗歌"·"長歌" 또는 "麗謠"·"俗謠"·"俗歌"라 하고 "別曲"이라고도 한다. 이러한 混稱에서 오는 통일성을 기하기 위해, "麗歌" 또는 "麗詩"라고도 名稱했다. 필자는 自山 安廓의 국문학성과를 고찰하는 과정에서, 우리 古詩의 성격상 형태별 명칭을 "詞腦詩"·"麗民詩"·"翰林詩"·"宮廷詩"·"時調詩"·"歌辭詩"1) 들로 나누어 보았다.

이는 우리 국문학연구에서 "詩"와 "歌"가 混在한 데다, 일본어인 "詩歌"가 보편화되어 더욱더 혼란상을 부채질하고 있다. 이는 본디 우리 先人들이 "歌詩"2)라 호칭했던 것인데, 日本쪽에서 이를 수용

---

1) 金倉圭, 自山의 國文學研究에 대한 先行的 成果考(前), 〈論文集〉, 27집, 大邱敎大, 1992, p309
2) 洪在烋, 詩歌·歌詩語攷, 第22回全國語文學研究發表大會要旨, 1988,

하면서 "詩歌"로 쓴 것을, 우리가 역수입하여 와서 잘못 사용한 예다. 따라서 음악에서 사용되는 "歌"는 마땅히 문학에서 배제되어야 하고, 오직 "詩"만을 써야 되겠다는 것이다. 지금도 우리는 국문학 연구인지 국악연구인지 변별이 용이치 않은 논문들을 접할 수 있다.

이런 전제하에 "한림시"의 연구사를 광복전후로 나누어, 어떻게 전개되어 왔는가 살펴보는 한편, "景幾體"란 명칭문제를 검토하여 보고, 형식에 대한 논술들도 고찰하여 보려 한다. 그리고 趙潤濟가 "한림시"는 중국의 "詞"나 "曲"의 영향을 받았다는 논술이래, 이 방면의 연구성과도 어떤 것이 있는지 찾아보는 한편, 主題규명을 위해 對較를 통한 原典을 찾고, 註釋의 든든한 바탕 위에서 작품의 해석이 이루어진 연후, 주제의 명확한 분류가 가능하리라 생각되었다. 주제의 가름도 작품의 인상에 따라 논자의 심경에 좇아 가르다 보니, "時調詩"나 "歌辭詩"에서만 20여종 내지 130여종 이상으로 나누어졌기 때문에, 그 起點을 확고히 잡은 위에서 이루어져야 혼란이 초래되지 않을 것이다. 아울러 "한림시"의 시대구분도 어떻게 이루어졌는지 탐색하여 보려 한다.

본고는 "한림시"가 일제하 국문학연구 초창기부터 2000년까지, 제반 "한림시"에 대한 연구성과와 논술들을 검토하여 보려는 의도에서 비롯된 것이다.

2. 研究의 推移

1) 光復前

이 "한림시"에 대한 朝鮮朝에서 관심을 표명한 이로는, 成俔

(1439~1504)·李滉(1501~1570)·許筠(1569~1618)·李晔光
(1563~1628)·金萬重(1637~1692)·安鼎福(1712~1791)·李
圭景(1788~?)·李肯翊(1763~1806)·李裕遠(1814~1888)
등이다. 이들은 대개 음악적 측면에서 언급했고, 문학적 측면에서
비평3)을 가하기는 오직 李滉뿐이었다.

우리 국문학연구의 최초의 출발점은, 1915년 安廓(1886~
1946)의 〔朝鮮의 文學]4)에서 잡아야 하지 않을까 한다. 그리고
〈朝鮮文學史〉가 1922년 간행5)되었고, "한림시"에 대한 연구가 발
표되기 시작한 것은, 1927年初 일본어로 쓴 〔朝鮮歌謠史の觀念]
으로서, 여기서는 "한림시"를 "別曲"6)이라는 항목으로 다루었다.
그러다가 그해 5월 〔麗朝時代의 歌謠]에서 "景幾體"라 명칭하였다.
또 1929년에는 〔朝鮮歌詩의 苗脈]에서, 우리 古詩를 성격상 형태
별로 6종으로 나누었으니, "三代目體"·"井邑體"·"疊聲體"·"景幾
體"·"長篇"·"時調"7) 등이었다.

1927년부터 1933년 사이, 安廓은 "한림시"와 관련된 논문 12
편을 발표했는데, 여기 관련된 작품 및 논제는 다음과 같다.

作品 \ 年代	1927 (가)	1927 (나)	1928	1929	1930 (가)	1930 (나)	1930 (다)	1930 (라)	1931 (가)	1931 (나)	1932	1933	계
翰林別曲	○	○		○			○		○	○			6
關東別曲	○	○	○	○		○	○		○	○			8
竹溪別曲	○	○	○	○			○		○	○			7
霜臺別曲	○	○		○			○		○		○	○	7
華山別曲	○	○		○			○		○		○	○	7

3) 李　滉, 〈退溪集〉, 卷43, 陶山十二曲跋
4) 安　廓, 朝鮮의 文學, 〈學之光〉, 6호, 1915. 7
5) 安　廓, 〈朝鮮文學史〉, 韓一書店, 1922. 4. 5
6) 安　廓, 朝鮮歌謠史の觀念, 〈藝文〉, 京都帝大, 18-1, 1927. 1, PP47-
　　49
7) 安　廓, 麗朝時代의 歌謠, 〈現代評論〉, 1권4호, 1927. 5, P152

歌聖德	○	○					○	○	○			5
祝聖壽	○	○					○	○	○			5
五倫歌				○					○			2
宴兄弟曲				○					○			2
騎牛牧童歌		○	○		○				○			4
不憂軒曲	○	○		○					○		○	5
花田別曲		○		○					○		○	4
道東曲		○		○					○			3
六賢歌		○		○					○			3
儼然曲		○		○					○			3
大平曲	○	○		○					○		○	5
獨樂八曲											○	1

☆ 1927(가), 〔朝鮮歌謠史の觀念〕, 〈藝文〉, 1-2월
☆ 1927(나), 〔麗朝時代의 歌謠〕, 〈現代評論〉, 1권4호, 5월
☆ 1928, 〔鄕歌의 解〕, 〈中外日報〉, 1928. 1. 20-28
☆ 1929, 〔朝鮮歌詩의 苗脈〕, 〈別乾坤〉, 4권7호, 12월
☆ 1930(가), 〔朝鮮音樂과 佛敎〕, 〈佛敎〉, 67-72호, 1-6월
☆ 1930(나), 〔金剛山과 朝鮮民族〕, 〈新生〉, 22호, 10월
☆ 1930(다), 〔朝鮮歌詩의 條理〕, 〈東亞日報〉, 1930. 4. 1-10. 2
☆ 1930(라), 〔歌詩考의 二三〕, 〈新生〉, 24호, 11월
☆ 1931(가), 〔朝鮮歌詩의 硏究〕, 〈朝鮮〉, 161호, 3월
☆ 1931(나), 〔高麗時代의 歌詩〕, 〈朝鮮〉, 163호, 5월
☆ 1932, 〔李朝時代의 歌詩〕, 〈朝鮮〉, 173호, 3월
☆ 1933, 〔李朝時代의 文學〕, 〈朝鮮〉, 189호, 7월

위 도표를 보면, 詩文의 일부나 전부 또는 作品名을 소개했던
것이다. 그는 국문학연구 초창기에 이미 17편의 "한림시" 작품을
찾아내어, 한 작품에 1회 내지 8회까지 언급했다는 사실은, 그 어
느 누구보다도 古詩硏究의 열의와 노력을 傾注한 나머지, "한림시"

에서도 이만큼 많은 자료발굴을 할 수 있었다. 그의 국문학연구의 왕성한 의욕 앞에 경탄을 보내지 않을 수 없다.

金台俊이 1932년 〔別曲의 研究〕와 〔朝鮮古代歌曲의 一欛〕8)을 발표한 뒤를 이어, 1934년 그의 編著로 출간된 〈朝鮮歌謠集成〉9)의 古歌篇 高麗歌詞에는 〔翰林別曲〕·〔關東別曲〕·〔竹溪別曲〕을 실었고, 李朝歌詞에는 〔霜臺別曲〕·〔華山別曲〕·〔五倫歌〕·〔宴兄弟曲〕·〔不憂軒曲〕·〔花田別曲〕·〔道東曲〕·〔六賢歌〕·〔儼然曲〕·〔太平曲〕 등을 轉載했던 것이다. 김태준은 安軸(1282~1348)의 〔關東別曲〕 轉寫과정에서, 7장 後原詞句부터 8장 先原詞句까지 탈락시키는 과오를 저질렀고, 광복이후 梁柱東의 〈麗謠箋注〉에 그대로 실었기 때문에, 이후 국문학 諸論著에서 原典 확인을 소홀히 다루는 통에 8장으로 고정되었다가, 80년대 들어서야 9장으로 바로 잡혔던 것이다. 安廓은 이미 1933년까지 "한림시" 17편을 찾아내었음에도 불구하고, 金台俊은 〔歌聖德〕·〔祝聖壽〕·〔騎牛牧童歌〕·〔獨樂八曲〕 등을 누락시켰던 바, 이는 당시 官學派들에 의하여, 安廓은 학문적인 멸시를 당한 풍토 위에, 그가 비집고 들어설 자리는 없었던 것이 아니었던가 생각된다.

1937년 趙潤濟의 〈朝鮮詩歌史綱〉이 간행되니, 비로소 국문학연구의 학문적 체계를 세운 저서가 된다고 하겠다. 그의 저서에 나타난 "한림시" 작품들을 살펴보면 대충 다음과 같다.

    第3장 詩歌의 漢譯時代
        第4절 景幾體歌의 成立 : 〔翰林別曲〕·〔關東別曲〕·〔竹溪別曲〕
    第4장 舊樂淸算時代
        第2절 創業의 誦詠 : 〔霜臺別曲〕·〔華山別曲〕·〔歌聖德〕·〔祝聖壽〕·

---

8) 金台俊, 別曲의 研究, 〔東亞日報〕, 1932. 1. 15 이후 13회 연재
    金台俊, 朝鮮古代歌曲의 一欛 —翰林別曲을 讀함—, 〈朝鮮〉, 175호,
        1932. 5
9) 金台俊, 〈朝鮮歌謠集成〉, 朝鮮語文學會報, 1934

　전술한 바와 같이 趙潤濟에 의하여 16편의 "한림시"가 다루어졌으나, 역시 安廓이 4차에 걸쳐 발표한 〔騎牛牧童歌〕가 전혀 언급이 안 된 것은, 安廓에 대한 학문적 업적을 무시한데다 자세히 살펴보지 못한데서 온 결과가 아니었을까 한다.

　그밖에도 1938년과 1940년 李相寅이 〔노래줍기〕10)와 〔松巖處士와 獨樂八曲〕11)에서 〔독락팔곡〕을 소개하는 정도였다.

2) 光復後

　光復後 왕성하게 일기 시작한 國文學 諸論著 刊行時, 擧皆가 "한림시"를 공식적으로 論述하는게 순서였다. 이러한 諸論著中 가장 현저한 저술로는, 梁柱東의 〈麗謠箋注〉가 1947년 간행된 것이다. 여기에는 〔翰林別曲〕·〔關東別曲〕·〔竹溪別曲〕의 주석이 간단하게 되었고, 池憲英의 〈鄕歌麗謠新釋〉12)도 출간된 바 있으나, 주석부분이 양주동과 같은 수준이었다. 이즈음 柳寅晚이 〔九月山別曲〕13)을 소개한 바 있었다. 1949년 方鍾鉉은 〔讀謹齋集後〕14)에서 〔關

---

10) 李相寅, 노래줍기(歌謠拾遺), 獨樂八曲序·獨樂八曲, 〈한글〉, 6권10
　　　호, 통권61호, 1938. 11
11) 李相寅, 松岩處士와 獨樂八曲 —다시 閑居十八詠—, 〈三千里〉, 12-3,
　　　1940. 3
12) 池憲英, 〈鄕歌麗謠新釋〉, 正音社, 1947
13) 柳寅晚, 九月山別曲, 〈國學〉, 3호, 國學大, 1947
14) 方鍾鉉, 讀謹齋集後, 〈한글〉, 14권1호, 통권107호, 1949. 7

東別曲]이 8장이 아니라 9장이라고 지적하였고, 이어 [關東別曲註解]15)를 3장까지 하였다. 李明九도 "한림시"에 대한, 관심을 표명16)한 바 있었다. 방종현의 세밀한 주석은 국문학연구의 한 본보기로 이바지한 바 있으나, 학계의 주목을 집중시키지 못한 점이 아쉬웠다. 6·25전쟁을 겪은 후, 金亨奎의 〈古歌註釋〉17)이 1955년 간행되었으나, 양주동이 註釋한 線을 넘어서지 못하는 한계점을 갖고 있었다. 그런 가운데 "한림시"에 대한 이론이 발표되었으니, 鄭炳昱18)·李明九19) 등이고, 북에서는 홍기문이 〈고가요집〉20)에서 고려의 "한림시"를 주석한 것이 참고가 될 만큼 잘 되었었다.

1960년 접어들어 鄭在皓의 [不憂軒攷]21)에 이어, 李明九에 의해 [景幾體歌의 形成過程 小考]22)가 발표된 후, "한림시"에 대한 관심을 고조시키게 되었다. 그는 이어 1963년에는 [景幾體歌의 歷史的考察]23)을 잇달아 발표함으로써, "翰林詩" 研究에 대한 박차를 가하게 했던 것이다. 필자도 이에 대한 견해를 표명24)한 바 있었다. 그 뒤 1965년 金東旭의 [翰林別曲의 成立年代]25)가 製作年代에 초점을 맞추어 발표됨으로써, 한층 더 [翰林別曲]에 대한 주목을 집중시켰던 것이다. 1968년 朴炳采의 〈高麗歌謠語釋研究〉26)

---

15) 方鍾鉉, 關東別曲註解, 〈한글〉, 14권2호, 통권108호, 1949. 12
16) 李明九, 景幾體歌小考, 서울대석사학위논문, 1949. 7
17) 金亨奎, 〈古歌註釋〉, 白映社, 1955
18) 鄭炳昱, 別曲의 歷史的 形態考, 〈思想界〉, 3권1호, 1955
19) 李明九, 高麗景幾體歌論, 〈淑大學報〉, 1집, 淑明女大, 1955. 7
20) 홍기문, 〈고가요집〉, 국립문학예술서적출판사, 1959
21) 鄭在皓, 不憂軒攷, 〈國文學〉, 4집, 高麗大, 1960
22) 李明九, 景幾體歌의 形成過程 小考, 〈論文集〉, 5집, 成均館大, 1960
23) 李明九, 景幾體歌의 歷史的 考察, 〈大東文化研究〉, 1집, 成均館大大東文化研究所, 1963
24) 金倉圭, 別曲體研究 ―景幾體歌研究―, 경북대석사논문, 1962
25) 金東旭, 翰林別曲의 成立年代, 〈延世大80周年紀念論文集〉, 人文科學, 1965
26) 朴炳采, 〈高麗歌謠語釋研究〉, 宣明文化社, 1968

와 全圭泰의 〈論註高麗歌謠〉27) 등이 출간되긴 했으나, 〈여요전주〉 이상의 발전적 註釋은 이룩되지 못했다. 같은 해에 필자가 〔涵虛堂攷〕28)를 발표함으로써, 〔彌陀讚〕·〔安養讚〕·〔彌陀經讚〕 등을 소개하여, 불교계 "한림시"의 새로운 자료를 추가할 수 있었다. 그리고 權寧徹이 〔不憂軒歌曲研究〕29)를 발표함으로써, 丁克仁(1401~1481)의 작품에 대한 관심을 갖게 했던 것이다.

(1) 70年代

70년대에 들어서 "한림시"에 대한 관심을 보이기 시작하였으니, 발표된 논문들을 간추려 보면 다음과 같다.

① "翰林詩" 一般論

1970. 金善豊, 〔高麗歌謠의 形態考〕 —幾體歌를 中心으로—, 〈새국어교육〉, 14·15합병호
1970. 牟貞子, 〔景幾體歌文學論〕, 〈靑坡文學〉, 9집, 淑明女大
1971. 金倉圭, 〔別曲體歌研究〕, 〈국어교육연구〉, 3집, 경북대사대국어과
1972. 金宅圭, 〔古歌의 가락과 辭說에 대하여〕 —그 生成背景의 社會民俗的 研究—, 文敎部 研究報告書
1973. 金倉圭, 〔別曲體歌 形式攷〕, 〈국어교육연구〉, 5집, 경북대사대국어과
1974. 金倉圭, 〔別曲體歌의 內面的 性格考察〕, 〈국어교육연구〉, 6집, 경북대사대국어과

---

27) 全圭泰, 〈論註高麗歌謠〉, 正音社, 1968
28) 金倉圭, 涵虛堂攷, 〈東洋文化〉, 6·7집, 嶺南大東洋文化研究所, 1968
29) 權寧徹, 不憂軒歌曲研究, 〈國文學研究〉, 2집, 曉星女大, 1969

1974. 李鍾出, 〔景幾體歌의 形態的 考究〕, 〈한국언어문학〉, 12
　　집, 한국언어문학회
1975. 金俊榮, 〔景幾體歌와 俗歌의 性格과 系統에 관한 考察〕,
　　〈한국언어문학〉, 13집, 한국언어문학회
1976. 趙東一, 〔景幾體歌의 장르的 性格〕, 〈논문집〉, 인문과학
　　편, 15집, 대한민국학술원
1977. 鄭炳昱, 〔別曲論〕, 〈한국고전시가론〉, 신구문화사
1979. 金文基, 〔景幾體歌의 諸問題〕, 〈文脈〉, 5집, 경북대사대
　　국어과

② 〔翰林別曲〕

1976. 尹榮玉, 〔翰林別曲小考〕, 〈陶南趙潤濟博士古稀紀念論叢〉,
　　螢雪出版社
1976. 琴基昌, 〔翰林別曲에 관한 研究〕, 〈又村姜馥樹博士回甲紀
　　念論文集〉, 螢雪出版社
1979. 申東一, 〔翰林別曲研究序說〕, 〈論文集〉, 19집, 陸軍士官
　　學校

③ 〔關東別曲〕

1979. 金倉圭, 〔謹齋詩歌攷〕, 〈論文集〉, 2집, 榮州經商專門大

④ 〔西方歌〕

1978. 金文基, 〔義相和尙의 西方歌研究〕, 〈東洋文化研究〉, 5집,
　　경북대동양문화연구소

⑤〔錦城別曲〕

1975. 李相寶,〔朴成乾의 錦城別曲研究〕,〈논문집〉, 8집, 明知大
1976. 朴魯春,〔景幾體歌作品 錦城別曲에 대하여〕,〈陶南趙潤濟
　　　博士古稀紀念論叢〉, 螢雪出版社

⑥〔不憂軒曲〕

1979. 趙炳喜,〔賞春曲과 不憂軒丁克仁〕,〈全羅文化研究〉, 創刊號

⑦〔道東曲〕·〔六賢歌〕·〔儼然曲〕·〔大平曲〕

1978. 金戊祚,〔愼齋文學의 새로운 考察〕,〈국어국문학논문집〉,
　　　2집·4집, 동아대
1978. 柳寅根,〔周世鵬研究〕, 東亞大教育大學院, 碩士學位論文

⑧ "翰林詩" 關聯書

1973. 李明九,〈高麗歌謠의 研究〉, 新雅社
1979. 崔長洙,〈古詩歌解說〉, 世運文化社

　　70년대에도 "한림시" 일반론이 11편이나 발표되었는데, "한림시"
에 대한 전반적 연구에 있어서는, 종래의 테두리를 벗어나지 못
하였다. 그런 가운데 조동일에 의해, 自我인 心身人이 物化가 개별
적인 차원에서 포괄적인 차원으로 진행되었다는 논설을 내놓은 이
후, 학계의 상당한 이목을 집중시켰던 것이다. 이 시기에는 "한림
시"의 새로운 자료로서, 필자가 1973년〔매천곡〕을 소개하였고,
李相寶와 朴魯春에 의하여〔금성별곡〕·〔서방가〕등이 발굴됨으로

써, 빈약한 자료들을 한층 더 풍부하게 했던 것이다.

(2) 80年代

80년대에 들어서는, 이미 1920年代末과 1930年代初에 安廓이 4차례에 걸쳐 발표한 바 있는 〔騎牛牧童歌〕를, 1980년 金文基에 의해, 그 자료를 찾아 작품의 전모를 알리게 된, 〔騎牛牧童歌〕가 발표되었다. 80년대 왕성하게 일어난 "한림시"연구의 발표들을 보면 다음과 같다.

① "翰林詩" 一般論

1980. 成昊慶, 〔景幾體歌의 構造研究〕, 서울대대학원 석사학위 논문

1980. 金重烈, 〔景幾體歌의 形成에 미친 漢詩의 研究〕, 〈논문집〉, 4집, 漢城大

1981. 金基卓, 〔景幾體歌의 性格考察〕, 〈영남어문학〉, 8집, 영남어문학회

1981. 여증동, 〔고려노래연구에 있어서 잘못 들어선 점에 대하여〕, 〈白江徐首生博士還甲紀念論叢〉, 螢雪出版社

1981. 金文基, 〔景幾體歌의 綜合的 考察〕, 〈白江徐首生博士還甲紀念論叢・韓國詩歌研究〉

1981. 金倉圭, 〔別曲體歌의 普遍的 性格考察〕, 〈白江徐首生博士還甲紀念論叢・韓國詩歌研究〉. 국어국문학회편, 〈고려가요・악장연구〉, 태학사, 1997

1982. 金學成, 〔景幾體歌〕, 〈韓國文學研究入門〉, 지식산업사

1982. 金永一, 〔別曲의 形成과 餘音考〕 ―長歌的 特性과 ballad law를 중심으로―, 〈加羅文化〉, 1집, 경남대

1983. 金興圭, 〔장르論의 展望과 景幾體歌〕, 〈白影鄭炳昱先生還甲紀念論叢〉, 신구문화사

1983. 李金喜, 〔麗朝景幾體歌의 性格〕, 〈원우논총〉, 1집, 숙명여대대학원원우회

1983. 崔美汀, 〔別曲에 나타난 並行體에 대하여〕 〈韓國詩歌文學硏究〉, 신구문화사

1983. 金正佶, 〔별곡의 형성과정연구〕, 원광대교육대학원 석사학위논문

1984. 魯昌洙, 〔景幾體歌의 장르問題〕, 〈국어교육〉, 67·68호

1985. 김준영, 〔고려속요와 경기체가의 성격과 계통〕 〈향가여요연구〉, 이우출판사

1985. 조 란, 〔景幾體歌의 主題 및 內容에 관한 硏究〕, 부산여대대학원 석사학위논문

1986. 成鎬周, 〔景幾體歌 및 樂章詩歌 槪觀〕, 〈수련어문논집〉, 13집, 부산여대국어과

1986. 成昊慶, 〔景幾體歌의 장르〕, 〈韓國文學史의 爭點〉, 집문당

1987. 朴逸勇, 〔경기체가의 장르적 성격과 그 변화〕, 〈韓國學報〉, 46집, 일지사

1987. 金倉圭, 〔別曲體歌硏究〕, 효성가톨릭대학대학원 박사학위논문

1988. 成鎬周, 〔景幾體歌의 形成硏究〕, 부산대대학원 박사학위논문

1988. 宋在周, 〔景幾體歌의 形成과 性格〕, 〈先淸語文〉, 16·17합집, 서울대사대국어과

1989. 成鎬周, 〔景幾體歌의 性格〕, 〈錦堤李潤根先生古稀紀念論文集〉

1989. 成鎬周, 〔경기체가의 산곡과 대비적 고찰〕, 〈문학한글〉, 2호, 한글학회

1989. 崔相殷, 〔경기체가의 풍류적 성격과 사대부문학의 서정성〕, 〈영남어문학〉, 16집, 영남어문학회

② 〔翰林別曲〕

1982. 金東旭, 〔翰林別曲에 대하여〕, 〈高麗時代의 歌謠文學〉, 새문사
1982. 楊熙喆, 〔翰林別曲과 漢詩系의 形式對比〕, 〈서강어문〉, 2집, 서강대
1982. 金善祺, 〔翰林別曲의 形成過程에 대하여〕, 〈인문과학연구논집〉, 제Ⅸ권2집, 충남대
1982. 金善祺, 〔翰林別曲作者와 創作年代에 관한 考察〕, 〈어문연구〉, 12집, 어문연구회
1983. 金善祺, 〔翰林別曲의 文學的 特性〕, 〈학림〉, 2호, 충남대 국어국문학회
1983. 金倉圭, 〔翰林別曲의 背景的 考察〕, 〈국어교육논지〉, 대구교대
1984. 朴性奎, 〔翰林別曲硏究〕, 〈漢文學論集〉, 2집, 단국대한문학회
1986. 朴魯埻, 〔翰林別曲의 先驗的 世界〕, 〈韓國學論集〉, 10집, 한양대
1986. 扈承喜, 〔翰林別曲의 詩的 構造와 情緖〕 〈高麗詩歌의 情緖〉, 개문사
1988. 池俊模, 〔翰林別曲芻議〕, 〈石霞權寧徹博士華甲紀念國文學硏究論叢〉, 효성가톨릭대출판부
1989. 成昊慶, 〔翰林別曲의 創作時期 論辨〕, 〈한국학보〉, 56집, 일지사

③ 〔關東別曲〕·〔竹溪別曲〕

1980. 金倉圭, 〔謹齋關東別曲 評釋考〕, 〈논문집〉, 16집, 대구
　　교대
1980. 金倉圭, 〔竹溪別曲의 諸問題〕, 〈국어국문학〉, 84호
1980. 金倉圭, 〔竹溪別曲 評釋攷〕, 〈국어교육연구〉, 12집, 경
　　북대사대국어과
1986. 李樹鳳, 〔安軸論〕, 〈한국문학작가론〉, 형설출판사
1987. 김동욱, 〔謹齋安軸과 그의 詩歌硏究〕, 성균관대대학원 박
　　사학위논문
1988. 김동욱, 〔關東別曲 竹溪別曲과 安軸의 歌文學〕, 〈泮橋語
　　文硏究〉, 12집, 성균관대
1988. 김우한, 〔安軸의 關東別曲과 鄭澈의 關東別曲 比較硏究〕
　　—景幾體歌와 歌辭의 比較試論—, 영남대교육대학원 석사학
　　위논문
1989. 崔承洵, 〔安謹齋의 關東地方 詩文考〕, 〈강원문화연구〉, 9
　　집, 강원문화연구소

④ 〔華山別曲〕

1981. 金倉圭, 〔華山別曲評釋考〕, 〈국어교육논지〉, 9집, 대구교
　　대국어과
1989. 조규익, 〔卞季良樂章의 文學史的 意味〕, 〈국어국문학〉,
　　101호, 국어국문학회

⑤ 〔九月山別曲〕

1982. 金倉圭, 〔九月山別曲攷〕, 〈어문학〉, 42집, 한국어문학회

⑥ 〔歌聖德〕·〔祝聖壽〕

1983. 金倉圭, 〔世宗朝 事大樂章考〕, 〈논문집〉, 19집, 대구교대

⑦ 〔五倫歌〕·〔宴兄弟曲〕

1984. 金倉圭, 〔儒教道德樂章考〕, 〈守愚齋崔正錫博士回甲紀念論
叢〉, 효성가톨릭대출판부

⑧ 〔錦城別曲〕

1986. 金倉圭, 〔錦城別曲 評釋考〕, 〈국문학연구〉, 9집, 효성가
톨릭대국문과

⑨ 〔配天曲〕

1987. 金倉圭, 〔成宗朝 釋奠樂章 配天曲 評釋考〕, 〈한실이상보
박사회갑기념논문집〉

⑩ 佛教系 "翰林詩"

1980. 金文基, 〔騎牛牧童歌研究〕, 〈어문학〉, 39집, 한국어문학회
1988. 金倉圭, 〔淨土信仰의 安養讚과 西方歌考〕, 〈茶谷李樹鳳先
生回甲紀念論文集〉

⑪ 〔花田別曲〕

1983. 金基卓, 〔花田別曲의 理解〕, 〈영남어문학〉, 10집, 영남

어문학회
1983. 李東英, 〔金自庵硏究〕, 〈한국학논총〉, 10집, 계명대
1987. 金倉圭, 〔화전별곡고〕, 〈국어교육논지〉, 13집, 대구교대
    국어과

⑫ 〔關山別曲〕

1986. 全壹煥, 〔關山別曲에 관한 硏究〕, 〈雪苔朴堯順先生華甲紀
    念論叢〉, 한남어문학회
1989. 吳春澤, 〔潘碩枰(?~1540)論〕, 〈아시아문화〉, 5호, 한
    림대아시아문화연구소

⑬ 〔不憂軒曲〕

1984. 林哲鎬, 〔不憂軒丁克仁의 生涯와 文學〕, 〈錦湖文化〉, 12
    집, 금호문화재단
1984. 崔勝範, 〔丁克仁 歌辭文學의 嚆矢 賞春曲의 作者〕, 〈전북
    인물지・하권〉, 전북애향운동본부
1985. 金倉圭, 〔不憂軒曲 評釋考〕, 〈논문집〉, 21집, 대구교대

⑭ 〔道東曲〕・〔六賢歌〕・〔儼然曲〕・〔大平曲〕

1984. 金倉圭, 〔愼齋의 尊賢詩歌考〕, 〈논문집〉, 20집, 대구교대
1989. 鄭在皓, 〔周世鵬論〕, 〈국어국문학〉, 103호, 국어국문학회

⑮ 〔獨樂八曲〕

1982. 禹應順, 〔權好文의 詩世界〕, 고려대대학원 석사학위논문

1985. 조규익, 〔獨樂八曲의 文學史的 意味〕, 〈논문집〉(인문과학
     편), 12집, 경남대
1985. 金倉圭, 〔松巖의 獨樂八曲考〕, 〈覓南金一根博士華甲紀念
     語文學論叢〉
1986. 金文基, 〔權好文의 詩歌研究〕, 〈한국의 철학〉, 14호, 경
     북대퇴계연구소

⑯ "翰林詩" 關聯著書

1984. 李東英, 〈嶺南詩歌의 研究〉, 형설출판사
1986. 全圭泰, 〈韓國詩歌의 研究〉, 고려원
1986. 鄭琦鎬, 〈高麗時代 詩歌의 研究〉, 인하대출판부
1988. 崔珍源, 〈韓國古典詩歌의 形象性〉, 성균관대출판부
1989. 金東俊, 〈韓國文學原論〉, 태학사
1989. 宋在周, 〈古典詩歌要論〉, 합동교재공사

80년대에는 "한림시" 연구논문이 총 66편에 달하며, 일반론에서
는 형성에 대한 논문이 주로 나타나고 있다. 이 가운데 〔翰林別
曲〕의 연구논문이 24편이나 발표됨으로써, "한림시" 여느 작품보다
집중적으로 연구가 되었음을 알 수 있다. 광복이후 "한림시"의 가
장 왕성한 연구가 이루어진 시기라고 할 수 있겠다. 특히 불교계
"한림시"로, 이미 1920년대말과 1930년대초 安廓에 의하여 4차례
발표된 바 있는 〔騎牛牧童歌〕가, 1980년 金文基에 의하여 자료를
찾게 됨으로써, 작품의 전모를 알 수 있게 되었다는 사실은, 큰 수
확의 하나로 꼽을 수 있다.

(3) 90年代

90년대의 연구성과들은, 일반론과 개별작품론에 대한 논문들을
살펴볼 수 있는데, 대충 다음과 같다.

① "翰林詩" 一般論

1990. 박경주, 〔경기체가의 연행방식과 성격변화〕, 서울대대학
　　　원 석사학위논문
1992. 김동욱, 〔道學派의 麗朝 景幾體歌評에 대하여〕, 〈林下崔
　　　珍源博士停年紀念論叢〉
1993. 김동임, 〔경기체가연구〕 —향유방식과 형식변화를 중심
　　　으로—, 부산대대학원 석사학위논문
1994. 박경주, 〔高麗時代 漢文歌謠研究〕, 서울대대학원 박사학
　　　위논문
1995. 박경주, 〔경기체가의 작자층과 시대적 변화양상〕, 〈문학
　　　과 사회집단〉, 한국고전문학회편, 집문당
1995. 金倉圭, 〔翰林詩의 研究史와 諸論 考〕, 〈慕山學報〉, 7집,
　　　慕山學術研究所
1997. 최재남, 〔경기체가 장르론의 현실적 과제〕, 〈한국시가연
　　　구〉, 2집, 한국시가학회
1997. 최재남, 〔경기체가 수용의 현실적 기반과 서정의 범주〕,
　　　학술진흥원, 1997년과제모집
1997. 최선경, 〔경기체가의 장르와 주제의식〕〈韓國古典詩歌史〉,
　　　逸民崔喆教授華甲紀念論文集, 集文堂
1997. 한창훈, 〔景幾體歌의 형성과 변모를 파악하는 하나의 시
　　　각〕, 〈백록어문〉, 14집, 제주대, 백록어문학회
1998. 金倉圭, 〔翰林詩 主題分類考〕, 〈慕山學報〉, 10집, 慕山

學術研究所
1998. 林鍾旭, 〔景幾體歌 詩語의 양상과 내용상 특징〕〈高麗時
　　代 文學의 研究〉, 태학사
1999. 金倉圭, 〔翰林詩 形式論〕, 〈논문집〉, 34집, 대구교대

② 〔翰林別曲〕

1990. 金正柱, 〔翰林別曲에 나타난 社會性 考察〕, 〈인문과학연
　　구〉, 12집, 조선대
1990. 楊太淳, 〔翰林別曲의 起源 再攷〕, 〈碧史李佑成先生定年退
　　職記念國語國文學論叢〉
1991. 박병욱, 〔한림별곡의 연구〕, 〈京畿語文學〉, 9집, 경기대
1992. 박경주, 〔한림별곡의 연행방식과 향유층〕, 〈한국고전시가
　　작품론·1〉
1992. 여운필, 〔한림별곡 창작배경연구〕, 〈睡蓮語文論集〉, 19
　　집, 부산여대국어과
1994. 박경주, 〔한시체 가요로서 본 한림별곡의 창작방식〕, 〈이
　　상익교수회갑기념논총〉, 집문당
1996. 박판수, 〔翰林別曲과 高麗巫樂과의 관련양상연구〕, 〈先淸
　　語文〉, 24집, 서울대사대국어과
1996. 朴魯埻, 〔翰林別曲과 關東別曲(兼竹溪別曲)의 거리〕, 〈高
　　麗歌謠研究의 現況과 展望〉, 成均館大人文科學研究所編
1997. 이화형, 〔翰林別曲의 문학적 성격고찰〕, 〈한국시가연구〉,
　　2집, 한국시가연구학회
1998, 金善祺, 〔翰林別曲의 誇示性 考察〕, 〈韓國言語文學〉, 41
　　집, 韓國言語文學會
1999, 金善祺, 〔高麗史의 解說文—此曲高宗時翰林諸儒所作—은
　　僞作인가〕, 〈語文研究〉, 32집

2000, 金善祺, 〔翰林別曲의 出現에 대한 綜合的 考察〕, 〈語文硏究〉, 33집
2000, 金興植, 〔翰林別曲 小考〕, 〈雲崗宋政憲先生華甲紀念論叢〉
2000, 金善祺, 〔翰林別曲 제8장의 解釋的 考察〕, 〈晴峯崔台鎬教授華甲紀念論叢〉(韓國古典文學硏究)

③ 〔關東別曲〕·〔竹溪別曲〕

1992, 李京雨, 〔安軸의 自然觀과 關東別曲〕, 〈한국고전시가작품론·1〉, 집문당
1996, 신영명, 〔경기체가의 갈래적 성격과 안축의 자연관〕, 〈사대부시가의 연구〉, 국학자료원
1998, 최용수, 〔安軸의 關東別曲에 대하여〕, 〈배달말〉, 23집, 배달말학회
1998, 최용수, 〔安軸의 竹溪別曲에 대하여〕, 〈慕山學報〉, 10집, 慕山學術硏究所
1999, 金相喆, 〔安軸의 竹溪別曲考〕, 〈仁荷語文硏究〉, 4호, 仁荷大仁荷語文硏究會

④ 〔霜臺別曲〕

1997, 최용수, 〔權近의 霜臺別曲에 대하여〕, 〈한국시가연구〉, 창간호, 한국시가연구학회

⑤ 〔華山別曲〕

1992, 김진세, 〔華山別曲攷〕, 〈한국고전시가작품론·1〉, 집문당

⑥ 佛敎系 "翰林詩"

1990. 金倉圭, 〔彌陀讚 評釋〕, 〈石泉鄭愚相博士華甲紀念論文集〉
1992. 金文基, 〔景幾體歌에 나타난 淨土思想과 佛經의 收容樣
相〕, 불교와 역사 〈李箕永博士古稀紀念論叢〉, 한국불교연구원
1992. 金文基, 〔佛敎系 景幾體歌硏究〕, 〈성곡논총〉, 22집, 성
곡학술문화재단
1993. 김동률, 〔漢文歌辭硏究〕, 〈홍익어문〉, 12집, 홍익대
1995. 朴京珠, 〔여말·선초 승려층 가요의 동향〕 —한문가요의
변화양상을 중심으로—, 〈국어교육〉, 90호, 한국국어교육연
구회
1996. 박경주, 〔조선초기 己和의 불교가요에 나타난 문학적 대
응양상 고찰〕 —조선초기 己和의 작품을 대상으로—, 〈고전
문학연구〉, 11집, 한국고전문학회
1996. 桂奉瑀, 〔조선문학사〕 〈北愚桂奉瑀資料集(1)〉, 독립기념
관 한국독립운동연구소

⑦ 〔花田別曲〕

1997. 崔載南, 〔김구의 남해생활과 화전별곡〕, 〈士林의 鄕村生
活과 詩歌文學〉, 국학자료원

⑧ 周世鵬의 "翰林詩"

1992. 許喆會, 〔周世鵬의 景幾體歌 譯註解說〕, 〈동악어문논집〉,
27집, 동악어문학회
1993. 조규익, 〔주세붕의 국문노래 연구〕, 〈웅진어문〉, 창간호,
熊津語文學會

1996. 최재남, 〔신재주세붕의 목민생활과 오륜가〕, 〈加羅文化〉, 13집, 경남대

1996. 禹應順, 〔주세붕의 백운동창설과 국문시가에 대한 방향 모색〕, 〈어문논집〉, 35집, 고려대국어국문학연구회. 1998, 〈平洲朴乙洙博士華甲紀念論叢〉, 아세아문화사

1998. 全在康, 〔白雲洞書院의 創建과 周世鵬의 敎學精神〕, 〈東方漢文學〉, 15집

1998. 전재강, 〔주세붕의 문예관과 그 시가의 성향〕, 〈어문학〉, 65집, 한국어문학회

⑨ 〔獨樂八曲〕

1990. 金相珍, 〔松巖權好文 詩歌의 構造的 理解〕, 〈한국학논집〉, 18집, 한양대

1992. 李信馥, 〔獨樂八曲에 대하여〕, 〈한국고전시가작품론·1〉, 집문당

1997. 崔載南, 〔독락팔곡과 한거십팔곡의 정서적 연관〕, 〈士林의 鄕村生活과 詩歌文學〉, 국학자료원

⑩ "翰林詩" 關聯著書

1990. 朴魯埻, 〈高麗歌謠의 研究〉, 새문사

1990. 조규익, 〈鮮初樂章文學 研究〉, 숭실대출판부

1990. 柳鍾國, 〈古詩歌樣式論〉, 계명문화사

1991. 尹榮玉, 〈高麗詩歌의 研究〉, 영남대출판부

1991. 김동욱, 〈高麗後期 士大夫文學의 研究〉, 상명대출판부

1991. 全圭泰, 〈高麗歌謠의 研究〉, 白文社

1992. 李聖周, 〈高麗詩歌의 研究〉, 雄飛社

1993. 조규익, 〈高麗俗樂歌詞·景幾體歌·鮮初樂章〉, 한샘사
1993. 반재식, 〈팔도감사 반석평 關山別曲〉, 을지서적
1994. 孫五圭, 〈山水文學 硏究〉, 부산대출판부
1994. 安 軸, 〈謹齋全集〉(上·下卷), 甲戌新增版, 謹齋思想硏究會
1996. 朴京珠, 〈景幾體歌硏究〉, 以會文化社
1996. 金倉圭, 〈韓國翰林詩 評釋〉, 國學資料院
1997. 임기중외, 〈경기체가연구〉, 태학사

　90년대에는 "한림시"에 대한 논문이 51편이나 발표되어, 이에 대한 왕성한 열의를 짚어볼 수 있다. "한림시" 일반론과 〔翰林別曲〕에 대한 학계의 관심은 발표편수에서 뒤지고 있으나, 형식과 장르 그리고 주제 등에 다양하게 다루어지고 있다. 〔翰林別曲〕도 다양하게 다루어지는 한편, 불교계 "한림시"와 周世鵬(1495～1554)의 "한림시"에도 관심을 갖는 논문이 써졌다. 그밖에 安軸(1282～1348)의 "한림시"와 權好文(1532～1567)의 〔獨樂八曲〕도 비교적 관심의 대상이 되었다. 저서에서는 고려의 "한림시"를 논술한 책들이 출간되는 한편, 특히 "한림시"의 주석서가 임기중을 비롯한 필자까지 내놓아, 이 방면의 연구에 기초를 다졌다고 할 수 있겠다. 이로써 20세기까지 "한림시"에 대한 연구성과를 일단 정리해 본 셈이다.

3. 硏究의 傾向

1) 名稱

　高麗詩만큼 다양한 명칭을 가지기도 어렵거니와, 논자의 시각에 따라 各樣各異하게 命名됨으로써, 혼란상을 惹起시킨 형태의 詩도

없을 것이다. 그러므로 高麗詩에 대한 명칭을, 일단 통일을 기해야
할 시점이 바로 지금이 아닐까 한다.

우선 "景幾體歌"는 누가 먼저 사용했는가? 安廓은 이에 대한 관
심을 일찍부터 가져, 그는 1927년초에 〈藝文〉지에서, 高麗詩를 "謠"
와 "曲"으로 갈라 "한림시"를 "別曲"[30]으로 다루다가, 그해 〈現代評
論〉 5월호에서 "景幾體"란 명칭을 붙였는데, "第二種은 고려중엽에
始期되야 이조중엽까지 전래하는 歌法이라…便宜上 暫時 "景幾體"
라 命名하야 說明코자호니, "景幾體"라 함은 "歌"의 문구에 "景幾"
二字를 例用[31]함이라고 밝혔다. 이어 1929년 12월 〈別乾坤〉에서
"景幾體"는 "疊聲體"의 一種이라 3자4자의 音數로 均齊하고, 의미
의 强한 處는 反覆式으로 再唱하되, "景幾" 二字와 "위" 一字를 例
用함이 特色이라[32]고 언급하였다. 그 뒤 金台俊은 〈朝鮮歌謠集成〉
을 출간한 바, 고려가사편 속에 이 "한림시"를 실었다. 그는 〔翰林
別曲〕의 末尾 〔解〕에서 이는 이후 일정한 형식을 지어, 麗末로부
터 李朝중엽까지 "翰林別曲體"라 하야 儒冠의 모방작을 많이 보게
되었다[33]라 하였고, 〔霜臺別曲〕의 말미 〔解〕에서 "陽村(權近,
1352~1409)은 고려말 인물로 李朝에서도 仕官하였으니, 이 또
한 麗朝歌詞로 看做하여도 좋을 것"[34]이라 하여, 우리 古詩장르에
대한 확고한 개념을 설정하지 못한 처지에서, 명칭을 狹義로 "翰林
別曲體"·廣義로는 "고려가사" 또는 "別曲體"[35] 등으로 混稱하고

---

30) 安　廓, 朝鮮歌謠史의 觀念, 〈藝文〉, 18-2, 1927, pp47-49
31) 安　廓, 麗朝時代의 歌謠, 〈現代評論〉, 1권4호, 5월, 1927, p152
32) 安　廓, 朝鮮歌詩의 苗脈, 〈別乾坤〉, 4권7호, 12월, 1929
33) 金台俊, 〈朝鮮歌謠集成〉, 1934, p42
34) 金台俊, 〈朝鮮歌謠集成〉, 1934, p83
35) 金台俊, 朝鮮歌謠概說(45) 別曲篇(1), 〔朝鮮日報〕, 1933. 〈金台俊
　　　全集1(詩歌)〉, 寶庫社, p45-46
　　　"安自山氏가 景幾體라는 名稱을 附加"
　　　翰林詩名稱을 混用하였으니, ①"334334444위4景幾엇더하니
　　잇고體"·②"別曲體"·③"翰林別曲體"

있었다. 그런 가운데 趙潤濟는 1937년 간행한 〈朝鮮詩歌史綱〉에서 확고한 명칭을 부여하였으니, "景幾體歌"란 명칭은 아직 널리 쓰이는 것은 아니다. 이 종류의 시가는 그 尾句에 반드시 "景幾何如" 혹은 "景긔엇더ᄒ니잇고"라는 문구를 붙이는 것이 한 특색이라서, 容易히 이 명칭으로 그 형식적 개념을 얻을 수 있기 때문에, 이렇게 부르려고 한다36)고 밝혔다. 그리고 조윤제는 李秉岐나 梁柱東의 "別曲體"로 名稱함에 대하여 반론을 제기하였으니, "그 歌名이 잘 되었는지 어떤지는 몰라도, 의미도 없는 "別曲"·"別曲體" 등의 어색한 말을 쓰기보다는 "景幾體歌"라 하면, 이 시가의 형태적인 특색도 잘 나타내어, 도리어 이 시가의 이름으로 적당하지 않겠는가 생각한다. 그래서 나는 여기에 "景幾體歌"라는 말을 쓴다."37)라고 명칭한 근거를 安廓氏의 〔朝鮮歌詩의 苗脈〕이 최초라는 논거를 대면서 언급했다. 그러나 安廓은 〔朝鮮歌詩의 苗脈〕보다 2년 앞서 〔麗朝時代의 歌謠〕에서 "景幾體"를 명명했고, 조윤제가 이에다 "歌"字를 붙여씀으로써, 오늘날 보편화된 용어가 되었다. 이 외에도 "景幾何如歌"(李明善·具滋均)·"景幾何如體歌"(우리어문학회·高晶玉·장사운)·"景幾體別曲"(朴晟義) 등 다양한 용어를 사용하였다.

다음은 "別曲體類"가 되겠다. 이에는 주로 "別曲"이라는 개념을 정립함에, 음악적 시각에서 金台俊은 樂府에 대립하는 특별한 곡조라는 의미에서 "別曲"38)이라 하였고, 崔正如는 본래 "正曲"으로 내려오던 歌曲唱調를 약간 변조하여 부르게 된 것을 "別曲"39) 또는 "俗調"에 "拍"을 써서 부른 것을 "別曲", "俗調"를 그대로 부른 것을 "別曲"이라고 이름 붙이지 않았다40)고 밝혔다. 朴魯春도 許橿(1520~1592)의 〔西湖詞〕에 楊士彦(1517~1584)이 곡조를 붙

---

36) 趙潤濟, 〈朝鮮詩歌史綱〉, 博文出版社, 1937, p102
37) 趙潤濟, 〈韓國文學史〉, 探求堂, 1963, p94
38) 金台俊, 別曲의 研究, 〔東亞日報〕, 1932. 1. 15부터 13회 연재
39) 崔正如, 高麗俗樂歌詞論考, 〈論文集〉, 4집, 淸州大, 1963, p47
40) 崔正如, 別曲의 諸問題, 第6回語文學會 全國發表大會 發表要旨

인 것이 〔西湖別曲〕41)이라 진술함으로써, 음악적 측면에서 우선
"別曲"이란 개념을 주려고 했던 것이다.

이에 대하여 鄭炳昱이, 고려의 詩文學은 그 특성을 좇아 뭉뚱그
려 "別曲"이라 명칭하자고 제의한 바, 이는 그 형식상 특성을 좇은
것이다. 그는 "翰林別曲類"와 "青山別曲類"는 얼른 보기에 전연 다
른 계통의 詩歌群처럼 보이지마는 따져 놓고 보면, 그 형태상의
특징이 전연 同一系統의 성격을 띠고 있음을 알 것이다. 따라서
이 공통된 특징을 솔직히 인정한다면, 이 두 가지 詩歌群은 하나
의 역사적 형태로 규정지어야 할 것이며, 또한 그 명칭도 "別曲"이
라는 전래 명칭을 仍用하는 것이 타당하다42)고 논급하였다.

"景幾體歌"에 대하여 反對論을 편이로는 李秉岐였다. 그는 "景幾
體歌"가 부당하다고 지적하면서, 그 이유로서 첫째 "위…景…긔엇
더ᄒ니잇고"는 각각 한 구절로서 반드시 그 사이를 띄어야 할 것이
고, 둘째 이 體로 된 노래라도 〔儒林歌〕와 같은 노래는 "위…景긔
엇더ᄒ니잇고"라는 어구를 전연 쓰지도 않았기 때문이다. 따라서
우리는 〔青山別曲〕·〔西京別曲〕과 같은 民謠體로 된 것을 그저
〔別曲〕이라 부른다면, 이 "翰林別曲體"는 "別曲體"43)라고 부르는
것이 마땅하다고 주장하였다. 다시 "景幾體歌"에 대하여 부당성을
지적한 李丙疇는, 〔翰林別曲〕·〔關東別曲〕·〔竹溪別曲〕 등 이른바
"景幾體歌"와 〔西京別曲〕·〔青山別曲〕을 별개의 노래로 다루어 오
기 때문에 더하다. "景幾體"이든·"景幾何如體"이든 그것은 한갖 후
렴에서 생긴 歌稱인데, 그것이 어떻게 학술용어로 쓰이느냐 말이
다. …그러므로 "別曲體歌"라는 이름이 오히려 온당하다44)고 논거
를 제시했던 것이다. 요컨대 後斂句에 나오는 특징적인 "景幾"는
그 사이를 띄어야 하고, 〔儒林歌〕에서는 전혀 "景幾"가 안 쓰였기

---

41) 朴魯春, 別曲名稱의 小考, 〈文湖〉, 2호, 건국대국문과, 1962, p35
42) 鄭炳昱, 〈韓國古典詩歌論〉, 신구문화사, 1984, p101
43) 李秉岐, 〈國文學全史〉, 신구문화사, p103
44) 李丙疇, 〈古典의 散策〉, 민족문화간행회, 1985, p127

때문에, "경기체"는 부당하다고 지적하였다. 따라서 후렴구에만 특이하게 나오는 "景幾"는 그 명칭으로 부당하다고 본 것이다. 사실 이 "景幾"의 가장 정확한 표현은, "景긔"이고 다음은 "景其"·"景" 등이 되어야 맞는 것이다. 이 "별곡류"에 대하여, 權相老는 다만 "別曲", 李秉岐·徐南椿은 "別曲體", 李丙疇·金起東·金倉圭 등은 "別曲體歌"로 썼고, 金思燁·咸和鎭·柳寅晩·梁濂奎·梁柱東 등은 "翰林別曲體"로 名稱했던 것이다.

기타의 명칭으로서는 "敍景體歌"라는 주장도 보이니, 이에 대하여 梁柱東은 〔翰林別曲〕은 그 八景의 내용45)과 더불어 "별곡체"의 독특한 운율을 들었다. 池憲英은 일찍이 〔翰林別曲〕은 八幅병풍으로 꾸민 한림들의 風俗生活圖46)라 지칭하면서, 八幅屛風圖(풍속도)같은 〔한림별곡〕의 景이라고 시사한데서 연유하여, 琴基昌도 종래의 "景幾體歌"라는 명칭을 답습하면서도, 팔폭병풍으로 꾸며진 한림들의 풍속생활도를 묘사한 것이므로, 장르명칭을 "敍景體歌"47)로 하자고 제의했던 것이다. 이와 같은 견해를 보이기로는 金基卓도 같았으니, 그는 心象的인 詩的 의미에 따라 사물의 "景"은, 이들 고려시가에서 지극히 중요한 사실이라 생각한다면, "翰林別曲類" 26편은 모두 "敍景體歌"48)로 명명하는 것이 마땅하다는 논거를 제시했던 것이다. 또 金善豊은 "景"과 "何如"·"何叱多"·"幾何如"·"其何如" 등을 엄연히 분리시켜야 하며, "景"字를 구태어 넣을 필요없이 "何如體歌"·"幾體歌"49)로 명칭하자 제의했으며, 呂增東은 구체적 명칭은 제시하지 못 했지만, "나열체" 또는 "떠벌림체"50)로

---

45) 梁柱東, 〈麗謠箋注〉, p41. 1947, p230
46) 池憲英, 井邑詞研究, 〈亞細亞研究〉, 4권1호, 통권7호, 高麗大·亞細亞問題研究所, pp66-67
47) 琴基昌, 〈韓國詩歌의 研究〉, 형설출판사, p204
48) 金基卓, 景幾體歌의 性格考察, 〈嶺南語文〉, 8집, 1981, p7
49) 金善豊, 高麗詩歌의 形態考, 〈새국어교육〉, 14·15호, p144
50) 여증동, 고려노래연구에 있어서 잘못 들어선 점에 대하여, 〈白江徐首生博士還甲紀念論叢〉, p110

불렀는데, 이는 "한림별곡류"에서 풍기는 인상이나 느낌에서 연유
했으리라 짐작된다. 이밖에도 金永一은 "漢文體別曲"[51]이라고도 호
칭을 하여, 이의 명칭이 얼마나 다양하게 불리었는가를 알 수 있다.

2) 形式

  "한림시"의 律格에 대하여 安廓은, 1927년 언급하기를 "別曲"이
라 지칭하면서, 사물을 열거하여 3자와 4자의 경쾌한 調子로 하
여, 流麗한 旋律을 이룬 것[52]이라 하였다. 그리고 뒤이어 聲律은
3자4자 등의 律美를 踏하여 경쾌한 調子로 조직되고, 語를 緊着함
에는 반복법을 用하여 味의 세력을 가하여, 시가의 新頭地를 開[53]
한 것이라 하였다. 그는 이어 律字律에 대한 기원을 찾아 고려시
대의 國粹인 三八木의 사상에다 비쳐볼 수 있는지라, 본시 여조시
대에는 五行의 미신이 성행한지라…東方은 三八木數라 고로 三과
八의 數에 의하고, 또 木을 爲尙하여야 된다는 사상이 있었던 고
로, 3자의 聲律을 쓴 것인 듯해[54]라고 밝혔다. 그러다가 1929년
에도 3자·4자의 音數로 均齊하고 의미의 强한 處는 반복식으로
재창한다[55]고 하면서, "한림시"의 율격을 3·4律字律에 국한하여
논급했다. 이와 같은 논술로, 문장은 美妙한 對偶로서 類例를 富贍
하게 열거하며, 3자4자의 數로써 경쾌한 音脚의 治裝이 均齊할세,
의미의 緊着處는 依例히 "景 긔엇더 ᄒ니잇고"라는 感歎句를 押入
한다[56]고 반복하였다. 전술한 논거를 따르면, 安廓은 오직 律字律

---

51) 金永一, 別曲의 形成과 餘音考, 〈가야문화〉, 1집, 경남대가야문화연
     구소, p37
52) 安　廓, 朝鮮歌謠史의 觀點, 〈藝文〉, 18-1·2, 1927, p49
53) 安　廓, 麗朝時代의 歌謠, 〈現代評論〉, 1권4호, 5월, 1927, pp160-
     89
54) 安　廓, 麗朝時代의 歌謠, 〈現代評論〉, 1권4호, 5월, 1927, p161
55) 安　廓, 朝鮮歌詩의 苗脈, 〈別乾坤〉, 4권7호, 12월, 1929. 〈自山國
     學論著集〉, 여강출판사, 1994, p299

3자4자에만 집착하였고, "한림시" 형식에 대한 전반적 언급은 하지 않았다. 다만 3자 數律에에 대해, 高麗때 동방은 三八木數 사상에서 淵源하여 木을 숭상하게 되는 고로, 3자의 聲律을 썼다는 安廓 나름대로의 기발한 견해를 보이기도 했던 것이다. 이렇게 安廓은 律字律에만 국한하여 "한림시"의 형식을 논한 것은, 나무를 보는 결과밖에 되지 못 하다가, 趙潤濟에 의하여 숲을 보게 된 것이다.

趙潤濟는 "景幾體歌"는 물론 長歌이지마는, 一首의 詩歌가 前大節 後小節에 나누어 있는 것은, 벌써 향가의 형식에서도 볼 수 있다고 하면서,

前節 334 334 334 위 2(4) 경기하여
後節 44 위 2(4) 경기하여57)

"334 334 334"로 마치 폭포가 내리쏟듯이 쏟아져 오다가, "위 4"로 한번 숨을 쉬며 "경기하여"라 큰소리를 내던지고, 그 내려뜨리는 세력이 너무 세어서, 떨어져 그대로 있지 못 하고, 한번 제힘에 뛰어 "44"라, 훨씬 완화된 상태에서 "위 4"로 쉬어, "경기하여"라 적은 소리와 함께 슬 풀어져 나려 가는 것이 "景幾體歌"의 일단위 운율이다. 이 "景幾體歌"의 형식은 "短歌"에서 "長歌"로 변천하는 과도기의 한 遺産58)이라고 하여, 나름대로의 견해를 피력한 바 있었다.

그러나 梁柱東은 그 律字律에서,

334 334 444 위 334
葉 4444 위 334

---

56) 安　廓, 朝鮮歌詩의 硏究, 〈朝鮮〉, 161호, 3월, 1931.〈自山國學論
　　　 著集〉, 여강출판사, 1994, p372
57) 趙潤濟, 〈朝鮮詩歌史綱〉, 1937, pp105-106
58) 趙潤濟, 〈朝鮮詩歌史綱〉, 1937, p107

라 했는데, 334의 촉급한 운율로써 前2句를 반복하고, 제3구엔 444조로써 일단 安頓을 보인 후, 第4末句에서 "위" 一語를 거쳐 다시 유연한 334조로 끝내고, 그 유장한 情調를 敷衍코저 제5·6구인 "葉"에서, 다시 제3·4구의 운율을 되풀이하였다. 제4·제6구의 운율이 특히 유연한 감을 가짐은, 그 "…경 긔엇더 ᄒ니잇고"의 독특한 結句의 辭에 의함[59]이라고 밝혔던 것이다.

이에 대하여 1960년대초에 李明九는 "한림시" 10편(翰林·關東·竹溪·霜臺·五倫·宴兄弟·華山·歌聖德·不憂軒·花田) 65장을 統計내어, 그 기준형식의 律字律을 다음과 같이 제시하였다.

    334 334 444 434
    4444 434[60]

그밖에도 수많은 국문학개론서나 문학사 등에서, "한림시"의 형식을 언급하면서 律字律을 따졌는데, 여기서는 일일이 열거할 수 없고, 다만 律字律의 계산에서 安廓은 3 4자에 두었고, 趙潤濟는 율자율 계산에서 감탄사 "위"와 "경기하여"를 제외시켰고, 梁柱東은 감탄사 〔위〕만을 계산하지 않았다. 따라서 율자율 계산에서 감탄사 "위"나 "경기하여"가 아무런 附帶說明도 없이 안 되어졌으나, 李明九는 이들을 계산에 포함시켰던 것이다.

3) 影響

"한림시" 형식이 整齊된 모습을 띠고서 고려중기이후에 나타나게 된 데는, 우리 나라나 중국쪽 중에서 어느 쪽이든 영향을 받아, 이 형식이 형성되었다는 것이다. 이 "한림시"에 대하여, 최초로 언급

---

59) 梁柱東, 〈麗謠箋注〉, 1947, pp230-231
60) 李明九, 〈高麗歌謠의 硏究〉, 新雅社, 1973, p29

한 安廓은, 이 시형이 唐詩의 〔長相思〕·〔憶秦娥〕 및 南齊의 歌辭 등의 聲調와 〔井邑詞〕의 율격과 조화61)되어 만들어진 것이라고 밝혔다. 그는 뒤이어 漢詩歌에도 이와 髣似한 것이 있으니, 그 예로 祭歌〈南齊書〉·〔長相思〕·呂居仁〈樂府雅詞〉·〔長相思〕·陳允平(宋人, 號西麓)〈日吳漁唱〉·〔長相思〕·朱彝尊(1629~1709)〈曝書亭集〉 등을 들었다. 그러면서도 일방 神仙風과 戀愛情의 "歌詩"를 많이 썼으니, 〔桂殿春〕·〔夜深詞〕62)를 예로 들기도 하였다. 이렇게 安廓은 "한림시"에 대하여, 漢字語의 나열이라는 관점에서, 中國쪽에 눈을 돌려 스쳐 지나가는 인상에서 받은 느낌을 논급했고, 중국문학이 구체적으로 어떻게 영향을 끼쳤는지는 立論하지 못했다.

1932년 金台俊은 중국의 詞(詩餘·塡詞)의 長短句에 朝鮮吏讀를 달아놓은 형식63)이라고 논술한 점도 주목되기는 하나, 역시 安廓처럼 논거를 대지는 못했다. 조윤제는 전부가 漢文이다시피 한문을 많이 썼으면서도, 조금도 염증이 없이 읽을 수 있다는 것은 奇怪인 듯이 그 기교에 놀랄만 하다64)고만 하면서, 影響論 관계는 일체 논급하지 않았다. 이는 鄕札文字時代(신라·고려초)와 國文制定時代(세종시대) 사이에, 우리 문자가 없던 과도기에 우리 문자의 대타자로, 韻도 없는 우리式 한자를 썼기 때문에, 厭症없이 읽을 수 있었다.

그러다가 1949년 〈國文學史〉에서 溫庭筠(812?~870?)의 〔更漏子〕의 예를 인용하여, "詞"나 혹은 "四六"에서 모방한 것일지도 모를 것이다65)라고 하였다. 그러므로 일단은 중국문학에서 영향을

---

61) 安　廓, 朝鮮歌謠史의 概念, 〈藝文〉, 18-1·2, 1927, p49
62) 安　廓, 朝鮮歌詩의 條理(12), 〔東亞日報〕, 1930.4.1-10.2.〈自山廓國學論著集〉4, 여강출판사, p328
63) 金台俊, 別曲의 研究, 〔東亞日報〕, 1932. 1. 15.〈金台俊全集1(詩歌)〉, 寶庫社, p113
64) 趙潤濟,〈朝鮮詩歌史綱〉, 1937, p108

받은 것이 아닐까 했다. 趙潤濟의 이런 發論이 나온 뒤, 모든 국문학 논저들에서 "한림시"를 언급하는 경우, 中國文學쪽에 깊이 있는 연구나 검토도 없이, 한결같이 중국문학의 영향을 받았다고 되뇌고 있는 실정이었다. 이에 대하여 좀더 깊은 의욕을 갖고 연구한 李明九는, 在內的인 면에서 해명의 길을 얻지 못하고 보면, 우리는 당연히 對外的인 면으로 우리의 눈을 돌릴 수밖에 도리가 없다66)고 전제하면서, 그는 "樂府詩"와 "宋詞"쪽으로 주목하였던 것이다. 그는 "樂府詩"는 長短句로 이루어진 시가문학이라고는 하나, 〔翰林別曲〕을 두고 생각할 때에, 여러 가지 역사적 조건으로 미루어, 깊은 연관성을 찾기도 어려울 듯하다67)고 밝혔다. 그러면서 "宋詞"쪽에서 형식상의 關聯中 "景幾體歌"의 聯章體는, 곧 "송사" 그것의 모방 즉 "송사"의 영향에서 얻은 형태라고 단정하고 싶다68)고 하면서도, 내용상의 관련에서는 "송사"가 그 내용이 풍기는, 그 서정적 색채는 그대로 〔翰林別曲〕에 반영69)한 것이라고 밝혔다. 李明九는 "송사"와의 관련성을 깊이 있게 다루었으나, "한림시"와 대비하여 구체화하지 못한 아쉬움을 남겼다. 高麗詩文學이 "송사"와 관련이 있다는 관점에서, 그 뒤 〔麗史收載 宋詞에 관한 考察〕70)이란 논문을 발표하기에 이르렀던 것이다.

그러나 成鎬周는 "한림시"의 前後分段 334조에 대하여, 여러 가지 논술을 개진한 바 있으니, 여기서 어떻게 예증했는지는 보기로 하겠다. 그는 聯章體와 先後原詞句에 대하여, 〈調笑集句〉를 예로 들면서, ㉠致語와 放隊를 빼면 8장(九張機의 경우는 9장)으로 되었다. ㉡매장마다 한가지 사실을 노래했는데, 그 題材上 성질이 서

---

65) 趙潤濟, 〈國文學史〉, 東國文化社, 1949, p64
66) 李明九, 〈高麗歌謠의 研究〉, 新雅社, 1973, p38
67) 李明九, 〈高麗歌謠의 研究〉, 新雅社, 1973, p42
68) 李明九, 〈高麗歌謠의 研究〉, 新雅社, 1973, p49
69) 李明九, 〈高麗歌謠의 研究〉, 新雅社, 1973, p50
70) 李明九, 〈高麗歌謠의 研究〉, 新雅社, 1973, pp155-196

로 같기 때문에, 묶어 한편으로 엮었다. ⓒ매장이 前大節 後小節로
되었는데, 前大節은 詩·後小節은 "詞"(노래)로 되었다. ⓔ 잔치자
리에서 餘興을 돋우기 위해, 歌舞했다는 점등을 〔翰林別曲〕과 비
교해 볼 때 너무나 닮아 있어, 그 유사성을 우연으로 돌리기는 어
려울 것같이 보인다71)면서, 宋의 "敎坊樂"이 들어와서 〔九張機〕
등 웅대한 규모의 舞樂이 實演된 것은, 우리 詩歌上 聯章體가 도
입된 획기적 사실로 특기72)해야 된다고 강조했다. 연장체 중에서
〔美人八詠〕이나 〔野興八首〕 그리고 〔瀟湘八景〕을 내용으로 한 馬
致遠(1250?~1324?, 號東籬)의 〔壽陽曲八首〕 등이, 一題 八景의
작품이 많이 지어진 것과, 〔翰林別曲〕이 八章으로 된 것과도 전혀
무관하지 않으리라 생각도 든다73)고 하였다. 그리고 그는 先後原
詞句 문제에 이르러, 한章의 前節이 꼭 詩이고·後節이 노래라고
속단을 할 수는 없지마는, 334는 漢詩의 七言句의 변형이고,
"위…엇더ᄒ니잇고"는 노래라는 점에서, 시와 노래를 합치시켜 보
려는 고안으로서의 "景幾體歌"와, 〈調笑集句〉가 상응한다74)고 지
적하였다. 그리고 334調의 율격은 變文의 文體演變을 추적해 본
바와 같이, 元代의 "詞話"에서 표면에 드러났고, 그후 "鼓詞"·"彈
詞"·"寶卷" 등의 講唱文學과 明代의 民謠에서 많이 나타났으며, 또
한 그 연원도 唐代까지 거슬러 올라감을 알았다. 句式에 있어서는
七言의 變體로서 77─〉 337로 또 337─〉 334(3)으로 바뀔 수
있는 蓋然性이 많음을 알 수 있었다75)고 논술했다. 마지막으로 그
는 套語式 後斂에서 "…경긔엇더ᄒ니잇고"와 비슷한 투어가 후렴으
로 다양하게 나타나는 中國詩歌는 元代의 "散曲"에서 현저하다며,
그 실례로 曲牌 一半兒調의 "散曲"은 수없이 많아 일일이 열거할

---

71) 成鎬周, 景幾體歌의 形成研究, 1988, p44
72) 成鎬周, 景幾體歌의 形成研究, 1988, p45
73) 成鎬周, 景幾體歌의 形成研究, 1988, p70
74) 成鎬周, 景幾體歌의 形成研究, 1988, p50
75) 成鎬周, 景幾體歌의 形成研究, 1988, p64

수 없다76)고 하였다. 그리고 사물을 열거하고 끝에 가서, 이를 包括結論하는 구조의 문제77)에서 "散曲"의 결부를 모방응용한데서 나왔을 가능성이 더 크다78)고 지적하였다. 그 예거로는 馬致遠(1251전후)의 〔撥不斷〕小令을 들고, 이 짤막한 散曲小令 1首에 人名·地名·物名이 골고루 열거되고, 끝에 가서 "哎"라는 감탄사와 함께 楚三閭休怪라고 마무리한, 그 수사법과 결구법은 "景幾體歌"의 前大節과 매우 酷似하다는 느낌이 든다79)고 지적하였다.

그러나 成鎬周는 내용·풍속적 측면에서, 첫째 "詞"는 "抒情"·"寫景"(敍景)은 할 수 있으나, 記事(敍事)는 할 수 없는데, "曲"은 "抒情"·"敍景"·"敍事"를 할 수 있으니, 그 작용이 매우 광범위하다80)고 하였다. 그리하여 "한림시"는 "敍景"·"抒情"·"敎述"·"敍事" 등의 복합적 요소를 공유81)하고 있다고 논술했다.

    〔翰林別曲〕류의 자기과시
    〔霜臺別曲〕류의 송도찬양
    〔西方歌〕류의 서사적 찬불과 교술
    〔關東別曲〕류의 서경
    〔花田別曲〕류의 서정
    〔道東曲〕류의 서사
    〔儼然曲〕류의 자기수양82)

등으로 분류 제시하였다.

---

76) 成鎬周, 景幾體歌의 形成硏究, 1988, p68
77) 成鎬周, 景幾體歌의 形成硏究, 1988, p89
78) 成鎬周, 景幾體歌의 形成硏究, 1988, p90
79) 成鎬周, 景幾體歌의 形成硏究, 1988, p90
80) 成鎬周, 景幾體歌의 形成硏究, 1988, p96
81) 成鎬周, 景幾體歌의 形成硏究, 1988, p96
82) 成鎬周, 景幾體歌의 形成硏究, 1988, p97

4) 主題

"翰林詩"에 대한 연구는 작품에 대한 對校·註解·解釋·解說 등이 깊이 있게 이루어지지 않아, 주제파악을 하기에는 어려움이 많았다. 다만 외양상 드러난 작품의 인상을 보고서, 金起東은 별곡의 내용에서 1. "풍류문학"으로서의 별곡 2. "서경문학"으로서의 별곡 3. "송도문학"으로서의 별곡 4. "도덕문학"으로서의 별곡83) 등으로 가름을 했다. 이와 비슷한 관점에서 가름한 金東俊은, 1. 향락적 "풍류문학" 2. 자연적 "서경문학" 3. 연군적 "송도문학" 4. 유교적 "도덕문학" 5. 불교적 "찬불문학"84) 등으로 아주 간결하게 분류했으니, 이에서는 다만 讚佛文學이 추가되었을 뿐이다.

"한림시"의 주석은 양주동·지헌영과 홍기문에 의하여, 〔翰林別曲〕·〔關東別曲〕·〔竹溪別曲〕 등 작품에 한정하여 연구되었고, 그 이후 金亨奎의 〈古歌註釋〉·全圭泰의 〈論註高麗歌謠〉·朴炳采의 〈高麗歌謠語釋研究〉 등 주석서가 간행되었으나, 〔翰林別曲〕만이 겨우 간결하게 註釋되는 정도였다. 다만 方鍾鉉에 의해 〔關東別曲〕 3장까지가 주해85)됨으로써, 주석의 좋은 본보기를 보였으나, 3장으로 중단된 아쉬움을 남겼다. 이러다가 1979년 崔長洙에 의해, 〔翰林別曲〕을 위시한 몇 편의 작품이 註釋86)되어졌고, 1993년 조규익에 의해 〈高麗俗樂歌詞·景幾體歌·鮮初樂章〉이라는 저서가 간행되어, "한림시" 全 作品에 걸쳐 주석을 붙였으나, 그리 세밀한 주석이 되진 못 했다. 문학적 내용을 연구하기에는 좀 아쉬운 느낌마저 들었다. 주석이 세밀해야만 내용에 대한 올바른 파악이 될 수 있고, 그런 바탕 위에서 주제가 바로 정립될 수 있겠다. 그러므로 주제분류 또한 올바르게 되리라 믿어진다. 문학작품

---

83) 金起東, 〈國文學槪論〉, 精研社, 1964, pp99-106
84) 金東俊, 〈韓國文學原論〉, 태학사, 1989, p185
85) 方鍾鉉, 關東別曲註解, 〈한글〉, 108호, 1949
86) 崔長洙, 〈古詩歌解說〉, 世運文化社, 1979

의 주제를 올바르게 수립하자면, 무엇보다도 주도면밀한 주석작업
이 선결 문제다.

　시작품의 주제분류를 위하여서는, 그 起點을 어디에서부터 잡아
야 하느냐가 문제다. 이렇기 때문에 지금까지의 "時調詩"나 "歌辭
詩"의 분류는, 논자의 시각에 따라 각양각색으로 분류되어, 오히려
난조현상을 일으키기까지 하였다. 〈書經〉에 "詩言志"라 하였거늘,
시가 갖는 의미는 사람의 감정이나 사상을 내포하고 있음을 뜻한
다. 결국 감정은 七情으로서, "기쁨"·"노여움"·"슬픔"·"즐거움"·
"사랑" 등이오, 사상은 "믿음"·"깨우침"·"일깨움" 등이 되어야 하겠
다.87) 이런 확고한 바탕 위에서 "한림시"도 분류되는 게 바람직하
다고 생각되었다.

　따라서 이 "한림시"의 주제는 "기쁨"·"즐거움"·"깨우침"·"믿음"
등이 있을 뿐이다. 그 가운데도 "기쁨"과 "즐거움"의 문학이라 할
수 있다. 그렇기 때문에 "翰林詩"에서는 "슬픔"·"노여움"은 절대로
시작품으로서 조화되지 않는 속성을 지니고 있었다.

　　1. 기　쁨 ― 誇示 : 家門·人物

　　　　　　　　頌祝 : 君王·慕華

　　2. 즐거움 ― 遊樂·隱逸·景勝

　　3. 사　랑 ― 艶情

　　4. 일깨움 ― 勸學

　　3. 깨우침 ― 倫常·道學

　　4. 믿　음 ― 淨土·悟道

---

87)　金倉圭, 自山의　國文學研究에　대한　先行的　成果考(前), 〈논문집〉,
　　　　27집, 대구교대, p327
　　　金倉圭, 自山의　國文學研究에　대한　先行的　成果考(後), 〈어문학〉,
　　　　56집, 한국어문학회, p239

5) 時代區分

"한림시" 全篇을 통한 율격에 대한, 본격적인 연구는 아직 시도되지 못하고 있다. 그렇기 때문에 典型的 표준이 되는 "한림시"는 이런 것이다 하고 내어놓을 수 없는 형편이다. 다만 최초의 작품인 〔翰林別曲〕을 가장 표준으로 삼아, 형식을 논할 정도였다. 몇몇 논자들에 의해 律字律을 따지기는 했으나, 형식면에서 유형별로 나누지도 못 했고, 다만 史的 전개과정에서 외형상 변화된 형태를 보고, 시기구분을 시도하였던 것이다. 그러므로 "한림시"에서는 정확한 형식상 근거를 두고, 변천과정을 통한 시대적 분류를 했다 보기에는 애매한 구석이 있다. 다만 "한림시"가 역사의 흐름 속에서 當代 시대상황의 요구에 따라, 어떻게 수용되면서 창작되었는가. 형식상 변모과정을 염두에 두면서, 시대상황에 따라 "한림시"가 어떻게 창작되었는가. 이러한 점을 고려하면서, 史的 전개를 펼쳐본 것 같다.

우선 史的 전개양상을 살펴보기로 하겠다.

李明九 ： 형성기(1214~1348)·발전기(1352~1429)·변천기(1472~1587)[88]

琴基昌 ： 초기·성기·만기[89]

李相寶 ： 발생기(13C)·발전기(14C)·융성기(15C~16C)·쇠퇴기(17C~19C)[90]

成昊慶 ： 1기(13C~14C)·2기(15C전반)·3기(16C)[91]

金文基 ： 형성기(1216~1418)·완성기(1419~1468)·변천기

---

88) 李明九, 〈高麗歌謠의 研究〉, 新雅社, 1973, p63

89) 琴基昌, 〈韓國詩歌의 研究〉, 螢雪出版社, 1982, p252

90) 李相寶, 〈韓國古典詩歌研究續〉, 太學社, 1975, p431

91) 成昊慶, 景幾體歌의 構造研究, 서울대대학원 석사학위논문, 1980, p135

(1470~1494)・쇠퇴기(1506~1558)[92]

崔正如 : 고려말~景幾體歌가 발생해서, 일정한 형식이 갖추어
　　　　지고 있는 성숙된 시기
　　　　조선전기~太祖朝에서 世宗朝까지 새 왕조 창업의 송
　　　　축이나, 건국의 이념을 부가하는 방편으로 이용되면
　　　　서 많은 발전을 보임
　　　　成宗朝以後~衰退一路에 접어드는 시기[93]

4. 硏究의 展望

　"한림시"야 말로 다른 장르의 시보다 연구가 왕성하게 이루어지
지 못 하였다. 오직 〔翰林別曲〕에만 연구가 집중된 느낌마저 들었
다. 앞으로 "한림시"의 본격적 연구를 시도하기 위해서는, 對校・
註釋・解釋・評說 등이 완벽하게 이루어진 위에서, 문학적 연구의
방향이 가닥 잡혀 나가야 하리라고 생각되었다. 뿐만 아니라, "한
림시"의 영향을 中國文學쪽으로 가닥 잡아나가고 있는데, 이는 "한
림시"가 漢字語의 나열이라는 인상에서 연유되었다. 필자는 이 〔한
림별곡〕이 나타난 高麗高宗즈음은, 新羅末・高麗初처럼 당시 식자
층에게는 鄕札式 표기문자의 사용이 불편을 초래하였고, 고유한
우리 노래를 부르자니 향찰식 表記文字의 대타자로 등장한 것이,
한자어의 나열로 이루어진 "한림시"가 아닐까 한다. 중국쪽의 "詞"
나 "曲"에다 너무 집착한 결과물로, 많은 연구성과가 나오긴 했지
만, 그것이 우리 "한림시"와는 일치하지 않고 있는 실정이다. 물론
이웃나라 문학과 互相交流를 고려하지 않을 수는 없다.
　또 하나는 "한림시"야 말로 다른 詩장르처럼 현재는 창작되고 있

---

92) 金文基, 景幾體歌의 綜合的 考察, 〈白江徐首生博士還甲紀念論叢〉, p135
93) 崔正如, 〈韓國文學史〉, 藝術院, 1984, p161

는 작품이 없고, 다만 일제하 1930年代初 安廓에 의하여, 3편 정도가 시도되어 본 이외에는 작품이 없다. 그러나 "시조시"는 지금도 많은 창작시조시집이 쏟아져 나오고 있고, "가사시"도 이따금 가사시집이 간행되고 있는데 반하여, 安廓이 70年前 3편의 創作 "翰林詩"를 발표한 것은 기이한 일이었다.

이 "한림시"는 "슬픔"·"노여움"의 문학으로는 절대로 어울리지 않고, 아예 그런 작품은 써진 예가 없었다. 다만 "즐거움"·"기쁨"·"믿음"·"깨우침" 등이 주제로서, 그 핵을 이루었던 특이한 형태를 지녔던 문학이었다. 그러므로 창작의 가능성은 당시 시대상황에도 안 맞아 아예 사라져 버렸고, 다만 기왕에 나온 "한림시"작품을 중심으로, 여러 시각에서 이에 대한 연구는 이루어지리라 전망되고 있다.

5 結 言

일본이 이 땅에서 물러난 지도 이미 반세기를 넘었고, 우리 국문학이 우리 손으로 운영되어 온 지도 꼭 반세기가 되는데, 아직도 일제가 남긴 일본어 내지 일본학술용어들에 대한, 잔재청산이 되지 못 하고 있는 부끄러운 현실이다. 다른 학문이면 몰라도, 우리 국문학에서는 말끔히 정리되어야 하겠다. 지나간 세월 우리 국문학을 연구한 先學들은, 일제치하에서 학문을 닦았기 때문에 아무런 반성도 없이 그 용어들을 그대로 써왔던 것이다. 우리 국문학에 쓰이는 현재의 학술용어들은 整理整頓하여, 통일을 기해야 할 시점에 와 있는 것 같다. 지금 각양각색의 다양한 용어의 사용은 혼란스러움만 불러오고 있다.

또 하나는 우리 선인들은, 문학이라면 漢文으로 이해했고, 국문으로 쓴 작품은 歌唱하기 위한 것으로, 이런 연유로 지금도 "詩"와

"歌"를 구분하지 못하고 뒤섞어서 써왔던 게 우리 古詩였다. 그러므로 현재에도 순수 국문학논문인지, 아니면 國樂論文인지 구분이 안 되는 논문이 발표되고 있는데, 아예 "歌"(음악)를 제거시키는 것이, 국문학연구의 正道가 아닐까 한다.

최초로 "한림시"의 연구는 安廓에 의하여, 1927년부터 1933년까지 그 사이에 무려 12편의 논문을 발표되면서, 각개 작품마다 적게는 1회에서·많게는 8회까지 "한림시" 17편의 작품을 소개했던 것이다. 뒤를 이어 1934년 〈朝鮮歌謠集成〉에다 金台俊이 "한림시" 13편의 作品全文을 실었고, 趙潤濟는 1937년 〈朝鮮詩歌史綱〉에 "한림시" 16편의 작품을 논급했던 것이다.

光復後는 梁柱東의 〈麗謠箋注〉이래, 1960년대초 李明九의 "한림시" 형성과정과 역사적 고찰 등이, 이 방면에 관심을 나타내었다. 그리고 "한림시"의 새로운 자료도 발표되었으니, 涵虛己和(1376~1433)의 〔彌陀讚〕·〔安養讚〕·〔彌陀經讚〕, 朴成乾(1418~1487)의 〔錦城別曲〕·義相(世宗朝)의 〔西方歌〕 禮曹〔配天曲〕등이 학계에 소개되었다. 이런 가운데 1980년대 66편의 논문과 저술들이 발표되었고, 특히 일반론에서 24편의 논문은 성격·형성·장르 등에서 다양하게 다루어졌다. 개별작품으로 많이 다루어지기는 〔翰林別曲〕에 집중되었으니, 11편의 논문이 쏟아져 나왔다. 그리고 1990년대에도 51편이 발표되었는데, 한림시일반론이 13편·〔한림별곡〕만 14편이 발표되었다. 이 시기에는 "한림시" 저서들이 괄목하리 만큼 많이 출간되었는데, 1993년 조규익의 〈高麗俗樂歌詞·景幾體歌·鮮初樂章〉·박경주의 〈景幾體歌研究〉·1996년 필자의 〈韓國翰林詩 評釋〉·임기중등 〈경기체가연구〉 등 註釋書와 理論書가 나왔다. 그리고 1990년대 불교계통의 연구논문도 7편이나 발표되었다.

명칭문제도 "景幾體歌群"과 "別曲體歌群" 또는 "敍景體歌群" 등으로 다양한 용어가 쓰였으나, 필자가 "한림시"로 명명한 것은 〔翰林

別曲]이 최초요, 이 장르의 모범이 됨으로써 취한 것이다. 또 국문학에서는 "歌"라는 음악적 요소를 제거시키려는 의도도 있었다. 우리 古詩의 율격 등을 고려하여, "한림시"의 律字律을 계산한 바탕 위에서, 가장 전형적인 "한림시"의 正格形式을 찾아내는 게 시급하다.

"한림시"의 影響論 관계는 安廓이래, 지금까지 줄기차게 中國쪽으로, 그 시각을 들이대고 있었다. 이는 고려중엽이후 鄕札式 표기가 자유롭지 못 하자, 우리 고유문자도 없는 판국에, 우리 노래를 우리 식으로 부르자니, 당시 식자층에서는 漢字語의 나열만이 가능하지 않았느냐 생각된다.

주제를 옳게 가름하기 위해서는, 가장 기초가 되는 대교를 통한 原典을 확정짓고, 그 위에 주석을 세밀하게 한 뒤, 해석과 評說 등을 붙여 나가는 것이 순서가 아닐까 한다. 그리고 시대구분도 "한림시"의 基準形式이 자리잡혀야 가능하리라 보았다. 이 "한림시"는 "즐거움"·"기쁨"·"깨우침"·"믿음" 등으로 주제가 모아지며, "슬픔"과 "노여움"은 절대로 "翰林詩"에서만 어울리지 않는다. 이러한 "슬픔"과 "노여움"은 "한림시"에 아예 존재하지 않는다는 사실을, 필자의 評釋 結果 찾아낸 특징이라 할 수 있다.

"時調詩"는 지금도 창작시조시집이 쏟아져 나오고, "가사시"도 소수의 몇몇 가사시집이 간행되고 있으나, 이 "한림시"는 70년전 安廓이 3편을 창작한 이래로 작품을 볼 수 없다. 이미 宣祖朝부터 쇠퇴한데다 일제치하에서 부활하려는 기미를 약간 보이려다가, 완전히 소멸되고 말았다. 그러나 이 "한림시"는 개별작품마다 문학성을 규명하는 연구와 더불어 그 정격형식을 찾아 줌으로써, 주변 古詩인 "詞腦詩"·"麗民詩"·"時調詩"·"歌辭詩" 등의 형식문제도 선명하게 해결되리라 내다보면서, "한림시"야 말로 우리 古詩형식을 규명 짓는데, 중요한 위상을 차지하고 있다고 생각했다.

Ⅱ 形式論

1 緒 言

　"翰林詩"는 여러 각도에서 연구되어 왔으나, 形式論을 본격적으로 연구하여, 학계에 이바지하진 못 한 형편이었다. 이는 우리 先人들이 확고한 詩理論을 바탕에 두고 "한림시"를 창작한 것이 아니고, 하나의 典型인 〔翰林別曲〕을 보고 지었기 때문이다. 그렇기에 "倚高麗翰林別曲音節 作不憂軒曲"[1]라 한 것은, 〔不憂軒曲〕도 〔翰林別曲〕을 모델로 삼아 지은 것임을 입증하는 대목이 되겠다. 다만 "시조시" 형식론에 대하여는 일제하에서 일부 학자들에 의하여 논의[2]된 바 있었고, 우리 고시문학에 대한 형식론의 일환으로, 金思

---

1) 丁克仁, 〈不憂軒集〉, 行狀.
2) 李殷相, 時調短型芻議, 〔東亞日報〕, 1928.3.
　　李秉岐, 時調와 律格, 〔東亞日報〕, 1928.11.12.
　　　　　國文學槪論, 一志社, 1961, p190.
　　安　廓, 朝鮮歌詩의 條理, 〔東亞日報〕, 1930.9.24-26.
　　　　　時調의 研究, 〈朝鮮〉, 1931.6-8. 通卷164-166號.
　　　　　時調의 作法, 〈朝鮮〉, 1931.10. 通卷168號.
　　　　　時調의 體格 風格, 〔朝鮮日報〕, 1931.4.11-18.
　　　　　時調詩學, 〔朝鮮日報〕, 1939.10.5-12.
　　　　　時調詩의 世界的 價値, 〔東亞日報〕, 1940.1.25-2.3.

燁에 의하여 字數律을 제기3)한 바 있었다. 그러다가 洪在烋에 의
하여, 한국 고시의 율격이론을 확립4)한 바 있으나, 기왕 귀에 익
어온 용어들과는 異質感을 줌으로써, 오히려 거부감마저 주었다.
이들 기존 학설들은 우리 主體的인 이론수립을 못한 바탕 위에서,
일본문학이론들을 그대로 수용한데서 온 결과로, 주체성에 맞는
새 용어들은 이질감마저 낳게 한 것이다. 이런 바탕 위에 수립된
先學들의 기존의 이론들이, 잘 못하다가는 하루아침에 무너질 위
험성마저 안고 있어서, 지금 학계에서는 이러도 저러도 못 하고
있는 안타까운 실정이다.

  그러기에 필자는 우선 우리 古詩律格연구에 있어서 선결문제는, 用
語의 정리부터 시도하자는 것이다. 예로 "音步"는 영어에서 "Foot"
를 일본어로 옮겨온 것인데, 그것을 아무런 논의도 없이 그대로
수용하여 써오고 있는 실정이다. 과연 이 용어가 우리 고시이론에
맞는지 검증을 해보고 사용했어야 할 것이다. "詩歌"라는 용어도
기어이 고집하여 써야 하는지, 곰곰 한번 따져 봐야 할 일이다. 이
미 洪在烋에 의하여, 우리 주체적인 율격용어를 제시한 바 있으나,
국문학계에서는 袖手傍觀의 상태에 놓여 있는 것이다. 그러기에
필자는 기존의 우리 고시의 用語名稱을 국문학을 새롭게 革命한다
는 심정에서, "詞腦詩"·"麗民詩"·"翰林詩"·"時調詩"·"歌辭詩"5) 등
등으로 命名하여 본 바 있다. 특히 "麗謠"·"長歌"·"古俗歌"·"俗
歌"·"高麗歌謠" 등등은 각기 하나의 高麗詩를 두고 이렇게 대중없

        〈時調詩學〉, 朝光社, 1940.
      趙潤濟, 〈朝鮮詩歌의 研究〉, 乙酉文化社, 1948.
        "7. 時調字數考" 1930.11.6. 〈新興〉 4號.
        "8. 時調의 本領" 1940.2. 〈人文評論〉 2卷2號.
  3) 金思燁, 〈李朝時代의 歌謠研究〉, 大洋出版社, 1956, pp15-252.
  4) 洪在烋, 〈韓國古詩律格研究〉, 太學社, 1983. 이를 바탕으로 하여, 〈尹
      孤山詩研究〉가 새문社에서 1991年 出刊됨.
  5) 金倉圭, 自山의 國文學研究에 대한 先行的 成果考(前), 〈論文集〉, 27
      輯, 大邱教大, 1992.

이 다양하게 호칭하여, 오히려 혼란상마저 불러오고 있다. 지금도 "麗歌"[6)라고 명칭하기도 하고, 또 앞서 사용한 용어들에 대한 주체성을 찾는 의미에서 "麗詩"[7)라고도 쓰고 있다.

律格用語에 있어서도, 예로 "音數律·字數律"등으로 부르고 있으나, 이는 "律字律"[8)로 고정시켜야겠다는 것이다. 장차 이 용어에 있어서는 명칭을 반드시 일괄적으로 一目瞭然하게 정리할 필요성이 있어야 하겠다.

"한림시"의 형식론도 주로 代表格인 〔翰林別曲〕 한두章을 인용하여, 그 형식론을 극히 要式的으로 다루어 왔기 때문에, "한림시" 전체를 鳥瞰해 볼 수 있는 형식론 아닌 형식론이 되어버렸다. 이미 "한림시"의 評釋[9)을 公刊한 바 있긴 하지만, 그러고도 항상 뒤가 개운치 않은 것이 "한림시"의 형식론을 마무리지어야겠다는 생각이, 마음 한 구석을 떠나지 않고 있었다. 이제 "한림시"의 형식론에 있어서 율격이 어떻게 이루어져 있고, 또 어떻게 形態가 변모되었는지, 그 특징을 살펴보기로 하겠다.

"한림시" 작품의 대교에서는 수다한 異本을 본고에 이끌어 와, 律字律을 살펴본다는 것은 번거로워, 가장 연대가 오래된 작품을 대교의 原典으로 삼았으니, 더러는 〈樂章歌詞〉에 실린 작품을 原典으로 쓰기도 하였다.

2 翰林詩의 律格分析

"翰林詩"를 구성하는 律格의 단위는 基調단위가 되는 律字로부터

---

6) 李壬壽, 〈麗歌研究〉, 螢雪出版社, 1988.
7) 洪在烋, 〈韓國古詩律格研究〉, 大學社, 1983, p20.
8) 洪在烋, 〈尹孤山詩研究〉, 새문社, 1991, p141.
9) 金倉圭, 〈韓國翰林詩評釋〉, 國學資料院, 1996.

출발하여, 基底단위가 되는 詩語를 형성하고, 이 詩語로써 基層단위인 律語가 얼거러지며, 律語로써 基本단위가 되는 句10)를 형성하게 된다. "翰林詩"는 이 句의 上位단위인 章이 連疊되어지는 連章體로 한 篇의 詩가 이루어진다.

"한림시"를 구성하는 句單位는 先原詞句11)의 마지막句(제4구)에 間斂句가 오고, 여기 제1율어에 聲音斂에 이어, 제2·3율어에 語辭斂이 온다. 後原詞句의 마지막구(제6구)에도 後斂句가 오고, 여기도 역시 제1율어에 聲音斂에 이어, 제2·3율어에 語辭斂12)이 온다. 句類型에는 4율어격구를 비롯하여 3·2·單律語格句(隻句) 등으로 얼거러졌다.

"翰林詩"에서 가장 특징이라면, 斂句를 들 수 있다. 이 斂句에는 반드시 聲音斂인 "위"와 語辭斂인 "…景…긔엇더 ᄒ니잇고"句가 온다는 사실이다. "한림시"의 염구는 間斂句와 後斂句가 있고, 이에는 반드시 聲音斂과 語辭斂이 수반된다는 것이다. 그러나 때로는 이 염구가 누락되는 경우도 있는데, 이는 儀式의 분위기에서 "한림시"가 興趣를 돋우는 斂句가 어울리지 않아, 고의적으로 탈락시키는 경우도 있었다.

"한림시"의 章單位는 先原詞句에 間斂句가 붙고, 後原詞句에 後斂句가 붙어서 句數律을 이루게 된다. 이 句數律은 秩序狀況에 좇아 定句型·非定句型·混成型으로 나누어지며, 또 通篇의 構造上으로는 正格型·變容型·變格型13) 등으로 분류해 볼 수 있다.

---

10) 洪在休, 〈韓國古詩律格硏究〉, 太學社, 1983, p12.
11) 洪在休, 〈尹孤山詩硏究〉, 새문社, 1991, p213.
　　　　 필자는 한림시가 선후구로 나누어지기 때문에, 정격형의 기본6구에서 선4구는 先原詞句, 후2구는 後原詞句라고 명칭했다.
12) 洪在休, 〈尹孤山詩硏究〉, 새문社, 1991, p263.
13) 洪在休, 棹歌詩에 대하여, 〈碧史李佑成定年退職紀念國語國文學論叢〉, 1990, p345.

1) 翰林別曲 〈樂章歌詞〉[14]

元淳文 仁老詩 公老四六	3 3 4	
李正言 陳翰林 雙韻走筆	3 3 4	
沖基對策 光鈞經義 良鏡詩賦	4 4 4	
위 試場ㅅ景 긔엇더 ᄒ니잇고	1 3 3 4	
琴學士의 玉笋門生 琴學士의 玉笋門生	4 4 4 4	
위 날조차 몃부니 잇고	1 3 3 2	1장
唐漢書 莊老子 韓柳文集	3 3 4	
李杜集 蘭臺集 白樂天集	3 3 4	
毛詩尙書 周易春秋 周戴禮記	4 4 4	
위 註조쳐 내외옩景 긔엇더 ᄒ니잇고	1 3 4 3 4	
太平廣記 四百餘卷 太平廣記 四百餘卷	4 4 4 4	
위 歷覽ㅅ景 긔엇더 ᄒ니잇고	1 3 3 4	2장
眞卿書 飛白書 行書草書	3 3 4	
篆籀書 蝌蚪書 虞世南書	3 3 4	
羊鬚筆 鼠鬚筆 빗기드러	3 3 4	
위 딕논景 긔엇더 ᄒ니잇고	1 3 3 4	
吳生劉生 兩先生의 吳生劉生 兩先生의	4 4 4 4	
위 走筆ㅅ景 긔엇더 ᄒ니잇고	1 3 3 4	3장
黃金酒 柏子酒 松酒醴酒	3 3 4	
竹葉酒 梨花酒 五加皮酒	3 3 4	
鸚鵡盞 琥珀杯예 ᄀ득브어	3 4 4	

---

14) 〈高麗史〉卷71, 志卷第25, 樂2에 원문이 실렸으나, 〈樂章歌詞〉에 실
   린 작품을 原典으로 취함.

위 勸上ㅅ景 긔엇더 ᄒ니잇고   1 3 3 4

劉伶陶潛 兩仙翁의 劉伶陶潛 兩仙翁의   4 4 4 4

위 醉혼景 긔엇더 ᄒ니잇고   1 3 3 4   4장

紅牧丹 白牧丹 丁紅牧丹   3 3 4

紅芍藥 白芍藥 丁紅芍藥   3 3 4

御榴玉梅 黃紫薔薇 芷芝冬柏   4 4 4

위 間發ㅅ景 긔엇더 ᄒ니잇고   1 3 3 4

合竹桃花 고온두분 合竹桃花 고온두분   4 4 4 4

위 相映ㅅ景 긔엇더 ᄒ니잇고   1 3 3 4   5장

阿陽琴 文卓笛 宗武中笒   3 3 4

帶御香 玉肌香 雙伽倻琴   3 3 4

金善琵琶 宗智嵆琴 薛原杖鼓   4 4 4

위 過夜ㅅ景 긔엇더 ᄒ니잇고   1 3 3 4

一枝紅의 빗근笛吹 一枝紅의 빗근笛吹   4 4 4 4

위 듣고아 좀드러 지라   1 3 3 2   6장

蓬萊山 方丈山 瀛州三山   3 3 4

此三山 紅樓閣 婥妁仙子   3 3 4

綠髮額子 錦繡帳裏 珠簾半捲   4 4 4

위 登望 五湖ㅅ景 긔엇더 ᄒ니잇고   1 2 3 3 4

綠楊綠竹 裁亭畔애 綠楊綠竹 裁亭畔애   4 4 4 4

위 囀黃鶯 반갑두 셰라   1 3 3 2   7장

唐唐唐 唐楸子 皂莢남긔   3 3 4

紅실로 紅글위 ᄆᆡ요이다   3 3 4

혀고시라 밀오시라 鄭少年하   4 4 4

위 내가논디 눔갈셰라　　　　　　　　　　1 4 4
削玉纖纖 雙手ㅅ길헤 削玉纖纖 雙手ㅅ길헤　　4 4 4 4
위 携手 同遊ㅅ景 긔엇더 ᄒ니잇고　　　　1 2 3 3 4　　8장

　全篇이 8장으로 이루어진 이 작품의 句別을 보면, 제1구·제2
구에서는 3율자와 4율자가 우세하고, 그 가운데 제1율어·제2율
어·제3율어가 균일함을 보이고 있다. 따라서 334조의 율격임을
알 수 있다. 제3구에서도 4율자가 두드러지게 우세하며, 3율자는
제1율어와 제2율어에 조금 나타나고 있으나, 역시 444조의 율격
으로 이룩되어 있다. 그러나 제4구에서는 "한림시"의 특징인 간렴
구로 이 1율자는 성음렴인 "위"가 현저하게 나타나며, 이어 어사렴
인 3율자가 우세하고, 다음으로 4율자가 두드러진다. 그러므로
1334조의 4율어격구가 된다. 제5구에서는 제1율어에서 제4율어
까지 한결같이 4율자로 통일되어 4444조의 4율어격구가 되는데,
이는 "再唱"으로 말미암은 것이다. 마지막으로 제6구에서 1율자는
후렴구로 성음렴인 "위"가 특징적으로 나타나며, 어사렴인 3율자가
제2·3율어에서 우세하고, 4율자와 2율자가 제4율어에서 나타난
다. 그러므로 4율어격구로 1334(2)로 두드러진 현상을 보인다.
　律字律別을 보면, 4율자에서는 제3·5구가 제1·2율어에 균일
하게 유지되나, 제3율어에는 제1·2·3·5구에서 골고루 나타난
다. 그리고 3율자에서는 제1·2구의 제1·2율어에서 빈도가 높게
나타난다. 2율자는 제6구의 제1·2·3·4율어에서 약간보이며, 1
율자에서는 제4·6구의 제1율어에서 間斂句·後斂句에서, 聲音斂
으로 오고 있다.
　律語律別도 보면, 4律語格句에서는 제5구가 4444조로 두드러지
며, 3律語格句에서는 제1·2구가 334조로 현저하다. 4율어격구로
는 제4구에서 1334조와, 3율어격구로는 제3구에서 444조가 나타
나고 있다.

先原詞句	1句	3	3	4		
	2句	3	3	4		
	3句	4	4	4		
	4句	1(聲音斂)	3	3	4	(2)(語辭斂)	間斂句
後原詞句	5句	4	4	4	4	
	6句	1(聲音斂)	3(2)	3	4(2)(語辭斂)	(4)	後斂句

〔翰林別曲〕이 章單位로 기본구가 어떻게 結構되었는지 보겠다.

첫째 6구로 이루어졌다.

둘째 先原詞句와 後原詞句로 나누어진다.

셋째 선원사구의 마지막구(제4구) 제1율어에는 "위"라는 성음렴이 오고, 제2·3·4율어에는 "…景…긔엇더 ㅎ니잇고"라는 어사렴이 오는데, 이를 간렴구라 이른다.

넷째 후원사구의 마지막구(제6구) 제1율어에는 "위"라는 성음렴이 오고, 제2·3·4율어에는 "…景…긔엇더 ㅎ니잇고"라는 어사렴이 오는데, 이를 후렴구라 이른다.

다섯째 후원사구의 첫째구(제5구)에는 반드시 "재창"이 온다.

여섯째 제1구에서 제3구까지는 3율어격구요, 제4구에서 제6구까지는 4율어격구로 구성되었다. 제2장·제7장의 4구와 제8장의 6구가 5율어격구가 와서 복합격구가 된다.

이러한 형식요건을 갖추면서, 定句型의 章單位로 連章된 〔翰林別曲〕은 바로 正格型이 된다.

2) 關東別曲 〈謹齋集, 一簑本〉[15]

---

15) 〈謹齋集〉은 安軸의 사위 鄭良生(號愚谷)이 淸州에서 恭愍王13年(1364) 간행한 初刊本과 安軸의 玄孫 崇善(雍齋, 1392~1452)이 世宗27年(1445) 再刊했으나 전하지 않고, 後孫 慶運이 "庚申(英祖16年,1740)冬 刊于濟州 移藏板本於羅州"이라는 跋文을 통하여 3卷2冊이 刊行된 바, 여기에서는 一簑本을 원전으로 삼음.

海千重 山萬疊 關東別境　　　　　3 3 4

碧油幢 紅蓮幕 兵馬營主　　　　　3 3 4

玉帶傾盖 黑槊紅旗 鳴沙路　　　　4 4 3

爲 巡察景 幾何如　　　　　　　　1 3 3

朔方民物 慕義趣風　　　　　　　　4 4

爲 王化 中興景 幾何如　　　　　　1 2 3 3　　　　1장

鶴城東 元帥臺 穿島國島　　　　　3 3 4

轉三山 移十洲 金鰲頂上　　　　　3 3 4

收紫霧 卷紅嵐 風恬浪靜　　　　　3 3 4

爲 登望 滄溟景 幾何如　　　　　　1 2 3 3

桂棹蘭舟 紅粉歌吹　　　　　　　　4 4

爲 歷訪景 幾何如　　　　　　　　1 3 3　　　　2장

叢石亭 金幱窟 奇巖怪石　　　　　3 3 4

顚倒巖 四仙峯 蒼苔古碣　　　　　3 3 4

我也足 石巖回 殊形異狀　　　　　3 3 4

爲 四海天下 無豆舍叱多　　　　　1 4 4

玉簪珠履 三千徒客　　　　　　　　4 4

爲 又來悉 何奴 日是古　　　　　　1 3 2 3　　　　3장

三日浦 四仙亭 奇觀異迹　　　　　3 3 4

彌勒堂 安祥渚 三十六峯　　　　　3 3 4

夜深深 波激激 松梢片月　　　　　3 3 4

爲 古溫貌 我隱伊西 爲乎伊多　　　1 3 4 4

述郎徒矣 六字丹書　　　　　　　　4 4

爲 萬古千秋 尙分明　　　　　　　1 4 3　　　　4장

仙遊潭　永郎湖　神淸洞裏　　　　　3 3 4
綠荷洲　靑瑤嶂　風煙十里　　　　　3 3 4
香冉冉　翠霏霏　琉璃水面　　　　　3 3 4
爲　泛舟景　幾何如　　　　　　　　1 3 3
蓴羹鱸膾　銀絲雪縷　　　　　　　　4 4
爲　羊酪　豈勿參　爲里古　　　　　1 2 3 3　　　5장

雪嶽東　洛山西　襄陽風景　　　　　3 3 4
絳仙亭　祥雲亭　南北相望　　　　　3 3 4
騎紫鳳　駕紅鸞　佳麗神仙　　　　　3 3 4
爲　爭弄　朱絃景　幾何如　　　　　1 2 3 3
高陽酒徒　習家池館　　　　　　　　4 4
爲　四節遊伊　沙伊多　　　　　　　1 4 3　　　6장

三韓禮義　千古風流　臨瀛古邑　　　4 4 4
鏡浦臺　寒松亭　明月淸風　　　　　3 3 4
海棠路　菡萏池　春秋佳節　　　　　3 3 4
爲　遊賞景　何如　爲尼伊古　　　　1 3 2 4
燈明樓上　五更鐘後　　　　　　　　4 4
爲　日出景　幾何如　　　　　　　　1 3 3　　　7장

五十川　竹西樓　西村八景　　　　　3 3 4
翠雲樓　越松亭　十里靑松　　　　　3 3 4
吹玉簫　弄瑤琴　淸歌緩舞　　　　　3 3 4
爲　迎送　佳賓景　何如　　　　　　1 2 3 2
望槎亭上　滄波萬里　　　　　　　　4 4
爲　鷗伊鳥　藩甲豆　斜羅　　　　　1 4 3 2　　　8장

江十里 壁千層 屛圍鏡澈	3 3 4	
倚風巖 臨水穴 飛龍頂上	3 3 4	
傾綠蟻 聳氷峯 六月淸風	3 3 4	
爲 避暑景 幾何如	1 3 3	
朱陳家世 武陵風物	4 4	
爲 傳子 傳孫景 幾何如	1 2 3 3	9장

句別을 통하여 보면, 全篇 9장으로 이루어졌다. 제1구에서 제3구까지는 제1·2율어가 3율자형이고 제3율어는 4율자형으로 334조의 율격이다. 제4구와 제6구에서는 1율자인 "위"가 간렴구와 후렴구에서 성음렴으로 오고, 이어 어사렴인 3율자형이 제2·3율어에서 우세하다. 따라서 율격면에서 1333조가 우세한 편이다. 그리고 제5구에서는 4율자형이 제1·2율어에서만 나오는데, 이는 〈謹齋集〉의 원문대로 移記하였기 때문에 "재창"이 없어서 그렇게 된 것으로, 44조의 율격이 된다. 좀 특이하게 4율자형이 제1장제3구의 제1·2율어에, 제7장 제1구의 제1·2·3율어에서 1회씩 보인다. 이렇게 〔翰林別曲〕에 비유하여 율자율이 한결같지 않으나, 역시 정격형으로 볼 수 있는 작품이다.

律字律別로 보면, 4율자는 제1·2·3구에서 제3율어에 나란히 나타나며, 제5구에서는 제1·2율어에서 두드러지게 나타난다. 3율자는 제1·2·3구에서 제1·2율어에 우세하게 나타나며, 제4구와 제6구에서도 빈도가 좀 낮지마는 그대로 나타난다. 그리고 2율자는 제4구와 제6구에서 약간씩 나타난다. 마지막으로 제4구와 제6구에서 "爲"라는 聲音斂이 제1율어에, "…景…幾何如"라는 語辭斂이 제2·3·4율어에서 현저하게 보이는데, 이는 "한림시"의 특징이 된다.

율어율별을 보면, 334조인 3율어격구가 제1구에서 제3구까지 빈도가 높으며, 44조인 2율어격구가 제5구에서 우세하게 나타난

다. 1233조인 4율어격구가 제4구와 제6구에서 보이기도 한다

先原詞句	1句	3	3	4		
	2句	3	3	4		
	3句	3	3	4		
	4句	1(聲音斂)	3	3	3(2)(語辭斂)	間斂句
後原詞句	5句	4	4			
	6句	1(聲音斂)	3	3	3(語辭斂)	後斂句

〔關東別曲〕이 어떻게 結構되었는가 살펴보겠다.

첫째 6구로 구성되었다.

둘째 선원사구와 후원사구로 갈라진다.

셋째 선원사구의 마지막구(제4구)의 제1율어에 "爲"라는 성음렴이 오며, 뒤이어 제2·3·4율어에는 "…景…幾何如"라는 어사렴이 붙는데, 이들을 간렴구라 칭한다.

넷째 후원사구의 마지막구(제6구)의 제1율어에 "爲"라는 성음렴이 오며, 뒤이어 제2·3·4율어에는 "…景…幾何如"라는 어사렴이 붙는데, 이들을 후렴구라 칭한다.

다섯째 선원사구의 제3구에는 334조가 좀 특이하며, 후원사구의 첫째구(제5구)에는 "재창"이 없이 다만 44조로 끝난다.

여섯째 제1구에서 제3구까지는 3율어격구이고, 제4·6구에서는 4율어격구이며, 제5구에서는 2율어격구로 이루어졌다.

이렇게 "翰林詩"의 형식요건을 구비하였으면서도, 제3구의 율자율이 334조로 왔거나 또는 제5구에 "재창"이 오지 않았다 하더라도, 定句型의 章單位로 연첩되어, 이를 正格型으로 다룰 수 있다는 것이다.

3) 竹溪別曲 〈竹溪誌, 洪在烋本〉[16]

竹嶺南 永嘉北 小白山前　　　　　3 3 4

千載興亡 一樣風流 順政城裏　　　4 4 4

他代無隱 翠華峰 天子藏胎　　　　4 3 4

爲 釀作 中興景 幾何如　　　　　1 2 3 3

淸風杜閣 兩國頭銜　　　　　　　　4 4

爲 山水 淸高景 幾何如　　　　　1 2 3 3　　　　1장

宿水樓 福田臺 僧林亭子　　　　　3 3 4

草菴洞 郁(우)錦溪 聚遠樓上　　　3 3 4

半醉半醒 紅白花開 山雨裏良　　　4 4 4

爲 遊寺景 幾何如　　　　　　　　1 3 3

高陽酒徒 珠履三千　　　　　　　　4 4

爲 携手 相從景 幾何如　　　　　1 2 3 3　　　　2장

彩鳳飛 玉龍盤 碧山松麓　　　　　3 3 4

紙筆峰 硯墨池 齊隱鄕校　　　　　3 3 4

心趣六經 志窮千古 夫子門徒　　　4 4 4

爲 春誦 夏絃景 幾何如　　　　　1 2 3 3

年年三月 長程路良　　　　　　　　4 4

爲 呵喝 迎送景 幾何如　　　　　1 2 3 3　　　　3장

楚山曉 小雲英 山苑佳節　　　　　3 3 4

---

16) 〔資料探訪〕, 大邱每日新聞, 1985. 12. 2,
　　　"甲辰(中宗39年, 1544)冬十月甲戌商山周世鵬序"로 初刊本으로 確
　　認됨. 現傳하는 〈謹齋集〉보다는 〈竹溪誌〉가 壬亂前에 刊行되었기 때
　　문에 이를 原典으로 취함.

花爛漫 爲君開 柳陰谷	3 3 3	
忙待重來 獨倚欄干 新鶯聲裏	4 4 4	
爲 一朶綠雲 垂未絶	1 4 3	
天生絶艶 小桃紅時	4 4	
爲 千里相思 又奈何	1 4 3	4장
紅杏紛紛 芳草萋萋 樽前永日	4 4 4	
綠樹陰陰 畫閣沉沉 琴上薰風	4 4 4	
黃菊丹楓 錦繡靑山 鴻飛後良	4 4 4	
爲 雪月 交光景 幾何如	1 2 3 3	
中興聖代 長樂大平	4 4	
爲 四節遊是 沙伊多	1 4 3	5장

    5장으로 구성된 〔竹溪別曲〕을 句別로 보면, 4율자가 제1구와 제2구의 제3율어에서 우세하며, 제3구(3율어)와 제5구(2율어)에서는 "한림시"의 정격형 율격대로 나타났다. 3율자가 제1·2구에서 비교적 빈도가 있는 편이고, 제4구와 제6구는 간렴구와 후렴구로 성음렴과 어사렴으로 전개되어, "한림시"로서 정격형임을 보여주고 있다. 다만 4율자가 제1장의 제2구와 제5장의 제1·2구에 나타나, 율자율에서 좀 벗어나고 있음을 볼 수 있다. 그러나 이는 우리 고시가 口誦律讀의 休歇에 의하여, 分截되는 呼氣의 한도내인 上限字數 4율자에서 下限字數 1율자[17])까지이기 때문에 아무런 상관이 없다.

    율자율별로 볼 때에, 4율자는 제1·2·3·4·5·6구에 골고루 보이고 있는데, 특히 제3·5구에 두드러지며, 제1·2구에서는 제3율어에 두드러지게 나타난다. 3율자도 제1·2구의 제1·2율어에 우세하며, 제4·6구에서는 제3·4율어에 나타나고 있다. 2율자는

---

17) 洪在烋, 〈韓國古詩律格研究〉, 太學社, 1983. p13.

제4·6구의 제2율어에 보이며, 1율자는 제4·6구의 제1율어에 현저하게 나타나, "한림시"의 특징을 알려주는 대목이 되겠다.

律語律別을 보면, 1233조인 4율어격구는 제4·6구에 나타나며, 3율어격구는 444조가 제3구에서, 334조가 제1·2구에서 두드러지며, 2율어격구인 44조는 제5구에서 우세하게 나타나, 한림시의 특징을 잘 보여주는 "재창"이 누락된 예가 되겠다

선원사구	1구	3(4)	3(4)	4		
	2구	3(4)	3(4)	4		
	3구	4	4	4		
	4구	1(성음렴)	2	3	3(어사렴)	간렴구
후원사구	5구	4	4			
	6구	1(성음렴)	2	3	3(어사렴)	후렴구

첫째 6구로 짜여 있다.

둘째 선원사구와 후원사구로 分截된다.

셋째 선원사구의 마지막구(제4구) 제1율어에 "爲"라는 성음렴에 이어, 제2·3·4율어에 "…景…幾何如"라는 어사렴이 붙어, 간렴구가 된다.

넷째 후원사구의 마지막구(제6구) 제1율어에 "爲"라는성음렴에 이어, 제2·3·4율어에 "…景…幾何如"라는 어사렴이 붙어, 후렴구가 된다.

다섯째 선원사구의 제1·2구의 제1·2율어에 4율자가 특이하며, 제5구에서는 "재창"이 없이 44조로 끝맺는다.

여섯째 제1구에서 제3구까지는 3율어격구이고 제4·6구는 4율어격구로 짜였고, 다만 제5구만이 2율어격구로 짜여 있다.

"한림시"의 기본율자에서 좀 벗어나고 있으나, 口誦律讀의 限度內에서 4율자를 초과하지 않으면 문제될 것이 없다. 제5구의 "再唱"도 〈謹齋集〉編纂時 누락된 것이라 생각되나, 이 작품은 定句型

의 章單位로 連疊되었기 때문에 正格型에 속한다.

4) 霜臺別曲 〈樂章歌詞〉

華山南 漢水北 千年勝地　　　　　　3 3 4
廣通橋 雲從街 건나드러　　　　　　3 3 4
落落長松 亭亭古柏 秋霜烏府　　　　4 4 4
위 萬古 淸風ㅅ景 긔엇더 ᄒ니잇고　1 2 3 3 4
英雄豪傑 一時人才 英雄豪傑 一時人才　4 4 4 4
위 날조차 몃분니 잇고　　　　　　　1 3 3 2　　　　　1장

鷄旣鳴 天欲曉 紫陌長堤　　　　　　3 3 4
大司憲 老執義 臺長御史　　　　　　3 3 4
駕鶴驂鸞 前呵後雍 辟除左右　　　　4 4 4
위 上臺ㅅ景 긔엇더 ᄒ니잇고　　　 1 3 3 4
싁싁ᄒ뎌 風憲所司 싁싁ᄒ뎌 風憲所司　4 4 4 4
위 振起 頹綱ㅅ景 긔엇더 ᄒ니잇고　1 2 3 3 4　　　　2장

各房拜 禮畢後 大廳齊坐　　　　　　3 3 4
正其道 明其義 參酌古今　　　　　　3 3 4
時政得失 民間利害 救弊條條　　　　4 4 4
위 狀上ㅅ 景 긔엇더 ᄒ니잇고　　　1 3 3 4
君明臣直 大平盛代 君明臣直 太平盛代　4 4 4 4
위 從諫 如流ㅅ景 긔엇더 ᄒ니잇고　1 2 3 3 4　　　　3장

圓議後 公事畢 房主有司　　　　　　3 3 4
脫衣冠 呼先生 섯거안자　　　　　　3 3 4
烹龍炮鳳 黃金醴酒 滿鏤臺盞　　　　4 4 4

위 勸上ㅅ景 긔엇더 ㅎ니잇고   1 3 3 4

즐거온뎌 先生監察 즐거온뎌 先生監察   4 4 4 4

위 醉혼景 긔엇더 ㅎ니잇고   1 3 3 4   4장

楚澤 醒吟이아 녀는 됴ㅎ녀   2 4 2 3

鹿門 長往이아 녀는 됴ㅎ녀   2 4 2 3

明良相遇 河淸 盛代예   4 2 3

驄馬 會集이아 난 됴하이다   2 4 1 4   5장

이 작품을 句別로 보면, 제1・2구에서는 4율자가 제3律語에서 均齊되었고, 3율자가 제1・2율어에서 均一하다. 4율자가 제3구에서도 제3율어까지 균일하고, 제5구에서 "再唱"이 되므로 4율자가 제4율어까지 한결같다. 그리고 제4・6구에서 제1율어는 성음렴의 특징으로 같고, 제2・3・4율어는 어사렴으로 나타난다. 2율자도 제2율어에 보이기는 하나, 이 작품도 정격형을 그대로 유지하고 있다.

율자율별을 보면, 주로 4율자는 제1・2구의 제3율어에, 제3구는 제3율어에, 제5구는 제4율어까지 고르게 나타나며, 제4・6구의 제4・5율어에서 아주 우세하다. 그러나 3율자는 제1・2구에서 제2율어까지 두드러지고, 제4・6구는 제2율어에서 제4율어까지는 어사렴으로 오며, 2율자는 제4・6구에서 제2・3율어에 약간보이나 미미하다. 1율자는 성음렴으로 제4・6구에서 제1율어에 특징적으로 나타난다.

율어율별을 볼 때에, 4444조인 4율어격구는 제5구에서 우세하고, 3율어격구는 444조가 제3구에, 334조가 제1・2구에 현저하게 드러난다. 전반적으로 정격형 한림시의 형태를 지니고 있다

선원사구	1구	3	3	4			
	2구	3	3	4			
	3구	4	4	4			
	4구	1(성음렴)	3	3	4	(4)(어사렴)	간렴구
후원사구	5구	4	4	4	4		
	6구	1(성음렴)	3(2)	3	3	(4)(어사렴)	후렴구

이 〔霜臺別曲〕은 전 5장으로 구성되었는데, 제5장에서 변격형을 나타내고 있다. 그러므로 정격형은 4장까지가 된다.

첫째 기본구인 6구로 조직되었다.

둘째 선원사구와 후원사구로 나누어진다.

셋째 선원사구의 마지막구(제4구) 제1율어에 "위"라는 성음렴에 뒤이어, "…景…긔엇더 ㅎ니잇고"라는 어사렴이 따라와, 이는 간렴구가 된다.

넷째 후원사구의 마지막구(제6구) 제1율어에 "위"라는 성음렴에 뒤이어, "…景…긔엇더 ㅎ니잇고"라는 어사렴이 따라와, 이는 후렴구가 된다.

다섯째 후원사구의 첫째구(제5구)에는 반드시 "재창"이 와서 4율어격구가 된다.

여섯째 제1구에서 제3구까지는 3율어격구이고, 제4구에서 제6구까지는 4율어격구가 오기도 하나, 제1장의 4구와 제2장·제3장의 6구가 5율어격구가 와서 복합격구가 되었다.

〔상대별곡〕 제5장은 4구로 조직되었는데, 살펴보면 다음과 같다.

① 제1구와 제2구에서 "재창"의 표기는 안 되었지만, "재창"의 성격을 지녔다.

② 간렴구와 후렴구의 구분이 되지 않는다.

③ 성음렴인 "위"와 어사렴인 "…景…긔엇더 ㅎ니잇고"구가 안 보인다.

④ 율어율은 제1·2·4구에서 4율어격구 제3구에서는 3율어격구로 되었다.

1구	2	4	2	3
2구	2	4	2	3
3구	4	2	3	
4구	2	4	1	4

따라서 정격형과 비교하면 이 제5장은 어느 조항에도 맞지 않아, 이를 변격형으로 다루고자 한다. 이를 보고 "한림시"의 붕괴라 지적하기도 하고, 또 "한림시"의 형식을 이루지 못한다[18]고 논급한 바 있다.

이렇게 정연한 질서 아래, 正格型의 형식으로 진행된 이 〔霜臺別曲〕은 너무 딱딱한 느낌마저 주어, 조선초기 새나라의 건국과 더불어 의기양양하게 정치무대의 전면에 나선 신진관료들이 베푸는 "燒尾宴"·"許參宴"등에서, 잔치의 흥취를 돋우는데 잘 어울리지 않았다. 제1장에서 제4장까지는 正格型으로 노래불러 나가다가, 마지막 제5장에서는 變格型으로 변화를 가져오면서 멋스러운 흥취를 취해 본 것이다. 이는 非定句型으로 된 變格型이라 이를 수 있다.

5) 九月山別曲 〈文化柳氏世譜 嘉靖譜(明宗17年, 1562)〉

九月山 三支江 儒州勝地　　　　　　3 3 4

後梁末 前朝初 柳氏起家　　　　　　3 3 4

---

18) 趙潤濟, 〈韓國文學史〉, 探求堂, 1963, p139.

文簡文正 貞愼章敬 代代封公　　　　　4 4 4
爲 積善 流芳景 긔엇더 ᄒ니잇고　　　　1 2 3 3 4
繼志述事 無忝祖風 繼志述事 無忝祖風　4 4 4 4
爲 몃부니 시닛가　　　　　　　　　　　1 3 3　　　　1장

父兮生 母兮育 子孫甡甡　　　　　　　3 3 4
出必告 反必面 採舞蹁躚　　　　　　　3 3 4
承順顔色 昏定晨省 永言孝思　　　　　4 4 4
爲 餘慶 無窮景 긔엇더 ᄒ니잇고　　　　1 2 3 3 4
欲報之德 昊天罔極 欲報之德 昊天罔極　4 4 4 4
爲 어ᄂ자니 갑ᄉ오리 잇고　　　　　　　1 4 4 2　　　2장

式相好 無相猶 兄弟眞情　　　　　　　3 3 4
摠和同 無爭訟 先祖遺書　　　　　　　3 3 4
佩服不忘 終身誦之 益篤其情　　　　　4 4 4
爲 親睦 九族景 긔엇더 ᄒ니잇고　　　　1 2 3 3 4
宜兄宜弟 天倫樂事 宜兄宜弟 天倫樂事　4 4 4 4
爲 鬩于牆 나는 마로리라　　　　　　　　1 3 2 4　　　3장

採於山 釣於水 可以療飢　　　　　　　3 3 4
行無牽 止無泥 惟適所安　　　　　　　3 3 4
用行舍藏 安貧樂道 踽踽洋洋　　　　　4 4 4
爲 藏器 待時景 긔엇더 ᄒ니잇고　　　　1 2 3 3 4
思君不忘 一片丹心 思君不忘 一片丹心　4 4 4 4
爲 하ᄂ리ᄮ 밋아ᄅ 시리이다　　　　　　1 4 3 4　　　4장

전편 4장으로 구성된 이 작품의 句別을 보면, 제1구에서 제5구까지 4율자에서 1율자까지, "한림시"의 정격형율격에 맞게 짜여 있

다. 다만 제4·6구에서 1율자는 성음렴으로 제1율어에서 그 특징을 잘 지키고 있으며, 제4구의 제2·3·4·5율어에서 "…景…긔 엇더 ᄒ니잇고"가 어사렴으로 그 특징을 잘 지키고 있다. 그러나 제6구의 제2율어부터는 "…景…긔엇더 ᄒ니잇고"가 없고, 다른 語辭가 왔다는 것이다. 4율자에서 2율자까지·제2율어에서 제4율어까지 2회 내지 1회씩 빈도를 보이는 곳도 있다.

율자율별로 보면, 4율자에서는 제1·2구는 제3율어에, 제3구는 제1율어에서 제3율어까지, 제4구는 제5율어에·제5구는 "재창"구로 제1율어에서 제4율어까지 균일하나, 제6구는 제2율어에서 제4율어까지 2회씩의 빈도가 나타나 우세한 편이다. 3율자에서는 제1·2구는 제1·2율어에서 균일하고, 제4구도 제3·4율어에 한결같다. 그러나 제6구는 제2·3율어에서 약간의 빈도를 보이고 있다. 2율자는 제4구의 제2율어에 나타나고, 제6구의 제3·4율어에 각 1회씩 나타난다. 그리고 1율자는 제4·6구의 제1율어에 "爲"가 보이고, 제4구에는 "…景…긔엇더 ᄒ니잇고"가 있으나, 제6구는 "…景…긔엇더 ᄒ니잇고'"의 어사가 아닌 다른 語辭가 왔다. 그러나 이는 "한림시" 성음렴과 어사렴의 특징을 가장 잘 나타내고 있다.

율어율별을 보면, 5율어격구인 12334조는 제4구에서, 4율어격구인 4444조는 제5구에서, 3율어격구인 444조는 제3구에서, 334조는 제1·2구에서 우세하게 나타난다. 그밖에 4율어격구인 1442조 1434조·1324조, 3율어격구인 133조는 제6구에서 각각 1회씩 나타난다.

선원사구	1구	3	3	4		
	2구	3	3	4		
	3구	4	4	4		
	4구	1(성음렴)	2	3	3	4(어사렴)	간렴구
후원사구	5구	4	4	4	4	
	6구	1(성음렴)	4(3)	4(3)	(4)(어사렴)		후렴구

"한림시"에서 비교적 章數律이 적은 〔九月山別曲〕은 전 4장으로 올짜였는데, 그 구성요건을 보기로 하겠다.

첫째 기본구인 6구로 짜여 있다.

둘째 선원사구와 후원사구로 나누어진다.

셋째 선원사구의 마지막구(제4구)의 제1율어에는 "爲"라는 성음렴이 오고, 그 뒤를 이어 "…景…긔엇더 ᄒ니잇고"라는 어사렴이 와서 간렴구가 된다.

넷째 후원사구의 마지막구(제6구)의 제1율어에는 "爲"라는 성음렴이 왔으나, 뒤를 잇는 "…景…긔엇더 ᄒ니잇고"라는 어사렴은 전혀 안 오고, 다른 語辭가 왔다는 특이함을 지니고 있다.

다섯째 율어율은 제1구에서 제3구까지는 3율어격구가 되고, 제4구는 5율어격구로 복합격구요, 제5구는 4율어격구 된다. 제6구는 4율어격구가 오기도 하나, 제1장 6구에서 3율어격구가 오기도 했다.

이 작품도 정구형의 장단위로 연첩된 정격형의 한림시임을 보여주고 있다.

6) 華山別曲 〈俗樂歌詞上〉[19)]

華山南 漢水北 朝鮮勝地	3 3 4
白玉京 黃金闕 平夷通達	3 3 4
鳳峙龍翔 天作形勢 經緯陰陽	4 4 4
위 都邑ㅅ景 긔엇더 ᄒ니잇고	1 3 3 4

---

19) 〈世宗實錄〉卷28, 7年(1425)乙巳4月辛丑條에 실린 原文이 信憑性이 있으나, 여기서는 〈俗樂歌詞上〉(京都大圖書館河合文庫)의 原文을 실었음.

太祖太宗 創業貽謨 太祖太宗 創業貽謨　　4 4 4 4
위 持守ㅅ景 긔엇더 ㅎ니잇고　　1 3 3 4　　　　1장

納受禪 上稟命 光明正大　　3 3 4
禁草竊 通商賈 懷服倭邦　　3 3 4
善繼善述 天地交泰 四境寧一　　4 4 4
위 大平ㅅ景 긔엇더 ㅎ니잇고　　1 3 3 4
至誠忠孝 睦隣以道 至誠忠孝 睦隣以道　　4 4 4 4
위 兩得ㅅ景 긔엇더 ㅎ니잇고　　1 3 3 4　　　　2장

存敬畏 戒逸欲 躬行仁義　　3 3 4
開經筵 覽經史 學貫天人　　3 3 4
置集賢殿 四時講學 春秋製述　　4 4 4
위 右文ㅅ景 긔엇더 ㅎ니잇고　　1 3 3 4
天縱之聖 學問之美 天縱之聖 學問之美　　4 4 4 4
위 古今ㅅ에 몃부니 잇고　　1 3 3 2　　　　3장

訓兵書 敎陳法 以習坐作　　3 3 4
順時令 擇閑曠 不廢蒐狩　　3 3 4
萬騎雷鶩 殺不盡物 樂不極盤　　4 4 4
위 講武ㅅ景 긔엇더 ㅎ니잇고　　1 3 3 4
長慮却顧 安不忘危 長慮却顧 安不忘危　　4 4 4 4
위 預備ㅅ景 긔엇더 ㅎ니잇고　　1 3 3 4　　　　4장

懼天災 悶人窮 克謹祀事　　3 3 4
進忠直 退姦邪 欽恤刑罰　　3 3 4
考古論今 夙夜圖治 日愼一日　　4 4 4
위 無逸ㅅ景 긔엇더 ㅎ니잇고　　1 3 3 4

天生聖主 以惠東人 天生聖主 以惠東人　　4 4 4 4
위 千歲를 누리쇼셔　　　　　　　　　　1 3 4　　　　　5장

慶會樓 廣延樓 崔巍敞豁　　　　　　　　3 3 4
輯煙氛 納灝氣 遊目天表　　　　　　　　3 3 4
江山風月 景槩千萬 宣暢鬱堙　　　　　　4 4 4
위 登覽ㅅ景 긔엇더 ᄒ니잇고　　　　　　1 3 3 4
蓬萊方丈 瀛洲三山 蓬萊方丈 瀛洲三山　4 4 4 4
위 어듸가 어드리 잇고　　　　　　　　　1 3 3 2　　　6장

止於慈 止於孝 天性同歡　　　　　　　　3 3 4
止於仁 止於敬 明良相得　　　　　　　　3 3 4
先天下憂 後天下樂 樂而不滛(음)　　　　4 4 4
위 侍宴ㅅ景 긔엇더 ᄒ니잇고　　　　　　1 3 3 4
天生聖主 父母東人 天生聖主 父母東人　4 4 4 4
위 萬歲를 누리쇼셔　　　　　　　　　　1 3 4　　　　　7장

勸農桑 厚民生 培養邦本　　　　　　　　3 3 4
崇禮讓 尙忠信 固結民心　　　　　　　　3 3 4
德澤之光[20] 風化之洽 頌聲洋溢　　　　4 4 4
위 長治ㅅ景 긔엇더 ᄒ니잇고　　　　　　1 3 3 4
華山漢水 朝鮮王業 華山漢水 朝鮮王業　4 4 4 4
위 並久ㅅ景 긔엇더 ᄒ니잇고　　　　　　1 3 3 4　　　8장

---

[20] 〈樂章歌詞〉 69張에는 字面이 잘 안 보여 붓글씨로 썼는데, 6장 6
구째 2율어에 "어데가"로, 7장 3구째 3율어에 "樂而不女嬌"라 써 넣
었다. 그리고 8장 3구째 1율어에서 〈俗樂歌詞〉는 "德澤之克"이라 하
였으나, 〈世宗實錄〉을 좇아 "德澤之光"으로 표기했다.

전편 8장으로 구성된 이 작품의 句別을 보면, 제1·2구의 제1·2율어에서 3율자가, 제3율어에서 4율자가 均齊되었고, 제3·5구에서는 4율자가 제3율어 또는 제4율어까지 균일하다. 그러나 제4구에서는 간렴구의 성음렴인 1율자가 제1율어에 이어, 어사렴은 3율자가 제2·3율어에, 4율자가 제4율어에 균일화 되었다. 제6구는 후렴구의 성음렴인 1율자가 제1율어에 나타나고, 어사렴인 2·3·4율자가 제2율어에서 제4율어까지 펼쳐져 있으나, 3율자는 제2율어를 제외하고는 균일하지 못 하다.

율자율별을 보면, 4율자는 제1구에서 제5구까지 제1율어에서 제4율어까지 골고루 나타난다. 그러나 제6구에서는 제3율어에 2회·제4율어에 4회의 율격이 나타나고 있어 우세한 편이다. 3율자는 제1·2구와 제4·6구에서 고르게 나타나 비교적 우세한 편이다. 그런데 2율자는 제6구의 제4율어에서 2회의 율격이 나타남으로써, 2율자의 빈도는 아주 낮은 편이다. 그리고 1율자는 성음렴으로 제4·6구의 제1율어에 이어 어사렴이 옴으로써, "한림시"의 특징을 가장 잘 나타내는 율자가 되겠다.

율어율별을 살펴 보면, 4율어격구인 1334조는 제4구에서 4444조는 제5구에서 현저하며, 3율어격구인 334조는 제1·2구에서 444조는 제3구에서 현저함으로, 정격형의 율자율을 지녔음을 짐작할 수 있게 된다.

선원사구	1구	3	3	4		
	2구	3	3	4		
	3구	4	4	4		
	4구	1(성음렴)	3	3	4(어사렴)	간렴구
후원사구	5구	4	4	4	4	
	6구	1(성음렴)	3	3(4)	4(2)(어사렴)	후렴구

첫째 6구로 구성되어 있다.

둘째 선원사구와 후원사구로 갈라진다.

셋째 선원사구의 마지막구(제4구)의 제1율어에 "위"라는 성음렴이 오고, 이어 제2율어에서 제4율어까지에 "…景…긔엇더 ᄒ니잇고"라는 어사렴이 온다. 이는 간렴구다.

넷째 후원사구의 마지막구(제6구)의 제1율어에 "위"라는 성음렴이 오고, 이어 제2율어에서 제4율어까지 "…景…긔엇더 ᄒ니잇고"라는 어사렴이 온다. 그런데 3·5·6·7장은 다른 어사렴이 왔다. 이는 후렴구다.

다섯째 후원사구의 첫구(제5구)는 "재창"이 붙어 있어, 4율어로 형성되었다.

여섯째 제1구에서 제3구까지는 3율어격구고, 제4구에서 제6구까지는 4율어격구로 이루어졌다.

이 〔華山別曲〕도 定句型으로 章單位가 連疊되어, 正格型의 "한림시"가 된다.

7) 歌聖德 〈世宗實錄, 卷44, 11年 (1429) 己酉6月癸未〉

於皇明 受天命 聖繼神承	3 3 4
履九五 大一統 無綏萬邦	3 3 4
日月所照 霜露所墜 莫不來庭	4 4 4
偉 四海 一家景 何如	1 2 3 2
帝德廣運 覃被九圍 帝德廣運 覃被九圍	4 4 4 4
偉 四海 一家景 何如	1 2 3 2 1장

九天上 皇華使 聿至海東	3 3 4
宣上德 達下情 洞達無間	3 3 4
玉節星軺 峩冠麗服 望若天仙	4 4 4
偉 愛之 敬之景 何如	1 2 3 2 2장

降綸音 布德音 天貺便蕃　　　3 3 4
吐雲霞 輝星月 偏荷恩憐　　　3 3 4
神人胥悅 父老騰歡 蹈舞蹁躚　　4 4 4
偉 祝壽 萬年景 何如　　　1 2 3 2
海隅日出 沐浴恩波 海隅日出 沐浴恩波　4 4 4 4
偉 祝壽 萬年景 何如　　　1 2 3 2　　3장

天無風 海不波 躋世雍熙　　　3 3 4
重九譯 獻百琛 庶邦來賀　　　3 3 4
一人有慶 萬福來同 海宴河淸　　4 4 4
偉 天下 大平景 何如　　　1 2 3 2
殊邦異域 款塞稱臣 殊邦異域 款塞稱臣　4 4 4 4
偉 天下 大平景 何如　　　1 2 3 2　　4장

惟我王 盡忠誠 心同葵藿　　　3 3 4
奉幣帛 勤梯航 虔恭侯度　　　3 3 4
上下交孚 中外寧一 小大稽首　　4 4 4
偉 三呼 萬歲景 何如　　　1 2 3 2
事大惟謹 永世無戁 事大惟謹 永世無戁　4 4 4 4
偉 三呼 萬歲景 何如　　　1 2 3 2　　5장

白岳西 盤松洞 慕華樓上　　　3 3 4
率群臣 備禮儀 開張祖席　　　3 3 4
琴瑟擊鼓 以永今夕 歌詠聖德　　4 4 4
偉 敷奏 冕旒景 何如　　　1 2 3 2
吾王赤心 天日照臨 吾王赤心 天日照臨　4 4 4 4
偉 敷奏 冕旒景 何如　　　1 2 3 2　6장

이 작품은 전편 6장으로 구성되었는데 句別로 보면, 제1구에서 제6구까지 4율자에서 1율자까지, 5회씩 均齊되어, "한림시"의 정격형 본보기를 보이고 있다. 다만 2장에서는 선원사구만 존재하고 후원사구는 탈락되었으나, "한림시"의 정격형을 그대로 따르고 있어서, 정격형의 범주에 포함시켰다.

율자율별을 보면, 4율자는 제1·2구에서 제3율어에, 제3구에서 제1율어부터 제3율어까지, 제5구는 제1율어부터 제4율어까지 균일하게 분포되었다. 3율자는 제1·2구의 제1·2율어에 균일하고, 제4·6구의 제3율어에, 2율자는 제2·4율어에 고르게 나타남은 어사렴인 때문이다. 그리고 성음렴인 1율자도 역시 제4·6구의 제1율어에서 균일하다.

율어율별을 살펴보면, 4율어격구인 4444조가 제5구에, 1232조가 제4·6구에 나타나며, 3율어격구인 444조가 제3구에, 334조가 제1·2구에 나타나므로, 정격형임을 입증한다.

	1구	3	3	4		
선원사구	2구	3	3	4		
	3구	4	4	4		
	4구	1(성음렴)	2	3	2(어사렴)	간렴구
후원사구	5구	4	4	4	4	
	6구	1(성음렴)	2	3	2(어사렴)	후렴구

이 〔歌聖德〕은 전 6장으로 이루어졌는데, 제2장에서 선원사구만 〈世宗實錄〉에 수록되었다.

첫째 정연한 6구로 짜였다.

둘째 선원사구와 후원사구로 나누어진다.

셋째 선원사구의 마지막구(제4구)의 제1율어에 "偉"라는 성음렴이 오고, 뒤를 이어 "…景…何如"라는 구는 어사렴으로, 이를 간렴구라 한다.

넷째 후원사구의 마지막구(제6구)의 제1율어에 "偉"라는 성음렴이 오고, 뒤를 이어 "…景…何如"라는 구는 어사렴으로, 이를 후렴구라 한다.

다섯째 후원사구의 첫구(제5구)에는 "재창"이 정연하게 벌여 있다.

여섯째 제1구에서 제3구까지 3율어격구고 제4구에서 제6구까지 4율어격구로 이루어졌다.

위와 같은 요건으로 이루어진 〔가성덕〕은 정구형으로 장단위가 連章된 정격형의 "한림시"가 된다. 다만 제2구에서 선원사구만 존재하고 후원사구는 탈락되었어도, 선원사구 제1구에서 제4구까지 律字律이나 律語律이 정격형을 그대로 답습하고 있어, 정격형으로 다루었다.

8) 祝聖壽 〈世宗實錄, 卷44, 11年 (1429) 己酉6月癸未〉

我朝鮮 在海東 殷父師 受周封	3 3 3 3	
偉 永荷 皇恩景 何如	1 2 3 2	1장
八條敎 啓群蒙 仁聖化 傳無窮	3 3 3 3	
偉 永荷 皇恩景 何如	1 2 3 2	2장
惟我王 繼祖宗 致其孝 盡其忠	3 3 3 3	
偉 永荷 皇恩景 何如	1 2 3 2	3장
畏天命 益虔恭 誠之至 達宸聰	3 3 3 3	
偉 永荷 皇恩景 何如	1 2 3 2	4장

帝仁聖 擴包容 懷柔篤 眷顧隆　　　　3 3 3 3
偉 永荷 皇恩景 何如　　　　　　　　1 2 3 2　　　　5장

使華至 宣皇風 絲綸密 錫予重　　　　3 3 3 3
偉 永荷 皇恩景 何如　　　　　　　　1 2 3 2　　　　6장

擧國榮 千一逢 拜舞蹈 及黃童　　　　3 3 3 3
偉 永荷 皇恩景 何如　　　　　　　　1 2 3 2　　　　7장

鼓琴瑟 奏笙鏞 筵秩秩 樂融融　　　　3 3 3 3
偉 永荷 皇恩景 何如　　　　　　　　1 2 3 2　　　　8장

化東漸 軼禹功 望北極 歌時雍　　　　3 3 3 3
偉 永荷 皇恩景 何如　　　　　　　　1 2 3 2　　　　9장

我受恩 重華嵩 祝聖壽 齊蒼穹　　　　3 3 3 3
偉 永荷 皇恩景 何如　　　　　　　　1 2 3 2　　　　10장

　이 작품은 전편 10장으로 형성되었는데 句別로 보면, 3율자가
제1구의 제1율어에서 제4율어까지 한결같고, 제2구에서는 1율자
에서 3율자까지 균일하게 이루어졌다. 변격형으로 다룬 이유는 후
원사구의 성음렴인 "偉"와 어사렴인 "…景 何如"구가 있어서, 일단
변격형으로 처리하였다. 그러나 韻字가 있는 엄연한 6言漢詩21)로
제1구의 "我朝鮮在海東 殷父師受周封"에서 "東"과 "封"은 韻字가 되
는데, "東·蒙·窮·忠·聰·隆·風·童·融·功·嵩·穹" 등은 上
平聲東韻이오, "封·宗·恭·容·重·鏞·雍·逢" 등은 上平聲冬韻

---

21) 金文基, 義相和尙의 〔西方歌〕研究, 東洋文化研究, 5輯, 慶北大東洋文
　　化研究所, 1978, p78.

이 되기에, "한림시" 평석에서는 부편으로 돌렸다. 여기서는 변격형의 "한림시"와 비교하기 위해 포함시켰다.

율자율별로 보면, 3율자가 제1구의 제1율어에서 제4율어까지 고르게 나타나며, 제2구에서는 제3율어에 나타나고 2율자는 제2구의 제2·4율어에서 보이며, 후렴구에 해당하는 성음렴인 1율자는, 제2구의 성음렴인 "偉"가 제1율어에 온다. 제2구에 어사렴인 "永荷 皇恩景 何如"구가 한결같이 보인다.

앞의 율어율을 볼때에, 4율어격구인 3333조가 제1구에 보이며, 1232조가 제2구에 보인다.

후원사구	1구	3		3		3		3		후렴구
	2구	1(성음렴)		2		3(어사렴)		2		

이 〔祝聖壽〕를 변격형으로 다룬 근거는 다음과 같다.

첫째 정격형 "한림시"와 비교할 때에, 6구가 아니다.

둘째 선원사구와 후원사구로 나누어지지 않는다.

셋째 다만 후원사구의 마지막구(제2구)의 제1율어 "偉"라는 성음렴이 오고, 이어 "永荷 皇恩景"과 "…何如"가 어사렴으로 와서, 후렴구로 본 것이다.

넷째 한림시의 특징인 "재창"이 전혀 안 보인다.

다섯째 제1구는 3율자 4율어격구로 "재창"의 성격으로 보았으나, 이는 6言漢詩로 韻字가 같으며, 제2구도 4율어격구로 되었다.

이런 형식상 요건을 볼 때에, 다만 후원사구만 존재하고 선원사구는 전혀 안 보인다. 그러기에 非定型句의 章單位로 連章되므로, 이를 變格型으로 다루었다.

86 韓國翰林詩研究

9) 五倫歌 〈樂章歌詞〉

判陰陽 位高下 天尊地卑　　　　　　　　3 3 4
生萬物 厚黎民 代作聖賢　　　　　　　　3 3 4
仁義禮智 三綱五常 秉彝之德　　　　　　4 4 4
위 萬古 流行ㅅ景 긔엇더 ᄒᆞ니잇고　　1 2 3 3 4
伏羲神農 皇帝堯舜 伏羲神農 皇帝堯舜　4 4 4 4
위 立極ㅅ景 긔엇더 ᄒᆞ니잇고　　　　1 3 3 4　　　1장

父爲天 母爲地 生我劬勞　　　　　　　　3 3 4
養以乳 敎以義 欲報鴻恩　　　　　　　　3 3 4
泣竹笋生 叩氷魚躍 至誠感神　　　　　　4 4 4
위 養老ㅅ景 긔엇더 ᄒᆞ니잇고　　　　1 3 3 4
曾參閔子 兩先生의 曾參閔子 兩先生의　4 4 4 4
위 定省ㅅ景 긔엇더 ᄒᆞ니잇고　　　　1 3 3 4　　　2장

納諫君 盡忠臣 居仁有義　　　　　　　　3 3 4
尙文德 韜武功 民得其所　　　　　　　　3 3 4
耕田鑿井 含飽鼓腹 大平盛代　　　　　　4 4 4
위 復唐虞ㅅ景 긔엇더 ᄒᆞ니잇고　　　1 4 3 4
麒麟必至 鳳凰來儀 麒麟必至 鳳凰來儀　4 4 4 4
위 祥瑞ㅅ景 긔엇더 ᄒᆞ니잇고　　　　1 3 3 4　　　3장

男有室 女有家 天定其配　　　　　　　　3 3 4
納雙雁 合二姓 文定厥祥　　　　　　　　3 3 4
情勢好合 如鼓琴瑟 夫唱婦隨　　　　　　4 4 4
위 和樂ㅅ景 긔엇더 ᄒᆞ니잇고　　　　1 3 3 4
百年偕老 死則同穴 百年偕老 死則同穴　4 4 4 4

위 言約ㅅ景 긔엇더 ᄒᆞ니잇고　　　　1 3 3 4　　　　4장

兄及弟 式相好 無相猶矣　　　　3 3 4
鬩于墻 外禦侮 死生相救　　　　3 3 4
兄恭弟順 秩然有序 和樂且湛　　　　4 4 4
위 讓義ㅅ景 긔엇더 ᄒᆞ니잇고　　　　1 3 3 4
伯夷叔齊 兩聖人의 伯夷叔齊 兩聖人의　　　　4 4 4 4
위 相讓ㅅ景 긔엇더 ᄒᆞ니잇고　　　　1 3 3 4　　　　5장

益友三 損友三 擇其善從　　　　3 3 4
補其德 責其善 無忘故舊　　　　3 3 4
有酒湑我 無酒沽我 蹲蹲舞我　　　　4 4 4
위 表誠ㅅ景 긔엇더 ᄒᆞ니잇고　　　　1 3 3 4
晏平仲의 善如人交 晏平仲의 善如人交　　　　4 4 4 4
위 久而 敬之ㅅ景 긔엇더 ᄒᆞ니잇고　　　　1 2 3 3 4　　　　6장

　전체가 6장으로 얼거러진 이 작품을 句別로 보면, 제4·6구에서는 4·3·2율자가 정격형에서 약간 벗어나는 경우가 있으나, 대체로 정격형을 그대로 유지하고 있다.

　율자율별로 보면, 4율자에서 정격형으로 나타나며, 제1장의 제4구·제6장의 제6구의 제5율어가 되어 1회씩 복합격구가 나타난다. 3율자도 제1·2·4·6구에 고르게 배포되어 있으나, 제4·6구의 제4율어에서 1회씩 나오고 있다. 2율자는 제4·6구의 제2율어에서 1회씩 역시 나타나, 빈도가 낮다. 1율자는 "한림시"의 특징을 드러내는 성음럼으로 아무런 변화가 없다.

　율어율별을 보면, 3율어격구인 334조가 제1·2구에서 우세하고, 444조가 제3구에·4율어격구인 4444조가 제5구에 고르게 나타나고 있다. 5율어 격구는 제1장 4구와 제6장 6구에서 보인다.

선원사구	1구	3	3	4			
	2구	3	3	4			
	3구	4	4	4			
	4구	1(성음렴)	3(4)	3	4	(4)(어사렴)	간렴구
후원사구	5구	4	4	4	4		
	6구	1(성음렴)	3	3	4	(4)(어사렴)	후렴구

첫째 6구로 균제되어 있다.

둘째 선원사구와 후원사구로 갈라진다.

셋째 선원사구의 마지막구(제4구)의 제1율어 "위"라는 성음렴에 이어, "…景…긔엇더 ᄒ니잇고"라는 어사렴이 붙어 간렴구가 된다.

넷째 후원사구의 마지막구(제6구)의 제1율어 "위"라는 성음렴에 이어, "…景…긔엇더 ᄒ니잇고"라는 어사렴이 붙어 후렴구가 된다.

다섯째 후원사구의 첫구(제5구)는 "재창"으로 4율어격구가 均齊되었다.

여섯째 제1구에서 제3구까지 3율어격구고 제4구에서 제6구까지는 대체로 4율어격구로 나타나며, 제1장의 4구와 제6장의 6구는 5율어격구로 복합격구가 된다.

위와 같은 〔五倫歌〕는 定句型으로 이루어지고, 章單位로 연첩되어, 正格型의 "한림시"가 된다.

10) 宴兄弟曲 〈樂章歌詞〉

父生我 母育我 同氣連枝　　　　　　　3 3 4

免襁褓 著斑爛 竹馬嬉戲　　　　　　　3 3 4

食必同案 遊必共方 無日不偕　　　　　4 4 4

위 相愛ㅅ景 긔엇더 ᄒ니잇고　　　　1 3 3 4

良智良能 天賦使然 良智良能 天賦使　　4 4 4 4

위 率性ㅅ景 긔엇더 ᄒ니잇고　　　　1 3 3 4　　　1장

就外傅 學幼儀 曉解事理　　　　3 3 4

或書字 或對句 互相則效　　　　3 3 4

我日斯邁 而月斯征 朝益暮習　　4 4 4

위 相勉ㅅ景 긔엇더 ㅎ니잇고　　1 3 3 4

中養不中 才養不才 中養不中 才養不才　　4 4 4 4

위 進德ㅅ景 긔엇더 ㅎ니잇고　　1 3 3 4　　　2장

歌常棣 詠行葦 敦其友愛　　　　3 3 4

誦角弓 觀葛藟 戒其衰薄　　　　3 3 4

豈無他人 不如同父 天生羽翼　　4 4 4

위 厚倫ㅅ景 긔엇더 ㅎ니잇고　　1 3 3 4

百年憂樂 手足常須 百年憂樂 手足常須　　4 4 4 4

위 永好ㅅ景 긔엇더 ㅎ니잇고　　1 3 3 4　　　3장

有大德 履大位 乘龍御天　　　　3 3 4

抱秉恭 謹名分 恪守臣職　　　　3 3 4

長枕大被 以庇本根 惟日戒愼　　4 4 4

위 兩全ㅅ景 긔엇더 ㅎ니잇고　　1 3 3 4

天尊地卑 情意交通 天尊地卑 情意交通　　4 4 4 4

위 無間ㅅ景 긔엇더 ㅎ니잇고　　1 3 3 4　　　4장

愛之深 敬之至 通于神明　　　　3 3 4

始于家 始於政 民興於仁　　　　3 3 4

風淳俗美 熏爲大和 産祥致瑞　　4 4 4

위 泰治ㅅ景 긔엇더 ㅎ니잇고　　1 3 3 4

順德所感 萬福來崇 順德所感 萬福來崇　　4 4 4 4

위 壽昌ㅅ景 긔엇더 ㅎ니잇고　　1 3 3 4　　　5장

　전편이 5장으로 구성된 이 작품의 句別로 보면, "한림시" 가운데
가장 정격형이 되겠다. 너무 균제되어 전혀 나무랄데가 없는 모범
이 된다. "한림시" 가운데 정격형의 모범이 되는 작품이라면, 앞으
로 이 〔宴兄弟曲〕을 서슴지 말고 예로 들어야 하겠다.

　율자율별을 보면. 4율자는 제1구부터 제6구까지 제1율어부터
제4율어까지 아주 균제되어 있고, 다음 3율자도 제1·2구의 제
1·2율어와 제4·6구의 제2·3율어에 균일하다. 1율자도 제4·6
구에서 고르게 나타났다. 그러나 2율자는 아예 보이지 않는다.

　율어율별을 살펴보면, 4율어격구에서 4444조가 제5구에·1334
조가 제4·6구에·3율어격구가 444조가 제3구에, 334조가 제
1·2구에 가즈런히 나타나고 있다.

선원사구	1구	3	3	4		
	2구	3	3	4		
	3구	4	4	4		
	4구	1(성음렴)	3	3	4(어사렴)	간렴구
후원사구	5구	4	4	4	4	
	6구	1(성음렴)	3	3	4(어사렴)	후렴구

　첫째 6구로 균제되어 있다.

　둘째 선원사구와 후원사구로 나누어진다.

　셋째 선원사구의 마지막구(제4구)의 제1율어의 "위"라는 성음렴
에 이어, "…景…긔엇더 ᄒ니잇고"라는 어사렴이 와서 이를 간렴구
라 한다.

　넷째 후원사구의 마지막구(제6구)의 제1율어의 "위"라는 성음렴
에 이어, "…景…긔엇더 ᄒ니잇고"라는 어사렴이 와서 이를 후렴구
라 한다.

　다섯째 후원사구의 첫구(제5구)에 "재창"이 와서 4율어가 균일
하다.

　여섯째 제1구에서 제3구까지는 3율어격구고 제4구에서 제6구까

지는 4율어격구로 균제되었다.

　종전에는 "한림시"의 嚆矢作 내지 代表作으로〔翰林別曲〕을 꼽았으나, 앞으로는 가장 모범이 되는〔宴兄弟曲〕을 삼아야 하지 않을까 한다. 律格面에서 율자율·율어율·구수율에서 너무 질서정연하게 벌여 있어, 판에 박은 듯하므로, 定句型의 章單位로 連疊된 模範의 正格型 "한림시"라 하겠다.

11)　彌陀讚〈涵虛得通和尙語錄, 奎章閣本〉[22]

普明空　眞淨界　本無身土	3 3 4	
爲衆生　興悲願　方有隱現	3 3 4	
我等衆生　長在迷途　無所依歸	4 4 4	
嚴土現形　寂希有	4 3	
是則名爲　幻住莊嚴　是則名爲　幻住莊嚴	4 4 4 4	
方便接引	4	1장

自受用　他受用　自他受用	3 3 4	
大化身　小化身　三種化身	3 3 4	
如是身雲　熏現自在　究竟圓滿	4 4 4	
普應無方　亦希有	4 3	
是則名爲　大慈悲父（是則名爲　大慈悲父）	4 4 4 4	
隨類攝化	4	2장

| 大悲王　大慈父　阿彌陀佛 | 3 3 4 | |

---

22)〈서울大學校開校20周年紀念貴重圖書目錄〉, p57.
　　"世宗21年(1439)에　編纂이　完了되고　다음　曦陽山鳳巖寺에서　刊行된 듯하다. 碑銘을　附錄한　것으로서　더욱　世宗때의　板本임이　確實"

頂上相　肉髻相　無盡相好　　　　　　　3 3 4

一一相好　放無量光　化無量佛　　　　　4 4 4

開悟衆生　亦希有　　　　　　　　　　　4 3

十華藏海　大人相好　十華藏海　大人相好　4 4 4 4

瞻皆仰慕　　　　　　　　　　　　　　　4　　　　　3장

阿彌陀　四十八　廣大願王　　　　　　　3 3 4

一一爲　度衆生　誠感十方　　　　　　　3 3 4

因如是願　已成正覺　現住安養　　　　　4 4 4

如願度生　亦希有　　　　　　　　　　　4 3

廣大願力　平等饒益　廣大願力　平等饒益　4 4 4 4

聞皆感化　　　　　　　　　　　　　　　4　　　　　4장

奉十善　持五戒　猶未免苦　　　　　　　3 3 4

犯十惡　干五逆　應墮無間　　　　　　　3 3 4

暫称佛號　罪無輕重　皆令遠離　　　　　4 4 4

永出三界　亦希有　　　　　　　　　　　4 3

阿彌陀佛　大悲願力　阿彌陀佛　大悲願力　4 4 4 4

皆得解脫　　　　　　　　　　　　　　　4　　　　　5장

佛光明　佛壽命　佛功德海　　　　　　　3 3 4

曆三祇　修萬行　方始究竟　　　　　　　3 3 4

但念佛號　隨功淺深　悉令超昇　　　　　4 4 4

授記作佛　亦希有　　　　　　　　　　　4 3

阿彌陀佛　大誓願王　阿彌陀佛　大誓願王　4 4 4 4

十念超昇　　　　　　　　　　　　　　　4　　　　　6장

彼佛有　九蓮臺　化現無量　　　　　　　3 3 4

念佛人 隨高下 接向其中	3 3 4	
如是方便 如是接引 悉令成佛	4 4 4	
度生無厭 亦希有	4 3	
阿彌陀佛 大方便力 阿彌陀佛 大方便力	4 4 4 4	
九品超生	4	7장
過去佛 現在佛 無量無邊	3 3 4	
四方與 上下方 佛亦無數	3 3 4	
於此諸佛 特稱彌陀 而爲第一	4 4 4	
如是高勝 亦希有	4 3	
阿彌陀佛 大威德力 阿彌陀佛 大威德力	4 4 4 4	
高勝無比	4	8장
滿三千 施七寶 功已無量	3 3 4	
更化令 訂四果 德亦無邊	3 3 4	
勸人念佛 功德勝彼 佛說分明	4 4 4	
如是德化 亦希有	4 3	
勸人自念 功行滿足 (勸人自念 功行滿足)	4 4 4 4	
直登上品	4	9장
大雄猛 大勢王 阿彌陀佛	3 3 4	
無量光 無量海 無量功德	3 3 4	
細細看來 人人分上 各自具足	4 4 4	
佛先圓證 亦希有	4 3	
唯心淨土 自性彌陀 (唯心淨土 自性彌陀)	4 4 4 4	
如佛共證	4	10장

전체가 10장으로 구성되었는데 句別로 살펴보면, 제1구에서 제

6구까지 4·3율자만 제1율어 내지 제4율어까지 균제되어 나타나고 있다. 그러나 1·2율자는 전혀 안 보인다.

율자율별로 보면, 4율자가 매구마다 나타나는데 대하여, 3율자에서는 제1·2·4구의 제1·2율어와 제3구의 제2율어에서 나타난다. 1·2율자는 전혀 보이지 않고 있으니, 이는 간렴구와 후렴구에서 "위"와 "…景…何如"가 누락된 때문이다. "한림시"의 형식으로 불교의식을 행하는데, 즐거움이나 기쁨의 마음을 불러오는, 곧 흥취의 무드를 조성하는 분위기를 나타내는 간렴구와 후렴구는, 의도적으로 除去시킨게 아닐까 한다.

율어율별로 보면, 각 율어가 제1구부터 제6구까지 均齊되어 있으나, 334조와 444조인 3율어격구는 제1·2·3구에 연하여 있고, "재창"은 "한림시"의 형식적 특성을 잘 드러내는 것으로 균제되었다.

선원사구	1구	3	3	4		
	2구	3	3	4		
	3구	4	4	4		
	4구	4	3			간렴구없음
후원사구	5구	4	4	4	4	
	6구	4				후렴구없음

첫째 짜임이 6구로 균일하다.

둘째 선원사구와 후원사구로 나누어진다.

셋째 선원사구의 마지막구(제4구) 제1율어에 "위"라는 성음렴과 "…景…幾何如"라는 어사렴이 탈락되고 대신에 "寂希有·亦希有"가 왔다. 다만 43조인 2율어격구가 보일 뿐이다. 이는 涵虛己和가 世宗朝 宮中佛事에 참여했고, 아울러 왕궁의 근엄한 불교의식에서, 마치 잔치마당의 흥취를 돋우는 간렴구나 후렴구의 성음렴이나 어사렴은 적의하지 못해, 의도적으로 누락[23]시킨 것이 아닐까 한다.

넷째 후원사구의 마지막구(제6구) 제1율어격구인 "위"와 그 뒤를 잇는 제2·3·4율어인 "…景…幾何如"가 탈락되고, 1율어에 4율자만 남아 있다.

다섯째 후원사구의 첫째구(제5구)의 "재창"이 균일하다. 그러나 〈涵虛得通和尙語錄〉의 原典에는 "재창"이 누락된 부분도 있어, 이는 ( )표로 표기하였다.

여섯째 제1구에서 제3구까지는 3율어격구고, 제4구는 2율어격구 제5구는 4율어격구 제6구는 1율어격구로 나타나고 있어, 다른 "한림시"처럼 4율어격구로 통일되어 있지는 않다.

〔安養讚〕·〔彌陀經讚〕등은 "한림시"의 율격면에서 중요시 되는, 제4·6구의 斂句의 "위"와 "…景…幾何如"구가 누락된 것은, 궁중의 불교의식에서 잔치분위기의 흥취를 돋우는, 이 염구가 맞지 않아 의도적으로 제외시킨 것이다.

이 작품은 기본 6구로 제5구의 "재창"과, 제1구에서 제3구까지의 律字律이나 律語律 등을 고려해 보면, 定句型의 章單位로 連疊되어 나가는 모습에서, 正格型으로 다루지 않을 수 없다.

12) 安養讚 〈涵虛得通和尙語錄, 奎章閣本〉

大導師 阿彌陀 現彼接引　　　　　　3 3 4
我本師 釋迦文 勸令往生　　　　　　3 3 4
彼此如來 同以大悲 各設方便　　　　4 4 4
共度迷倫 寂希有　　　　　　　　　　4 3
彼佛此佛 大悲大化 彼佛此佛 大悲大化　4 4 4 4
恩愈父母　　　　　　　　　　　　　　4　　　　1장

曰極樂 曰安養 名彼佛土　　　　　　3 3 4

---

23) 김동임, 景幾體歌研究, 釜山大碩士學位論文, 1993, p54.

無量光 無量壽 名彼如來	3 3 4	
但聞其名 其中活計 一念便知	4 4 4	
欣彼往生 亦希有	4 3	
佛於彼國 現住說法（佛於彼國 現住說法）	4 4 4 4	
海會昭然	4	2장
彼佛國 無三惡 亦無八苦	3 3 4	
往生人 身金色 皆具妙相	3 3 4	
宮殿隨身 衣食自然 一切具足	4 4 4	
常享無極 亦希有	4 3	
寶衣寶具 香饌珍羞（寶衣寶具 香饌珍羞）	4 4 4 4	
隨念現前	4	3장
七重欄 七重網 七重行樹	3 3 4	
七寶池 七寶臺 七寶樓閣	3 3 4	
一一華麗 瑩徹無礙 交影重重	4 4 4	
清淨嚴飾 亦希有	4 3	
寶臺寶閣 寶樹寶網（寶臺寶閣 寶樹寶網）	4 4 4 4	
莊嚴妙好	4	4장
七寶池 八德水 充滿其中	3 3 4	
池邊有 四階道 衆寶合成	3 3 4	
池中蓮花 大如車輪 開敷水面	4 4 4	
於中受生 亦希有	4 3	
九品蓮臺 次第碁布（九品蓮臺 次第碁布）	4 4 4 4	
隨分受生	4	5장
黃金地 碧虛空 常作天樂	3 3 4	

雨天花 香芬馥 晝夜六時　　　　　　　　　3 3 4

其中衆生 身乘寶殿 賚衆妙花　　　　　　4 4 4

供養他方 亦希有　　　　　　　　　　　　4 3

十方佛土 飯食頃行（十方佛土 飯食頃行）　4 4 4 4

往返無碍　　　　　　　　　　　　　　　　4　　　　　6장

白鶴與 孔雀等 出和雅音　　　　　　　　3 3 4

微風吹 動諸樹 出微妙聲　　　　　　　　3 3 4

聞是音者 自然皆生 念佛法心　　　　　　4 4 4

增進修行 亦希有　　　　　　　　　　　　4 3

寶樹寶臺 放光說法（寶樹寶臺 放光說法）　4 4 4 4

宣流法化　　　　　　　　　　　　　　　　4　　　　　7장

阿彌陀 成正覺 於今十劫　　　　　　　　3 3 4

往生人 無高下 與佛齊壽　　　　　　　　3 3 4

十念成就 承佛願力 自然往生　　　　　　4 4 4

永斷生死 亦希有　　　　　　　　　　　　4 3

承佛願力 十念往生 承佛願力 十念往生　　4 4 4 4

壽命長遠　　　　　　　　　　　　　　　　4　　　　　8장

觀世音 大勢至 無量海衆　　　　　　　　3 3 4

具善根 有福德 諸上善人　　　　　　　　3 3 4

於中坐臥 見聞熏習 精進修行　　　　　　4 4 4

同趣菩提 亦希有　　　　　　　　　　　　4 3

諸上善人 以爲法侶（諸上善人 以爲法侶）　4 4 4 4

熏習增進　　　　　　　　　　　　　　　　4　　　　　9장

若一日 若二日 乃至七日　　　　　　　　3 3 4

一心念 阿彌陀 諸罪消滅　　　　　　　　3 3 4
臨命終時 蒙佛菩薩 放光接引　　　　　4 4 4
九蓮化往 亦希有　　　　　　　　　　　4 3
已發今發 當發願王 (已發今發 當發願王)　4 4 4 4
皆得往生　　　　　　　　　　　　　　4　　　　　　10장

앞의 〔彌陀讚〕과 동일하여, 논급은 생략한다

13) 彌陀經讚 〈涵虛得通和尙語錄, 奎章閣本〉

大矣哉 大導師 釋迦文佛　　　　　　　3 3 4
應群機 開三乘 無法不說　　　　　　　3 3 4
更於其間 別開方便 演說是經　　　　　4 4 4
令修淨土 寔希有　　　　　　　　　　　4 3
大悲世尊 說示此經 大悲世尊 說示此經　4 4 4 4
如暗得燈　　　　　　　　　　　　　　4　　　　　　1장

可憐生 可憐愍 我等衆生　　　　　　　3 3 4
生復死 死復生 苦無盡期　　　　　　　3 3 4
惟我世尊 善權方便 開示勸進　　　　　4 4 4
令不退墮 亦希有　　　　　　　　　　　4 3
惟我本師 導生大悲 (惟我本師 導生大悲)　4 4 4 4
如保赤子　　　　　　　　　　　　　　4　　　　　　2장

彼佛國 名極樂 安養淨土　　　　　　　3 3 4
我本師 示人天 所以爲樂　　　　　　　3 3 4
其中莊嚴 種種殊勝 滿口稱揚　　　　　4 4 4
勸令往生 亦希有　　　　　　　　　　　4 3

我大導師 無上法王 (我大導師 無上法王)　4 4 4 4
讚彼淨土　4　　　　　3장

彼佛號 無量光 亦無量壽　3 3 4
我本師 示人天 所以無量　3 3 4
不可思議 功德之利 滿口稱揚　4 4 4
勸令勤念 亦希有　4 3
我大導師 衆聖中尊 (我大導師 衆聖中尊)　4 4 4 4
讚彼彌陀　4　　　　　4장

東南方 西北方 上下諸佛　3 3 4
廣長舌 遍大千 說誠實言　3 3 4
汝等衆生 當信諸佛 所護念經　4 4 4
如是同讚 亦希有　4 3
佛佛皆以 廣長舌相 (佛佛皆以 廣長舌相)　4 4 4 4
同讚勸持　4　　　　　5장

如本師 釋迦尊 讚佛功德　3 3 4
彼諸佛 亦稱讚 我佛如來　3 3 4
能於五濁 成大菩提 說難信法　4 4 4
如是相讚 亦希有　4 3
彼此如來 皆因極樂 (彼此如來 皆因極樂)　4 4 4 4
互相稱讚　4　　　　　6장

讚淨土 讚彌陀 說此經已　3 3 4
舍利佛 諸比丘 八部龍天　3 3 4
聞佛所說 歡喜踊躍 信受奉行　4 4 4
流通法化 亦希有　4 3

聞經受持　發願往生（聞經受持　發願往生）　　4 4 4 4
其數無量　　　　　　　　　　　　　　　　　　4　　　　　　　　7장

正像法　各千年　已成過去　　　　　　　　　　3 3 4
往生人　不可計　皆承經力　　　　　　　　　　3 3 4
奇歟此經　群經滅後　獨留於世　　　　　　　　4 4 4
度盡有緣　亦希有　　　　　　　　　　　　　　4 3
凡有見聞　皆得往生（凡有見聞　皆得往生）　　4 4 4 4
同登彼岸　　　　　　　　　　　　　　　　　　4　　　　　　　　8장

過去與　現在世　無量諸佛　　　　　　　　　　3 3 4
莫佛爲　度衆生　出現於世　　　　　　　　　　3 3 4
我等佛子　於彼諸佛　早當廻機　　　　　　　　4 4 4
到此知非　亦希有　　　　　　　　　　　　　　4 3
奇哉妙哉　我佛風化（奇哉妙哉　我佛風化）　　4 4 4 4
忽然回頭　　　　　　　　　　　　　　　　　　4　　　　　　　　9장

離生死　大方便　無敎不說　　　　　　　　　　3 3 4
指徑路　度群迷　此尤深切　　　　　　　　　　3 3 4
無始至今　長沉愛河　不知出要　　　　　　　　4 4 4
因此知歸　亦希有　　　　　　　　　　　　　　4 3
廣矣大矣　此經威德（廣矣大矣　此經威德）　　4 4 4 4
靡然趨化　　　　　　　　　　　　　　　　　　4　　　　　　　10장

〔彌陀經讚〕도 앞의 〔彌陀讚〕의 율격과 같아 설명은 생략한다.

14) 西方歌 〈念佛作法, 成均館大本〉[24]

從是西　過十萬億　佛國土	3 4 3
有世界　名極樂　安養淨土	3 3 4
其土有佛　號阿彌陀　現在說法	4 4 4
爲　敎化　衆生景　긔엇더　ᄒ닝잇고	1 2 3 3 4
唯心淨土　自性彌陀　唯心淨土　自性彌陀	4 4 4 4
爲　返淨　卽是景　나ᄂᆞᆫ　됴해라	1 2 3 2 3　　1장

其國人　無衆苦　但受諸樂	3 3 4
七重欄　七重網　七重行樹	3 3 4
皆是四寶　周匝圍繞　爲　故名極樂	4 4 1 4
爲　功德　莊嚴景　긔엇더　ᄒ닝잇고	1 2 3 3 4
極樂不離　眞法界中　極樂不離　眞法界中	4 4 4 4
爲　撻矢成佛　나ᄂᆞᆫ　됴해라	1 4 2 3　　2장

七寶池　八功德水　充滿其中	3 4 4
寶開上　有樓閣　衆寶合成	3 3 4
池中蓮花　大如車輪　雜色光明	4 4 4
爲　微妙　香潔景沙　긔엇더　ᄒ닝잇고	1 2 4 3 4
九品超生　坐寶蓮花　九品超生　坐寶蓮花	4 4 4 4
爲　受諸快樂　나ᄂᆞᆫ　됴해라	1 4 2 3　　3장

黃金地　碧虛空　常作天樂	3 3 4

---

24) 〈念佛作法〉의　末尾에 "隆慶6年(宣祖5年, 1572)壬申4月日開刊於千佛
　　山開元寺"으로　記錄.
　　임기중외, 〈경기체가연구〉, 태학사, 1997, p23
　　"1575년(선조8년) 담양군龍泉寺에서　간행한　목판본　1책의　염불의
　　식집이다"

雨天花　香分付　晝夜六時　　　　　　　３ ３ ４

常公淸但　合以交戒　成衆妙花　　　　　４ ４ ４

爲　供養　他方景伊 그엇더 ᄒ닝잇고　　１ ２ ４ ３ ４

十方佛刹　正行自在　十方佛刹　正行自在　４ ４ ４ ４

爲　勝事　諸佛景伊 나는 됴해라　　　　１ ２ ４ ２ ３　　　４장

彼國有　雜色鳥　種種奇妙　　　　　　　３ ３ ４

白鶴與　孔雀等　鸚鵡舍利　　　　　　　３ ３ ４

加凌頻加　共命之鳥　出和雅音　　　　　４ ４ ４

爲　演暢　說法景 그엇더 ᄒ닝잇고　　　１ ２ ３ ３ ４

欲令法音　宣流變化　欲令法音　宣流變化　４ ４ ４ ４

爲　緣念　三昧景 나는 됴해라　　　　　１ ２ ３ ２ ３　　　５장

微風吹　動諸樹　及寶羅網　　　　　　　３ ３ ４

出妙音　百天樂　同時俱作　　　　　　　３ ３ ４

聞是音者　自然心生　念佛念法　　　　　４ ４ ４

爲　念僧景 그엇더 ᄒ닝잇고　　　　　　１ ３ ３ ４

寶樹光明　亦能說法　寶樹光明　亦能說法　４ ４ ４ ４

爲　聞法　歡喜景沙 나는 됴해라　　　　１ ２ ４ ２ ３　　　６장

佛光明　佛壽命　無量無邊　　　　　　　３ ３ ４

往生人　壽長遠　與佛無異　　　　　　　３ ３ ４

阿彌陀佛　成佛移來　於今十劫　　　　　４ ４ ４

爲　壽命　長遠景沙 그엇더 ᄒ닝잇고　　１ ２ ４ ３ ４

乘佛願力　自然皆生　乘佛願力　自然皆生　４ ４ ４ ４

爲　永斷　生死景沙 나는 됴해라　　　　１ ２ ４ ２ ３　　　７장

菩薩衆　聲聞衆　其數甚多　　　　　　　３ ３ ４

皆不退 亦多有 一生補處　　　　　　　3 3 4

衆生聞者 應當發願 生彼國土　　　　　4 4 4

爲 但會 一處景 긔엇더 ᄒᆞ닝잇고　　1 2 3 3 4

諸上善人 以爲朋伴 諸上善人 以爲朋伴　4 4 4 4

爲 熏習 增進景 나ᄂᆞᆫ 됴해라　　　1 2 3 2 3　　　8장

阿彌陀佛 四十八大 誓願生　　　　　　4 4 3

十念者 皆往生 佛說分明　　　　　　　3 3 4

何況一念 全持名號 成就三昧　　　　　4 4 4

爲 直證 上品景沙 긔엇더 ᄒᆞ닝잇고　1 2 4 3 4

阿彌陀佛 慈悲願力 阿彌陀佛 慈悲願力　4 4 4 4

爲 殊勝 功德景沙 나ᄂᆞᆫ 됴해라　　1 2 4 2 3　　　9장

極樂國 大敎主 阿彌陀　　　　　　　　3 3 3

觀世音 大勢至 諸大菩薩　　　　　　　3 3 4

娑婆世界 念佛衆生 攝受無邊　　　　　4 4 4

爲 寶皆 接人景 긔엇더 ᄒᆞ닝잇고　　1 2 3 3 4

知與不知 相逢勸念 知與不知 相逢勸念　4 4 4 4

爲 生生 極樂景 나ᄂᆞᆫ 됴해라　　　1 2 3 2 3　　　10장

　이 작품은 전체 10장으로 구성되었다. 句別로 살펴보면, 율격의 변화가 없는 구는, 제2·5구의 제1율어에서 제4율어까지는 3율자와 4율자가 가즈런하다. 그러나 제1구에서 4율자와 3율자가 섞여 있고, 제4·6구에서도 제1율어를 제외하고는 4율자에서 2율자까지, 제2율어에서 제5율어까지 다소 변화를 보이고 있으나, 정격형 "한림시"임에는 틀림없다.

　율자율별을 보면, 4율자가 3·5구에는 아주 두드러지며, 그밖에도 매구마다 제2율어에서 5율어까지 보이고 있다. 그리고 3율자

도 제1·2구의 제1·2율어에서 나타나며, 제4·6구에서는 제3·4·5율어에 산재되어 나타나고 있다. 2율자는 제4구 제2율어와 제6구의 제2·4율어에서 보인다. 1율자는 제4·6구의 제1율어에서 균제되어 나타난다.

율어율별을 살펴보면, 4율어격구에서 4444조가 제5구와 3율어격구에서·444조가 제3구에·334조가 제1·2구에 두드러지며, 그밖에 5율어격구에서 12334조·12434조가 제4구에, 12423조와 12323조가 제4·6구에 현저하게 나타난다.

선원사구	1구	3	3(4)	4(3)			
	2구	3	3	4			
	3구	4	4	4	(4)		
	4구	1(성음렴)	2	3(4)	3	4(어사렴)	간렴구
후원사구	5구	4	4	4	4		
	6구	1(성음렴)	2(4)	4(3)	2	3(어사렴)	후렴구

첫째 6구로 형성되었다.

둘째 선원사구와 후원사구로 이루어졌다.

셋째 선원사구의 마지막구(제4구) 제1율어의 성음렴 "爲"를 이어, 제2율어에서 제5율어 사이에 어사렴"…景…긔엇더 ᄒ닝잇고"구가 있어, 이는 간렴구가 된다.

넷째 후원사구의 마지막구(제6구) 제1율어의 성음렴 "爲"를 이어, 제2율어에서 제5율어 사이에 어사렴"…景…나는 됴해라"로 후렴구가 되며, "긔엇더 ᄒ니잇고"와 대치되고 있다.

다섯째 후원사구의 첫구(제5구)는 "재창"이 4율어격구로 균제되었다.

여섯째 제1구에서 제3구까지는 3율어격구요, 제4·6구는 5율어격구가 되어 복합격구가 되나, 제6장의 4구와 제2장·제3장의 6구는 4율어격구가 된다.

〔西方歌〕도 제6구에서 "爲"라는 성음렴 다음에 "…景…나는 됴해라"라는 어사렴으로 대치된다 하더라도, "한림시"의 정구형으로서 章單位로 連疊되어 나가는 이 작품은, 정연한 정격형의 "한림시"가 되겠다.

15) 騎牛牧童歌 〈寂滅示衆論, 國立中央圖書館本〉[25]

生生世世 頓脫邪見 遠離邪魔	4 4 4
世世生生 絶貪嗔癡 除滅我慢	4 4 4
爲 回向 三處景 幾何如 爲尼伊古	1 2 3 3 4
回向三處 實相圓滿 回向三處 實相圓滿	4 4 4 4
爲 度諸 迷淪景 我好下ㅅ 阿彌陀佛(云云)	1 2 3 4 4　　1장

如呑今後 後不復造 恒住淨戒	4 4 4
業旣淸淨 具發菩提 究竟成道	4 4 4
爲 報佛 大恩景 幾何多 爲尼伊古	1 2 3 3 4
報佛大恩 大丈夫亦 報佛大恩 大丈夫亦	4 4 4 4
爲 發明 輪回景 我好下ㅅ 阿彌陀佛(云云)	1 2 3 4 4　　2장

歷覽宗師 決疑眞宗 更加精進	4 4 4
鶉衣一瓢 世世生生 不退淨行	4 4 4
爲 出於 根塵景 幾何多 爲尼伊古	1 2 3 3 4
出於根塵 萬物无心 出於根塵 萬物无心	4 4 4 4
爲 四洲 遊方景 我好下ㅅ 阿彌陀佛(再云)	1 2 3 4 4　　3장

無念無思 是名長安 佛祖傳心	4 4 4

---

25) 〈寂滅示衆論〉의 末尾에 "皇明成化歲在辛丑(成宗12年, 1481)暮春下澣新刊於雉岳山上院庵"이라 記錄.

頓息緣慮　寂滅空中　清淨法身　　　　　4 4 4

爲　空寂　靈知景　幾何多　爲尼伊古　　1 2 3 3 4

空寂靈知　本來面目　空寂靈知　本來面目　4 4 4 4

爲　返淨　卽是景　我好下ㅅ　阿彌陀佛(再云)　1 2 3 4 4　　　4장

頓悟妙用　本是靈源　一念不生　　　　　4 4 4

前後際斷　衆見趙州　常住道場　　　　　4 4 4

爲　自然　天堂景　幾何多　爲尼伊古　　1 2 3 3 4

自然天堂　頓敎法門　自然天堂　頓敎法門　4 4 4 4

爲　自照　元明景　我好下ㅅ　阿彌陀佛(再云)　1 2 3 4 4　　　5장

湛然空寂　本無一物　惺寂等持　　　　　4 4 4

不隨情識　不隨見聞　不隨生滅　　　　　4 4 4

爲　定慧　等持景　幾何多　爲尼伊古　　1 2 3 3 4

定慧等持　絶疑思量　定慧等持　絶疑思量　4 4 4 4

爲　蒙佛　授記景　我好下ㅅ　阿彌陀佛(再云)　1 2 3 4 4　　　6장

虛靈不昧　常住靈山　三昧之功　　　　　4 4 4

本無是非　本无眞妄　能所俱忘　　　　　4 4 4

爲　成就　大圓景　幾何多　爲尼伊古　　1 2 3 3 4

成就大圓　道者是亦　成就大圓　道者是亦　4 4 4 4

爲　本自　圓成景　我好下ㅅ　阿彌陀佛(再云)　1 2 3 4 4　　　7장

從體起用　攝用歸體　刹那逢箭　　　　　4 4 4

心體虛通　廣通三際　通達无我　　　　　4 4 4

爲　卽離　諸相景　幾何多　爲尼伊古　　1 2 3 3 4

卽離諸相　願共衆生　卽離諸相　願共衆生　4 4 4 4

爲　共證　離相景　我好下ㅅ　阿彌陀佛(再云)　1 2 3 4 4　　　8장

種種幻化 皆生如來 圓覺妙心　　　　　4 4 4

不識此意 迷眞逐妄 生死輪回　　　　　4 4 4

爲 忽然 心覺景 幾何多 爲尼伊古　　　1 2 3 3 4

忽然心覺 普告諸人 忽然心覺 普告諸人　4 4 4 4

爲 同訂 覺岸景 我好下ㅅ 阿彌陀佛(再云)　1 2 3 4 4　　　9장

飮光傳灯 平等法會 佛日增暉　　　　　4 4 4

元是淸淨 大寂圓通 能到靑虛　　　　　4 4 4

爲 本無 形相景 幾何多 爲尼伊古　　　1 2 3 3 4

本无形相 遍照大千 本无形相 遍照大千　4 4 4 4

爲 江湖 滿月景 我好下ㅅ 阿彌陀佛(再云)　1 2 3 4 4　　　10장

釋迦世尊 雪山雲中 六年苦行　　　　　4 4 4

菩提回向 開口說法 无彼无此　　　　　4 4 4

爲 廣度 衆生景 幾何多 爲尼伊古　　　1 2 3 3 4

廣度衆生 自利他利 廣度衆生 自利他利　4 4 4 4

爲 大願 境界景 我好下ㅅ 阿彌陀佛(再云)　1 2 3 4 4　　　11장

涅槃會上 釋尊飮光 知音相對　　　　　4 4 4

菩薩當前 示現神通 亦是虛傳　　　　　4 4 4

爲 至今 流傳景 幾何多 爲尼伊古　　　1 2 3 3 4

普告一切 修道人ㅅ 普告一切 修道人ㅅ　4 4 4 4

爲 本來 虛玄景 我好何ㅅ 阿彌陀佛(再云)　1 2 3 4 4　　　12장

"한림시" 가운데 12장으로 되어, 가장 긴 작품이다. 句別로 보면
제1·2·4구에서 주로 4율자가 현저하며, 1율자는 제3·5구의
제1율어에서 우세하다. 2율자도 제3·5구의 제2율어에서 두드러
지며, 3율자는 제3구에서 제3·4율어에 현저하고, 4율자는 제3구

의 제5율어에 그리고 제5구의 제4·5율어에 두드러진다.

율자율별을 보면, 4율자에서는 제1율어부터 제5율어까지 골고루 배포되어 있으며, 3율자는 제3·5구에서 제3·4율어에 보이며, 아울러 1율자도 제3·5구의 제1율어에서 보인다.

율어율별로 보면, 3율어격구인 444조가 제1·2구에 겹쳐 나올 뿐, 그밖에는 5율어격구나 4율어격구가 제3구에서 제5구까지 골고루 분포되어 있다.

선원사구	1구	4		4	4			
	2구	4		4	4			
	3구	1(성음렴)	2	3	3	4(어사렴)	간렴구
후원사구	4구	4		4	4	4		
	5구	1(성음렴)	2	3	4	4(어사렴)	후렴구

첫째 "한림시"의 기본 6구에서 벗어난 5구로 되어 있다.

둘째 선원사구 3구와 후원사구 2구로 나누어졌다.

셋째 先原詞句의 마지막구(제3구) 제1율어인 "爲"란 성음렴에 이어, "…景…幾何如 爲尼伊古"란 어사렴이 와서, 간렴구가 된다.

넷째 後原詞句의 마지막구(제5구) 제1율어인 "爲"란 성음렴에 이어, "…景 我好下ㅅ(나됴하라) 阿彌陀佛"이란 어사렴이 와서, 후렴구가 된다.

다섯째 후원사구의 첫째구(제4구)에는 4율어인 "再唱"이 정연하게 벌여 있다.

여섯째 제1·2구는 3율어격구에 4율자로 균제되었고, 제5구는 4율어격구에 4율자로 균일하며, 다만 제3·5구는 간렴구와 후렴구로 5율어격구는 복합격구가 된다.

〔騎牛牧童歌〕는 정격형 "한림시"의 1구가 빠진 채, 4율자의 빈도가 높은 가운데, 제5구의 어사렴에 "我好下ㅅ 阿彌陀佛"구가 대치

되긴 했지만, 이는 염구로 처리된다. 따라서 非定型句이면서 章單位로 連章되는 變容型의 한림시가 되겠다.

16) 不憂軒曲 〈不憂軒集, 奎章閣本〉[26]

山四回 水重抱 一畝儒宮	3 3 4	
向陽明 開南窓 名不憂軒	3 3 4	
左琴書 右博奕 隨意逍遙	3 3 4	
偉 樂以 忘憂景 何叱多	1 2 3 2	
平生立志 師友聖賢 平生立志 師友聖賢	4 4 4 4	
偉 遵道 而行景 何叱多	1 2 3 2	1장
晩生員 老及第 樂天知命	3 3 4	
再訓導 三敎授 誨人不倦	3 3 4	
家塾三間 鳩聚童蒙 詳說句讀(두)	4 4 4	
偉 諄諄 善誘景 何叱多	1 2 3 2	
不亦樂乎 負芨書生 不亦樂乎 負芨書生	4 4 4 4	
偉 自遠 方來景 何叱多	1 2 3 2	2장
再上疏 闢異端 依乎中庸	3 3 4	
進以禮 退以義 守身爲大	3 3 4	
備員霜臺 具臣薇垣 引年致仕	4 4 4	
偉 如釋 重負景 何叱多	1 2 3 2	
一介孤臣 濫承天寵 一介孤臣 濫承天寵	4 4 4 4	
偉 再叅 原從景 何叱多	1 2 3 2	3장
耕田食 鑿井飮 不知帝力	3 3 4	

---

26) 正祖10年(1786) 후손 孝穆에 의하여 2卷1冊으로 初刊.

賞良辰 設賓筵 兄弟朋友　　　　　　　　3 3 4

談笑之間 不遑他及 孝悌忠臣　　　　　　4 4 4

偉 樂且 有儀景 何叱多　　　　　　　　　1 2 3 2

舞之蹈之 歌詠聖德 舞之蹈之 歌詠聖德　4 4 4 4

偉 祈天 永命景 何叱多　　　　　　　　　1 2 3 2　　　　　4장

尹之任 惠之和 我無能焉　　　　　　　　3 3 4

聖之時 顏之樂 乃所願也　　　　　　　　3 3 4

上不怨天 下不尤人 心廣體胖　　　　　　4 4 4

偉 不懼 不憂景 何叱多　　　　　　　　　1 2 3 2

不忮不求 何用不臧 不忮不求 何用不臧　4 4 4 4

偉 古訓 是式景 何叱多　　　　　　　　　1 2 3 2　　　　　5장

壬辰歲 四月初 抑有奇事　　　　　　　　3 3 4

降諭書 到衡門 閭里觀光　　　　　　　　3 3 4

廉介自守 不求聞達 敎誨童蒙　　　　　　4 4 4

偉 過蒙 褒奬景 何叱多　　　　　　　　　1 2 3 2

特加三品 時致惠養 特加三品 時致惠養　4 4 4 4

偉 聖恩 深重景 何叱多　　　　　　　　　1 2 3 2　　　　　6장

樂乎伊隱底 不憂軒 伊亦　　　　　　　　4 3 2

樂乎伊隱底 不憂軒 伊亦　　　　　　　　4 3 2

偉 作此好歌 消遣 世慮景 何叱多　　　　1 4 2 3 2　　　　7장

　句別을 살펴보면, 각구마다 4율자에서 1율자까지 균일한 율격을 잘 지키고 있다. 다만 3율자가 제1장 제3구의 제1·2율어에서 각기 1회씩 나타나는 이외는, 정격형의 "한림시"의 율격을 지니고 있다.

律字律別을 보면, 4율자에서는 제1·2·3·5구에 두드러지게 나타나며, 3율자에서는 제1·2구에 현저하고 제4·6구는 제3율어에 나타난다. 그리고 2율자는 제4·6구의 제2·4율어에 드러나며, 1율자는 제4·6구의 제1율어에만 "한림시"의 특징으로 나타난다.

율어율별을 살펴 보면, 4율어격구인 4444조는 제5구에, 1232조는 제4·6구에 현저하다. 3율어격구인 444조는 제3구에, 334조는 제1·2구에 두드러지게 나타나고 있다.

선원사구	1구	3	3	4		
	2구	3	3	4		
	3구	4	4	4		
	4구	1(성음렴)	2	3	2(어사렴)	간렴구
후원사구	5구	4	4	4	4	
	6구	1(성음렴)	2	3	2(어사렴)	후렴구

첫째 6구로 형성되었다.

둘째 선원사구와 후원사구로 분단된다.

셋째 先原詞句의 마지막구(제4구) 제1율어의 "偉"는 聲音斂이고, 이어 "…景 何叱多"는 語辭斂으로, 이를 間斂句라 한다.

넷째 後原詞句의 마지막구(제6구) 제1율어의 "偉"는 聲音斂이고, 이어 "…景…何叱多"는 語辭斂으로, 이를 後斂句라 한다.

다섯째 후원사구의 첫구(제5구)는 "再唱"으로, 4율어격구가 균일하다.

여섯째 제1구에서 제3구까지는 3율어격구고, 제4구에서 제6구까지는 4율어격구로 배포되었다.

이는 定句型으로서 章單位로 連章된 正格型의 "한림시"나, 제7장은 3구로 이루어져 變格型이 된다.

1구	4	3	2		
2구	4	3	2		
3구	1(성음렴)	4	2	3	2(어사렴)

① 제1구와 제2구는 율자율이나 율어율이 같아, 반복되는 "재창"의 성격을 지니고 있다.

② 선원사구 후원사구의 구분이 없다.

③ 제3구에 성음렴인 "偉"에 이어 어사렴인 "…景…何叱多"가 있다.

④ 제1·2구는 3율어고, 제3구는 5율어격구로 이루어져 복합격구가 된다.

따라서 이 7장은 "한림시" 정격형의 선원사구가 없이 후원사구만 존재한다. 이 역시 非定句型으로 結構된 변격형이 된다. 이 작품은 6장까지 정격형이 되고, 7장만 변격형이 된다. 이 역시 丁克仁이 引年致仕하고 고향으로 돌아와 閑日月하는 속에, 特加三品과 時致惠養의 王恩을 받고 보니, 그 기쁜 마음을 표현하기 위해, 끄트머리章은 차라리 "한림시"의 정격형을 과감히 탈피하는 변화를 줌으로써, 자신의 기쁨을 한껏 表露하려 한 것이다. 丁克仁도 〔不憂軒歌〕를 썼는데, 末章의 變格型은 이와 아울러 고려되어야 하겠다.

17) 錦城別曲 〈咸陽朴氏世譜, 己酉譜(1789)〉[27]

海之東 湖之南 羅州大牧　　　　　　3 3 4

錦城山 錦城浦 亘古流峙　　　　　　3 3 4

爲 鍾秀 人才景 幾何如　　　　　　1 2 3 3

---

27) 〈咸陽朴氏世譜〉의 末尾에 "崇禎記(紀)元後三己酉(正祖13年,1789)孟冬初吉始印于靈巖月出山龍華堂訖功于季冬二十五日後孫生員良德(字好是, 1713~?)都有司…"

千年勝地　民安物阜　千年勝地　民安物阜　　　4 4 4 4
爲　佳氣　葱籠景　幾何如　　　　　　　　　1 2 3 3　　　　1장

大成殿　明倫堂　前廟後寢　　　　　　　　　3 3 4
東西齋廊　左右夾室　泮水洋洋　　　　　　　4 4 4
手植檜　碧松亭　高隱鄕校　　　　　　　　　3 3 4
七十門人　三千弟子　濟濟蹌蹌　　　　　　　4 4 4
爲　切磋　琢磨景　幾何如　　　　　　　　　1 2 3 3
有時漁經　有時獵史　有時漁經　有時獵史　　4 4 4 4
爲　日就　月將景　幾何如　　　　　　　　　1 2 3 3　　　　2장

金牧伯　吳通判　一時人傑　　　　　　　　　3 3 4
九重分憂　千里爲州　克勤克儉　　　　　　　4 4 4
善政善敎　仁聲仁聞　時致三異　　　　　　　4 4 4
爲　以德　化民景　幾何如　　　　　　　　　1 2 3 3
修明學校　尤致意焉　修明學校　尤致意焉　　4 4 4 4
爲　養育　人才景　幾何如　　　　　　　　　1 2 3 3　　　　3장

朴敎授　大先生　時居皐比　　　　　　　　　3 3 4
施五敎　叩兩端　諄諄善誘　　　　　　　　　3 3 4
爲　振起　文風景　幾何如　　　　　　　　　1 2 3 3
慇斯懃斯　函丈從容　慇斯懃斯　函丈從容　　4 4 4 4
爲　師明　弟哲景　幾何如　　　　　　　　　1 2 3 3　　　　4장

金叔勳　崔貴源　父母俱存　　　　　　　　　3 3 4
羅渙興　羅慶源　兄弟無故　　　　　　　　　3 3 4
羅振文　羅慶光　始起家風　　　　　　　　　3 3 4
金崇祖　洪貴枝　年少才能　　　　　　　　　3 3 4

羅顯羅贊 四寸兄弟 共上	4 4 2
爲 蓮榜景 幾何如	1 3 3
何伊樂乎 一鄕人才 何伊樂乎 一鄕人才	4 4 4 4
爲 十人 同年景 幾何如	1 2 3 3 5장

笑西施 萬喚來 淸歌妙舞	3 3 4
勝牧丹 亞應兒 橫吹玉笛	3 3 4
下三山 桂一枝 交彈寶瑟	3 3 4
細柳枝 一枝花 雙伽倻琴	3 3 4
咏周南 滿園幽 竝手長鼓	3 3 4
舞鼓逢逢 磬管鏘鏘 五音六律 同時俱作	4 4 4 4
爲 醉裏 歡場景 幾何如	1 2 3 3
商山月 巫山月 偏照書窓 商山月 巫山月 偏照書窓	3 3 4 3 3 4
爲 待使 華獨調景 幾何如	1 2 4 3 6장

　　정격형의 3장을 제외하면 전체가 5구 내지 9구로 句別부터 살
펴보면, 제1구에서 제5구까지는 비교적 정격형의 율격을 지켰으
나, 제6구에서 제9구까지는 4율자에서 1율자까지로 고루 분포되
어 있다. 더구나 정격형은 6구가 기본이 되나, 5구가 제1장·제4
장이오, 제2장이 7구·제5장이 8구·제6장이 9구로, 이들은 기본
6구에서 줄거나 불어나거나, 선원사구의 마지막 간렴구와 후원사
구의 후렴구가 오기 때문에, 變容型으로 다룰 수 있는 작품이다
　　율자율별을 보면, 4율자가 제1구에서 제9구까지의 제1율어에서
제6율어까지 균제되지 못하고, 3율자도 제1구에서 제9구까지의
제1율어에서 제5율어까지 들쭉날쭉 일정한 율격을 갖추지 못했다.
2율자는 제7·9구의 제2율어에 보이며, 성음렴인 1율자는 제7
구·제9구의 제1율어에서 간렴구와 후렴구로 나타난다.
　　律語律別을 보면, 3율어격구인 334조가 제1구에서 제5구까지

많은 빈도를 나타내며, 4율어격구인 1233조가 제3·5·7·8구에 산재되어 나타난다. 3율어격구인 444조도 제2·3·4구에 조금 보이며, 그밖에는 빈도가 아주 낮게 나타난다. 이들 율격을 종합하여 살펴보면 다음과 같다.

선원사구	1구	3	3	4			
	2구	3(4)	3(4)	4			
	3구	3	3	4			
	4구	3(4)	3(4)	4			
	5구	3(4)	3(4)	4(2)			
	6구	4	4	4	4		
	7구	1(성음렴)	2	3	3(어사렴)		간렴구
후원사구	8구	4(3)	4(3)	4	4(3)	(3)	(4)
	9구	1(성음렴)	2	3	3(어사렴)		후렴구

※ 1·4장은 제3구·2장은 제5구·5장은 제6구·6장은 제7구가 선원사구의 마지막구가 되는데, 이들은 위 표의 제7구에서 綜合計測하였다. 그리고 1·4장은 제5구·2장은 제7구·5장은 제8구·6장은 제9구가 후원사구의 마지막구가 되는데, 이들은 위 표의 제9구에서 綜合計測하였음을 밝혀 둔다.

첫째 기본 6구는 제3장뿐이고, 그밖에는 5구에서 9구까지로 句數律이 줄거나 불어나는 구로 이루어졌다.

둘째 선원사구와 후원사구로 갈라진다.

셋째 선원사구의 마지막구(제7구) 제1율어 "爲"라는 성음렴에 이어, "…景 幾何如"라는 어사렴이 와서, 간렴구가 된다.

넷째 후원사구의 마지막구(제9구) 제1율어 "爲"라는 성음렴에 이어, "…景 幾何如"라는 어사렴이 와서, 후렴구가 된다.

　다섯째 후원사구의 첫째구(제8구)에 "재창"이 4율어격구로 오긴 하는데, 더러 3율어격구도 온다. 그러므로 정격형의 제5구처럼 균제된 느낌을 주진 못 한다.

　여섯째 제1구에서 제5구까지 3율어격구로 되었고, 제6구에서 제9구까지는 4율어격구로 이루어졌다. 유일하게 제6장의 8구는 6율어격구가 되어 복합격구가 되었다. 그러나 제3구에서 제6구까지는 구수율이 확장되기 때문에 빈도가 아주 낮다.

　이 작품은 非定句型으로 章單位로 連章되어 나가는 變容型이라 할 수 있다.

18) 配天曲〈成宗實錄, 卷268, 23年(1492)壬子8月己未〉

維我后　履大東　克配彼天	3 3 4	
斂五福　錫庶民　建其有極	3 3 4	
勅我五典　式敍彛倫　化行俗美	4 4 4	
至治　蜎興景　幾何如	2 3 3	
壽域春臺　一世民物　壽域春臺　一世民物	4 4 4 4	
熙熙　皞皞景　幾何如	2 3 3	1장
天縱聖　日就學　緝熙光明	3 3 4	
尊先師　重斯道　稽古彌文	3 3 4	
釋奠素王　以洽百禮　旣多受祉	4 4 4	
崇敎　隆化景　幾何如	2 3 3	
橋門觀聽　盖億萬計　橋門觀聽　盖億萬計	4 4 4 4	
臨雍　盛擧景　幾何如	2 3 3	2장
思樂　泮宮采芹　我后戾至	2 4 4	

佳翠華 御帳殿 冉冉需雲		3 3 4	
簪纓百僚 衿佩諸生 濟濟蹌蹌		4 4 4	
同宴 以飲景 幾何如		2 3 3	
以酒以德 既醉既飽 以酒以德 既醉既飽		4 4 4	
載賡 周雅景 幾何如		2 3 3	3장

"한림시" 가운데 가장 짧은 3장 구조로 되었는데, 성음렴인 "위" 1율자만이 누락되었을 뿐, "한림시"의 율격을 그대로 지니고 있다. 句別로 보면 다만 제1구의 제1·2율어에서 좀 이탈하는 감이 있으나, 정격형 율격을 그대로 지니고 있다.

율자율별로 보면, 주로 4율자가 제1·2구의 제3율어와 제3·5구에 균일하고, 3율자는 제1·2구의 제1·2율어에 현저하며, 제4·6구의 제2·3율어에도 높게 나타난다. 2율자는 제4·6구의 제1율어에는, 성음렴인 1율자가 나타나지 않는 대신 나타난 것이다. 이도 앞서 〔彌陀讚〕등과 마찬가지로 成均館에서 釋奠의식을 행하는데, 흥을 돋우는 "위"는 마땅찮기 때문에 제거시킨 예가 되겠다.

율어율별을 볼 때에, 3율어격구인 334조와 233조가 반복되어 나타나며, 444조는 제3구에·4율어격구인 4444조는 제5구에서 보인다.

		1구	3(2)	3(4)	4		
선원사구		1구	3(2)	3(4)	4		
		2구	3	3	4		
		3구	4	4	4		
		4구	2	3	3(어사럼)		간렴구
후원사구		5구	4	4	4	4	
		6구	2	3	3(어사럼)		후렴구

첫째 6구로 짜여 있다.

둘째 선원사구와 후원사구로 나누어졌다.

셋째 선원사구 마지막구(제4구)의 제1율어에 聲音斂이 없는게
특징이며, 다만 "…景…幾何如"란 語辭斂이 있어, 間斂句임을 알
수 있다.

넷째 후원사구 마지막구(제6구)의 제1율어에 聲音斂이 없는게
특징이며, 다만 "…景…幾何如"란 語辭斂이 있어, 後斂句임을 알
수 있다.

다섯째 후원사구의 첫구(제5구)에는 "재창"이 정연하다.

여섯째 제1구에서 제6구까지 3율어격구로 되었으나, 제5구만 4
율어격구로 짜였다.

이 〔配天曲〕도 定句型의 章單位로 連疊되는 정연한 正格型의
"한림시"가 되겠다. 이 작품의 특이한 점은, "한림시"의 특징이 되는
성음렴이 누락된 사실이다. 이는 조선조成宗이 직접 成均館에서
행하는 釋奠에 臨御한 자리다. 임금 앞에서 유생들이나·사대부들
이 王이 베푸는 잔치에서 興趣를 돋우는 일은 격식에 어울리지 않
으므로, 일부러 성음렴인 "위"를 탈락시킨 것이 아닐까 한다. 마치
앞에서 보았듯이 涵虛己和가 쓴 佛讚類들은 왕가에서 행하여지는
엄숙한 불교의식에서 성음렴이나·어사렴을 의도적으로 排除시킨
것과 마찬가지다.

19) 花田別曲〈自菴集, 奎章閣本〉28)

天之涯 地之頭 一點仙島　　　　　　　　　3 3 4

左望雲 右錦山 巴川(봉내)高川(고내)　　　3 3 4

山川奇秀 鍾生豪俊 人物繁盛　　　　　　　4 4 4

---

28) 外曾孫 順陽君 安夢尹이 詩文을 수집하였고, 夢尹의 아들 應昌(柏巖,
　　1603~1680)이 聞詔(義城)縣令으로 到任하여, 1659年(孝宗10年)
　　2卷1冊으로 刊行. 啓大圖書館에 所藏된 〈自菴集〉은 前者와 같은 體
　　裁로 된 異板本이 있으나, 奎章閣本을 原典으로 취함.

偉 天南 勝地景 긔엇더 ᄒ닝잇고　　　1 2 3 3 4

風流酒色 一時人傑 風流酒色 一時人傑　　4 4 4 4

偉 날조차 몃분이 신고　　　　　　　1 3 3 2　　　　1장

河別侍 芷芝帶 齒爵兼尊　　　　　　3 3 4

朴敎授 손저이 醉中ᄲᅧ롯　　　　　　3 3 4

姜綸雜談 方勳鼾睡 鄭機飮食　　　　4 4 4

偉 品官 齊會景 긔엇더 ᄒ닝잇고　　1 2 3 3 4

河世涓氏 발버훈 風月 河世涓氏 발버훈 風月　4 3 2 4 3 2

偉 唱和景 긔엇더 ᄒ닝잇고　　　　1 3 3 4　　　2장

徐玉非 高玉非 黑白頓殊　　　　　　3 3 4

大銀德 小銀德 老少不同　　　　　　3 3 4

姜今歌舞 綠今長鼓 버런學非 소졸玉只　4 4 4 4

偉 花林 勝美景 긔엇더 ᄒ닝잇고　　1 2 3 3 4

花田別號 名實相符 花田別號 名實相符　4 4 4 4

偉 鐵石肝腸 이라도 아니 긋기리 업더라　1 4 3 2 3 3　　3장

漢元今 以文歌 鄭韶草笛　　　　　　3 3 4

或打鉢 或扣盤 間擊盞臺　　　　　　3 3 4

搖頭輾身 備諸醉態　　　　　　　　4 4

偉 發興景 긔엇더 ᄒ닝잇고　　　　1 3 3 4

姜允元氏 스리렝딩 소리 姜允元氏 스리렝딩 소리 4 4 2 4 4 2

偉 듯괴야 줌드로 리라　　　　　　1 3 3 2　　　4장

綠波酒 小麴酒 麥酒濁酒　　　　　　3 3 4

黃金鷄 白文魚 柚子盞 貼匙臺예　　　3 3 3 4

偉 ᄀ독브어 勸觴景 긔엇더 ᄒ닝잇고　1 4 3 3 4

鄭希哲氏 過麥田 大醉 鄭希哲氏 過麥田 大醉　　4 3 2 4 3 2
偉 어니제 슬플저기 이실고　　　　　　　1 3 4 3　　　5장

京洛 繁華ㅣ야 너는 블오냐　　　　　　2 3 2 3
朱門 酒肉ㅣ야 너난 됴ᄒᆞ냐　　　　　　2 3 2 3
石田茅屋 時和歲豊　　　　　　　　　　4 4
鄕村 會集이야 나는됴하 ᄒᆞ노라　　　　2 4 4 3　　　6장

　전편이 6장으로 짜였으니 句別로 보면, 제1·2·3·4구만 정격형을 따르고 있다. 제5·6구에서는 정격형을 따르면서도 약간의 변화를 보이고 있다. 특히 제6율어까지 뻗어 나가는 현상도 볼 수 있다.

　율자율별을 보면, 주로 4율자는 제1·2구의 제3율어와, 제3·5구의 제3·4율어까지 균제되어 나타나고, 또 제4구의 제5율어에서 균일하게 나타난다. 3율자는 제1·2구의 제1·2율어에서 고르게 나타나며, 2율자는 산재되어 나타난다. 그러나 성음렴인 1율자는 제4·6구에서 균제되어 정격형의 "한림시"임을 알 수 있다.

　율어율별에서는 3율어격구인 334조가 제1·2구에 균제되어 나타나고, 그밖에는 5율어격구인 12334조가 제4구에 두드러진 현상으로 보인다. 기타는 각율어격구가 산재되어 나타난다. 6율어격구도 제2·4장의 5구와 제5장의 4구 그리고 제3장의 6구에 나타난다.

선원사구	1구	3	3	4				
	2구	3	3	4(3)	(4)			
	3구	4	4	4	(1)			
	4구	1(성음렴)	2(3)	3	3	4(어사렴)		간렴구
후원사구	5구	4	4(3)	4(2)	4	2(3)(4)	(2)	
	6구	1(성음렴)	3(4)	3	2(3)	(3)	(3)어사렴	후렴구

이 〔花田別曲〕도 전편이 6장으로 구성되었으나, 제5장은 5구·제6장은 4구로 짜여 있다.

첫째 기본 6구로 형성되었다.

둘째 선원사구와 후원사구로 갈라진다.

셋째 선원사구의 마지막구(제4구) 제1율어에 "偉"라는 성음렴이 오고, 이어 "…景…긔엇더 ㅎ닝잇고"라는 어사렴이 따라붙어, 이는 간렴구가 된다.

넷째 후원사구의 마지막구(제6구) 제1율어에 "偉"라는 성음렴이 오고, 이어 "…景…긔엇더 ㅎ닝잇고"라는 어사렴이 따라붙어, 이는 후렴구가 된다.

다섯째 선원사구의 첫구(제5구)에는 "재창"이 와서 균제되어 있다.

여섯째 제4장의 3구는 2율어격구가 되고, 제1·2장의 제1구에서 제3구까지 그리고 제3장의 1·2구는 균일한 3율어격구이나, 제1장의 5·6구와 제2·4장의 6구와 제3장의 3·5구 그리고 제5장의 2구에서 4율어격구가 오기도 한다. 5율어격구로는 제1·2·3장의 4구와 제5장의 3구에서 오고, 6율어격구는 제2·4장의 5구와 제5장의 4구 그리고 제3장의 6구에 와서, 복합격구가 된다.

어쨌든 기본 6구가 되거나 5구거나 형식요건을 구비한 가운데, 율어가 확장되었다는 사실이다. 이 작품도 정구형의 장단위로 연장된 형식으로, 제1장에서 제4장까지는 정격형이고, 제5장은 기본 6구가 아닌 5구로 되었기 때문에 變容型으로 처리하였다.

그런데 제6장은 다음과 같다.

1구	2	3	2	3
2구	2	3	2	3
3구	4	4		
4구	2	4	4	3

① 제1구와 제2구는 〔霜臺別曲〕 5장이나 〔不憂軒曲〕 7장처럼, 역시 "재창"구는 보이지 않지만 "재창"의 성격을 지니고 있다.

② 선원사구와 후원사구의 구분이 없다.

③ 성음렴인 "偉"와 어사렴인 "…景…긔엇더 ᄒ닝잇고"구가 전혀 나타나지 않는다.

④ 제1·2·4구에서는 4율어격구이고, 제3구만 2율어격구로 이루어졌다.

따라서 이 6장은 정격형 "한림시"에 비겨보면, 어느 요건에도 맞지 않아 변격형으로 다루기로 한다. 이 역시 잔치자리의 흥취를 돋우고자 하니, 딱딱한 형식에서 해방되어, 5장부터 변용형으로 바뀌면서, 6장에서는 완전히 한림시의 후렴구를 옮겨온 듯, 그렇기 때문에 이는 非定句型의 變格型으로 처리될 수밖에 없었다. 이 〔花田別曲〕의 正格型은 4장까지이고, 5장이 變容型·6장이 變格型으로 올짜여 있는 모습이다. 이렇게 정격형·변용형·변격형을 한 작품에 썼다는 것은, 金綏가 "時調詩"를 썼다는 점과 더불어 고려되어야겠다.

20) 道東曲 〈竹溪誌, 洪在烋本〉

伏羲神農 黃帝堯舜 伏羲神農 黃帝堯舜   4 4 4 4

偉 繼天 立極景 幾何如   1 2 3 3   1장

人心惟危 道心惟微 惟精惟一 允執厥中   4 4 4 4

偉 주거니 받거니 聖人의 心法이 다르잇븐 니이다
                    1 3 3 3 3 4 3   2장

禹湯文武 皐伊周召 禹湯文武 皐伊周召   4 4 4 4
偉 君臣이 相得景 幾何如   1 3 3 3   3장

下土 茫茫커늘 上帝 是憂ᄒ샤   2 4 2 4
圩頂 大人을 洙泗우희 ᄂ리 오시니   2 3 4 2 3
偉 萬古 淵源이 그츨뉘 업ᄉ샷다   1 2 3 3 4   4장

顔生四勿 曾氏三省 仰高鑽堅 瞻前忽後   4 4 4 4
偉 學聖 忘勞景 幾何如   1 2 3 3   5장

率ᄒ리 天命之性 養ᄒ리 浩然之氣   3 4 3 4
率ᄒ리 天命之性 養ᄒ리 浩然之氣   3 4 3 4
偉 至誠 無識이ᅀᅡ 本니이다   1 2 4 4   6장

光風霽月 瑞日祥雲 光風霽月 瑞日祥雲   4 4 4 4
偉 그처딘 긴놀 엇뎨ᄒ야 니ᄉ신고   1 3 2 4 4   7장

人欲이 橫流ᄒ야 浩浩 滔天일시   3 4 2 4
一千 五百年에 晦翁이 나샷다   2 4 3 3
敬으로 本ᄂᆯ셰여 大防을 밍ᄀᆯ 시니 4 4 3 3 2
偉 繼往 開來ᅀᅡ 仲尼나 다ᄅ시리 잇거 1 2 3 3 4 2 8장

三韓 千萬古애 眞儒를 ᄂ리 오시니   2 4 3 2 3
小白이 廬山이오 竹溪이 濂水로다   3 4 3 4
興學 衛道ᄂᆫ 小分네 이리 어니와   2 3 3 2 3

尊禮 晦菴이 그功이 크샷다　　　　　　　2 3 3 3
偉 吾道 東來景 幾何如　　　　　　　　1 2 3 3　　　　9장

　아래의 표에서 句別로 살펴보면, 대체로 2구로 되어 있으나, 4·6·8·9장은 3구 내지 5구로 형성되었다. 1장에서 7장까지는 "한림시"의 후원사구를 그대로 취했는데, 제1구에서는 "再唱"구를 답습했다. 그리고 성음렴인 "偉"도 그대로 취하고 있어서, 변격형으로 처리하였다.

　율자율별을 보면, 후원사구에 해당되는 후렴구에 4·3·2·1율자가 제7율어까지 산만하게 분포되어 있어, 이는 변격형임을 입증하고 있다.

　율어율별을 살펴 볼 때에, 4율어격구인 4444조가 가장 빈도가 높으며, 다음은 1233조가 된다. 그밖에는 1회씩 빈도가 나타나기는 하되, 복합격구가 된다. 이를 볼 때에, 變格型이 되는 증거로는, 정격형의 후원사구로 온 성음렴 "위"나 "재창"등이 있어서다.

1구	4(3)	4	4(3)	4	(3)		
2구	3(2)	4	3(2)	3(4)	(3)		
3구	3(2)	4(3)	3	4(2)	(3)		
4구	2	3	3	3			
5구	1(성음렴)	2(3)	3	3(4)	4(3)	4(2)	3(어사렴)

　첫째 6구로 이루어져 있지 않다.
　둘째 선원사구와 후원사구로 나누어지지 않는다.
　셋째 제4·8·9장을 제외하고는 제1구에서는 "再唱"구가 4율어격구의 구실을 하고 있다. 그러나 5구에서는 5율어격구에서 7율어격구까지 확대되어 복합격구가 된다.
　넷째 제3·4구에서 빈도가 낮고, 제4율어에서 제7율어까지도 빈도가 낮음을 볼 수 있다. 이는 1·2·3·5·7장의 2구는 율격

계측을 5구에서 했기 때문이다.

　다섯째 제5구에서는 후원사구의 기능을 볼 수 있다. 제1율어에 “偉”라는 성음렴이 오고, 이어 “…景 幾何如”라는 어사렴이 1·3·5·9장에 오고, 그밖에도 성음렴 “偉”는 반드시 온다.

　이 〔道東曲〕에서 정격형의 후원사구만으로 존재하는 경우는 1·3·5장뿐이다. 그러나 여느 장들도 후원사구를 변모시킨 모습이라 할 수 있다. 周世鵬은 그의 문집〈武陵雜稿〉에다 “시조시”를 남기고 있는데, 조선중기이후 “시조시”·“가사시” 등이 그 세력을 떨쳐 일어나자, “한림시”는 선원사구를 버리고 후원사구를 그대로 흉내내어 보았지만, 정격형 후원사구의 형태를 많이 변모시켰기 때문에, 이는 非定句型의 章單位로 連章된 “한림시”로, 變格型으로 다루었던 것이다.

21) 六賢歌 〈竹溪誌, 洪在烋本〉

規圓矩方 繩直準平 規圓矩方 繩直準平	4 4 4 4
偉 程伊川의 展也大成 貴ㅎ주롤 뉘 알리잇고	1 4 4 4 1 4
	1장
早悅孫吳 晚逃佛老 早悅孫吳 晚逃佛老	4 4 4 4
偉 張橫渠의 一變至道 力踐景 幾何如	1 4 4 3 3　2장
手探月窟 足攝天根 手探月窟 足攝天根	4 4 4 4
偉 邵堯夫의 駕風鞭霆 歷覽景 幾何如	1 4 4 3 3　3장
篤學力行 淸修苦節 篤學力行 淸修苦節	4 4 4 4
偉 司馬公의 事神不欺 獨樂景 幾何如	1 4 4 3 3　4장

安靜詳密 雍容和豫 安靜詳密 雍容和豫　　　4 4 4 4
偉 韓魏公의 端嚴 謹重이 어느제 밧브시리 잇고
　　　　　　　　　　　　1 4 2 3 3 4 2　5장

居廟堂 則憂其民 處江湖 則憂其君　　　3 4 3 4
居廟堂 則憂其民 處江湖 則憂其君　　　3 4 3 4
偉 范文正의 進退有憂 어느제 즐거우 시링잇고
　　　　　　　　　　　　1 4 4 3 3 4　　6장

　句別을 볼 때에는, 제1구는 4율자가 우세하며, 제3구는 4·3·1율자가 산재되어 있음을 볼 수 있다. 성음렴인 "偉" 1율자가 제1율어에 나타남으로, "한림시"의 흔적을 보여주고 있다. 때문에 역시 변격형으로 다룰 수 있다.

　율자율별로 보면, 4율자는 제1·2구에서 우세하며, 3율자도 제2구의 제4·5율어가 우세하다. 2율자는 빈도가 너무 낮으며, 1율자는 제1율어에서 우세하다.

　율어율별을 보면, 4율어격구인 "再唱"인 4444조가 우세하고, 그밖에는 제2·3구에서는 복합격구가 되어, 변격형임을 드러내고 있다.

1구	4	4	4	4			
2구	4	4	3	4			
3구	1(성음렴)	4	4	3	3	4	(2)(어사렴)

　첫째 6구로 結構되어 있지 않다.
　둘째 선원사구와 후원사구로 나누어지지 않는다.
　셋째 제1구에는 정격형의 후원사구 첫째句(5구)에 나타나는 "재창"구처럼 매장마다 출현한다. 6장의 1句와 2句는 "재창"의 성격을 지니고 있으나, 1句로 계측하지 않았다.

넷째 제1·2구에서는 4율어격구로 균제되었고, 제3구에서는 7율어격구까지로 뻗쳐 복합격구가 된다. 그리고 제6장의 제2구에서 "再唱"이 한번 더 나타난 현상도 있는데, 그 빈도는 1회뿐이다.

다섯째 제3구에서 제1율어에 반드시 "偉"의 성음렴이 오는데, 이는 정격형의 간렴구와 같다. 그러나 "…景 幾何如"의 어사렴은 제2·3·4장에만 나타나고, 여타는 보이지 않는다.

이 〔六賢歌〕도 정격형의 한림시 후원사구를 그대로 답습한 모습이다. 그러기에 비정형구의 장단위로 연장되어 나가는 變格型으로 볼 수 있다.

22) 儼然曲 〈竹溪誌, 洪在烋本〉

儼然端坐 如對聖賢 儼然端坐 如對聖賢 4 4 4 4
偉 一點 邪念이 어드러셔 나링잇고 1 2 3 4 4 1장

仲尼顔子 所樂何事 仲尼顔子 所樂何事 4 4 4 4
偉 춋고사 마로링 이다 1 3 3 2 2장

溫溫安安 어려우니 疊疊翼翼 닛찌마소 4 4 4 4
溫溫安安 어려우니 疊疊翼翼 닛찌마소 4 4 4 4
偉 敬으로 丘隅를 사마 년디안찌 마옴새 1 3 3 2 4 3 3장

노프나 노프신 하늘해 3 3 3
두터우나 두터우신 짜해 4 4 2
볼그나 볼그신 日月에 3 3 3
春夏 秋冬은 눌로흐야 흘러 가는고 2 3 4 2 3
偉 一元循環 悠久景 幾何如 1 4 3 3 4장

動호디 天을보소 靜호디 地을보소   3 4 3 4
動호디 天을보소 靜호디 地을보소   3 4 3 4
偉 俯仰애 붓끄럽디 아닌景 幾何如   1 3 4 3 3   5장

謙遜自牧 和敬待人 謙遜自牧 和敬待人   4 4 4 4
偉 萬福 無疆景 幾何如   1 2 3 3   6장

北窓淸風 南軒霽月 北窓淸風 南軒霽月   4 4 4 4
偉 義皇젯 사롬과 어니사 더닝잇고   1 3 3 3 4   7장

　　아래의 표에서 句別로 보면, 제1구의 4율자가 제4율어까지 우세하며, 3율자도 약간의 빈도를 보이고 있다. 제5구에서는 3율자가 비교적 우세하며, 1율자인 "偉"가 제1율어에서 가즈런히 나타난다. 역시 4장에서 5구로 드러난 것은, 변격형의 전형을 보여주는 예가 된다.

　　율자율별을 본다면, 4율자가 제1구에서 고루 분포되어 있고, 3율자도 제1·2구에 나타나고 있음을 볼 수 있다. 1율자는 제5구에 보인다. 역시 후원사구로 이루어졌는데, 정격형 "한림시"의 후렴구가 그대로 이동된 형태로, 변격형이 되는 작품이다.

　　율어율별을 살펴볼 때에, 4율어격구인 4444조가 우세하고, 그 밖에는 4·5구에서는 복합격구가 되어 나타나고 있어, 변격형의 모습을 잘 보여주고 있는 實例가 되겠다.

1구	4(3)	4	4(3)	4		
2구	4(3)	4	4(3)	4		
3구	3	3	3			
4구	2	3	4	2	3	
5구	1(성음렴)	3(2)	3	3(2)	4(3)	(3)(어사렴)

첫째 6구로 짜여 있지 않다.

둘째 선원사구와 후원사구로 갈라지지 않는다.

셋째 제1구의 "재창"구가 4장을 제외하고는 한결같이 온다. 여기서도 3장·5장은 "재창"을 1구로 처리하지 않고 2구로 계측하였다.

넷째 제5구에는 반드시 "偉"의 성음렴이 오고, "…景 幾何如"의 어사렴이 제4·5·6장에서만 보인다.

다섯째 제1·2구는 4율어격구, 제3구는 3율어격구, 제4·5구는 5율어격구 또는 6율어격구가 와서 복합격구가 되고, 제2·3·4구는 빈도가 낮은 것은, 제1·2·6·7장의 2구와 제3·5장의 3구 율격계측을 5구에서 했기 때문이다.

이 〔儼然曲〕도 正格型 "한림시"의 후원사구를 그대로 수용한 모습이다. 때문에 非定型句이면서 章單位로 連疊되어 나가는 變格型이다.

23) 大平曲 〈竹溪誌, 洪在烋本〉

몸애란 允恭 ᄒ시고 사ᄅ매란 克讓 ᄒ시니   3 2 3 4 2 3
몸애란 允恭 ᄒ시고 사ᄅ매란 克讓 ᄒ시니   3 2 3 4 2 3
偉 唐堯 聖德이 하롤와 ᄀ트샷다   1 2 3 3 4

1장

伯禹이 居左 皐陶이 在右   3 2 3 2
伯禹이 居左 皐陶이 在右   3 2 3 2
偉 帝舜無爲 므스이리 잇브시리 잇고   1 4 4 4 2

2장

內修七敎 外行三至 內修七敎 外行三至   4 4 4 4

偉 大平景 幾何如　　　　　　　　　　　　　1 3 3　　　3장

齊有鮑叔 鄭有子皮 齊有鮑叔 鄭有子皮　　4 4 4 4
偉 進賢景 幾何如　　　　　　　　　　　　1 3 3　　　4장

滿ᄒ면 損ᄒᄂ니 益홀든 謙ᄒ쇼서　　　　3 4 3 4
滿ᄒ면 損ᄒᄂ니 益홀든 謙ᄒ쇼서　　　　3 4 3 4
偉 江海能下 百川이 朝宗景 幾何如　　　1 4 3 3 3
　　　　　　　　　　　　　　　　　　　　　　　　　5장

　아래의 표에서 구별로 보면, 제1·2·3구는 제1율어에서 제6율어까지 산재되어 복합격구가 되고, 제3구의 성음렴인 "偉" 1율자가 제1율어에 오지 않으면, "한림시"로 인정을 받을 수 없다. 여기서도 제 3·4장 2구의 율격계측은 3구에서 했다.

　율자율별로 보면, 4·3율자가 제6율어까지 무질서하게 분포되어 있어, 이를 보고 변격형임을 알 수 있다.

　율어율별을 보면, 4율어격구인 4444조가 제1구에, 3율어격구인 133조가 제3·4장의 제2구에, 그밖에는 복합격구가 된다.

1구	3(4)	4(2)	3(4)	4	(2)	(3)
2구	3	2(4)	3	4(2)	(2)	(3)
3구	1(성음렴)	3(4)	3	3(4)	3(4)(어사렴)	

　첫째 6구로 구성되어 있지 않다.

　둘째 선원사구와 후원사구로 나누어지지 않는다.

　셋째 제1구에 "재창"구 한결같이 오는데, 6율어격구로 延長되기도 한다. 3장·4장의 제2구는 3구에서 계측하였다.

　넷째 제3구에는 반드시 "偉"라는 성음렴이 오고, "…景 幾何如"라는 어사렴은 제3·4·5장에서만 보인다.

다섯째 제1장의 제1구에는 6율어격구, 제2장의 제1구에는 4율어격구가 왔다. 이는 제1구가 "再唱"으로 늘어나, 제2구가 된 현상이다. 이 1구의 "재창"으로 延長되어 2구가 된 현상은, 제1·2·5장에서 보이고 있다. 그리고 제1·2·5장의 3구에서는 5율어격구가 되어, 복합격구가 된다.

이 작품도 정격형 "한림시"의 후원사구를 그대로 답습한 형태이기 때문에, 非定句型의 章單位로 連章된 變格型의 "한림시"가 되겠다.

24) 獨樂八曲 〈松巖續集, 卷6〉[29]

太平聖代 田野逸民 太平聖代 田野逸民	4 4 4 4
耕雲麓 釣烟江이 이밧긔 일이업다	3 4 3 4
窮通이 在天ᄒ니 貧賤을 시름ᄒ랴	3 4 3 4
玉堂 金馬는 내의願이 아니로다	2 3 4 4
泉石이 壽域이오 草屋이 春臺라	3 4 3 3
於斯臥 於斯眠 俯仰宇宙 流觀 品物ᄒ야	3 3 4 2 4
居居然 浩浩然 開襟獨酌 岸幘長嘯	3 3 4 4
景긔엇다 ᄒ니잇고	4 4 1장
草屋三間 容膝裏 昂昂 一閒人	4 3 2 3
草屋三間 容膝裏 昂昂 一閒人	4 3 2 3

---

29) 〔獨樂八曲〕의 제작년대는 〈松巖集, 別集, 卷1, 年譜〉에 의하면 "宣祖 14年辛巳(1581) 先生五十歲 除內侍敎官不就 屢登薦剡或稱學行卓異 或稱廉潔寡慾 鄭藥圃相公 寄書請留心兼濟 先生以獨樂八曲謝之"로 짐작된다. 〈松巖集〉은 李玄逸(葛巖, 1627~1704)의 序와 柳世鳴(寓軒, 1636~1688)의 跋로서도 정확한 刊行年은 未詳이며, 〈松巖續集〉도 역시 刊行年度는 未詳.

琴書를 벗을삼고 松竹으로 울을ᄒᆞ니   3 4 4 4
脩脩 生事와 淡淡 襟懷예 塵念이 어디나리   2 3 2 3 3 4
時時예 落照趁淸 蘆花 岸紅ᄒᆞ고   3 4 2 4
殘烟帶風 楊柳飛 ᄒᆞ거든   4 3 3
一竿竹 빗기안고 忘機件鷗   3 4 4
景긔엇다 ᄒᆞ니잇고   4 4   2장

士何事乎 尙志而已 士何事乎 尙志而已   4 4 4 4
科名 損志ᄒᆞ고 利達 害德이라   2 4 2 4
모르미 黃卷中 聖賢을 뫼압고   3 3 3 3
言語精神 日夜애 頤養ᄒᆞ야   4 3 4
一身이 正ᄒᆞ면 어디러로 못가리오   3 3 4 4
俯仰 恢恢ᄒᆞ고 往來 平平ᄒᆞ니   2 4 2 4
갈길롤 알오 立志를 아니ᄒᆞ랴   3 2 3 4
壁立萬仞 磊落 不變ᄒᆞ야   4 2 4
嘐嘐然 尙友千古   3 4
景긔엇다 ᄒᆞ니잇고   4 4   3장

入山 恐不深 入林 恐不密   2 3 2 3
寬閒之野 寂寞 之濱에 卜居를 定ᄒᆞ니   4 2 3 3 3
野服 黃冠이 魚鳥外 버디업다   2 3 3 4
靑藜杖 뷔집고 十里 溪頭애 閒往 閒來ᄒᆞᄂᆞᆫ 뜨든
                                    3 3 2 3 2 4 2
曾點氏 浴沂 風雩와   3 2 3
程明道 傍花 隨柳도 이러턴가 엇다턴가   3 2 3 4 4
暖日 光風이 불꺼니 볼거니 興 滿前ᄒᆞ니   2 3 3 3 1 4
悠然胸次ㅣ 與天地 萬物上下 同流   4 3 4 2
景긔엇다 ᄒᆞ니잇고   4 4   4장

집은 范萊蕪의 蓬蒿ㅣ오　　　　　　　2 4 3

길은 蔣元卿의 花竹 이로다　　　　　　2 4 2 3

百年浮生 이러타 엇다ᄒ리　　　　　　4 3 4

진실로 隱居 求志ᄒ고 長往 不返ᄒ면　　3 2 4 2 4

軒冕이 泥塗ㅣ오 鼎鐘이 塵土ㅣ라　　　3 3 3 3

千磨 霜刃인들 이쁘들 긋츠리랴　　　　2 4 3 4

韓昌黎 三上書ᄂ 내의쁘데 區區ᄒ고　　3 4 4 4

杜子美 三大賦ㅣ 내둉내 行道ᄒ랴　　　3 3 3 4

두어라　　　　　　　　　　　　　　　3

彼以爵 我以義 不願人之 文繡ᄒ야　　　3 3 4 4

世間萬事 都付天命　　　　　　　　　　4 4

景긔엇다 ᄒ니잇고　　　　　　　4 4　　　　5장

君門 深九重 ᄒ고 草澤 隔萬里 ᄒ니　　2 3 2 2 3 2

十載 心事를 어이ᄒ야 上達ᄒ료　　　　2 3 4 4

數封 奇策이 草ᄒ얀디 오래거다　　　　2 3 4 4

致君 澤民은 내의才分 아니런가　　　　2 3 4 4

窮經 學道를 쁠두고 이리ᄒ랴　　　　　2 3 3 4

출하리 藏修丘壑 遯世 無悶ᄒ야　　　　3 4 2 4

날조촌 번님네 뫼옵고　　　　　　　　3 3 3

綠簑 山窓의 共把遺經 究終始　　　　　2 3 4 3

景긔엇다 ᄒ니잇고　　　　　　　4 4　　　　6장

一屛一榻 左箴右銘 一屛一榻 左箴右銘　4 4 4 4

神目 如電이라 暗室을 欺心ᄒ며　　　　2 4 3 4

天聽 如雷라 私語ㄴ들 妄發ᄒ랴　　　　2 3 3 4

戒愼 恐懼를 隱微間애 닛디마새　　　　2 3 4 4

坐如尸 儼若思 終日乾乾 夕惕若 ᄒᄂ쁟든　3 3 4 3 4

尊事 天君ᄒ고 攘除 外累ᄒ야   2 4 2 4

百體從令 五常 不貳ᄒ야   4 2 4

治平 事業을 다이루려 ᄒ엿더니   2 3 4 4

時也 命也인디 迄無成功 歲不我與 ᄒ니   2 4 4 4 2

白首 林泉의 ᄒ올일이 다시업다   2 3 4 4

우읍다   3

山之南 水之北에 斂藏 蹤跡ᄒ야   3 4 2 4

百年 閒老景 긔엇다 ᄒ니잇고   2 3 3 4   7장

이 〔獨樂八曲〕은 "한림시"의 정격형이나 변용형에서 볼 수 없는 구수율인, 13구까지로 전개되고 있다. 이 작품의 율격계측을 하기 위해, 各章마다 정격형 후원사구의 마지막구(제6구)에 해당하는 구가 제1장은 8구·제2장은 8구·제3장은 10구·제4장은 10구·제5장은 12구·제6장은 9구·제7장은 13구 등 각기 다양하기는 하나, 이들을 모두13구에서 계측했다. 그리고 제 9·11구의 ③은 隻句가 오고, "棹歌詩"의 聲音斂인 "於斯臥"도 와서 무척 다양함을 보여준다. 아울러 律字律·律語律·句數律 등이 복잡하게 얽혀 있어, 한눈에 變格型임을 알 수 있다.

1구	4(2)	4(3)	4(2)	4(3)			
2구	2(4)	4(3)	2(3)	4(3)	(3)		
3구	3(2)	3(4)	3(4)	3(4)	4		
4구	2(3)	3	4(2)	4(3)	(4)	(4)	(2)
5구	3(2)	3(4)	4(3)	4(3)	(4)		
6구	3	2(3)	4(3)	3(4)	4	(4)	
7구	3	2(3)	4(3)	4(3)	(4)	(4)	
8구	4(3)	3(2)	4(3)	4(2)			
9구	③	3(2)	4(3)	4(3)	(4)	(2)	
10구	2(3)	3	4	4(3)	(4)		
11구	③	(4)	(4)				
12구	(3)	(4)	(2)	(4)			
13구	4	4	(3)	(4)			

첫째 "한림시"의 기본구인 6구로 구성되어 있지 않다.

둘째 선원사구와 후원사구로 전혀 구분이 되지 않는다.

셋째 정격형 "한림시"의 후원사구의 첫구(제5구)에 해당하는 "재창"구는 제1·2·3·7장의 제1구에서만 출현된다.

넷째 이 작품의 마지막구인 13구에서 "위"라는 성음렴이, 涵虛己和(1376~1433)의 佛讚類나 〔配天曲〕처럼 완전히 누락되어 버렸고, 다만 "…景긔엇다 ㅎ니잇고"의 어사렴만이 균일하게 나타난다.

다섯째 율어율을 보아도 1율어격구에서 7율어격구까지 무척 다양하다. 7율어격구는 4구에, 6율어격구는 6·7·9구에, 5율어격구는 2·3·5·10구에 나타나 복합격구가 된다. 4율어격구는 1·8·12·13구에, 3율어격구는 11구에, 隻句는 9·11구의 제1율어에 옴으로써, 아주 다양함을 보여주고 있다.

여섯째 "시조시"나 "가사시"에 등장하는 隻句가 9·11구의 ③에서, "두어라"(5장)·"우읍다"(7장) 등으로 재현되고 있다. 宣祖조에 와서는 "時調詩"와 "歌辭詩"가 융성하게 발달하였고, 權好文도 "時調詩"〔閑居十八曲〕가운데, 제15장에 "두어라 漁牧이 되오야 寂寞濱애 늘자"와 제6장에 "우읍다 엇그제 아니턴 일을 뉘올타 ㅎ던고"를 썼는데, 이 隻句는 "시조시"의 隻句를 모방30)한 것이 아닐까 한다.

일곱째 제1장의 제6구 제1율어와 제2율어에는 "棹歌詩"에서 쓰인 성음렴인 "於斯臥""於斯眠"이 와있다. "於斯眠"은 문집 板刻時 誤刻이 아니었나 생각된다.

이 〔獨樂八曲〕은 混成型으로 된 작품인데, 章單位로 連疊되어

---

30) 金文基, 權好文(1532~1567)의 詩歌研究―閑居十八曲과 獨樂八曲을 中心으로―, 〈韓國의 哲學〉, 14輯, 慶北大退溪研究所, 1986, p80.

　　金起瑩, 松巖權好文의 〔獨樂八曲〕研究, 〈語文研究〉, 25輯, 1994, p128.

나가는 變格型의 "한림시"라 하겠다. 이 작품은 "한림시"의 정격형의 후원사구의 첫째구(제5구)에서 "재창"이 오고, 마지막구(제6구)의 성음렴인 "위"가 탈락된 채, 어사렴인 "…景긔엇다 ㅎ니잇고"만 오는 경우를 볼 때에, 그 사이에 句數를 얼마든지 延長할 수 있음을 알 수 있다. "위"가 탈락된 원인도 흥취를 돋우는 성음렴이, 山林에 隱居하는 處士로서는 어울리지 않아 일부러 탈락시킨 것이 아닐까 생각된다. 또 李賢輔(1467∼1555)의 〔漁父歌〕 등의 "棹歌詩"를 모방하여 성음렴인 "於斯臥"31)를 사용했음도 注目해야 되겠다.

어쨌든 律字律을 비롯하여 律語律·句數律등이 다양하며, "시조시"의 隻句라든지 "棹歌詩"의 聲音斂인 "於斯臥" "한림시"의 어사렴인 "…景긔엇다 하니잇고" 등이 복잡하게 뒤얽힌 混成型으로 이루어진 이 작품은 變格型으로 다룰 수 있는 작품이다. 〔독락팔곡〕은 형식에서 혼성형으로 이루어진 것이, 특징이라 할 수 있다.

25) 忠孝歌 〈白衣先生行狀〉32)

大麓之東 山秀麗水 淸湲葱葱	4 4 4	
佳氣 百年間 神藏鬼秘 鍾靈久	2 3 4 3	
似烟兮 非烟 晩華村 風景 幾何如	3 2 3 2 3	1장
蒼梧雲 喬山弓 丹心一片	3 3 4	
淚三載 鷹峯 蹊自成	3 2 3	

---

31) 安 廓, 李朝時代의 歌詩, 〈朝鮮〉, 1932.3, 通卷173號, pp77-86.
　　　　"景幾體란 舊套를 襲치 않고 〔漁父歌〕의 語套를 혼합하여 이
　　　　상하게 된 것"

32) 筆寫本인 〈白衣先生行狀〉에 실린 作品이 信憑性이 있어 原典으로 취함. 〈高興柳氏世譜, 卷首〉(류제한所藏本)에도 이 作品이 실려 있으나 最近의 活字本임.

素冠白衣 食無魚 深衷 竟誰識	4 3 2 3
傷心處 春草綠	3 3　　　2장

楸聾 無冬雪 萱堂 報春暉	2 3 2 3
俄然 唱梁山調 有時歌 董生行	2 4 3 3
多讀 南陔詩 西山吟	2 3 3
千載下 聞風者起	3 4　　　3장

近以來 此鄉士 獨有 寒山寺	3 3 2 3
一片石 銅山 與金穴 笑之 以魯連哂	3 2 3 2 4
飄飄乎 磊磊乎 使人 數百步 去復還	3 3 2 3 3　　4장

敝縕袍 導引術 聞之季路 與子房	3 3 4 3
南遊 及遠遊 山靑水白 度十秋	2 3 4 3
得之心 寓之目 名區風景 幾何如	3 3 4 3　　5장

有美 一人兮 觀其志 觀其行	2 3 3 3
俯仰 庶無愧 可使 懦夫者立	2 3 2 4
窮與達 其有命 非獨 先生之 不遇時	3 3 2 3 3　　6장

이 작품을 句別로 보면, 제1구에서 제3구까지 4·3·2율자가
분포되어 있으며, 1율자는 아예 보이지 않는다. 따라서 이 작품은
변격형의 범주에 포함시킬 수 있다. "景幾何如"구가 1장과 5장에만
나오고 있어, "한림시"라 불렀고, 이는 변격형으로 처리될 수밖에
없는 작품이다.

율자율별을 보면, 3율자가 많이 분포되었고, 2율자·4律字順으
로 되어 있다. 역시 "한림시"의 변격형과도 거리가 멀다는 것을 알
수 있다.

2율어격구에서 5율어격구로 다양하긴 하나, 어느 율어격구나 "한림시"의 정연한 율격은 보이지 않는다.

1구	3(2)	3	4(2)	3	
2구	2(3)	3(2)	3(4·2)	3	(4)
3구	3(4·2)	3	2(3)	3	3
4구	(3)	(3·4)			

첫째 6구로 형성되지 아니 했다.

둘째 선원사구와 후원사구로 구분이 전혀 안 된다.

셋째 "한림시" 정격형의 선원사구나 후원사구의 마지막구인 제4·6구의 제1율어에 나오는 "위" 성음렴이 전혀 안 보이며, 다만 "…景 幾何如" 어사렴만 제1·5장에 출현하고 있어, "한림시"라는 인상을 준다.

넷째 "한림시" 정격형의 후원사구 첫구(제5구)에 등장하는 "재창"은 전혀 안 보인다.

다섯째 1구는 4율어격구, 2·3구는 5율어격구로 복합격구가 되고, 4구는 2율어격구로 나타난다. 율자율·율어율·구수율 등이 모두 混成되어, 이는 변격형으로 수용할 수 있는 작품이로되, "한림시"의 殘影이라는 의미밖에 없다.

宣祖朝 權好文의 〔獨樂八曲〕을 마지막으로 "한림시"가 사라지는 듯하다가, 哲宗朝에 "한림시"의 殘影으로 〔忠孝歌〕가 재현되었으나, 앞서 본 변격형의 작품과 이 작품과를 비교할 때에, 이 작품은 變格型으로 다루기에 오히려 무리가 있지 않을까 한다.

3 詩律格의 綜合檢討

1) 正格型

이 句別분석을 통하여, 정격형 형식을 정리해 보면 아래와 같다.

선원사구	1구	3	3	4		
	2구	3	3	4		
	3구	4	4	4		
	4구	1(성음렴)	3(2)	3	3(4)(어사렴)	간렴구
후원사구	5구	4	4	4	4	
	6구	1(성음렴)	3(2)	3	2(4)(어사렴)	후렴구

정격형의 구성요건은 정리해 보면 다음과 같다.

첫째 반드시 6구여야 한다.

둘째 선원사구와 후원사구로 나누어진다.

셋째 선원사구의 마지막句(4구)의 제1율어에는 반드시 聲音斂인 "위"가 오고, 이어 語辭斂인 "…景 긔엇더 ᄒ니잇고"구가 오는데, 이 句를 간렴구라고 명칭한다.

넷째 후원사구의 마지막구(6구)의 제1율어에는 반드시 성음렴인 "위"가 오고, 이어 어사렴인 "…景 긔엇더 ᄒ니잇고"구가 오는데, 이 句를 후렴구라고 명칭한다.

다섯째 후원사구의 첫째구(5구)에는 반드시 "재창"이 온다.

여섯째 "…景…긔엇더 ᄒ니잇고"구는 公式的으로 오지 않아도, "한림시"가 얼거리는 데 있어서, 필요조건은 아니라는 것이다.

일곱째 성음렴·어사렴은 그때 그때의 분위기나 형편에 따라 누락되기도 하는데, 어사렴으로 "寂希有·亦希有"가 오는 경우도 있다.

여덟째 제1구에서 제3구까지는 3율어격구요, 제4구에서 제6구까지는 4율어격구로 되는 것이 통상 예가 되겠다.

 "翰林詩"야말로 先原詞句와 後原詞句로 나누어지면서, 先原詞句의 마지막 句인 4句째에 聲音斂과 語辭斂이 오고, 後原詞句의 마지막 句인 6句째에 聲音斂과 語辭斂이 오는 특징을 지니고 있다. 이렇게 先原詞句 4句와 後原詞句 2句가 합하여져 6句로 1章을 형성하게 되고, 이런 형식으로 구성된 章이 연속되어, 1篇의 "翰林詩" 작품을 이루게 된다. 이것이 바로 "翰林詩"가 다른 장르의 詩와 辨別되는 특징이라 하겠다. 그러면서도 또 하나의 특징은 장차 "麗民詩"와 "宮廷詩"에서, 그 형식이 규명되어져야 할 문제이긴 하지만, 正格型 "翰林詩"에서 句를 이루는 律語를 보면, 先原詞句의 1·2·3句가 3律語요, 先原詞句 4句와 後原詞句 5·6句는 4律語로 되었는데, 주목하지 않을 수 없다.

 自山 安廓은 1930年代初 우리 古詩를 분류하면서, 北方文學의 源流로 "井邑體"를 꼽았고, 이에는 "疊聲體"와 "景幾體"가 係하고, 南方文學의 원류로 "三代目體"를 꼽아 "長篇"과 "時調"가 係한다[33]고 논급한 이래, 학계에서는 아무도 관심을 표명하지도 않았고, 방치된 상태로 그대로 있었다. 그러다가 洪在烋가 1960년 4隻辭句인 南方系와 3隻辭句인 北方系로 나누어 볼 수 있을 듯하다면서, 新羅의 慶州와 朝鮮의 漢陽圈 中心의 남방계와 高句麗의 西京과 高麗의 開京圈 중심의 북방계 詩謠는 대개 그 律調가 달랐다는 견해와, 新羅의 "詞腦詩"이후 "時調"와 "歌辭" 類에 대하여, 高麗의 詩類가 지닌 律調의 차이가 있다[34]는 卓見을 提示했던 것이다. 그러

---

33) 安 廓, 朝鮮歌詩의 苗脈, 〈別乾坤〉, 4卷7號, 1929.12
　　　　朝鮮歌詩의 條理, 〔東亞日報〕, 1930.4.1~10.2
　　　　朝鮮歌詩의 研究, 〈朝鮮〉, 161號, 1931.3
　　　　朝鮮文學史總說, 〈朝鮮〉, 169號, 1931.11
　　　　朝鮮文學의 變遷, 〈朝鮮〉, 175號, 1932.5
　　　　三國時代의 文學, 〈朝鮮〉, 177號, 1932.7

나 학계에서는 무관심상태로 아무런 논의도 되지 않았다.

최근에야 金正和는 고려의 "麗詩"나 "景幾體歌"에서는 3율어구가 많이 보이긴 하나, 4율어구와 混在된 현상35)이란 지적을 하였는데, "翰林詩"야말로 句를 구성하는 律語的 측면에서, 3율어는 북방계인 "麗民詩"와 4율어는 남방계인 "詞腦詩"와 脈을 같이 함을 볼 수 있다. 따라서 高麗高宗代〔翰林別曲〕은 북방계와 남방계의 古詩形式을 折衝한 장르라고 할 수 있다. 이 문제를 深度있게 논의하기 위한 前提로서, "麗民詩"와 朝鮮初期 "宮廷詩"의 형식부터 해명이 되어져야, "翰林詩"의 형식도 명확해질 수 있고, 또 位相도 옳게 매김 할 수 있지 않을까 생각한다.

종래는 "…경…긔엇더 ᄒᆞ니잇고"구에만 초점이 맞추어졌으나, 이제부터는 선원사구 4구와 후원사구 2구를 확인하고, 또 선원사구와 후원사구로 나누어지는 특성과 더불어 선원사구의 마지막구(제4구)에는 간렴구가 후원사구의 마지막구(제6구)에는 후렴구가 와야만, 정격형의 "한림시"가 될 수 있다는 것이다. 다만 선원사구 마지막句의 간렴구와 후원사구 마지막句의 후렴구에서, 특징인 성음렴과 어사렴이 누락되는 경우도 있다. 이 예로 涵虛己和가 쓴 작품의 間斂句에는 語辭斂만 오는 경우도 있었다.

율자율별 유형분석을 통하여 볼 때에, 정격형에서는 4율자가 절반이상을 점하고 있는데, 제1·2구에는 제3율어에·제3구는 제1·2·3율어에·제4구는 제1·4·5율어에 비교적 빈도가 높고, 제5구는 제1·2·3·4율어에 균일하며, 제6구는 제1·4율어에 비교적 빈도가 높은 편이다.

3율자는 제1·2구의 제1·2율어와 제4구의 제2·3·4율어 그리고 제6구의 제2·3율어에 비교적 빈도가 높은 편이다.

---

34) 洪在烋, 古詩韻律의 傳統性 問題, 語文學會發表要旨, 1960.10.15
35) 金正和, 韓日 詩律格 比較研究, 大邱가톨릭大大學院博士學位論文, 2000, p242

2율자는 제4구의 제2율어와 제6구의 제2·4율어에 비교적 빈도가 높고, 1율자는 제4·6구의 제1율어에서 성음렴으로만 반드시 오게 된다.

율어율을 보면, 4율어격구인 4444조가 제5구에, 1334조가 제4구에, 그리고 3율어격구인 444조가 제3구에, 334조가 제1·2구에 빈도가 아주 높으며, 2율어격구인 44조가 제4구에, 1율어격구인 4조가 제1구에, 비교적 빈도가 높게 나타난다.

2) 變容型

변용형의 句別을 보면, 정리해 보면 다음과 같다.

선원사구	1구	4(3)	4(3)	4		
	2구	4(3)	4(3)	4		
	3구	3	3	4		
	4구	3	3	4		
	5구	3(4)	3(4)	4(2)		
	6구	4	4	4		
	7구	1(성음렴)	2	3	3	4(어사렴)
후원사구	8구	4	4	4	4	
	9구	1(성음렴)	2	3	4	4(어사렴)

변용형의 구성요건은 대충 아래과 같다.

첫째 한 章이 6구가 기준인데, 5구로 줄어드는 경우도 있고, 또는 7구에서 9구까지로 늘어나는 경우도 있어 "한림시"의 형식이 변용되고 있음을 알 수 있다.

둘째 선원사구와 후원사구로 나누어진다.

셋째 선원사구의 제7구의 제1율어에는 반드시 성음렴이 오는데, 제3구 내지 제7구에 오는 경우도 있다. 이 구를 간렴구라고 칭한다.

넷째 후원사구의 제9구의 제1율어에는 반드시 성음렴이 오는데, 제5구 내지 제9구에 오는 경우도 있다. 이 구를 후렴구라고도 칭한다.

다섯째 후원사구의 제8구에는 반드시 "再唱"이 오는데, 제4구 내지 제8구에 오는 경우도 있다.

여섯째 聲音斂인 "위"와 語辭斂인 "…景…긔엇더 ㅎ니잇고"가 반드시 온다.

일곱째 제3구에서 제6구까지는 빈도가 낮은데, 이는 句數와 관계없이 간렴구와 후렴구를 율격계측을 맞추었기 때문이다..

여덟째 제1구에서 제6구까지는 3율어로 한결같으나, 제7·9구는 어사렴이 옴으로 5율어가 되어 복합격구가 되나, 제8구는 4율어로 나타난다.

위의 變容型 정리결과를 살펴보면, 정격형과 비교하여 다만 句數가 늘어나거나 줄어든 것뿐, 정격형과 동일한 형식임을 알 수 있다. 제7·9구에서 5율어로, 정격형의 제4·6구의 4율어보다 1율어가 더 많은 것 외에는, 같은 형식이어서 변용형이라 했다.

변용형은 제7구로부터 제9구까지는 4·3율자로 이루어지기는 했으나, 제1율어에서 제6율어까지 산재되어 있어서, 한림시의 변용형임을 입증하고 있다.

특히 제3·4·5·6구는 빈도가 아주 낮은 원인은, 句數律에서 종합하여 계측했기 때문이다. 선원사구의 간렴구와 후원사구 첫째구의 "再唱"구인 후렴구에서는 1율자에서 4율자까지 그리고 제1율어에서 제5율어에까지 고르게 분포되었고, 제8구는 4율자에서 그 빈도가 높다.

율어율 빈도를 보면, 5율어격구인 12334조가 제7구에·12344조가 제9구에 현저하며, 4율어격구인 4444조가 제8구·3율어격구인 444조가 제1·2구에 빈도가 높게 나타난다. 그리고 334조가 제1·2·3·4구에 빈도를 보이고 있다.

3) 變格型

후원사구								
1구	4(3) (2)	4(3) (2)	4(2) (3)	4(3)	(3) (2)	(3)	
2구	4(2) (3)	4(3) (2)	2(3)	4(3) (2)	(3) (2)	(3)	
3구	4(3) (2)	3(4) (2)	3(4)	3(4)	4		
4구	2(3)	4(3)	4(2) (1)	4(3) (2)	3(4)	(4)	(2)
5구	3(2)	3(4)	4(3)	3(4)	4	(4)	
6구	3	2(3)	4(3)	3(4)	4	(4)	
7구	3	2(3)	4(3)	4(3)	(4)	(4)	
8구	4(3)	3(2)	4(3)	4(2)			
9구	③	3(2)	4(3)	4(3)	(4)	(2)	
10구	2(3)	3	4	4(3)	(4)		
11구	③	(4)	(4)				
12구	(3)	(4)	(2)	(4)			
13구	1(4)	4(3) (2)	3(4)	3(4) (2)	4(3)	4(3) (2)	(3) (2)

변형격의 구성요건을 정리하여 보면 아래와 같다.

첫째 선원사구가 없고, 다만 후원사구만 존재한다. 그러므로 "한림시"의 형식이 변격되고 있음을 알 수 있다.

둘째 제1구는 "再唱"구가 와서 4율어격구로 이루졌으나, 이 "재창"에서 복합격구를 피하기 위해, 1구를 더 늘이는 경우가 있다. 1구가 5율어부터 7율어까지로 늘어나는 경우는 복합격구가 되어, "한림시"의 형식에서 變格임을 입증하고 있다.

셋째 후원사구의 제13구의 제1율어에는 반드시 성음렴이 오며, 이 경우도 정격형 후원사구의 마지막구(제6구)구가 제2·3·4·5구에 오거나, 〔獨樂八曲〕의 제8·10·12·13구에 오더라도, 律格計測上 13구에다 놓고 계측했다. 이 구를 후렴구라 칭한다.

넷째 聲音斂인 "위"와 語辭斂인 "…景…긔엇더 ㅎ니잇고"가 대개의 경우 오지만, 혹은 누락되는 경우도 있다.

다섯째 周世鵬의 작품은 후원사구가 2구로 오는 경우도 있고, 3구도 이따금 보인다. 그러나 權好文의 작품은 제1구 "再唱" 다음부터 제2구에서 제11구까지 늘어나 있고, 〔獨樂八曲〕은 아예 聲音斂이 완전히 누락되고 없다.

여섯째 〔不憂軒曲〕의 마지막장 제1·2구의 "再唱"과 제3구의 성음렴과 어사렴이 와서, 정격형의 후원사구만 있어, 변격형으로 보았다. 〔霜臺別曲〕과 〔花田別曲〕의 마지막장의 제1·2구는 "再唱"의 素質을 지니고 있으므로, 變格型으로 다루었다. 그리고 〔祝聖壽〕는 6言漢詩로 제2구는 正格型의 後斂句처럼 聲音斂인 "偉"와 語辭斂인 "永荷 皇恩景 何如"만 와서 역시 變格型으로 다루었다.

일곱째 〔獨樂八曲〕은 隻句인 時調詩의 "두어라·우읍다"등도 보이고, "棹歌詩"의 聲音斂인 "於斯臥"등도 나타나, "한림시"로서 多樣性을 보여주는 일방, 이는 衰退의 징조로도 볼 수 있다.

따라서 제1구의 "再唱"과 마지막句의 "…景…긔엇더 ㅎ니잇고"句만 그대로 있으면, 그 사이 몇 구가 오던 늘어나는 것은 관계치 않고, 이렇게 不定句로 된 경우는, 모두 변격형으로 처리하였다.

律字律別로 보면, 4율자나 3율자의 빈도가 비슷하며, 다음은 이의 절반정도의 빈도를 갖고 있는 2율자가 온다. 1율자는 마지막구 제1율어에서 나타난다. 그러나 변격형은 주로 4·3율자가 중심이 되고, 부수적으로 2율자가 따른다. 그러므로 律字가 대중없이 뒤섞여 있다는 사실은, 바로 변격형임을 입증하는 사례가 되겠다.

律語律別을 보면, 변형격에서는 자유분방함을 느낄 수 있다. 가장 현저하게 드러나는 것은 4율어격구의 4444조가 제1구에·3333조가 제1구에·1232조가 제12구에 빈도가 비교적 높은 편이고, 그밖에는 5율어격구에서 7율어격구까지 복합격구로 나타나므로 단적으로 변격형임을 잘 드러내고 있다.

여기 거론된 작자인 丁克仁·金緣·周世鵬과 權好文은, 정격형·변용형·변격형의 "한림시"를 쓰기도 했지만, 이들은 다같이 "시조시"로 작품을 쓰기도 했다. 따라서 "歌辭詩"의 문학이 왕성하게 발전하면서 "한림시"도 後斂句만으로 작품을 쓰긴 했지만, 後原詞句의 첫째구인 "再唱"과 후원사구의 마지막구인 "…景…긔엇더ᄒ니잇고"의 사이에 긴 辭說을 넣어 써봤으나, 이렇게 변격형으로 만들고 보니, "翰林詩"로서의 生動感마저 잃어버린 결과, 이미 "한림시"의 생명은 더 이어질 수 없었던 것이다.

4 結 言

우리 國文學 用語는 日帝의 殘滓인 일본어와 우리 先人들이 우리의 문화를 貶視하여 名稱했던 용어들을 그대로 쓰는 경우와, 國樂에 사용된 음악용어들이 혼용되고 있는 실정이다. 이런 용어를 우리 주체적인 國文學 用語로 바로 잡아야겠다는 것이다.

앞의 율격을 計測한 결과, "한림시"는 正格型에서 발전하여 나아가다가, 조선국초 한글의 창제이후 "時調詩"와 "歌辭詩"의 발전으로, 世宗朝이후 變容型으로 中宗朝이후는 變格型으로 나아가다가 宣祖조이후는 쇠퇴하여 버린 장르다.

이미 〔霜臺別曲〕의 5장에서 변격형이 보임으로써 "한림시"의 붕괴라고도 했지만, 우리 선인들은 딱딱한 형식에 묶인 긴장감에서 변화를 요구하게 되었고, 따라서 잔치자리의 흥취를 돋우기 위해, 변격형으로 만든 것이 아닐까 한다. 이는 〔花田別曲〕의 마지막 章이나 〔不憂軒曲〕의 마지막 章들이 딱딱하게 짜여진 形式속에 진행되던 "한림시"를 最終章의 엄격한 틀을 깸으로써, 곧 변격형으로 바꾼 것이다.

어쨌든 6구의 정연한 정격형에서 변용형은, 句數에서 5구로 줄거나 7구에서 9구까지 늘어 나기도 했으나, 형식상 정격형의 틀인 間斂句와 後斂句를 그대로 지니고 있다는 것이다. 그러나 변격형은 朝鮮中期 이후로 "時調詩"와 "歌辭詩"의 왕성한 발전과 더불어 先原詞句를 과감하게 버리는 革新을 가져오기는 했으나, 後原詞句만으로 작품화하기는 한계를 지녀, 律格面에서도 규칙성이 깨어지고 산만하게 전개되어 나가다가, 마침내 쇠퇴하려는 기미를 나타내었다.

25편의 "한림시" 가운데 〔翰林別曲〕을 대표로 내세우고 있으나, 全作品을 계측한 결과에 의하면, 가장 正格型中 正格型의 模範으로 거론 될 수 있는 작품은 〔宴兄弟曲〕으로 꼽을 수 있다. 또한 閔圭의 〔忠孝歌〕는 哲宗때 작품으로, 이는 "…景…幾何如"가 제1·5장에 나오는 것을 보고, "한림시"의 範疇에 넣긴 했으나, 이는 "한림시"의 殘影으로 보아야 하고, "한림시"의 장르로 다루기에는 어려움이 있는 작품이다. 그러면서도 "한림시"를 전체적으로 鳥瞰해 보려는 처지에서 律格計測에 포함시켰다.

正格型은 반드시 6구에다가 先原詞句의 제4구에 聲音斂과 語辭斂인 "위"와 "…景…긔엇더 ᄒ니잇고"가 와서 곧 間斂句가 되며, 後原詞句의 첫째구(제5구)에는 반드시 "再唱"이 오고, 둘째구(마지막구)인 後斂句에도 聲音斂과 語辭斂인 "위"와 "…景…긔엇더 ᄒ니잇고"가 온다는 사실이다. 變容型은 正格型의 6구와 같으나 다만 句數가 줄어 5구가 되기도 하지만, 〔錦城別曲〕에서는 7·8·9구 등으로 늘어나기도 했다는 것이다.

정격형 선원사구인 3구까지 변용형 선원사구인 6구까지 3율어로 이루어졌는데, 이는 북방계 율조를 따랐고, 정격형 선원사구인 4구(간렴구)와 후원사구인 5·6구(후렴구)는 4율어로 이루어져 남방계의 율조를 따른 것이다. "한림시"야말로 고려시대 북방계의 3율어와 남방계의 4율어를 수용하여 조화롭게 형성된 詩形式이라 할 수 있겠다.

마지막으로 變格型은 후원사구만으로 이룩된 작품으로, 후원사구의 제1구에 "再唱"이 오고 마지막句(제2구 내지 제13구)에는 성음렴과 어사렴인 "위"와 "…景…긔엇더 ㅎ니잇고"구가 오는 경우 이에 해당된다. 그러나 구의 律語는 복합격구로 이루어져 있다.

이 성음렴은 〔彌陀讚〕·〔安養讚〕·〔彌陀經讚〕을 위시하여 〔配天曲〕 또는 〔獨樂八曲〕에서는 누락된 것도, 謹嚴한 의식에서 興趣를 돋우는 "위"는 일부러 제거해버린 것이 아닐까 한다. 그리고 실상 "한림시"는 여태껏 "景幾何如"에 초점이 맞추어졌으나, "한림시" 全篇의 율격을 計測한 결과 "…景…긔엇더 ㅎ니잇고"는 그리 중요한 위치를 점하지 못하며, 차라리 間斂句와 後斂句의 聲音斂인 "위"와 語辭斂인 "…景…긔엇더 ㅎ니잇고"구가 어울려야 한다는 것이다. 그러나 佛敎系統의 "한림시"에서 후원사구의 後斂句에서는 "…景…긔엇더 ㅎ니잇고"를 代置하여, "㝡希有·亦希有" "나는 됴해라"나 "我好下ᄉ 阿彌陀佛"로 代置되는 경우도 있었다.

"翰林詩"의 형식을 올바르게 파악하기 위해서는, 新羅의 "詞腦詩"·高麗의 "麗民詩"와 朝鮮初의 "宮廷詩"의 형식규명이 急先務가 되겠다.

첫째 "翰林詩"의 律字問題에 있어서, 3律字와 4律字가 어떤 古詩 장르로로부터 영향을 받았는가. 일본의 하이꾸(俳句)처럼 律字가 고정되었거나, 중국의 漢詩처럼 5言·7言으로 확고부동하게 율자가 고정되었다면 별문제가 없다. 그리하여 이 3율자·4율자 문제를 鄕歌 또는 宋詞쪽으로 겨누다가 어느 힌트라도 받은 것인지 분명치 않다36)고 하였다. 그러나 이는 口誦律讀의 休歇에 의하여 分截되는 단위로서, 呼氣의 限度內에서는 자율적으로 구성되고, 律語의 上限字數는 4율자이며 下限字數는 1율자가 되며, 종래의 字數律이나 音步律論이 제시한 5律字型 등은 허용치 않음을 원칙으로 한다37)는 것을 그대로 좇아 간다면, "한림시"의 3율자·4율자 문제

---

36) 李明九, 〈高麗歌謠의 硏究〉, 新雅社, 1973, p56.

는 容易히 해결된다.

둘째 "한림시"의 正格型에서, 1句는 3律語 또는 4律語로 이루어졌는데, 變容型·變格型 등에서는 4율어를 넘어서는 경우, 복합격구가 된다고 前述 바 있다. 이 3율어는 北方系인 高句麗와 高麗의 詩에서 나타나는 특징이요, 4율어는 南方系인 新羅의 詩에서 나타나는 특징으로, 이미 論述한 바 있다. 그러므로 "한림시"는 남방계인 4율어와 북방계인 3율어가 조화를 이룬 것이, 그 특징이 된다고 하겠다. 그러나 이를 두고 종전에는 자꾸만 宋詞편에 두고싶다38)고 하는 쪽도 있었다.

셋째 "한림시"의 정격형에서, 1章은 6句로 형성되어 있다. 이를 두고 鄕歌에도 없고 或〔井邑詞〕가 이에 該當할지는 모르나, 宋詞의 6구체를 본받았느냐 하게되면, 答辯이 궁하게 된다39)고도 했다. 이 6구체 문제는 자체적인 "한림시"만으로는 해결이 안 되고, 新羅 "詞腦詩"·高麗 "麗民詩"·朝鮮初期 "宮廷詩" 들의 형식이 규명되어지는 가운데, 해결되어지리라 展望된다. "사뇌시"의 형식은 4구체·8구체·10구체 등으로 나타난다. 그런데 이 10구체는 반드시 斂句(落句·隔句)가 오는 것이, 특징이라 하겠다. 신라시대로부터 고려초기까지 쓰인 "사뇌시"가, 문헌의 泯滅로 겨우〈三國遺事〉에 실린 14편과〈均如傳〉에 실린〔普賢十願歌〕 1편 정도로, 형식을 탐색한다는 일은 극히 부담스럽다. "사뇌시" 8구체는 본디 10구체였는데, 염구가 漏落되었다고 보고 싶고, 4구체도 우리 한국고시 성격상 염구가 누락되지 않았느냐 생각해 보았다. 그러므로 필자는 假說을 세워, 우선 4구체는 염구를 想定한다면 6구체로 볼수 있잖느냐이다. 이러한 6구체 문제는 "여민시"에서〔井邑詞〕도 염구를 제외하면 6구체가 되고,〔靑山別曲〕도 엄연히 6구체로 성

---

37) 洪在烋,〈韓國古詩律格硏究〉, 太學社, 1983, p13
38) 李明九,〈高麗歌謠의 硏究〉, 新雅社, 1973, p56
39) 李明九,〈高麗歌謠의 硏究〉, 新雅社, 1973, pp56~57

립된다. 따라서 "사뇌시"·"여민시"·"궁정시" 등의 형식규명이 급선무가 된다고 하겠다.

넷째 "한림시" 정격형에서, 종래는 前後分節 내지 分段된다고 했다. 필자는 이 1장의 시를 原詞로 보고, 이를 先後로 나누었다. 이 나누어지는 이유는, "한림시" 1장이 6구로 이루어졌는데, 先原詞句는 4구로 이루어졌고, 그 4구째는 聲音斂과 語辭斂이 오기 때문에 間斂句가 되고, 後原詞句는 2구로 이루어졌고, 그 2구(6구)째 성음렴과 어사렴이 오기 때문에 後斂句가 된다. 이러한 염구가 오기 때문에 자연적으로 先·後原詞句로 나누어지게 된다. 그런데 이렇게 나누어지는 것을 보고, 分節體는 鄕歌에서 온 것[40]이라 하였으나, "사뇌시"·"여민시"·"궁정시" 등의 형식을 通時的으로 고찰하여야만, 해결이 되어지리라 생각한다.

다섯째 全"翰林詩"가 連章體로 되었는데, 우리 "사뇌시"에서 굳이 찾는다면 〈均如傳〉에 실린 〔普賢十願歌〕가 10구체로 11章이 1편으로 이루어졌다. 이 연장체 문제를 宋詞에 있는 그대로를 模倣[41] 했다고 斷定지었다. 그러나 이는 우리 고유문자가 없던 시대에 代打者로 漢字語의 나열이 되었고, 그런 인상에서 빚어진 錯誤였다. 우리는 연장체의 淵源을 "사뇌시"에서 마땅히 찾아야 할 것이다. "사뇌시"집인 〈三代目〉이 전하지 않는 현재에, 〈三國遺事〉와 〈均如傳〉만 가지고 형식문제를 거론한다는 것은 극히 부담스럽지만, 지금 殘存하고 있는 "사뇌시"와 口傳하다 朝鮮 成宗朝무렵 정착한 "여민시"와 조선초기 "궁정시"들의 형식 규명이야말로, 우리 고시문학의 연구앞에 놓여 있는 課題요, 고시연구의 앞날을 열어주기 위한 가장 절실한 문제가 된다고 하겠다.

---

40) 李明九, 〈高麗歌謠의 硏究〉, 新雅社, 1973, p56
41) 李明九, 〈高麗歌謠의 硏究〉, 新雅社, 1973, p57

Ⅲ 內容論

1 緒 言

　우리 國文學 諸 論著 내지 論文들을 보면, 이들에 쓰인 用語들이 일본의 국문학용어들과 같다는 사실을 알 수 있다. 광복 반세기를 넘기면서도, 우리 國學이 가장 선두에 서서, 일본어 사용을 반세기전에 終結지어야 했다. 그러나 광복후 혼란과 친일세력의 득세와 6·25전쟁의 소용돌이 속에, 일본 국문학용어들은 그대로 지금껏 사용되고 있는 이 부끄러운 현실을, 어떻게 설명해야 될지, 茫然自失할 수밖에 없다. 지금까지 우리 國學 가운데도 국문학에, 일본 국문학용어가 넘치고 있다. 그리하여 필자는 몇 해전, 국문학을 革命하는 심정으로, 용어들을 一次 筆者나름대로 蠻勇을 부려 명칭을 붙였는데, 古詩라 하고 그 아래에다 "詞腦詩"·"麗民詩"·"翰林詩"·"宮廷詩"·"時調詩"·"歌辭詩"·"民風詩"1) 등을 두었던 것이다. 그밖에 일본어인 "詩歌"·"歌謠"·"音步"·"口碑" 등등 용어도 마땅히 수정되어야 하리라 본다.

　다음은 우리 국문학에서는 往往히 "詩"와 "歌"를 구분하지 못한다

---

1) 金倉圭, 自山의 國文學研究에 대한 先行的 成果考(前), 〈論文集〉, 27집, 大邱教大, 1992, pp306-328.

는 것이다. 우리 국문학에서는 "詩"만을 위주로 연구하여야 되겠고, 또 대상이 되어야 한다는 것이다. 아무리 국문학의 傍系學問으로서 그 필요성을 강조한대도, 音樂쪽은 이미 國樂科가 開設된지 오래된 판국에, 얼마나 국악에 대한 전문지식을 가졌는지 모르겠지만, 어떤 논문을 볼라치면 五線樂譜가 야단스럽게 나열되었기도 하고, 또는 井間樂譜가 실려있는 논문들을 가끔 대하게 되는데, 이는 정말로 학문이란 분야별 전문성을 너무 모르고, 또 분수를 모르고 행해진 연구라 하겠다.

그리고 과거 우리 先人들이 사용한 용어들도 일단은 그들을 그대로 쓸 것이 아니라, 우리 主體性에 맞도록 고쳐 써야겠다는 것이다. 가령 우리 先人들은 "歌詩"라 했는데, 이를 "古詩"·"諺解"를 "國譯"으로, 그 용어를 바꾸어 쓰자는 提議를 하는 바이다.

이런 前提下에서 우리 국문학의 고시 가운데, 내용 내지 주제를 분류해 놓은 것을 볼 때, 들쭉날쭉하여 도무지 整齊되지 못하고 있는 안타까운 실정이다. 가령 "時調詩"나 "歌辭詩"들의 內容分類한 것을 보면 작품을 읽고, 그 때의 기분이나 인상에 좇아 무엇이다 하고 갈래를 잡아나가다 보니, 5·6종에서부터 시작하여 많게는 130여종에 이르는 경우도 있다. 이렇게 放漫하게 갈라놓고 있는 현실이다. 이는 起點을 확실하게 잡지 않은데서 일어나는 현상이다. 따라서 起點을 확고하게 세운 바탕 위에서, 내용이나 주제를 분류해야 混亂이나 亂調현상이 일어나지 않을 것이다.

필자는 〈韓國翰林詩評釋〉을 통하여, 작품의 내용을 올바르게 이해할 수 있게 되었고, 그리하여 용기를 내어 "한림시"의 주제를 분류해 보기로 한 것이다. 종전에는 "한림시"작품을 면밀하게 검토해 볼 수 있는 評釋도 없이, 막연하게 작품의 표면에 스치는 느낌만 갖고, 이러니저러니 논술을 펴나갔던 것이다. 필자가 評釋한 "한림시"도 完璧을 기했다고는 말할 수 없고, 앞으로도 오류나 착오를 지적해 주면 수정을 해 나가겠다는 심정임을 밝혀두는 바이다.

2 旣存의 主題分類

1) 時調詩

주제분류에서는 그래도 풍부한 자료를 갖고 있는 "時調詩"가 지금까지 어떻게 분류되었는지, 먼저 살펴보기로 하겠다. 이 "시조시"의 분류도 內容分類도 있고·階層分類를 한 분들도 있다. 우선 19세기말에 나온 시조시집인 〈珍本靑丘永言〉에서 52항목·〈東歌選〉에서 26항목·〈古今歌曲〉에서 19항목 등으로 분류를 하기는 했으되, 학문적 이론의 基礎위에서 분류된 것이 아니고, 작품을 통한 인상에 좇아 無作爲로 분류했다는 점이다. 특히 이미 출간된 "時調詩" 關聯 저서들에서, 〈東歌選〉의 분류를 보면 원본을 대조하지 않았기 때문에, 제 각각 달리 표기되어 있다. 필자로서는 원본을 대조해 봐야 확실히 알 수 있겠으나, 여기서는 〈古今歌曲〉에서 분류한 것을, 참고로 보기로 하겠다.

1.人倫　2.勸戒　3.頌祝　4.貞操　5.戀君　6.慨世　7.寓風 8.懷古　9.歎老　10.節序　11.尋訪　12.閑適 13.讌飮 14.醉興 15.感物 16.艶情　17.閨怨　18.離別　19.別恨

위와 같이 先人들이 분류한 安易한 방법을 그대로 따라 쓴 崔南善은, 그의 〈時調類聚〉(1928)에서 다음과 같이 분류했다.

1.時節類　2.花木類　3.禽蟲類　4.老少類　5.男女類　6.離別類 7.相思類　8.遊覽類　9.懷古類　10.豪氣類　11.君臣類　12.頌祝類 13.孝道類　14.修養類　15.哀傷類　16.寄托類　17.閑情類　18.醉樂類 19.寺觀類　20.人物類　21.雜類

崔南善이후 光復과 함께 국학의 열기는 도도하게 뻗어나 발전을
하게 되었는데, 1959년 李泰極을 위시하여 徐元燮·秦東赫 등이
분류한 내용을 보기로 하겠다.

○ 李 泰 極

1.忠孝至上   2.愛信扶翼   3.邪正介潔   4.憂國慨世   5.逃避諦念
6.無常蕩逸   7.醉樂頹廢   8.安貧樂道   9.自然沈潛   10.無爲自然
11.凡俗愛農   12.自由協同   13.進取豪放   14.勉學修德   15.事大自悔
16.內房怨訴   17.別離哀傷   18.人間有情   19.愛情無限   20.儒佛仙[2]

○ 秦 東 赫

1.愛情類   2.醉樂類   3.閑情類   4.自然類   5.道德類   6.懷古類
7.遊興類   8.忠君類   9.歎老類   10.漁父類 11.脫俗類 12.安貧類
13.修養類 14.勸農類 15.神仙類   16.頌祝類 17.諷刺類[3]

○ 徐 元 燮

1.離別哀傷   2.空閨怨慕   3.江湖閑情   4.田家閑居   5.致仕歸田
6.安貧樂道   7.守分知止   8.戀主忠君   9.感激君恩   10.丹心忠節
11.憂國慨世 12.學問修德   13.追慕讚頌 14.綱常五倫 15.思親孝道
16.敎誨警戒 17.逍遙遊覽   18.飮酒醉樂 19.人生行樂 20.人生無常
21.白髮嗟歎 22.感物敍景   23.丈夫豪氣 24.聖世逸民 25.尋訪招待
26.戀慕相思 27.好色貪花   28.寄託諷喩 29.福數頌祝 30.四季節侯

──────────────────────────

2) 李泰極,〈時調槪論〉, 時調의 內容上 分類觀, 새글사, 1959, pp141-
     223.
3) 秦東赫,〈古時調文學槪論〉, 螢雪出版社, 1976, pp21-46.

31.古事懷古　32.思鄕歸心　33.懷抱述義4)

　그밖에도 階層別로 분류하기도 했고, 큼직하게 몇 갈래로 내용
을 분류하기도 했다. 어쨌든 주제나 내용을 분류해 나가는데, 그
起點을 확실히 잡지 못했기 때문에, 이렇게 방만하게 분류될 수밖
에 없었던 것이다.

　2) 歌辭詩

　우리 고시작품의 분류는, 그 가름하는 視角에 따라 얼마든지 달
라질 수 있다. 한 작품을 두고 A라고도 할 수 있고 · B라고도 할
수 있다는 것이다. 앞서 "時調詩"에서도 33항목까지 분류하기도 했
지만, "歌辭詩"에서 보면 많이 분류해 놓은 것은, 130여 항목5)까
지 이르는 것도 있다. 이 "歌辭詩"에서도 階層別로 분류한 것도 있
고, 細分別하지 않고 몇몇 항목으로 크게 나누어 "群類別"로 분류
한 것도 있고 · "細分別"하여 분류한 것도 있다. 뿐만 아니라 "閨房
歌辭詩"에서도 보면, 세분화하여 분류한 논문들도 볼 수 있다. 어
쨌든 분류에서 "細分別"하든 "群類別"하든, 그 기점을 바로잡지 않
은데서 오는 亂調현상은, "時調詩"에서와 마찬가지로 일어나고 있
다. 우선 "群類別"하여 분류한 논술들을 보기로 하겠다.

(1) 士類歌辭詩

(가) 群類別

---

4) 徐元燮, 〈時調文學硏究〉, 螢雪出版社, 1977, pp51-298.
5) 文德守, 〈世界文藝大辭典〉, 下卷, (歌辭綜覽, 崔康賢), 1985, pp2499
　　-2528.

○ 金 起 東

1.敍景文學　2.愛情文學　3.隱逸文學　4.敍事文學　5.感傷文學
6.敎訓文學　7.爾餘[6]

○ 李 泰 極

1.主體性～①儒家性 ②道家性 ③佛敎性 ④巫俗性 ⑤混融性
　　　　　⑥文學性
2.客體性～①抒情　②敍事　③紀行　④隨筆　⑤日記
　　　　　⑥事大　⑦自主
3.比較性～①中國文學性 ②西歐文明性 ③日本文明性[7]

○ 李 相 寶

1.隱逸　2.流配　3.紀行　4.戰爭　5.道德　6.頌揚　7.相思
8.布敎[8]

○ 尹 錫 昌

1.抒情性～①悠閑 ②戀慕 ③恨歎 ④頌祝 ⑤諷刺 ⑥風景 ⑦遊賞
2.敍事性～①紀行 ②流配 ③戰爭 ④歷史地理 ⑤風俗
3.敎訓性～①訓戒 ②布敎 ③記事
4.戲曲性[9]

---

6) 金起東, 〈國文學槪論〉, 精硏社, 1964, pp138-159.
7) 李泰極, 歌辭의 內容攷 ―特히 그 儒家性에 대하여―, 〈陶南趙潤濟博士回甲紀念論文集〉, 新雅社, 1964, pp453-482.
8) 李相寶, 〈韓國歌辭文學의 研究〉, 螢雪出版社, 1974, pp15-23.
9) 尹錫昌, 〈歌辭文學槪論〉, 깊은샘, 1991, pp83-146.

(나) 細分別

○ 朴 晟 義

1.閑情　2.相思　3.景物　4.敎訓　5.敍事　6.遊興　7.地名
8.夢遊　9.勸農　10.慨嘆　11.勸佛　12.戰爭　13.慕賢　14.流配
15.歎老　16.無常　17.別離　18.思親　19.思弟　20.思友　21.紀行
22.東學　23.諷刺　24.安貧　25.頹廢　26.風流　27.頌祝　28.相書
29.花草　30.飮酒　31.人物　32.樂曲[10]

○ 柳 珏 善

1.相思　2.警戒　3.風景　4.閑情　5.敎訓　6.戀情　7.勸佛
8.景物　9.敍事　10.紀行　11.隱逸　12.遊戲　13.流配　14.敍景
15.探訪　16.慨嘆　17.勸農　18.勸善　19.遊興　20.夢遊　21.思親
22.花草　23.戰爭　24.離別　25.無常　26.自嘆　27.諷刺　28.思友
29.樂貧　30.地名　31.怨恨　32.讚揚　33.人物　34.懲戒　35.飮酒
36.慶祝　37.東學　38.風流　39.頹廢　40.文物　41.相書　42.恨老
43.宮闕　44.嘆世　45.思弟　46.演史　47.祭奠　48.虛無　49.船遊
50.琴瑟　51.樂曲　52.春興[11]

○ 徐 元 燮

1.江湖閑情　2.戀主忠君　3.追慕讚頌　4.福數頌祝　5.道德敎訓
6.寄托風流　7.遊覽紀行　8.風流行脚　9.風物敍景　10.戀慕相思

---

10) 朴晟義, 〈韓國歌謠文學 論과 史〉, 宣明文化社, 1974, pp420-423.
11) 柳珏善, 歌辭文學의 作家別 및 內容別 分類攷, 〈語文論集〉, 11집, 高
　　麗大, 1968.

11.無常嗟歎 12.丈夫豪氣 13.古事懷古 14.懷抱述懷 15.風俗勸農
16.宗敎布德12)

○ 崔 康 賢

1.慨嘆 2.景物 3.警世 4.啓蒙 5.敎述 6.敎訓 7.紀行
8.慕賢 9.夢遊 10.思親 11.頌祝 12.戀君 13.艷情 14.憂國
15.友情 16.隱逸 17.離別 18.自傳 19.戰爭 20.弔哀 21.醉樂
22.親睦 23.布敎 24.風流 25.風物 26.諷刺 27.閑情 28.懷鄕
29.戲弄13)

○ 류 연 석

1.江湖閑情 2.戀主忠君 3.道德敎訓 4.遊覽紀行 5.丈夫豪氣
6.風物敍景 7.戀慕想思 8.風俗勤勉 9.懷古敍事 10.布敎信仰
11.頌祝追慕 12.寓言諷刺 13.憂國啓蒙 14.그밖14)

(2) 閨房歌辭詩

○ 權 寧 徹

1.誡女敎訓 2.身邊歎息 3.思親戀慕 4.相思所懷 5.風流嘯咏
6.家門世德 7.祝願頌禱 8.祭典哀悼 9.勝地讚美 10.報恩謝德
15.擬人寓話 16.言語遊戲 17.小說內簡 18.開化啓蒙 19.飜案咏史
20.男謠玩賞 21.其他15)

---

12) 徐元燮,〈歌辭文學硏究〉, 螢雪出版社, 1981, p83.
13) 崔康賢,〈歌辭文學論〉, 새문社, 1986, pp31-36.
14) 류연석,〈韓國歌辭文學史〉, 國學資料院, 1994, pp70-78.
15) 權寧徹,〈閨房歌辭硏究〉, 二友出版社, 1980, p176.

○ 李 在 秀

1.敎訓類~①誠女型 ②警世型
2.頌祝類~①祝願型 ②頌祝型 ③頌詠型
3.嘆息類~①女嘆型 ②老嘆型 ③生活苦型 ④時節型
4.風流類~①野遊型 ②節氣型 ③擲柶型 ④諧謔型 ⑤花鳥型
　　　　　⑥紀行型16)

일찍 洪在烋는 "가사시"의 주제를 분류하면서, 人事나 風景등 모든 事相과 事物에 관하여, 일어나는 感興이나 感情이 "歌辭"란 독특한 形式에 담기어, 格調높게 凝縮된 創作物이라 했다. 그래서 그것은 우리의 마음에서 우러난 뜻에서 비롯되지 않음이 없다고 지적하면서, 다음과 같이 논술하였다.

○ 洪 在 烋

첫째
1.기　쁨~①頌祝 ②慕仰 ③稱揚
2.노여움~①憂憤 ②倡義 ③怒罵
3.슬　픔~①寃情 ②別恨 ③哀悼 ④慨嘆
4.즐거움~①遊賞 ②閑情
5.느　낌~①感懷 ②感恩
6.사　랑~①愛戀 ②慈愛 ③愛敬 ④讚美

둘째
7.믿　음~①佛敎 ②道敎 ③西敎 ④東學
8.깨우침~①道德 ②訓戒

---

16) 李在秀, 〈內房歌辭硏究〉, 螢雪出版社, 1976, pp14-40.

9.일깨움〜①勸勵 ②世德17)

　앞에서 洪在休가 지적한 대로 感興이나 感情이 "歌辭詩"에 응축
된 것이라 할진대, 우리 古詩에서 起點을 잡아야 할 곳은, "詩言志
歌永言"18)이라 했거늘 "詩는 言志"라, 분명히 "志"에다 기점을 잡아
야 할 것이다. 또 "詩者 志之所之也 在心爲志 發言爲詩"19)라 하였
음에, 사람의 마음 곧 感情을 글로 표현할 때 詩가 되는 것이다.
이 감정이란 사람이 지니고 있는 七情을 이르는 것으로, "何爲人情
喜怒哀懼愛惡欲"20)이라 했으므로, 이런 기준에서 주제를 분류한다
면, 지금처럼 복잡다단하게 얽혀 있는 가름이 가져다주는, 난조현
상은 일어나지 않을 것이다. 따라서 洪在休가 시도한 가사시의 분
류방법은, 先見之明이 있은 卓見이라 이를 수 있다. 앞으로 서구문
학이나 일본문학의 이론을 무턱대고 수용하여 어설피 떠벌리기보
다는, 동양문예학이란 차원에서 우리 고시작품을 마름질해 보는
것이, 너무 떳떳한 국문학연구의 방법이 되지 않을까 한다.

　3)　翰林詩

　"翰林詩"의 기존분류를 보면 國文學槪論書 정도에서, 작품에 스
쳐 가는 인상을 좇아 便宜하게 몇 갈래로 분류했는데, 이는 "翰林
詩"에 대한 깊은 관심을 갖지 않았다는 證左가 되겠다. "한림시"에
대한 연구는 최근에 와서야 몇 종의 저서가 출간21)되기는 하였으

---

17) 洪在休, 歌辭文學論, 〈國文學硏究〉, 8집, 1984, pp28-32.
18) 〈易經〉, 舜典.
19) 〈毛詩〉, 序.
20) 〈禮記〉, 禮運.
21) 李明九, 〈高麗詩歌의 硏究〉, 新雅社, 1973.
　　조규익, 〈高麗俗樂歌詞・景幾體歌・鮮初樂章〉, 한샘, 1993.
　　朴京珠, 〈景幾體歌硏究〉, 以會出版社, 1996.
　　임기중외, 〈경기체가연구〉, 태학사, 1997.

나, 주제분류는 전혀 이루어지지 않고 있다.

　고려초기까지는 鄕札表記文字로서 "詞腦詩"를 써오다가, 漢文學이 융성하게 발달함에 따라, 당시 지식인들은 향찰표기의 불편 때문에, 이는 자연적으로 폐기하게 되었다. 이후 世宗朝 訓正頒布(1446)이전까지, 우리 고유문자가 없을 當代의 식자층(士大夫 내지 僧侶)들이 우리式 노래를 부르는데 우리式 歌詞를 적어야만 했다. 이에 나타난 것이 高麗 高宗朝의 〔翰林別曲〕이었다. 우리式 노래에는 부득이 漢字語의 나열이 불가피했다. 그리고 "한림시" 每章끄트머리에는 吏讀表記를 썼었다. "한림시"의 이 한자어 나열을 보고 實際物을 作品內에다 옮겨놓은 것으로 文學性은 형식에서 찾아야 하며, 또는 작품외적 自我의 개입으로 이루어지는 자아의 世界化라는 어려운 우회의 방법을 써서 혼란스럽게 하면서 "敎述장르"22)로 단정지었다.

　조동일의 "敎述장르" 提起이래로, 金學成23)·金興圭24)·成昊慶25)·朴逸勇26) 등으로 이어지면서 論難이 일기도 했으나, 여기서는 언급을 않기로 하겠다. 이 한림시도 사람의 생각이나 느낌을 통하여 표출된 것이라, 하기 때문에 작품을 통하여 주제분류를 해 보면, "기쁨"·"즐거움"·"사랑"·"일깨움"·"깨우침"·"믿음" 등의 세계가 전개되고 있다. 그러므로 이 "한림시"에 대한 "敎述장르"는 학계의 논의를 더 기다려 보기로 하고, 기존의 "한림시"에 대한 주제분류를 보기로 하겠다.

---

22) 조동일, 景幾體歌의 장르的 性格,〈學術院論文集〉, 15집, 1976, p 231.
23) 金學成,〈韓國古典詩歌의 研究〉, 圓光大出版部, 1980.
　　金學成, 景幾體歌〈韓國文學研究入門〉, 지식산업사, 1982.
24) 金興圭, 장르론의 전망과 경기체가〈韓國詩歌文學研究〉, 신구문화사, 1983.
25) 成昊慶, 景幾體歌構造研究(碩士學位論文), 1980.
26) 朴逸勇, 景幾體歌의 장르的 性格과 그 變化,〈韓國學報〉, 46집, 一志社, 1987.

○　金起東

1. 風流文學으로서의　別曲 : 〔한림별곡〕·〔화전별곡〕·〔독락팔곡〕
2. 敍景文學으로서의　別曲 : 〔관동별곡〕·〔죽계별곡〕·〔화전별곡〕
3. 頌禱文學으로서의　別曲 : 〔화산별곡〕·〔상대별곡〕·〔가성덕〕·
　　〔축성수〕
4. 道德文學으로서의　別曲 : 〔연형제곡〕·〔오륜가〕·〔육현가〕·
　　〔도동곡〕·〔엄연곡〕·〔태평곡〕27)

○　朴晙圭

1. 風流的　內容　: 〔한림별곡〕·〔관동별곡〕·〔죽계별곡〕·〔불우헌
　　곡〕·〔화전별곡〕·〔독락팔곡〕
2. 頌禱的　內容　: 〔상대별곡〕·〔화산별곡〕·〔가성덕〕·〔축성수〕·
　　〔배천곡〕
3. 道德的　內容　: 〔오륜가〕·〔연형제곡〕·〔육현가〕·〔도동곡〕·
　　〔엄연곡〕·〔태평곡〕
4. 佛敎的　內容　: 〔미타찬〕·〔안양찬〕·〔미타경찬〕·〔서방가〕·
　　〔기우목동가〕28)

○　金東俊

1. 享樂的　風流文學 : 〔한림별곡〕·〔불우헌곡〕·〔화전별곡〕·
　　〔독락팔곡〕
2. 自然的　敍景文學 : 〔관동별곡〕·〔죽계별곡〕
3. 戀君的　頌禱文學 : 〔화산별곡〕·〔상대별곡〕·〔가성덕〕·

---

27) 金起東,〈國文學槪論〉, 精研社, 1964, pp102-109.
28) 朴晙圭,〈國文學槪論〉, 敎學研究社, 1986, pp116-126.

〔축성수〕·〔배천곡〕
4. 儒敎的 道德文學 : 〔오륜가〕·〔연형제곡〕·〔육현가〕·
〔도동곡〕·〔엄연곡〕·〔태평곡〕
5. 佛敎的 讚佛文學 : 〔미타찬〕·〔안양찬〕·〔미타경찬〕·
〔서방가〕·〔기우목동가〕29)

○ 조규익

1. 풍　류 : 〔한림별곡〕·〔관동별곡〕·〔죽계별곡〕·〔화전별곡〕
2. 관　인 : 〔상대별곡〕·〔구월산별곡〕
3. 송　축 : 〔화산별곡〕·〔불우헌곡〕·〔배천곡〕
4. 사　대 : 〔가성덕〕
5. 불찬양 : 〔미타찬〕·〔안양찬〕·〔미타경찬〕·〔기우목동가〕
6. 유　교 : 〔연형제곡〕·〔오륜가〕·〔도동곡〕30)

3 翰林詩의 主題分類

1) 기 쁨

이 "기쁨"이란 자랑하거나·慶賀할 일이거나·아름다운 일에 대
하여 "기쁨"을 표하는 것이다. 곧 자기 家門이나 어떤 人物에 대한
誇示도 있고, 君王의 頌祝이나 慕華의 稱揚 등이 이에 속한다고
할 수 있다. 이 과시에서는 사대부들이 그들의 세계를 자랑하여
보이는, "기쁨"에 넘치는 한마당이 되겠다. 먼저 高麗 高宗朝 한낱
지방의 아전으로서 科擧라는 통로를 통하여 新進士大夫로 中央政

---

29) 金東俊, 〈韓國文學原論〉, 太學社, 1989, p185.
30) 조규익, 〈高麗俗樂歌詞·景幾體歌·鮮初樂章〉, 한샘, 1993, pp 75-76.

治舞臺에 화려하게 올라서는 것은, 곧 身分上昇으로 이들이 한껏 뽐내고·자랑이 넘치고 있는, "기쁨"의 세계다. 또는 조선이 건국되고, 새 歷史의 장을 여는데 동참하게 된 官人들의 의기양양한 자랑스러움이나, 한 가문의 顯達한 先祖들의 蔭德을 입은, 당대 사대부들의 자랑이 넘치는 "기쁨"의 세계가 되겠다.

(1) 誇 示

① 家 門

한 가문이 일어나게 됨은 顯達한 祖上의 蔭德으로서, 이를 장차 繼承發展시키기 위해선, 후손들에게 가문에 대한 과시는 필수적이었다. 〔竹溪別曲〕은 安軸이 江陵道存撫使로서 임무를 완수하고, 자기 고향으로 돌아와 순흥이 세 번째 승격되던 1348년(忠穆王 4) 그가 졸한 6月 21日 이전에 쓴 작품이다. 이 작품에서 은연중 順興安氏家門을 자랑하면서, 安軸의 三從祖가 되는, 이 나라에 性理學을 최초로 수입한 安珦(1243~1306)을 은근히 뽐내려는 誇示가 스며 있음을 알 수 있다.

竹嶺南 永嘉北 小白山前
千載興亡 一樣風流 順政城裏
他代無隱 翠華峰 王子藏胎
爲 釀作 中興景 幾何如
淸風杜閣 兩國頭銜
爲 山水 淸高景 幾何如　　　　　　　　〔竹溪別曲. 1章〕

天險의 竹嶺 南쪽과 安東 北쪽 小白山앞에 위치한 順興고을이야말로, 新羅가 망하고 高麗가 흥하는 千年동안에도 한결같이 풍류를 지닌 고을이었다. 마치 翡翠새깃으로 깃봉을 꾸민, 임금을 상징하는 翠華깃발처럼, 우뚝 솟은 소백산 봉우리마다는 王子의 胎가 묻혔다. 草庵洞에는 忠烈王(名昛, 1236~1308)胎가·慶元峰에는 忠肅王(名卍, 1294~1339)胎가·郁錦洞(우금동)에는 忠穆王(名昕, 1337~1348)胎가 安胎되었다. 이렇게 王胎가 小白山 안에 安胎된 광경은, 다른 고을에서는 볼 수 없는 것이다. 따라서 이 고을명칭이 忠烈王 卽位時(1274) 興寧縣이 되었고·忠肅王 卽位時(1313) 興州가 되었고·忠穆王 4年(1348) 順興府로 昇格하게 되었다. 이렇게 王子의 藏胎가 된 고을에서 임금이 나옴으로써, 3차례 걸쳐 順興이 승격하게 되었고, 이 고을을 중흥하게끔 만들어 준 영광을 안게 되었다.

뿐만 아니라, 安軸·輔(1302~1357)·輯등 3형제가 官僚로서 淸廉潔白之風을 지님으로써, 백성들에게 善政을 베푼 저 宋나라 宰相 杜衍(山陰人, 字世昌)의 높은 집처럼, 그런 높은 가문 출신임을 뽐내고 있다. 그들 3형제가 고려조정에서 과거에 오른 無上의 영광과, 더불어 軸과 輔는 元나라에서 과거에 합격하고, 벼슬을 지낸 至上의 영광을 안았음에랴. 일찍이 李穡(1328~1396)은 "順興安氏 世居竹溪之上 竹溪之源 出於小白山 山之大而水之遠 安氏之興 其無窮乎"31)라고 讚했거늘, 이들의 인품이야말로 小白山보다 높고 竹溪水보다 맑다고 한껏 자랑하였던 것이다. 이렇게 자랑한다는 것은, "기쁨"으로 넘치는 세계 바로 그것이었다.

〔九月山別曲〕도 세종5년(1423) 文化柳氏가 朝鮮에서 최초로 자기가문의 族譜를 완성하고, 장차 후손들로 하여금 顯達한 조상을 알게 하고, 나아가서는 부모에게 효도하고·형제간에 友愛있고·임금에게 충성을 다하길 바라면서 써진 작품이다. 柳寅晩은 "先世의 顯達事蹟을 讚揚하며, 修身齊家의 根幹이 되는 孝友儉德을 誦詠"32)한 것이라 하였고, 〔竹溪別曲〕과 더불어 誇示에서 상통하는

---

31) 安　軸, 〈謹齋集〉, 卷4.
32) 柳寅晩, 九月山別曲, 〈國學〉, 3號, 國學大, 1947, p84.

작품이라고 할 수 있겠다. 그러면 이 〔九月山別曲〕에서 文化柳氏가 그들 族譜를 완성하고 난 뒤, 顯達한 先祖들에 대한 과시가 어떻게 나타났는지 보기로 하겠다.

> 九月山 三支江 儒州勝地
> 後梁末 前朝初 柳氏起家
> 文簡文正 貞愼章景 代代封公
> 위 積善 流芳景 긔엇더 ᄒ니잇고
> 繼志述事 無添祖風 再唱
> 위 몃부니 시닛가　　　　　　　　　　〔九月山別曲. 1章〕

九月山은 檀君이 神이 되어 들어간 由緖깊은 산이다. 文化柳氏의 먼 조상이 되는 車承穡이 新羅末 哀莊王(金重熙, 788~809)을 살해한 怨讐(憲德王, 金彦昇, ?~826))를 갚으려다 발각되자, 遼東으로 避身하였다가 시대가 안정되자, 구월산 墨房洞으로 숨어들어 車氏에서 柳氏로 變姓하였다. 그의 5世孫인 柳海가 王建(877~943)이 後百濟 甄萱(?~936)과 싸울 때, 軍糧米 千石을 싸움터에 운반해 줌으로써, 뒷날 고려개국공신이 되었다. 그리하여 "以車爲達"한 공으로 "車達"이란 이름을 下賜받았던 것이다. 그리고 그의 아들 孝金이 구월산 聖堂里에서 救虎를 하게 되었는데, 그 날 밤 꿈에 現夢하길 나는 구월산 山神으로, '네가 나를 구해 준 공으로, 너의 후손들은 世爲卿相'될 것이라고 예언을 했다. 이렇게 由緖깊은 구월산과 三支江을 배경으로 발원한 文化柳氏의 터전이 儒州(文化)였다. 여기서 後梁末(918. 末帝貞明4) 고려 開國初 柳氏家門을 일으켰다. 그 뒤로 고려조에 "世爲卿相"이 이었으니, 柳公權(1132~1196)은 벼슬이 政堂文學兼知政事判禮部事를 지냈다. 文章이 능하고 書藝가 뛰어났고, 文簡公이란 諡號를 받았던 것이다. 柳璥(1211~1289)은 崔氏武斷 60년의 막바지 崔竩(?~1258)를 내치고 王道政治로 돌아가게 한 공로가 있었고, 벼슬이 贊成事判

典理司事를 지냈으며, 文正公이란 諡號를 받았다. 柳陞(1248~1298)은 벼슬이 都僉議然理를 지냈고, 貞愼公이란 諡號를 받았다. 柳墩(1274~1349)은 벼슬이 僉議贊成事와 始寧君에 封해졌고, 章景公이란 諡號를 받았다. 墩의 아우 仁琦도 溫靖公이란 諡號를 받았으니, 4대에 걸쳐 5公이 나왔다는데서, 그 과시가 두드러졌다.

이렇게 善行을 쌓아 가는 가문에서는 子孫代代로 慶事가 있어, 아름다운 이름을 후세에 遺傳시켜 준다는 것이다. 또 그러기 위하여 父祖生時에 心身을 慰撫하여 잘 奉養해 드리는 길밖에 없다는 것이다. 드높은 段階로서는 선조의 뜻을 잘 계승하고 世業을 발전시켜 나가는 길이, 父祖들이 이룩한 祖風에 대하여, 후손들로 하여금 욕됨이 없도록 하는 길이다. 이런 훌륭한 先祖들이 나까지 보태어 몇 분이나 됩니까 에서, 조상들에 대한 자랑과 자신에 대한 과시가 넘치고 있어, "기쁨"의 세계가 될 뿐이다.

② 人 物

"翰林詩"야말로 두드러진 특징은, 인물의 과시라고 손꼽을 수 있다. 高麗 中期以後 士大夫들의 등장이야말로, 그들의 세계가 意氣揚揚하게 전개되어지는, 새로운 인물들에 대한 과시가 아니었으랴. 이러한 인물의 과시는 〔翰林別曲〕을 위시한 〔霜臺別曲〕·〔錦城別曲〕·〔花田別曲〕등에서 찾아볼 수 있다.

우선 〔翰林別曲〕은 1장에 "글짓기"를 위시하여, 2장에 "글읽기" 3장에 "글씨쓰기" 등의 과시가 넘치고 있음을 엿볼 수 있다.

　　　　元淳文 仁老詩 公老四六
　　　　李正言 陳翰林 雙韻走筆
　　　　冲基對策 光鈞經義 良鏡詩賦
　　　　위 試場景 긔엇더 ᄒ니잇고

琴學士의 玉筍門生 再唱
위 날조차 몃부니 잇고   〔翰林別曲. 1章〕

위의 1장에 등장한 인물들은, 당시 琴儀(1153~1230)가 要路에 있으므로 하여, 그들을 幕府에 줄이 닿게끔 주선하여 준 덕택에, 微官末職이나마 感之得之하고 넙죽 받았던 것이다. 또 그들은 武人의 잔치자리 말석에 불려가 무인들의 배짱을 맞추어 주는 글나부랭이나 써줌으로써, 糊口之策을 이어 나갔던 것이다. 그러나 文士들은 面從腹背로 나아갔으니, 붓이 칼보다 강한 사실을 "글짓기"에서 과시함으로써, 결코 지지 않겠다는 선비들의 꼬장꼬장한 깡알이 기질을 보여 주었던 것이다. 兪元淳(1168~1232)의 拔群한 문장 짓는 솜씨, 李仁老(1152~1220)의 屈指에 드는 시 짓는 솜씨, 李公老(?~1224)의 四六騈儷文(변려문)은 마치 두 마리 말이 나란히 수레를 끌 듯, 4자와 6자로 대응시켜 對句로 이루어진 사륙문의 솜씨, 당시 정언벼슬을 지낸 李奎報(1168~1241)와 한림벼슬을 지낸 陳澕는 고려조 雙璧을 이룬 대시인이다. 이들에게 雙韻으로 韻字를 주면, 빨리 내리써서 짓는 詩솜씨는, 과연 고려조 一代의 巨擘이라 이를 만했다. 劉冲基는 對策文에서 牛耳를 잡았는데, 이는 관리등용 시험에서 政事上·經義上 문제를 내어 수험자로 하여금, 이에 답하게 하는 글이요. 閔光鈞은 經書의 뜻풀이에서 당당히 頭角을 드러냈고, 金良鏡(1168~1235)이 짓는 詩와 賦의 솜씨는 對手가 없을 정도였다. 이 가운데 유원순·이규보는 知貢擧인 李知命(1127~1191)에 의하여, 明宗21年(1190) 과거에 올랐고, 진화는 高瑩中에 의하여 과거에 올라, 琴儀와는 "玉筍門生"이 될 수 없었다. 琴儀가 熙宗4年(1208) 同知貢擧로 34명·康宗元年(1212) 동지공거로 30명·高宗元年(1214) 知貢擧로 23명을 뽑아냄으로써, 배출된 傑出한 수많은 문하생들. 아! 날까지 보태어서 몇 분이나 됩니까.

1장에서 知貢擧는 琴儀만이 아니었다. 兪元淳도 고종11년(1224)

國子監試로 76명·고종13년(1226) 동지공거로 33명·고종17년(1230) 지공거로 34명을 뽑았고, 李奎報는 고종12년(1225) 국자감시로 68명·고종15년(1228) 동지공거로 32명·고종21년(1234) 지공거로 32명·고종23년(1236) 지공거로 29명을 선발함으로써 최다의 문하생을 두었고, 劉冲基도 고종10년(1223) 국자감시로 62명·고종17년(1230) 동지공거로 34명을 뽑아내었고, 金良鏡은 고종7년(1220) 국자감시로 62명·고종9년(1222) 동지공거로 32명·고종19년(1232) 지공거로 30명을 뽑아내었다.

1장 글짓기의 과시에서, 當世 명성을 떨친 錚錚한 고시관인 國子監試·同知貢擧·知貢擧로서, 수많은 군하생을 輩出해 냈던 것이다. 그 가운데 왜 하필이면 琴儀의 문하생만 擧名되었을까. 그것은 무인집권 당대에 있어서, 1장에 등장한 문사들이 막부와 연줄이 닿게끔 정치무대 뒤에서, 노력을 아끼지 않았던 인물이 琴儀였기 때문이다. 따라서 여기서는 금의의 문하생만이 代表格으로 등장한 것이고, 1장에 등장한 각종 시문 등으로 명성을 떨친 문사들과, 그 문사들이 銓衡해낸 문하생들까지도 대단히 걸출한 인재였음을 아울러 찬양한 것이다. 그러므로 1장에 등장한 인물들은〔翰林別曲〕의 작자가 될 수 없을 뿐만 아니라, 이규보나 진화의 官名 내지 琴儀의 졸년을 짚어서 高宗初에서 고종17년 사이〔翰林別曲〕이 제작되었다 하나, 이는〔翰林別曲〕 1장의 문하생들까지 몽땅 합쳐 찬양하였기 때문에, 1장 등장인물들의 명성을 익히 들은 먼 후배들이, 後際에 선배문사들을 찬양하여 지은 것으로, 高宗朝 말기쯤33) 제작되었으리라 짐작되어진다.

2장에서도 〈唐書〉·〈漢書〉·〈莊子〉·〈老子〉 韓愈(768~824)와 柳宗元(773~819)의 〈文集〉·李白(701~762)과 杜甫(712~770)

---

33) 全圭泰,〈韓國詩歌研究〉, 고려원, 1986, p397.
　　　"樂志에 고종대작이라 하나 빨라도 고종30년(1243)에서 늦어도 고종46년(1259)사이 추측"

의 〈詩集〉·班固(32~92)의 〈文集〉·白樂天(772~846)의 〈詩集〉·
〈詩經〉·〈書經〉·〈周易〉·〈春秋〉·戴德의 〈大戴禮〉와 戴聖의 〈小
戴禮〉 등을 註까지 아울러 내리 외우는 글읽기의 과시가 만만찮
다. 거기다가 〈太平廣記〉란 尨大한 四百餘卷(실제는 五百餘卷)을
歷覽하는 광경에서는, 문사들의 驕氣가 번득이고 있음을 볼 수 있
다. 3장에서도 唐나라 顔眞卿(709~784)의 書體·後漢 蔡邕(13
3~192)에서 비롯한 飛白의 서체·後漢 劉得昇의 行書體·草書
體·秦나라 李斯(?~208B C)의 小篆·周나라 太史籒의 大篆體·
蝌蚪의 書體·唐나라 虞世南(558~638)의 書體 등, 무슨 서체든
지 막힘 없이 물 흐르듯 써내려 가는 글씨 쓰기의 과시가 되겠다.
양수염으로 맨 붓과 쥐수염으로 맨 붓 등, 좋은 붓으로 그려나가
는 唐나라 吳生인 道子(玄宗때 畵家, 道玄)와 宋나라 劉生인 永年
(宋彭城人, 字君錫)처럼 그림솜씨 등에서 과시가 두드러지게 나타
나 있다.

　朝鮮이 건국되고 난 뒤, 과거에 올라 벼슬길로 나아가게 된 官
人들에 대한 인물의 과시가 넘치는 작품은 〔霜臺別曲〕으로서, 이
는 司憲府 관원들이 "燒尾宴"34)을 베풀 때 불렀던 노래다. "燒尾"
란 잉어가 黃河의 세찬 물결을 박차고 龍門瀑布로 오를 때, 반드
시 번개 불이 쳐서 잉어꼬리를 태움으로써, 물고기가 龍으로 화하
는 과정을 이른 것으로, 唐나라때 "燒尾宴"은 선비자제들이 進士에
급제하면, 베풀었던 잔치를 이른 것이다. 이 역시 사헌부 관원들이
선비로서 과거에 올라, 새 나라의 벼슬아치가 된 자랑스러움을 펼
친 詩가 되겠다. 이렇게 과시가 넘치는 작품으로, 李明九는 사헌부
관원으로서 지내는 늠름하면서도 豪氣가 넘치는 생활35)이라 하였
고, 또는 관원의 威儀가 대단하고 자부심이 남다르다36)고 지적한

---

34) 〈增補文獻備考〉, 卷107, 樂考18.
35) 李明九, 〈高麗歌謠의 硏究〉, 新雅社, 1973, p124.
36) 조동일, 〈한국문학통사〉2, 지식산업사, 1983, p291.

바 있다. 과연 이 시는 조선이 건국한지 얼마 안 되는 마당에, 새 王朝 건국에 발탁된 出衆한 인재들로, 이러한 大役事에 동참하게 된 "기쁨" 속에 자랑스런 과시가 잘 表露되었던 것이다.

        華山南 漢水北 千年勝地
        廣通橋 雲從街 건나드러
        落落長松 亭亭古栢 秋霜烏府
        위 萬古 淸風ㅅ景 긔엇더 ᄒ니잇고
        英雄豪傑 一時人才 再唱
        위 날조차 멋분니 잇고   〔霜臺別曲. 1章〕

        楚澤 醒吟이아 녀는 됴ᄒ녀
        鹿門 長往이아 너는 됴ᄒ녀
        明良相遇 河淸 盛代예
        驄馬 會集이아 나난 됴하이다   〔霜臺別曲. 5章〕

    1장의 내용을 보면, 우선 司憲府의 위치와 서릿발 치듯 威嚴이 서린 모습을 그렸고, 여기 관원들은 재주가 非凡하고 勇猛이 卓越하여 英雄이요, 智勇이 뛰어나고 氣槪와 風度가 있어, 豪傑들이었다. 한때는 모두가 재주가 놀라운 벼슬아치들로서, 이런 인재들은 날까지 보태어서 몇 분이나 되느냐 소리쳤다. 이러한 표현은 자기들만이 우쭐거리는, 어쩌면 벼슬아치들의 오기·교기·갸기·거만·거드름·건방짐·주제넘음 등이 번득이고 있어, 아예 다른 사람들을 멸시하고·白眼視하는 모습이, 自己誇示로 두드러지게 나타났다.

    5장을 보면 당시 사헌부 관원들이 자신들이 生氣넘치는 자세다. 새 조선의 벼슬아치로 정치에 참여하겠다는 자랑이 넘치고 있다. 楚나라 屈原(343~299 B C)은 懷王때 三閭大夫로서 憂國戀主의 情을, 〔離騷〕라는 글을 써서 귀양갔던 湘水에서 읊기를, '온 세상이 다 취했으나, 나만은 홀로 깨어 있다'고 노래불렀다. 그는 戀君

에 대한 충성심을 알아주지 않자, 汨羅水에 몸을 던지고 말았다. 이런 屈原같은 충신이 되길 원하는가? 아니면 漢나라 龐德公(後漢, 襄陽人)이나 孟浩然(689~740)처럼 鹿門山으로 藥草를 캐러 들어가 벼슬은 아예 단념한 채, 志操를 지키며 살아가는 隱士가 되길 너는 원하는가? 조선이 건국되고 현명하게 다스리는 임금과 忠直한 신하가 서로 만났으니, 黃河가 千年에 한번 맑아지면 聖君이 나타나듯, 성스런 임금이 다스리는 태평성대를 당하여, 갈기와 꼬리가 푸르고 날렵한 좋은 말을 타고 오는, 인재들이 모이는 모임이야말로 나는 좋다고 읊었다. 그리하여 새 조선건국은 儒者의 新天地로, 고려왕조를 향하여 지조를 지키며 살겠다고, 죽음을 마다하지 않은 충신(鄭夢周, 1337~1392)이나 隱士(吉再, 1353~1419)가 되기보다는, 新王朝에 참여하여 벼슬에 올라 靑雲의 큰 꿈을 안고 희망찬 내일을 바라보며, 立身揚名하려는 의지가 잘 나타나 있다. 따라서 이 시는 벼슬길로 나아가서, 榮達하려는 관인으로서의 과시가 생동하고 있는 "기쁨"의 세계다.

〔錦城別曲〕은 成宗11年(1480) 朴成乾(1418~1487)이 羅州教授로 있을 때, 자기가 가르친 門下生 10명이 小科에 급제하자, 그 "기쁨"을 과시하기 위하여 쓴 작품이다. 이 작품에 대하여, 찬양을 하며 감격을 전하던 문구는, 그 뒤에도 쉽사리 버릴 수 없어, 바로 그런 점에서 "경기체가"는 "들뜬 문학"이라는 한계가 있었다37)고 논술하기도 했다. 이런 지적은 당시 사대부들의 두드러진 자기과시를 잘 나타낸 점을 지적한 말이 되겠다. 朴成乾의 가르침을 받은 10명이 소과에 급제한 영광을 羅世纘(松齋, 1498~1551)은 다음과 같이 읊었다.

錦城慶事不其誇 賀鼓淵淵十二家
如此嘉期稀振古 歡餘朗咏六章歌38)

---

37) 조동일, 〈한국문학통사〉2, 지식산업사, 1983, p295.

錦城의 경사스러움 그 자랑 다 못하느니, 북소리 淵淵히 울리는 열두 집이요, 이같이 아름다운 시기는 옛날에도 드물었느니, 기쁜 나머지 朗朗하게 "六章歌"를 읊조리네 하여, 당시 양반들의 도도한 자기과시가 넘침을 나타낸 것이다.

```
海之東 湖之南 羅州大牧
錦城山 錦城浦 亘古流峙
爲 鍾秀 人才景 幾何如
千年勝地 民安物阜 再唱
爲 佳氣 蒽籠景 幾何如                    〔錦城別曲. 1章〕


金叔勳 崔貴源 父母俱存
羅渙興 羅慶源 兄弟無故
羅振文 羅慶光 始起家風
金崇祖 洪貴枝 年少才能
羅賢羅贇 四寸兄弟 共上
爲 蓮榜景 幾何如
伊樂乎 一鄕人材 再唱
十人 同年景 幾何如                     〔錦城別曲. 5章〕
```

1장에서 중국인들은 우리 나라가 渤海의 동쪽이라 지칭한 海東, 그 가운데 碧骨池와 訥堤 그리고 黃登堤의 남쪽을 지칭한 湖南, 그 가운데 羅州는 牧使가 다스리는 큰 고을로, 이 곳 廣闊한 羅州벌에 우뚝 솟은 錦城山과 榮山江이 흘러내리는 굽이에 錦城浦가 있다. 이렇게 수려한 산과 강은 영원한 세월을 두고 변함없는 그 모습을 그대로 지녀, 아! 빼어난 재주 있고 놀라운 사람들이 모여드는 광경, 그것이야말로 어떻습니까. 여기서 수려한 금성산과 도도히 흐르는 강물 곁에 있는 금성포를 당겨와, 자기 고장의 인재들이 빼어남을 과시하고 있다.

---

38) 羅世纘, 〈松齋集〉, 卷6, 咏錦城慶事.

174 韓國翰林詩研究

5장에서는 金叔勳(당시 羅州牧使 金春卿의 仲子)·崔貴源(隋城人)·羅渙興(羅賢의 四從叔)·羅慶源(渙興의 아우)·羅振文(羅賢과 五從, 1458~?)·羅慶光(羅賢의 三從叔)·金崇祖(1508, 羅州牧使)·洪貴枝(豊山人)·羅賢(英傑의 6世孫)·羅贇(羅賢의 아우) 등 10인이 朴成乾에게 배움을 받았고, 동시에 이들은 "父母俱存"·"始起家風"·"年少才能"·"四寸兄弟"라는 점을 칭송하면서도, 10인이 蓮榜에 오른 영광스러움과 아울러, 錦城羅氏 一門에서 6명이 나오게 된 無上의 영광을 뽐내고 있다. 朴成乾의 弟子中 10인이 소과에 급제한 영광의 배경은, 그들의 스승인 朴成乾에게 초점이 모아졌고, 여기서 그들 스승을 더욱 돋보이게 해주는 일방, 그런 가운데 자기과시가 은연중 흘러 넘치는 "기쁨"을 엿볼 수 있다.

<blockquote>
天之涯 地之頭 一點仙島
左望雲 右錦山 巴川高川
山川奇秀 鍾生豪傑 人物繁盛
偉 天南 勝地景 긔엇더 ᄒ닝잇고
風流酒色 一時人傑 再唱
위 날조차 몃분이 신고　　　　　　　　〔花田別曲. 1章〕
</blockquote>

花田은 南海의 옛 이름으로, 우리 나라로 봐서는 하늘의 가로서 곧 하늘이 다한 끝이오, 땅의 머리란 곧 땅이 시작되는 곳으로, 여기 한 점 신선들이 사는 섬이 바로 남해다. 이 神仙섬인 화전의 왼쪽으로 秀麗한 望雲山이 있고, 오른 쪽으로 奇巖怪石들로 빼어난 錦山이 있다. 이 望雲山과 錦山 사이로 봉내(巴川)와 고내(高川)의 물이 南海로 흐른다. 이렇게 산천이 기이하고 수려한 이곳 남해로 儒生·豪傑·俊士들이 모여들매, 인물들이 너무나 번성하다는 것이다. 〈東國輿地勝覽〉에서도 "天南勝地"[39]라 하였거늘, 하늘의 남쪽 景致좋고·이름난 곳의 아름다운 광경을 읊고 있다. 멋

---

39) 〈東國輿地勝覽〉, 南海(形勝), 卷31

들어진 노래·향기로운 술·아리따운 여인들과 더불어 한때는 傑出한 인재들이었던 이들과 어울려 질탕하게 놀이를 벌이는 광경에서, 아! 나까지 보태어서 이런 멋스러운 풍류에 어울려 놀만한 사람이 도대체 몇 분이나 되느냐 에서, 金緣가 몸과 마음은 비록 귀양와서 고달플지언정, 정신적으로 꺾이지 않겠다는 선비로서 자기과시의 "기쁨"이 너무 歷然하다.

이렇게 人物들을 내세움으로써 자랑이 넘치고 있는 士大夫들의 세계요, 이 자랑이란 마음속에서 우러나오는 "기쁨"이 된다. 이 "기쁨"을 드러내기 위한 가장 손쉬운 방법이, "한림시"의 形式속에다 넣은 것이 자기과시요, 또 "한림시"의 가장 큰 특징의 하나가 될 수 있었다. 이렇게 지나친 自己誇示 때문에, "떠벌림체"40)·"들뜬 문학"41)이라는 지적을 당하기도 했다.

(2) 頌 祝

① 君 王

頌祝이란 慶事를 기리고 祝賀하는 것으로, 조선이 개국함에 왕과 나라에 대한 무궁한 번영과 발전을 찬양하고 慶賀하거나, 以小事大란 명분 앞에서 慕華의 방편으로, 帝王의 聖德과 聖壽를 송축하는, "기쁨"의 세계를 읊은 詩다. 이런 작품은 宮中의 宴享이나 祭享때 사용됨으로써, 이를 "宮廷詩"라고 명칭하였다. 따라서 이 송축은 주로 제왕에 대한 讚揚에다, 그 초점이 맞추어지고 있다. 〔華山別曲〕이 세종에 대한 찬양을 펼쳐 보인 "翰林詩"라는 사실은 "勿用應天曲華山別曲…應天曲以下 歌咏主上之德"42)이라는 언급으

---

40) 呂增束, 고려노래연구에 있어서 잘못 들어선 점에 대하여, 〈白江徐首生博士還甲紀念論叢〉, 螢雪出版社, 1981, p110.

41) 조동일, 〈한국문학통사〉2, 지식산업사, 1983, p295.

42) 〈世宗實錄〉, 卷32, 8年丙午5月己亥.

로 보아, 〔화산별곡〕이 主上(世宗)의 德을 찬양하였음을 알 수 있
다. 이 〔화산별곡〕은 卞季良(1369~1430)에 의해 세종7년(1425)
4월2일에 製進되었다. 그런데 이듬해 곧 세종8년(1426) 5월 世
宗自身이 이를 宴享에서 사용하지 못하게 한 이유는, 그가 登極한
지 얼마 안 되는 데다가 29세란 젊은 나이였기 때문이 아니었을까
한다. 이러한 〔화산별곡〕을 조선의 創業을 誦詠43) 내지 讚都 또는
華麗 繁雜해진 世宗朝의 首都와 世宗代의 太平해진 社會相44)이라
고 논술한 바는, 角度가 맞지 않는다고 볼 수 있다. 이 시는 世宗
이 왕위에 오르고 난 뒤, 그의 정치적·학문적 다방면에 걸친 관
심을 기울이면서도, 나라 다스림에 조금도 게으름이 없는 모습을
그렸다. 그러므로 〔화산별곡〕의 초점은 世宗이오, 그의 善治에 대
한 송축을 폈던 작품이다.

　　　　華山南 漢水北 朝鮮勝地
　　　　白玉京 黃金闕 平夷洞達
　　　　鳳峙龍翔 天作形勢 經緯陰陽
　　　　위 都邑ㅅ景 긔엇더 ᄒ니잇고
　　　　太祖太宗 創業貽謀 再唱
　　　　위 持守ㅅ景 긔엇더 ᄒ니잇고　　　　〔華山別曲. 1章〕

　　　　存敬畏 戒逸欲 躬行仁義
　　　　開經筵 覽經史 學貫天人
　　　　置集賢殿 四時講學 春秋製述
　　　　위 右文ㅅ景 긔엇더 ᄒ니잇고
　　　　天縱之聖 學文之美 再唱
　　　　위 古今ㅅ景 긔엇더 ᄒ니잇고　　　　〔華山別曲. 3章〕

　　서울은 三角山 남쪽 漢江 북쪽에 자리잡은 조선의 승지로, 白玉

---

43) 趙潤濟, 〈韓國文學史〉, 探求堂, 1963, p138.
44) 金思燁, 〈李朝時代의 歌謠研究〉, 大洋出版社, 1956, p119.

京같은 서울 안에 황금처럼 빛나는 궁궐이 벌여 섰고, 땅은 평평하고 훤히 트인 도읍지를 배경으로 마치 鳳凰이 우뚝 솟아오르는 기상인 山形에다·龍이 날아오르는 형상인 地勢로, 이는 天作形勢를 표현한 것이다. 따라서 無學(自超, 1327~1405)이 서울을 風水地理說에 의한 陰陽을 짚어, 비로소 地境을 정하여 都邑한 광경이다. 이런 터전에 太祖(李成桂, 1335~1398) 太宗(李芳遠, 1367~1422)이 온갖 苦難과 艱難을 딛고, 七顚八起의 强靭한 執念과 의지로 조선을 개국하고 王業을 열었으니, 太祖太宗이 끼쳐준 經綸을 이어 받아, 아! 王位를 보전하여 잃지 않는 持盈과 父祖의 王業을 더욱 굳건하게 잘 지켜 나가는 守成의 광경이, 바로 세종임을 송축하는 "기쁨"의 마음이 잘 표현되었다.

2장에서 나라 안으로는 세종의 지극한 정성에서 우러나온 충성과 효성이요, 나라 밖으로는 이웃나라와 화목하게 지내는 도리일 뿐이다. 3장에서 세종께서 학문을 숭상하는 모습인데, 大(태)宰(姓伯, 名嚭(비), 字子余)가 孔子를 칭찬하길 多才多能함으로써 聖人이라 하였다. 이에 子貢(姓端木, 名賜)은 '孔子는 하늘이 성인으로 삼고자 하시는 분'45)이라 하였듯, 세종의 학문이야말로 아름답다고 감탄하였다. 예나 지금이나 공자의 학문처럼 높은 경지에로 통달한 世宗같은 분이 몇 분이나 되느냐 에서, 칭송이 넘친다. 4장에서 장차 있을 앞 일을 생각하므로, 다시 돌아보는 일은 군자가 편안할 때, 위태로운 것을 늘 잊지 않는 武備의 자세를 갖춤으로써, 有備無患에 임하는 세종의 모습이다. 5장에서 세종께서 조금도 安逸함이 없는 광경인데, 세종이야말로 하늘이 내린 聖主요, 그 은혜로써 백성들에게 내리신 世宗聖君이여! 千歲를 누리라 빌고 있다. 7장에서도 세종께서 베푼 잔치에 신하로 참석하여 같이 모시는 광경인데, 세종은 하늘이 내린 聖主로서, 우리 東方 백성들

---

45) 〈論語〉, 子罕, "大宰問於子貢曰 夫子聖者與 何其多能也 子貢曰 固天縱之將聖 又多能也"

에게는 부모와 같다고 칭송을 하고 있다. 8장에서 세종의 덕택이 밝게 빛나고 교육과 정치를 잘 베풂으로써, 백성들의 풍습은 날로 잘 교화되어, 태평을 노래부르는 소리가 넘쳐 흐른다는 것이다. 이렇게 세종께서 길이길이 나라를 잘 다스림에, 드높이 우뚝 솟은 화산이여! 넘실대는 漢江물이여! 이 화산과 한강처럼 영원할 朝鮮王業이여! 이 〔화산별곡〕이야말로 세종 一人에게로 모아진 頌祝의 "기쁨"을 드러낸 讚辭가 되겠다.

〔宴兄弟曲〕은 〈世宗實錄〉에서 〔宴兄弟之曲〕이라 명칭하였다. 그리고 이 노래를 樂部에 실어달라고 청한 것으로 보아, 宴享46)에 사용되었음을 알 수 있다. 이 〔연형제곡〕에 대하여 儒敎의 倫理를, 그것도 獨創이 아닌 經典에 의거한 사상을, 그대로 "翰林別曲體"에다가 배열시켜 놓은 데 불과할 뿐, 詩歌로서 가치는 인정할 수 없는 것47)이라 하였다. 그러나 趙東一은 태종이 왕위에 오르기 위해 형제들 사이에 酷毒한 싸움을 겪었으며, 世宗때에도 양상은 다르나 비슷한 문제가 있었기에, 형제의 우애를 특히 강조할 필요48)가 있었다는 견해를 보인 바 있다. 그러면 이 〔연형제곡〕에서 세종과 그의 두형 사이에서, 우애와 君臣間의 職分을 기린 대목을 보기로 하겠다.

有大德 履大位 乘龍御天
抱兼恭 謹名分 恪守臣職
長枕大被 以庇本根 惟日戒愼
위 兩全ㅅ景 긔엇더 ᄒ니잇고
天尊地卑 情意交通 再唱
위 無間ㅅ景 긔엇더 ᄒ니잇고　　　　　〔宴兄弟曲. 4章〕

---

46)〈世宗實錄〉, 卷57, 14年壬子8月丙午.
　　"禮曹啓 會禮隆安休安之曲及宴兄弟之曲 請載樂部"
47) 金思燁,〈李朝時代의 歌謠研究〉, 大洋出版社, 1956. p120.
48) 조동일,〈한국문학통사〉2, 지식산업사, 1983. p293.

　　　　愛之深 敬之至 通于神明
　　　　始于家 始於政 民興於仁
　　　　風淳俗美 熏爲大和 産祥致瑞
　　　　위 泰治ㅅ景 긔엇더 ᄒ니잇고
　　　　順德所感 萬福來崇 再唱
　　　　위 壽昌ㅅ景 긔엇더 ᄒ니잇고　　　　　〔宴兄弟曲. 5章〕

　4장에서 〈書經〉에 왕이 大德에 힘 써야 한다고 밝힌 것은, 백성
에게 中道를 세우고 넓고도 큰 德, 곧 인간다운 덕을 닦음으로써,
제왕의 지위를 밟아 마치 龍이 하늘에 오르듯, 세종은 寶位에 올
랐다. 임금은 백성을 잘 보듬고, 겸하여 신하와 백성들은 임금을
공경함으로써, 항시 명분을 삼갈 줄 아는 신하로서 직분을 지킬
뿐이었다. 唐나라 玄宗이 세자시절 형제들과 긴 베개에다 큰 이불
을 함께 덮고 잤듯, 세종도 형제간 우애로서 本根을 잘 감싸주었
다. 그리하여 형제사이 매사에서 아우인 임금과 임금의 형님으로,
서로 警戒하고 삼가는 일을 분별하여 행하였던 것이다. 이렇게 아
우인 세종과 신하인 두형 讓寧·孝寧大君이, 君臣間의 직분을 둘
다 온전하게 잘 지켜 나가는 광경이다. 〈周易〉에서 하늘은 높고·
땅은 낮다고 했는데, 그처럼 군신간 다사로운 情意가 서로 왕래하
니, 서로 사이 아무런 막힘이 없다고 하였다.

　5장에서 임금이 백성 사랑함은 깊고·신하들과 백성들이 임금
공경함은 至極하매, 하늘과 땅 사이는 밝은 神과 통하였다. 작게는
집을 다스리는 일에서 비롯하고·크게는 나라 다스리는 政事에서
비롯하여야, 백성들한테 어진 마음을 불러일으킬 수 있다. 이는
〈論語〉에서 윗자리에 있는 군자가 친척들을 후하게 대우하면, 그
영향으로 백성들의 어진 마음을 불러 일으키게 되고, 또 옛친구들
을 잊지 않고 돌본다면, 백성들은 마음을 박하게 갖지 않는다49)고
하였거늘, 이로써 백성들의 풍속이 淳朴하고 아름다워져서, 온화하

---

49) 〈論語〉, 泰伯, "君子篤於親 則民興於仁 故舊不遺 則民不偸"

게 된다는 것이다. 그리하여 마침내 祥瑞로움에서 비롯하여, 상서로움으로 이르게·되는 것이다. 세종께서 나라를 편안하게 잘 다스리는 광경이 되겠다. 順德은 효의 덕으로 昌盛하게 되고, 백성들은 임금의 아름다운 덕을 본받음으로써, 그들이 느껴지는 바 생각은, 마치 많은 福祿이 한곳으로 겹쳐 오는 것 같다고 하였다. 세종께서 萬壽를 누리시어, 나라가 昌盛하길 기원하는 "기쁨"의 송축이 되겠다.

이 〔연형제곡〕을 이해하기 위해서는, 세종의 형제간 관계를 살펴볼 필요가 있다. 太宗과 元敬王后 閔氏 사이에 4남4녀를 낳았으니, 長子 讓寧大君 禔(1392~1462)·之次 孝寧大君 補(1396-1486)·三男 忠寧大君(世宗, 1397~1450)·막내 誠寧大君 種(1405~1418) 등 4형제였다. 그러나 막내 성녕은 14세로 夭折하였고, 양녕은 69세로 古稀를 살았고, 효녕은 91세로 天壽를 누렸는데 비하면, 세종은 54세로 겨우 知天命을 넘긴 셈이다. 세종은 양녕·효녕을 형님으로 깍듯이 받들면서 아우로서 임금으로서, 형제간의 우애를 어떻게 다독거려 나갔는가. 세종은 誠寧이 瘡疹을 앓자 御醫를 불러다 놓고, 밤낮으로 곁에서 方書를 자세히 窮究하는 일방, 그의 손에서 방서가 놓인 적이 없었으며, 친히 약을 달여 아우를 극진히 진료해 주는 지극한 정성에 대하여, 태종과 왕비도 감동한 바가 컸었다.[50] 그러나 양녕 禔는 세자로서 聲色遊獵을 일삼아 放縱하여 대군으로 降封되고, 드디어 廣州로 放逐되었다. 이는 그 아우 忠寧이 賢德하여 태종의 뜻이 그쪽으로 기울어짐을 눈치채고, 佯狂自廢하여 왕위를 사양했기 때문이다. 이런 형에 대하여도 세종은 우애가 지극하였을 뿐 아니라, 더욱 甚厚하게 대하였다.[51] 또 세종은 효녕 補에 대하여도 우애는 지극히 돈

---

50) 〈太宗實錄〉, 卷35, 18年戊戌2月乙酉. "忠寧大君 率醫員元鶴 日夜常
   在 種側 精究方書 未嘗釋手 親執藥餌 救療 兩殿感其至情"
51) 〈世祖實錄〉, 卷29, 8年壬午9月戊戌. "世宗友愛天至 禔亦秉心無他 克
   保終始"

독하였으니, 항시 효녕의 집에 行幸하면 이야기가 저녁때가 되어서 끝날 정도로 우애가 깊었다.52) 이렇게 세종은 誠寧에게도 至情이었고, 두형에게도 友愛天至요·友愛至篤이었으니, 과연 당시 이를 본 臣僚들로서는 〔연형제곡〕을 지어 올릴 만큼, 훌륭한 임금이었던 것이다. 이 노래를 제작한 시기인 세종14년(1432) 세종이 36세요·양녕이 39세요·효녕이 37세의 한창 壯年으로, 이들은 태조7년(1398) 王子의 亂과 태종18년(1417) 양녕의 廢世子 사건 등 형제간의 不美로운 사건들을 目睹한 당대 臣僚들이, 세종이 등극한 뒤 형제간의 敦篤한 友愛를 목격하곤, 그들을 송축하는 "기쁨"의 〔宴兄弟曲〕을 쓴 것은 너무나 당연하였던 것이다.

〔五倫歌〕도 父子·君臣·夫婦·兄弟·朋友 등 五倫을 읊은 것이라지만, 3장과 5장을 볼 때에는 역시 세종의 형제간 友愛를 위시한 오륜을 모범으로 잘 다독거려 나아감을, 백성들과 臣僚들에게 보여주기 위하여 쓴 시라 생각된다.

納諫君 盡忠臣 居仁有義
尙文德 韜武功 民得其所
耕田鑿井 含哺鼓腹 大平盛大
위 唐虞ㅅ景 긔엇더 ㅎ니잇고
麒麟必至 鳳凰來儀 再唱
위 祥瑞ㅅ景 긔엇더 ㅎ니잇고　　　　　　〔五倫歌. 3章〕

兄及弟 式相好 無相猶矣
鬩于墻 外禦侮 死生相救
兄恭弟順 秩然有序 和樂且湛
위 讓義ㅅ景 긔엇더 ㅎ니잇고
伯夷叔齊 兩聖人의 再唱
위 相讓ㅅ景 긔엇더 ㅎ니잇고　　　　　　〔五倫歌. 5章〕

---

52) 〈成宗實錄〉, 卷191. 17年丙午5月乙卯. "世宗友愛至篤 常幸其第 與語竟夕而罷"

3장에서 임금의 잘못이 있으면 간하는 말을 드림으로써, 충성을 다하는 신하가 된다. 따라서 〈孟子〉에 仁에 살고 義를 따라가면, 大人의 할 일은 다 갖춘 것53)이라 하였다. 그리고 임금은 文德인 학문과 법으로 다스리는 文治의 德을 숭상하고, 軍事上의 공훈을 감춤으로써, 백성들은 제자리에서 얻음이 있게 했다. 백성들의 삶에서 첫째 제후들은 私事로움이 없고·둘째 衣食이 족하고·셋째 刑罰을 폐하고·넷째 백성들한테 傳染病이 돌지 않도록 해야 한다. 옛날 堯임금이 다스리는 세상은 태평성대여서 8·90난 노인들이 〔擊壤歌〕를 불렀으니, '해뜨면 나가 일하고·해지면 들어와 쉬네, 우물 파서 물 마시고·밭 갈아서 밥 먹으니, 우리 임금님의 덕택을 어찌하랴.' 이 세상에 성인이 출현하여 王道를 행하면 반드시 나타나는 麒麟과, 이 세상에 聖人이 오면 나타난다는 瑞鳥인 鳳凰. 이는 바로 세종을 比肩한 것으로, 그의 善治를 칭송한 "기쁨"의 대목이 되겠다.

5장에서 형제간은 서로 아끼고 화목하게 지나니, 미워하고 猜忌하는 일이란 없다. 그리하여 형제는 집안에서 다투다가도 바깥에서 업신여김을 당하면 함께 막아 주고, 죽고 사는 일이 있을 때에는 서로 구해 준다. 아우는 형에게 공경하면서도 잘 순종함으로써, 그 질서가 정연하고 차례가 서게 된다. 그러므로 언제까지나 형제끼리 和樂할 수 있다는 것이다. 이렇게 義理로써 서로 사양하는 광경을 읊은 것이다. 伯夷(姓墨胎, 名元, 字公信, 諡號夷)·叔齊(名致, 字公遠, 諡號齊)의 우애야말로 의리로서 사양하는 모습으로, 과연 백이숙제는 두 분의 성인이었다. 이는 세종의 맏형인 양녕과 아우인 세종이, 서로 왕위를 사양하는 모습으로 빗대어 볼 수 있는 "기쁨"의 대목이 되겠다.

丁克仁의 〔不憂軒曲〕에서도, 군왕의 은혜를 송축하는 모습은 잘 드러나 있다. 정극인은 69세가 되던 成宗(李娎, 1457~1494)卽

---

53) 〈孟子〉, 盡心上, "居仁由義 大人之事備矣"

位年(1469) 12월24일 司諫院 獻納으로 拜命되었다가, 이듬해 正月6日 正言으로 陞差하였으나, 70세가 되어 13일간 벼슬살이로 引年致仕하고, 현재의 井邑市七寶面詩山里로 落鄕했다. 고향으로 돌아와 閑日月하는 가운데, 成宗3年(1472) 加資三品과 時致惠養의 王恩을 받게 되자, 임금의 恩寵이 망극함을 보답하려는 마음에서 써진 노래가 〔불우헌곡〕이었다. 그가 王恩을 보답하려한 마음은 實錄에 의하면, 얼마 남지 않은 餘生을 앞두고 王恩에 대한 벅찬 감격을 노래부르지 않을 수 없었으므로, "長歌"六章·"短歌"二章을 지어 王恩에 대한 頌禱를 게을리 하지 않았고, 80세 고령임에도 불구하고 그는 향리에서 上京하여, 이 노래를 성종에게 바쳤다.54)

　　　　再上疏 闢異端 依乎中庸
　　　　進以禮 退以義 守身爲大
　　　　備員霜臺 具臣薇垣 引年致仕
　　　　偉 如釋 重負景 何叱多
　　　　一介孤臣 濫承天寵 再唱
　　　　偉 再叅 原從景 何叱多　　　　　　　　〔不憂軒曲. 3章〕

　　　　耕田食 鑿井飮 不知帝力
　　　　賞良辰 設賓筵 兄弟朋友
　　　　談笑之間 不遑他及 孝悌忠臣
　　　　偉 樂且 有儀景 何叱多
　　　　舞之蹈之 歌詠聖德 再唱
　　　　偉 祈天 永命景 何叱多　　　　　　　　〔不憂軒曲. 4章〕

　　　　壬辰歲 四月初 抑有奇事

---

54) 〈成宗實錄〉, 卷122, 11年庚子10月壬申. "此生餘年　無堦上合　謹作長
　　歌六章短歌二章　或與朋友歌詠　或夜歌且舞　頌禱之勤　殆無虛日　誓將身
　　親詣闕謝恩然後　無憾九泉之下　今者年至八十　而出入無疾　決意發程　瞻
　　望楓宸　而喜淚難禁　尤有感於狗馬之心"

降諭書 到衡門 閭里觀光
廉介自守 不求聞達 敎誨童蒙
偉 過蒙 褒獎景 何叱多
特加三品 時致惠養 再唱
偉 聖恩 深重景 何叱多   〔不憂軒曲. 6章〕

　3장에서 不憂軒이 느지막하게 生員이 되어 太學에 머물러 있은
37세 때, 세종이 興天寺 重建의 불사를 일으켰다. 不憂軒은 무려
2千字가 넘는 〔太學請誅妖僧行乎(世宗時)疏〕를 써서 太學生들을
인솔하여 불사의 부당성을 지적한 疏를 올렸고, 이어 〔又袖疏〕를
올려 항소하였다. 성현의 道가 아닌 것은 폐해야 한다면서, 佛氏의
弊端은 楊子(朱, 440?~360?BC)·墨子(翟, 480~390BC)보
다 심하다고 지적하였다. 그리하여 儒敎에서 지나친 것도 부족한
것도 없이, 언제나 일정한 中庸에 의하는 것이 군자의 도리라고
강조하였다. 그러므로 임금이 부르면 禮로써 벼슬에 나아가고, 임
금의 잘못이 있으면 義로써 極諫하다가, 안 되면 물러나야 한다.
이것은 자기 몸을 지키는 것으로써, 불의에 빠지지 않게 하는 가
장 중대한 일이다. 司憲府는 인원을 알맞게 정비한 곳이지만, 司諫
院에서 나(불우헌)같은 존재는 그 직위나 채우는 신하로 있다가,
나이가 일흔이 되어 벼슬자리에서 물러나게 되었으니, 마치 무거
운 짐을 푼 것처럼 홀가분한 기분이 되었다는 것이다. 일개 외로
운 신하한테 69세 때 사간원 獻納을 내리고, 이어 다시 正言에 除
授하였으나, 이듬해 70세가 되어 引年致仕하게 되었다. 그리하여
72세 때 諭書가 내려 왔는데, 특별히 加資三品인 中直大夫와, 觀
察使로부터 時致惠養의 넘치는 恩典을 입게 되었다. 端宗이 禪位
한 뒤, 世祖로부터 56세때 佐翼原從功券二等과, 致仕後 成宗이 특
별히 佐理原從功臣의 칭호를 내리니, 이렇게 原從功臣으로 두 번
참여하게 되는 영광스러움을 기쁘게 송축했다.
　4장에서 成宗代가 堯임금의 태평성대같이, 아름다운 좋은 시절

을 맞아, 손님들을 위한 잔치자리를 베푸니, 가까운 형제들과 친한 벗들이 모여, 서로 다정스레 이야기하고·웃고 하는 동안, 다른 일에 미칠 겨를이 없었다는 것이다. 다만 어버이에게 다하는 효도요·형제간에는 우애를 다지는 것이요·임금님에게 바치는 충성심이오·붕우간의 신의를 지키는 것뿐이다. 이렇게 즐기면서도 법도에 맞는 광경이다. 기쁘고도 즐거운 잔치자리니 만치, 절로 춤추면서 임금(成宗)의 거룩한 덕을 노래하고·읊조리니, 임금님께서 길이길이 오래 살라고 하늘에 비는 광경에서, 어쩌면 "기쁨"의 송축은 극치에 다다른 느낌마저 든다.

6장에서 壬辰年(成宗3年.1472) 불우헌의 나이 73세가 되던 3월23일 조정으로부터 성종의 유서가 내려왔다. 불우헌이 은거한 泰仁에 유서가 도달된 것은 4월초였다. 임금이 내린 유서는 뜻밖의 기이한 일로서, 아무리 생각하여도 자신에게는 不可思議한 일이었다. 이 일은 자신이 억눌러야 할 일이나, 이미 유서가 隱居處 누추한 문 앞에 당도하고 보니, 閭巷 사람들이 모여들어 이를 구경하게 되었다. 유서에 '淸廉潔白하여 스스로 자기분수를 지킬 뿐 아니라, 그는 이 세상에 이름이 드날리는 것을 구하지 않았고, 오직 어린이들을 가르치고·깨우치는 일에 열중하였다'고 하였는데, 임금님께서 너무 칭찬과 奬勵하심을 지나치게 입고 보니, 몸둘 바를 모르겠다는 것이다. 특별히 加資三品인 從三品의 中直大夫란 영예로운 벼슬을 내리고, 또 늙었다고 관찰사에게 명하여, 시시로 임금께서 내리신 恩惠로운 養老의 대접까지 받게 되니, 임금님의 은혜가 不憂軒에게는 너무나도 깊고·무겁다는 것이다. 이 역시 王恩을 頌祝하는 "기쁨"이 되는 대목이 되겠다.

② 慕 華

〔歌聖德〕과 〔祝聖壽〕는 明나라 宣宗인 宣德帝의 성덕과 성수를,

조선 쪽에서 事大의 도리로 기린 頌祝의 詩다. 이〔가성덕〕은 세종11년(1429) 6월에 제작된 것으로, 이 해 5월 昌盛·尹鳳·李相 등이 칙사로 왔는데, 이들 편에 宣德帝에게 성덕과 성수를 송축하는 노래를 바친 것이다.

이〔가성덕〕이 製進되었던, 당시의 상황을 살펴봄으로써, 이 시에 대한 이해를 돕는데 도움이 되잖을까 한다. 옛날부터 "勅使待接"이란 말이 있듯이, 이들은 事大라는 명분아래에 강요당한 물질적·정신적 고통을 안겨준 것은, 이루 말할 수 없었다. 공식적으로 천자한테 바치는 進獻物이야 제쳐놓고라도, 칙사들의 收奪과 行悖는 더욱 막심한 것이었다. 그 한 예로 勅使中 尹鳳이 수탈해 간 물건만도 2백여 궤짝이 훨씬 넘었는데, 이를 운반해 가는 짐꾼만도 1千6百餘名이나 되어, 大平館에서 沙峴까지 장사진을 이루었다 한다.[55]

당시〔가성덕〕은 이러한 비참한 시대적 배경을 안고, 禮曹에서 사대라는 도리를 다하기 위하여 지은 것이다. 따라서 朝鮮쪽 처지로서는 明의 사신왕래가 번거롭고·수고로움이 따르더라도, 마땅히 誠意와 努力을 다하여 支待함으로써, 賓主의 禮를 이루게 하므로, 事大란 倍伸頌禱之勤[56]뿐이었다. 따라서 이를 송축하는 "宮廷詩"가 나왔다는 것은 必然的이 아니었을까 한다.

於皇明 受天命 聖繼神承
履九五 大一統 撫綏萬邦
日月所照 霜露所墜 莫不來庭
偉 四海 一家景 何如
帝德廣運 覃被九圍 再唱

---

55) 〈世宗實錄〉, 卷45, 11年己酉7月庚申. "鳳求請之物 二百餘櫃 每荷一櫃八人 荷櫃軍 自大平館至沙峴 絡繹不絶 使臣求索之多 未有甚於此時者也"
56) 〈世宗實錄〉, 卷44, 11年己酉5月庚申.

偉 四海 一家景 何如　　　　　　　　〔歌聖德. 1章〕

1장에서 明나라가 건국한지 62년이오, 宣宗이 帝位에 오른 지 4년째가 된다. 명나라 선종은 天命을 받은 聖스러운 자손으로 제위를 계승하였다. 〈易經〉에 "九五"라는 數字는 제위를 의미하는 것으로, 그가 제위를 밟아 中原天下를 크게 통일하고 보니, 중국변방 여러 나라들까지 편안하게 만들었다. 그러므로 천하의 해와 달이 비치는 곳이거나, 서리·이슬이 내리는 땅이라면, 그 어느 먼 곳에 있는 제후들이라도 천자의 조정으로 조회하러 안 오는 나라가 없었다. 이렇게 온 천하가 마치 한집안처럼 태평스러운 광경에서, 선종의 성스런 德化가 온 세상에 골고루 덮였다는 것이다.

마침 조선도 건국한지 40년 미만이오·세종도 寶位에 오른 지 11년째. 高麗를 전복하고 조선건국이래 민심이 잘 수습되지 않아, 艱難이 뒤따르는 弱體의 王權을 강화하기 위해, 사대의 명분을 좇아 오로지 親明政策을 폄으로써, 朝鮮王朝의 權威를 擔保받을 수 있었다. 이러하매 세종은 선종의 성덕을 至誠껏 노래부르는 慕華의 길로 나아가지 않을 수 없었다.

3장에서 宣宗이 칙사를 통하여 조선 쪽에 내리는 綸音과 德音, 그리고 선물들에 대한 은혜와 慈愛로움의 짐을 지움으로, 君臣民과 男女老少할 것 없이 歡呼雀躍하는 가운데, 제왕이 만년을 살라고 송축하는 모습에서, 弱小한 나라의 운명을 점쳐 볼 수 있으리라. 5장에서는 선종을 향한 충성심은, 사대의 표상이 되는 朝貢을 朝鮮쪽이 정성을 다하여 바치는 것이다. 그런 가운데 천자의 조정에 찾아가서 우리 사신들이 만세를 세 번 불러, 어쩌면 사대의 절정에 이른 느낌마저 들게 한다. 6장에서는 세종11년(1429) 7월 20일 저녁 세종께서 冕旒冠 차림새로 慕華館에 납시어, 勅使 昌盛 등을 위한 환송의 큰잔치를 벌였다. 樂(아)工들이 악기를 연주하는 가운데, 이 밤 길이길이 선종의 성덕을 기쁘게 노래불렀던 것이다. 그들 앞에서 정중하게 아뢰는 모습에서, 세종의 참된 정성이야말로 하늘의 해가 천하를 비치듯, 너무 명백하여 속일 수 없다고 하였다. 따라서 사대모화의 이 〈歌聖德〉은 명나라 선종한테 초점이 맞추어진 송축의 노래로, 겉으로는 "기쁨"을 표했지만, 속마음은 "노여움"이 부글부글 달아올랐을 것이다. 표면상 "노여움"은 나타나지 않고, 그 이면에 스며있는 "노여움"이야말로 陰性的 "기쁨"이라 할 수 있겠다.

2) 즐거움

(1) 遊 樂

遊樂이란 風流的인 놀이로, 俗된 일을 떠나서 風致있고 멋스럽게 노는 일이나·韻致스러운 일로서, "즐거움"의 세계가 되겠다. 이 遊樂에는 주로 술·妓女·音樂이 중심이 되며, 醉樂的인 놀이나·기녀들과 어울려 노는 놀이가 되겠다. 이 遊樂에 속하는 작품으로는, 〔翰林別曲〕·〔關東別曲〕·〔竹溪別曲〕·〔霜臺別曲〕·〔錦城別曲〕·〔花田別曲〕 등이 있다.

<blockquote>

黃金酒 柏子酒 松酒醴酒
竹葉酒 梨花酒 五加皮酒
鸚鵡盞 琥珀盃에 マ득브어
위 勸上景 긔엇더 ᄒ니잇고
劉伶陶潛 兩仙翁의 再唱
위 醉ᄒᆞᆼ景 긔엇더 ᄒ니잇고　　　　　〔翰林別曲. 4章〕

</blockquote>

<blockquote>

紅牧丹 白牧丹 丁紅牧丹
紅芍藥 白芍藥 丁紅芍藥
御柳玉梅 黃紫薔薇 芷芝冬柏
위 間發ㅅ景 긔엇더 ᄒ니잇고

</blockquote>

合竹桃花 고온두분 再唱
위 相暎ㅅ景 긔엇더 ᄒ니잇고   〔翰林別曲. 5章〕

阿陽琴 文卓笛 宗武中琴
帶御香 玉肌香 雙伽耶ㅅ고
金善琵琶 宗智稽琴 薛原杖鼓
위 過夜ㅅ景 긔엇더 ᄒ니잇고
一枝紅의 빗근笛吹 再唱
위 듣고아 좀드러 지라   〔翰林別曲. 6章〕

　4장에서 黃金빛 도는 노르께한 淸酒와 잣으로 빚은 술·솔잎으로 빚은 술·단술에다, 댓잎으로 빚은 술·배꽃 필 무렵에 빚은 술·오갈피로 담근 술들을 앵무새부리 같은 자개껍질로 된 잔과 琥珀빛이 감도는 琥珀盃에다가 찰찰 넘치도록 부어, 권하여 올리는 광경이다. 劉伶(晋沛國人, 字伯倫)은 晋나라적 竹林七賢의 한 사람으로 〔酒德頌〕을 남겼고, 陶潛(365~427)은 晋나라적 사람으로 벼슬아치가 되어, 상관을 찾아 뵙는데 束帶하고 오라니, 벼슬을 헌신짝처럼 버리고 〔歸去來辭〕를 쓰고는 귀향했는데, 그의 〔飮酒二十首〕와 〔桃花源記〕는 세상에 익히 알려진 배다. 이렇게 지나칠 정도로 술을 사랑한 劉伶과 陶潛처럼 거나하게 취한 모습은, 바로 崔氏父子인 忠獻(1149~1219)과 瑀(?~1249)가 아니었으랴. 당대 문사들이 무인들의 잔치에 초대되어, 그들 놀이의 말석이나마 들러리로 차지하고 앉아, 그들 의기에 投合하는 글 나부랭이나 써 주고 술잔께나 기울였을 것이다. 역시 遊樂의 세계는 술을 통한 "즐거움"이 따르기 마련이다.

　5장에서는 붉은 모란·흰 모란·짙붉은 모란과 붉은 작약·흰 작약·짙붉은 작약에다 능수버들·玉梅와 노랑·紫朱빛 장미 그리고 芷蘭·靈芝·冬柏 들이 계절마다 사이사이로 피어나는 모습이다. 거기다가 夾竹桃꽃이 두盆에 담긴 아리따운 자태가, 서로 어려 비치는 蠱惑的인 모습이랄까. 여기 등장한 꽃들은 崔氏동산에 어

우러져 편 妖艶을 내뿜던 꽃으로, 解語花의 艶姿에 比擬된다고 할
까? 역시 꽃을 玩賞하는 "즐거움"의 세계가 되겠다.

　6장에서는 阿陽이 튀기는 거문고·文卓이 부는 피리소리·宗武
가 부는 중금에다 당대 名妓인 帶御香과 崔瑀의 愛妾이었던 玉肌
香 등 두 사람이 짝이 되어 뜯는 가얏고. 그리고 名手인 金善이
타는 비파와 宗智가 켜는 奚琴·薛原이 치는 장고소리들이 어우러
져 연주되는 풍류놀이는, 밤새도록 촛불을 잡고 노는 놀이였다. 거
기다가 名妓 一枝紅이 입가에 비스듬히 대고 부는 멋들어진 피리
소리를 듣고서야 잠이 들 정도로, 神技에 가까운 피리소리를 당시
崔氏幕府에 출입하던 문사들은 듣기를 소원하였던 것이다. 문사들
이 완연히 음악에 도취된 遊樂의 세계에는, "즐거움"의 극치로 치
닫게 된다.

　〔翰林別曲〕의 遊樂의 세계는 구체적으로 표현되지 않았으나, 이
세계는 〔關東別曲〕에서도 볼 수 있다.

<pre>
鶴城東 元帥臺 穿島國島
轉三山 移十洲 金鼇頂上
收紫霧 卷紅嵐 風恬浪靜
爲 登望 滄溟景 幾何如
桂棹蘭舟 紅粉歌吹
爲 歷訪景 幾何如   〔關東別曲. 2章〕

雪嶽東 洛山西 襄陽風景
降仙亭 祥雲亭 南北相望
騎紫鳳 駕紅鸞 佳麗神仙
爲 爭弄 朱絃景 幾何如
高陽酒徒 習家池館
爲 四節遊伊 沙伊多   〔關東別曲. 6章〕
</pre>

　2장에서 元帥臺·穿島·國島는 마치 三神山을 옮겨온 듯, 아니

면 신선들이 산다는 十洲를 옮겨온 듯, 이 세 섬 위로 해돋이 때에는 바닷물 속에서, 金자라가 해를 떠받쳐 올리면, 햇빛이 비치는 神仙島 산꼭대기 위로 紫朱빛 안개가 걷히고, 붉은 노을이 감돈다. 그러면 바람은 고요하고 물결은 잔잔해진다. 이럴 때에 높은 대에 올라 푸른 바다를 바라보는 광경도 좋겠지만, 계수나무 노를 저으면서·木蘭나무로 만든 호화로운 배 위에는, 아름다운 기녀들을 싣고서, 그 기녀들의 노래와 피리소리를 들으면서, 승지를 둘러보는 모습에서 遊樂의 "즐거움"이 넘쳐흐른다.

6장에서 襄陽고을의 풍경이 좋은 것은, 東海로 洛山寺와 西로 雪嶽山, 북으로는 降仙亭과 남으로는 祥雲亭. 그 사이로 襄陽고을이 끼어 있어 풍경이 아름다운 곳이다. 祥雲亭만 하더라도 바다를 곁에 두고 長松이 十里로 이어졌다. 이렇게 아름다운 풍경을 찾기 위해, 자주빛 봉황무늬 輦을 타기도 하고·붉은 鸞鳥무늬 가마를 타기도 하니, 자신의 모습이 아름답기 고운 神仙같다고 하였다. 이 豪奢스런 存撫使의 行次앞에는 붉은 빛깔 거문고를 서로 다투어 가며 타는 것이다. 이러고 보니 存撫使 일행이 거들거리고 노는 모습이, 마치 옛날 중국에서 習郁(後漢人, 字文通)이 화려하게 꾸민 아름다운 동산이요, 養魚池인 習家池에서 술 마시고 취하여 거들거리고 놀았던 무리들을 세칭 "高陽酒徒"라고 일컬었다. 이 고양주도처럼 遊樂하면서 즐겼던 세계가 되겠다.

하기야 〔竹溪別曲〕에서도 이런 遊樂의 세계는 전개되고 있다.

<blockquote>
宿水樓 福田臺 僧林亭子
草菴洞 郁錦溪 聚遠樓上
半醉半醒 紅白花開 山雨裏良
爲 遊寺景 幾何如
高陽酒徒 珠履三千
爲 携手 相從景 幾何如　　　　　　　〔竹溪別曲. 2章〕
</blockquote>

> 紅杏紛紛　芳草萋萋　樽前永日
> 綠樹陰陰　畵閣沉沉　琴上薰風
> 黃菊丹楓　錦繡靑山　鴻飛後良
> 爲　雪月　交光景　幾何如
> 中興聖代　長樂大平
> 爲　四節遊伊　沙伊多　　　　　　　〔竹溪別曲. 5章〕

2장에서는 가까이는 順興 고을안과 멀리는 小白山안에 여기저기 늘려있는 절들의 경치다. 우선 순흥 境內로는 高麗시대까지 있었던 절들로, 宿水寺의 누각과 福田寺의 樓臺 그리고 僧林寺의 亭子들이다. 순흥 境外로는 소백산 안에 있는 절들로, 순흥 북쪽으로 草菴寺요·서쪽으로는 우금계의 毘盧殿이요·동쪽으로는 浮石寺에 딸린 聚遠樓 들이다. 이렇게 절들의 亭子나 樓閣·樓臺를 찾아다니며 遊樂할 제, 술기운이 반쯤은 취하기도 하고 반쯤은 깨어나기도 한, 몽롱한 눈동자에 비치는 붉은 꽃과 흰 꽃은 다투어 피어 한참 무르녹았다. 여기서는 얼른 떠오르는 "半醉半醒遊三日 紅白花開山雨中"57) 그대로다. 遊寺에서 紅白花開는 자연 속에 피어난 꽃들도 되겠지만, 여기서는 妓生들을 比擬한 것이다. 그리하여 이들의 遊寺광경은 어쩌면 晉나라적 習郁의 저택 정원 가운데 있는 고양지로 초대된 술꾼들 같기도 하고, 아니면 趙나라 平原君 趙勝(?~251ＢＣ)이 뽐내느라고 三千客한테 玳瑁簪을 꽂게 하고 칼집은 珠玉으로 꾸며, 楚나라 春申君 黃歇(?~238ＢＣ)의 집으로 보냈더니, 春申君은 三千客의 신발을 옥으로 장식하여 거드름을 피우니, 平原君이 오히려 부끄러워 하리만큼 호사를 극한 손님들처럼, 손을 마주 잡고 서로 의좋게 사귀는 광경이다. 그야말로 "즐거움"의 극치를 다했다 할 수 있다. 그러므로 〈竹溪志〉에 安軸의 이 〔竹溪別曲〕이 실림으로써, 黃俊良과 周世鵬 사이에서는 문제가 야기되기도 했다.

---

57) 杜牧(803~852), 念昔遊三首, 其三.

5장에서는 사계절을 즐거이 遊樂하는 광경이다. 봄이 오면 붉은 살구꽃이 피어 어지러이 날리고, 향긋한 푸른 풀이 무성해지면 술동이 앞에서, 긴 봄날 하루해를 즐거이 보내는 모습이다. 여름철이면 나무가 무성하고 짙푸른 녹음이 우거진 동산 속에, 丹靑을 곱게 올린 다락은 깊고도 그윽한데, 거문고 타는 위로 훈풍이 사르르 불어올 제, 노는 모습이다. 가을은 노랑국화가 傲霜孤節을 뽐내고 단풍이 붉게 물들면 제철을 만난 양, 萬古靑山을 비단 위에 수놓듯 아름답게 꾸미게 된다. 그리고 휘영청 달 밝고 말간 가을 밤하늘 속으로 기러기 무리 지어 울면서 날아간 淸新한 경치도 멋있다. 그런데 겨울에는 눈이 천지에 희게 쌓인 위로 달빛이 어리 비치는 광경이다. 聖君의 시대를 맞아 다시 중흥하니, 길이길이 성대의 "즐거움"을 누리며 살아가는 좋은 시절. 이 좋은 시절을 즐거이 놀며 지냅시다 한 것이다. 봄·여름·가을·겨울의 멋있는 좋은 때를 맞이하여 四節遊樂하는 모습이다.

周世鵬에 의하여 〈竹溪志〉가 엮어져 간행된 후, 黃俊良(錦溪, 1517~1563)은 주세붕이 好古之道로서 〔竹溪別曲〕·〔儼然曲〕 등 自作을 삽입한데 대해, 옛일을 證憑할 수 없고·오늘의 일을 믿을 수 없다하여, 이런 방법으로 編纂의 規範을 삼으려 한다면, 이는 모든 사람들로 하여금 쉽게 알게 하려는데 불과하다고 따졌다. 따라서 安軸의 "珠履高陽之曲"(竹溪別曲)은 일시 善謔에서 나왔기 때문에, 후세에 읊조릴 만한 것이 못된다고 지적하였다. 周世鵬은 이에 대하여 평하되, 聖賢의 格言을 飜出하여 노래를 만들었고, 正樂으로 나아가게 하기 위해, 悠然히 沂水에서 목욕하고 詩를 읊조리며 돌아오는 뜻을 담았고, 浩然한 天理流行의 奧妙함을 간직하였다고 하니, 이 또한 깊은 造詣라 이를 수 있겠다. 그러나 비록 古語를 번출했다고 하나, 자신의 글이란 사실을 면할 수 없다고 꼬집었다. 그렇다면 이 〔竹溪之曲〕은 〈죽계지〉에 실을 수 없다는 黃俊良의 생각은, 〔죽계지곡〕을 삭제하고 別錄 및 儼然 등의 노래는 그대로 두되, 후세인의 取擇을 기다리는 것이 옳다고 하였다. 곧 〔죽계별곡〕은 遊樂과 艷情 때문에 문제가 되었던 것이다.

竊意近之 若曰 無徵於古而不信於今 必取此爲範則 是不過欲人之易知也 吾之所謂 但取法乎古人而已 是非之辨 自有智者 他又何問 且文貞珠履高陽之曲 必出於一時善謔之餘 而非可誦於後世者也 先生既爲之評 又飜出聖賢格言 作爲咏歌 欲歸于正 悠然有浴沂 詠歸之志 而浩然有天理流行之妙 亦可謂所造之深矣 第恐語雖飜古 而如未免涉於自爲則 亦不須並入於此志 妄意刪去竹溪之曲 而並與別錄及 儼然等歌 姑舍之 以竢人之見取爾58)

이 黃俊良의 질문에 대하여 주세붕은 다음과 같이 답변을 하였다. 내가 말한 바도 후세의 학자들을 위한, 큰 法임을 나타내고자 한 것이다. 또 내가 지은 여러 노래들도 나의 창작이 아니고, 모두 옛 성인의 격언을 飜出하여, 이른바 安軸의 〔죽계별곡〕도 서원에 남겨 여러 선비들에게 萬分의 一이라도 읊조리는데, 도움이 되게 하고자 함이었다. 참으로 한마디의 사사로운 뜻으로서 牽强附會했다면 비난을 받아 마땅하나, 성인의 격언을 飜出하였으니 무슨 흠이 되겠는가. 만일 이를 비난한다면 이는 성인의 격언을 비난함이니, 나와는 아무런 상관도 없는 일이라 하였다. 주세붕은 〈죽계지〉에 실려있는 노래들은 결코 자기의 창작이 아니라고 주장하면서, 자기는 다만 성현의 격언을 번출한데 불과하며, 만일 이를 비난한다면 성현의 격언을 비난하는 것이 되므로, 나와는 아무런 관련될 것이 없다고 언급했다. 白雲洞書院에 安軸이 配享된 탓도 있지만,

____

58) 安 珦, 〈晦軒先生實紀〉, 卷4, 附錄 祠院, 與周愼齋書, 黃俊良.
　　周世鵬, 〈竹溪志〉, 附黃學正俊良書.
　　周世鵬, 〈武陵雜稿〉, 卷5.
　　黃俊良, 〈錦溪集內集〉, 卷4, 上周愼齋論竹溪志書.
　　禹應順, 주세붕의 백운동서원창설과 국문시가에 대한 방향모색, 〈어문논집〉, 35집, 고려대국어국문학연구회, 1996.

〔죽계별곡〕도 백운동서원에 그대로 두면, 선비들이 이 서원의 유래를 더듬으며 읊조리는데, 도움이 될 것이라고 하였다. 이 〔죽계별곡〕에 대한 말썽은 遊樂과 艷情 關係 때문에 일고 있었으나, 이를 주세붕은 오히려 다음과 같이 옹호하고 있다.

　　而其所言　又皆爲萬世學者之大法也…且僕之諸歌　非僕　所自作　皆釣得
古聖賢格言　所以櫽括　文貞之所謂竹溪別曲者　而遺之院中諸彦　爲萬一風
詠之助也　苟有一言以私意牽合則　雖被疵論　可也　如其釣聖賢格言　復有
何等疵耶　果有疵之者　乃所以疵聖賢　固無與於我也59)

　〔霜臺別曲〕에서 펼쳐지는 遊樂의 세계는, 그야말로 새 조선건국에 참여한 당당한 관료로서 이들의 "즐거움"은 너무나 意氣揚揚하여 陽性的 "즐거움"의 세계가 되겠다.

　　　圓議後　公事畢　房主有司
　　　脫衣冠　呼先生　섯거안자
　　　烹龍炮鳳　黃金醴酒　滿鏤臺盞
　　　위　勸上ㅅ景　긔엇더　ᄒ니잇고
　　　즐거온뎌　先生監察　再唱
　　　위　醉홈景　긔엇더　ᄒ니잇고　　　　　　　〔霜臺別曲. 4章〕

　司憲府에서 退令이 떨어지자, 房主와 有司들이 중심이 되어 벌이는 술자리로, 先任者들 틈바구니에 新來者들이 섞여 앉아, 맛좋은 안주와 美酒를 술잔에다 가득 부어, 선임자들에게 권하여 올리는 광경이다. 이에 즐겁다는 말이 절로 나오면서, 선임자인 監察들이여! 아! 취한 광경 어떻습니까 에서, 비록 新來者들이 갖가지

---

59) 安珦, 〈晦軒先生實紀〉, 卷4, 附錄, 祠院, 答黃錦溪俊良書, 周世鵬.
　　周世鵬, 〈竹溪志〉, 答黃仲擧書.
　　周世鵬, 〈武陵雜稿〉., 卷5, 答黃仲擧書.
　　黃俊良, 〈錦溪集內集〉, 卷4.

侵虐을 당할지언정, 그것은 先後의 차례를 잡기 위한 명분이오, 질서의식에서 발로된 것으로 양해하게 된다. 조선개국과 함께 도도한 신진사대부들의 앞날에 거는 기대 또한 자못 크다. 先後任者들의 질서정연함에서, 開國後 국가기초를 공고히 다지려는 관원들의 늠름한 모습이 歷然하면서도, 그들이 退衙後 술자리에서 즐기는 모습에서, 오직 "즐거움"의 세계가 있을 뿐이었다.

〔錦城別曲〕에서도 羅州고을에서 朴成乾의 지도를 받은 제자들이, 한꺼번에 10인이 소과에 급제함에, 그 축하하는 잔치자리를 벌여 질탕하게 놀이하는 즐거운 모습을 볼 수 있다.

笑西施 萬喚來 淸歌妙舞
勝牧丹 亞應兒 橫吹玉笛
下三山 桂一枝 交彈寶瑟
細柳枝 一枝花 雙伽倻琴
咏周南 滿園幽 竝手長鼓
舞鼓逢逢 磬管鏘鏘 五音六律 同時俱作
爲 醉裏 歡場景 幾何如
商山月 巫山月 偏照書窓 再唱
爲 待使 華獨調景 幾何如   〔錦城別曲. 6章〕

"翰林詩" 가운데 大擧 12妓生이 作品속에 등장하는 것은, 오직 〔錦城別曲〕뿐이다. 기녀들의 長技들로 고운 목소리 · 절묘한 춤 · 피리소리 · 쌍가얏고소리 · 장굿소리 등인데다. 그 다루는 솜씨가 拔群한 水準級이었으리라. 이렇게 10명의 유생들이 蓮榜에 오른 것을 축하하는 잔치마당에, 12기생들의 노래와 춤, 악기연주로 무고 · 경쇠 · 피리 등의 五音六律이 한데 어울려, 한바탕 질탕하게 노는 장면에서, 조선초기 유생들의 득의연한 자기과시가 도도함을 느낄 수 있다. 유생들이 기녀들과 술 · 음악 속에서 극도로 질탕하게 노는 가운데도, 아무리 폭음을 하여도 자세를 흐트러지지 않은 저 華歆(三國魏, 高唐人, 字子魚)이 華獨坐에서 곡조를 기다리는 것처럼, 선비들이 즐거이 遊樂하는 잔치자리에서 꼿꼿한 자세를 지니고 있음을 그리고 있다.

그러나 〔花田別曲〕에서는 이 遊樂의 세계는 귀양간 金絿(1488~1534)를 중심으로 하여, 당시 지방에 있던 鄕儒들과 기녀들과 어울려 전개되어지고 있다. 개국초기의 관원들은 너무나도 意氣揚揚하여, 앞에서도 양성적 "즐거움"이라고 지적했지만, 金絿는 중앙 정치무대에서 활동하다가 趙光祖(1482~1519)의 도덕정치에 동조하여, 마침내 己卯士禍(1519)의 된서리를 맞고 絶海孤島로 귀양가서, 意氣가 소침할 대로 소침한 상태에서, 부모를 여의고도 갈 수 없는 가련한 신세가 되었다. 더구나 14년 동안 남해의 窮僻한 외로운 섬에서 고향의 처자를 그리며, 그의 마음을 달랠 수 있는 유일한 놀이는, 이 南海섬에 살던 識字께나 든 유생들과 시를 짓기도 하고·술잔을 기울이기도 하고·기생들과 즐긴 놀이로, 이 "즐거움"이야말로 陰性的 "즐거움"의 세계라고 지칭할 수 있겠다.

河別侍 芷芝帶 齒爵秉尊
朴教授 손저이 醉中쎠룻
姜綸雜談 方勵鼾睡 鄭機飮食
偉 品官 齊會景 긔엇더 ᄒ닝잇고
河世涓氏 발버훈 風月 再唱
偉 唱和景 긔엇더 ᄒ닝잇고   〔花田別曲. 2章〕

漢元今 以文歌 鄭韶草笛
或打鉢 或扣盤 間擊盞臺
搖頭輾身 備諸醉態
偉 發興景 긔엇더 ᄒ닝잇고
姜允元氏 스ᄅ렝딩소리 再唱
偉 듯괴야 줌드로리라   〔花田別曲. 4章〕

綠波酒 小麴酒 麥酒濁酒
黃金鷄 白文魚 柚子盞 貼匙臺예

　　偉 ᄀ독브어 勸觴景 긔엇더 ᄒ닝잇고
　　鄭希哲氏 過麥田 大醉 再唱
　　偉 어너제 슬플저기 이실고　　　　　〔花田別曲. 5章〕

　　京洛繁華 ㅣ야 너는 블오냐
　　朱門酒肉 ㅣ야 너는 됴ᄒ냐
　　石田茅屋 時和歲豊
　　鄕村會集 이야 나ᄂᆞᆫ됴하 ᄒ노라　　〔花田別曲. 6章〕

　　2장에서 金絿와 交遊했던 河世涓·朴桓(緩, 1446~1535)·姜緶·方勳·鄭機 등이 등장하고 있는데, 〈自菴集〉에 方勳과 鄭機와 수작한 漢詩는 보이지 않는다. 自菴이 이들에게 써준 漢詩를 보면, 그의 心底로 흐르는 심경은 귀양살이의 괴로움과 고달픔 속에서, 정치계와는 완전히 단절하여 버리고, 시·술·노래 속에 묻혀서 고요히 살아가려는 마음이 너무 또렷하다. 여기 등장한 5명의 선비는 그 특징을 잘 나타냈으니, 河世涓(鄭希哲과 妻男男妹間)은 시골선비로서 微官末職에 걸맞는 別侍衛로 허리에 띤 黃帶가 나이와 官爵에 어울릴 뿐 아니라, 또한 韻字를 부르면 즉시 시로 和答하는 벗이었고, 朴桓은 醉中 손을 흔드는 술버릇이 볼만했고, 方勳은 술이 거나하면 코를 골고 자는 버릇이라든가, 鄭機는 大食家로서 잘 먹고 마셔대는 버릇을 지녔던 이들은, 시골에 묻혀 사는 寒士들이었다.

　　4장에서 漢元今이란 기녀는 글로써 노래부르고, 鄭韶는 鄭希哲(號豊溪)과 사촌으로서 풀피리를 잘 불었다. 혹은 바릿대도 댕댕 치기도 하고·혹은 小盤도 덩덩 두드리기도 하고·그런 사이마다 盞臺도 땡땡 치기도 하였다. 어떤 이는 머리를 흔들기도 하고, 또 몸을 뒤척이기도 하였다. 이렇게 여러 가지 취한 모습을 갖추고 노는 가운데, 興이 도도하게 발하는 광경이다. 특히 姜允元이 "스라렝딩" 하며 타는 거문고소리를 듣고서야 잠이 들리라 하였는데,

이는 〔翰林別曲〕 6장의 “一枝紅의 빗근笛吹 위 듯고아 좀드러지라”
와 彷佛한 느낌마저 든다.

　5장에서 綠波酒 · 小麴酒 · 麥酒 · 濁酒 등 여러 가지 술에다, 술
안주로 황금빛 나는 닭과 흰 文魚따위로, 유자껍질로 만든 술잔을
접시대에 받쳐 가득 부어 권하는 광경이다. 鄭希哲은 술 한 방울
도 입에 대지 못하는 爲人으로, 그는 밀밭만 지나쳐도 크게 취해
버릴 정도로 술을 못 마셨다. 남해에서 이런 시골선비들과 어울려
세월 보내는 自菴의 심경을 헤아려 볼 수 있다. 그는 어느 때고
슬플 적이 있을꼬 하면서, 표면적으로는 遊樂하는 “즐거움”을 긍정
적으로 받아들였으나, 오히려 역설적으로 짚어볼 때에, 이 自菴의
세계는 陰性的 “즐거움”만이 있을 뿐이다.

　6장에서 지난 날 30대 초반 서울에서 벼슬살이할 때, 門前成市
하던 번성하고 화려한 생활을, 자암 너는 지금도 부러워하느냐. 지
위 높은 으리으리한 벼슬아치의 붉은 丹靑을 올린 소슬大門 안에
있는 좋은 술과 맛있는 고기를, 자암 너는 아직도 좋아하느냐. 己
卯士禍로 말미암아 궁벽한 絶海孤島 南海로 귀양가서, 지난날 서
울생활을 부러워하고 좋아한다는 것은, 이미 斷念한지 오래 되었
다는 것이다. 지금은 돌멩이가 박혀있는 瘠薄한 돌무더기 밭을 일
구고, 그 가운데 三間띠집에서 살고 있지만, 그래도 四季節이 和順
하여 五穀이 잘 익어 豊年들게 된다면, 이 곳 시골선비들과 妓生
들과 어울리는 모임을 나는 좋아할 뿐이라고 내뱉고 있다. 이렇게
士禍의 된서리는, 아예 벼슬의 세계를 단념케 하였을 뿐 아니라,
시골선비들과 시골기생들이 마음 맞추어 가며 살아가는 “즐거움”이
란, 陰性的 遊樂의 세계일 뿐이었다.

(2) 景 勝

景勝을 찾아다니며 즐거이 놀았던 작품에는 〔關東別曲〕이 있다.

松江(鄭澈, 1536~1593)의 "歌辭詩"〔關東別曲〕은 그가 江原道觀察使로 나가 景勝을 유람하면서, 아름다운 경치에 감동되어 저절로 읊조려진 게 아니라, 이미 松江보다 250餘年前 江陵道存撫使로 나갔던 謹齋가 "翰林詩"로 〔關東別曲〕을 썼는데, 謹齋의 〔關東別曲〕을 접했던 송강이, 다시 "歌辭詩"로 지었던 것이 아닐까 생각된다. 따라서 송강의 〔關東別曲〕에, 반드시 그 전제되어야 할 조건은, 근재의 〔關東別曲〕의 영향아래에서 이루어졌다는 사실을 言及하는게 마땅하다고 본다.

근재가 강원도 경승을 둘러본 감회를 일차적으로 적은 것이 〈關東瓦注〉에 실려있는 漢詩들이고, 이 〈關東瓦注〉에 실려있는 경승을 읊은 漢詩들을 簡明하고도 一目瞭然하게 把握할 수 있도록 總決算60)한게 〔關東別曲〕이다. 그러므로 근재의 〔關東別曲〕은 반드시 〈관동와주〉의 漢詩를 곁들여 鑑賞해야, 그 작품의 참된 맛을 볼 수 있다. 필자는 근재의 〔關東別曲〕을 〈관동와주〉의 한시들과 아울러 감상할 때에, 여기 나타난 근재의 愛民思想이 특히 두드러진다고 논술한 바 있다. 관동의 경승을 찾아 줄을 이어오는 벼슬아치들의 遊覽行次 뒷바라지로 말미암아, 백성들이 당하는 고통을 목격하고는 反遊覽的이 되었고, 또 명분은 元나라와 朝廷에서 貢物을 요구한다는 핑계아래, 貢物徵求61)로 백성들만이 당하는 피해와, 그들의 悲慘한 현실 앞에서 官僚들의 苛斂誅求를 目睹한 근재는, 오직 애민사상만이 넘쳐흐를 뿐이었다.

松江은 朝鮮宣祖代 內職에 있을 때, 東西人으로 나누어져 정치적 葛藤에 쌓여 있던 판국에, 宣祖로서는 外職인 觀察使로 내보내는 것이 가장 最善의 방법이었다. 그는 이렇게 관찰사로 나갔기에, 〔關東別曲〕에서 善治하는 관찰사가 되겠다는 다짐을 하게 된다.

---

60) 金倉圭, 謹齋詩歌攷, 〈論文集〉, 2집, 榮州經商專門大學, 1978, p16.
61) 金倉圭, 謹齋詩歌攷, 〈論文集〉, 2집, 榮州經商專門大學, 1978, pp 4-15.

金剛山이 있는 准陽고을에 와서는 중국의 회양과 같으니, 汲黯(字長孺, ?~112BC)을 생각게 되었고, 襄陽고을에 와서는 중국의 양양과 같으니, 이곳서 羊祜(晋南城人, 字叔子)의 峴山故事62)를 슬쩍 떠올렸던 것이다. 송강은 정치적 갈등에서 빚어진 불만을 삭히는 방편으로, 근재처럼 儒者로서 杜甫처럼 현실적이 못 되고, 유자로서 현실세계의 充足을 메울 수 없는 虛隙을, 神仙世界63) 곧 道敎思想으로 장식할 수밖에 없었던 것이다.

關東別曲의 比較

詩 形 式	翰 林 詩	歌 辭 詩
製作年代	1328	1580
牧 民 官	47	45
思　　想	儒敎(杜甫)	道敎(李白)
關東旅程	開成→ 安邊→ 旌善	서울→金剛山→ 平海

　謹齋의 관동여정을 살펴보면, 10고을의 景勝을 둘러보고 있다. 2장에서 安邊의 元帥臺·穿島·國島 등을 둘러보는데, 이들을 三神山에 겨누었다. 아침해 떠오르는 광경에다 푸른 바다를 바라보면서, 기녀들을 배 위에 태워 노래부르고 악기를 연주하면서, 景勝에서 갖는 즐거운 놀이의 장면이다. 3장에서는 通川의 叢石亭·金幱窟들의 奇巖怪石과 顚倒巖·四仙峰에 이끼 긴 옛 비석 그리고 밟으면 "아야"하는 바위와 石池를 에워싼 돌 바위들의 모습을 그리고 있다. 4장에서는 高城의 삼일포 호수가운데 작은 섬 위의 四仙亭은 奇觀異迹이오, 彌勒堂·安祥渚·三十六峰들에다 述郞徒의 六字丹書가 너무 또렷하다는 것이다. 5장은 杆城의 仙遊潭·永郞湖·神淸洞 등이 나오고, 여기서 張翰(晋나라, 吳郡人, 字季鷹)의 고향 江東에서 蓴菜와 농어회처럼 이곳 膾고기도 銀絲같이 가늘게

---

62) 金倉圭, 謹齋詩歌攷, 〈論文集〉, 2집, 榮州經商專門大學, 1978, p24.
63) 金倉圭, 謹齋詩歌攷, 〈論文集〉, 2집, 榮州經商專門大學, 1978, p25.

썰어서 눈같이 흰 것을 은근히 자랑하는 모습이다. 6장에서 襄陽의 雪嶽山·洛山寺가 있는 고을로, 亭子로는 降仙亭·祥雲亭등이 있다. 여기서 紫色鳳凰무늬 輦을 타기도 하고·붉은 鸞鳥무늬 가마를 타고서, 옛날 習家池에서 거들거리는 高陽酒徒처럼, 근재의 존무사 무리들이 景勝을 찾아 즐기며 노는 모습이다. 7장은 江陵으로 鏡浦臺·寒松亭에다 해당화 핀 沙場과 연꽃 핀 못들을 둘러보며, 遊賞하는 모습이다. 거기다가 燈明寺의 觀日臺에서 日出하는 광경을 그리고 있다. 8장은 三陟의 五十川·竹西樓·西村八景 들과 蔚珍의 翠雲樓와 平海의 越松亭등을 둘러보는 가운데, 피리 불고·가야금 타면서 아울러 淸雅한 노래를 부르며 느릿느릿 춤을 추는 모습이다. 거기다가 望槎亭에서 滄波萬里 바다위로 나는 갈매기가 반갑다고 하는 광경이다. 9장은 旌善의 大陰江을 따라 絶壁은 千層으로 병풍같이 에워싸고 있는데, 물은 거울같이 맑은 광경이다. 여기 있는 風巖과 水穴앞에 서면, 六月이라도 淸風이 불어와 避暑가 된다는 것이다. 이 곳은 마치 徐州古渢縣에 살았던 朱氏·陳氏가 한마을에 살면서, 兩姓이 世世로 婚姻하여 一家를 이룩한 武陵桃源같은 고을이다. 이렇게나 淳厚한 風俗을 자손들에게 전하여 주는 모습에서 景勝을 찾는 "즐거움"을 그리고 있다.

(3) 隱 逸

　조선조 중엽으로 접어들면서 잦아지는 士禍는, 선비들로 하여금 자연으로 隱居하게 하였다. 權好文(1532~1569)은 아예 벼슬은 단념하고 은거하여 살았던 것이다. 權好文은 鄭琢(藥圃, 1526~1605)의 천거로, 宣祖14年(1581) 內侍教官을 除授[64]되었으나,

---

64) 權好文, 〈松巖別集〉, 卷1, 年譜. "除內侍教官不就 屢登薦剡 或稱學行　卓異　或稱廉潔寡慾 鄭藥圃相公寄書 請留心兼濟 先生以獨樂　八曲謝之"

벼슬에 나아가지 않겠다는 뜻을 밝힌 작품이 〔獨樂八曲〕임을 알 수 있다. 이 작품에 대하여 趙潤濟는 漢字熟語를 즐겨 쓴 관계상 韓國詩歌的 香臭를 잃어버렸다면서, 대체로 失敗作[65]이라 하였는가 하면, 金思燁은 朝鮮初中期를 대표하는 隱逸之士의 白眉[66]라 칭찬하다가 習作을 벗어나지 못한 未熟品[67]이라 혹평을 가했다. 그러나 문학적 가치는 내용보다는, 형식에서 찾아야겠다.

　權好文은 그가 지은 노래에 대하여 옛사람이 이르길, 노래는 憂思에서 많이 나온다 하였거니와, 이 노래 또한 내 마음의 불평에서 發한 것[68]이라 하여, 불평을 다독거려 性情을 잘 길러주는 것이 문학이라고 보았다. 이 〔獨樂八曲〕은 아예 權好文이 벼슬을 단념하고, 林泉에서 隱者로 살아가려 했기 때문에 그의 詩世界는 "즐거움"으로, 자연의 아름다움을 찾아 이를 즐겼다고 볼 수 있다. 그러면 〔獨樂八曲〕의 내용을 살펴보기로 하겠다.

太平聖代 田野逸民 再唱
耕雲麓 釣烟江이 이밧긔 일이업다
窮通이 在天ᄒ니 貧賤을 시름ᄒ랴
玉堂 金馬ᄂ 내의願이 아니로다
泉石이 壽域이오 草屋이 春臺라
於斯臥 於斯眠 俯仰宇宙 流觀 品物ᄒ야
居居然 浩浩然 開襟獨酌 岸幘長嘯
景긔엇다 ᄒ니잇고

〈獨樂八曲. 1章〉

태평스럽고 聖스러운 시대에, 시골에 은거하는 節行이 뛰어난 선비가, 구름 덮인 산기슭에 밭이랑을 갈고, 내 긴 강가에 낚시를

---

65) 趙潤濟, 〈朝鮮詩歌史綱〉, 博文出版社, 1937, p121.
66) 金思燁, 道學者의 歌曲觀, 〈論文集〉, 1집, 慶北大, 1956, p5.
67) 金思燁, 〈李朝時代의 歌謠硏究〉, 大洋出版社, 1956, p267.
68) 權好文, 〈松巖續集〉, 卷6.

드리우니, 이밖에는 일이 없다. 貧窮과 榮達이 하늘에 달렸으니, 가난함과 賤함을 걱정하겠는가. 漢나라때 宮闕門이나 官衙앞에 銅馬를 세움으로, 명칭한 金馬門과 翰林院의 별칭인 玉堂署가 있어, 이들은 임금을 가까이 모시는 높은 벼슬아치로서, 이는 내가 원하는 바가 아니다. 泉石으로 이루어진 自然에 묻혀 사는 것도 仁德이 있고, 수명이 긴 壽域에 사는 것도 盛世요, 草屋에 묻혀 사는 것도, 봄 전망이 좋은 春臺도 盛世가 된다. 어사와! 어사와! 天地를 굽어보고 쳐다보며, 森羅萬象이 제 각기 갖춘 形體를 멀리서 바라보며, 安靜된 가운데 넓고도 큰 胸襟을 열어 제쳐놓고, 홀로 술을 마신다. 두건이 높아 머리 뒤로 비스듬히 넘어가, 이마가 드러나 禮法도 없는 데다, 길게 휘파람을 불면서 자연 속에서 은거하는 가운데, 즐거이 살아가는 모습을 그린 것이다.

  2장은 자연을 즐기는 풍류로서, 저녁때 낚시 대를 비스듬히 들고 世俗일을 잊고 갈매기와 벗이 되는 광경이다. 3장은 선비가 일삼아야 하는 것은, 科擧는 사람의 뜻을 손상시키고, 利益과 出世는 德을 해치는 것이오. 4장은 隱士가 숨어사는 곳은, 산은 깊고 숲은 빽빽해야만 마음이 너그러워지고, 한가한 들판에서 밭을 갈고·물가에서 낚시를 드리울 수 있는 곳이, 살만한 곳이 될 수 있다는 것이오. 5장은 范萊蕪(名冉, 後漢桓帝時 萊蕪令)가 오래 밥을 짓지 않아 시루 안에 먼지가 끼이고·솥 안에는 장구벌레가 꾀었고, 蔣元卿(名詡, 字元卿, 漢杜陵人)은 뜰 앞에 꽃과 대나무아래 세 길을 열어놓고 求仲(漢나라 隱士)과 羊仲(漢나라 高士)과 더불어 조용히 놀기를 좋아 한 것처럼, 참으로 은거하여 뜻을 구하고 죽어서 영영 돌아오지 않는다면, 大夫가 타는 수레와 좋은 의복도 진흙처럼 천한 것이오, 宗廟에 두는 그릇에 功績을 새긴 이름도 아득한 後世에는 흙먼지와 같다는 것이다. 6장은 임금에게 忠誠하고·백성들에게 恩澤을 줄 수 있는 일은, 나의 才分이 아니라는 것이오. 7장은 歲月은 나를 기다려 주지 않는데, 白首로 林泉에 자신의 발자취를 묻고서, 한가하게 늙어 가는 隱居生活에서 오는 自足의 "즐거움"을 그린 것이다.

3) 사 랑

(1) 艶 情

"사랑"이란 남녀간의 艶情이나, 부모가 자식을 "사랑"하는 慈愛 그리고 愛敬따위가 이에 속한다고 할 수 있다. 그러면 "翰林詩"에 서는 이에 속하는 작품으로는, 〔翰林別曲〕·〔竹溪別曲〕·〔花田別曲〕 들이 있다.

<pre>
蓬萊山 方丈山 瀛洲三山
此三山 紅樓閣 婥妁仙子
綠髮額子 錦繡帳裏 珠簾半捲
위 登望 五湖景 긔엇더 ᄒ니잇고
綠楊綠竹 栽庭畔애 再唱
위 囀黃鶯 반갑두 셰라   〔翰林別曲. 7章〕

唐唐唐 唐楸子 皂莢남긔
紅실로 紅글위 미요이다
혀고시라 밀오시라 鄭少年하
위 내가논더 놈갈셰라
削玉纖纖 雙手ㅅ길혜 再唱
위 攜手 同遊ㅅ景 긔엇더 ᄒ니잇고 〔翰林別曲. 8章〕
</pre>

7장에서 三神山은, 崔瑀의 동산에 있는 石假山으로 꾸민 삼신산 이다. 동산 안에 蓮池인 五湖 가장자리에 부연을 빼어 날을 듯 지 은 紅樓閣도, 이 안에 있는 정자다. 이 紅樓閣 안에 날렵하고도 가 녀린 몸매의 아리따운 佳人들은, 바로 崔瑀를 수청들던 기녀들이

다. 이 기녀는 潤氣가 자르르 흐르는 검은머리를 加髢首飾한 멋진 佳人으로, 그녀와 더불어 동산 안에 있는 전망 좋은 높은 臺에 올라 멀리 五湖를 바라보는 광경이다. 여기는 文士들이야 비집고 들어갈 세계는 아니었다. 한바탕 화려한 잔치는 끝나고, 문사들이야 이 놀이에서 더 거들먹거릴 자리도 없다. 다만 實權者들이 기녀들과 隱密하게 사랑을 나눌, 세계가 있을 뿐이다. 〈高麗史〉에도 당시 실권자인 崔氏父子 앞에서 기생들로 하여금, 蓬萊仙女가 來賀하는 모습을 짓게 하였다니, 7장에 등장하는 기녀들은 崔氏父子 앞에 삼신산 不老草를 갖고 와서 萬壽無疆을 축원하고 賀禮하는 모습이었으리라. 그런데 "嫿妁仙子"를 기생으로 보아 "三山"까지도 기녀로 보기도 하고 "五湖"를 致仕의 뜻으로 본 것[69]은 무리가 따른다고 생각했다. 이렇게 기생들을 데리고 동산 안 삼신산의 紅樓閣에서 五湖를 바라보는데, 때마침 정자둘레에 푸른 버들과 푸른 대가 우거진 둔덕 가, 오월의 싱그러운 香薰이 스친다. 이 新綠속에서 工巧로이 울음 우는 꾀꼬리, 이 "囀黃鶯"을 기녀가 부르는 청아한 曲調[70]라고 하였으나, 이 역시 꾀꼬리 소리 그대로가 더 멋들어진 것이다. 역시 실권자인 최씨를 에워싸고 돌던 가인들과의 만남을 묘사한 "사랑"의 장면일 뿐이다.

　8장에서 "唐楸子"의 頭音을 따서 音律에 맞춘 멋스러움과 함께, 이 "당추자"는 호두나무요, "皁莢나무"는 쥐엄나무로서, 이 두 나무를 등장시킨 연유가 있을 것이다. 이 두 나무는 고려시대 남녀간 사랑의 緣을 맺어주는 祈願이 서린 나무로 보고자 한다. 이 나무는 민간전래의 민속적 의미도 내포하고 있는 것이 아니냐를 생각해 보았다. 이 호두나무의 전래를 忠烈王代로 잡고 있는 것도 유념해야 될 것이다. 일찍이 이에 대한 관심을 보인 이로는 池憲英이었다. 그는 호두나무와 쥐엄나무에 대한 단정적 논거는 제시하

69）宋在周,〈古典詩歌要論〉, p95.
70）尹榮玉, 翰林別曲小考,〈陶南趙潤濟博士古稀紀念論叢〉, p171.

지 않았지만, 호두를 남성의 睾丸 내지 陽根으로·또는 두릅으로 확대하면서, 남근상징어로·쥐엄을 여성의 陰部71)라고 제시한 바 있다. 그리고 중국에서도 "上卓莢樹"란 여자를 싫어하는 남자거나·여자가 妬忌가 심할 때, 쥐엄나무가 상징적으로 쓰였음을 볼 수 있다. 아울러 호두나무는 남성을·쥐엄나무는 여성을 상징하는 나무로, 육체적 사랑을 맺어주는 나무가 아닐까 추측해 본다. 이런 나무에 붉은 실로 붉은 그네를 매었다는 것은, 洪命熹의 〈임걱정〉에서 더욱 확실하게 뒷받침해 주는 근거가 있으니, 개성 松嶽山에서 오월 端午굿이 유명했다. 이 굿은 대왕과 대왕부인의 木偶를 먼저 쌍그네 뛰게 하고는, 그 다음 여기 온 남녀들이 그네를 뛰면 화합한다72)고 했다. 이를 미루어 볼 때, 호두나무는 남성을·쥐엄나무는 여성을 상징하는 나무로, 남녀간 화합하는 육체적 "사랑"을 맺어주는 그네뛰기가, 高麗때는 성행했으리라 짐작된다. 그네를 당기시라 밀시어라 "鄭少年"이여 했는데, 여기서 당기고 민다는 것은, 남녀간 육체적 "사랑"의 극치로 빠져 들어가는 모습이다. 池憲英도 "鄭少年"을 당시 유행어 내지 비밀어로 보아, "少年"·"房子"로 보다가 "鄭"은 "鄭聲"73)과 聯關을 지어 보기도 했다. 그런데 呂增東은 여자상에 밝은 사나이나·女色이 밝은 사나이를 일컬어 儒林에서 "정소년"74)이라고 한다 했다. 〈임걱정〉에서도 오월단오 때 松嶽山 그네뛰기에 모여드는 청춘남녀들로, 서로 눈이 맞거나 强制性暴行을 당하는 수도 있었다니, 이런 類를 "왈자패"라 하였다. 소위 "鄭少年"이라 하면 이런 "왈자패"를 指稱한게 아닐까 한다.

---

71) 池憲英, 井邑詞硏究, 〈亞細亞硏究〉, 4卷1號, 通卷7號, 高麗大亞細亞問題硏究所, p166.
72) 洪命熹, 〈林巨正〉, 8권, 사계절, 1985, p8.
73) 池憲英, 井邑詞硏究, 〈亞細亞硏究〉, 通卷7號, 高麗大亞細亞問題硏究所, p166.
74) 呂增東, 고려노래연구에 있어서 잘못 들어선 점에 대하여, 〈白江徐首生博士還甲紀念論叢〉, 1981, p113.

아! 이러한 "鄭少年"이 "사랑"을 나누는 으슥한 곳. "사랑"의 密會를 나누는 비밀스런 곳은, 최씨 동산 어디쯤일까? 이런 비밀스런 곳은 우리만이 알고 있는 감추어진 곳으로, 다른 사나이들의 눈에 띄어 찾아올까 하여 몹시 가슴 조마조마하면서도, 이 곳이 발견되지나 않을까 하여 두려워하는 모습이다. "玉纖纖"도 기녀75)라고 추정하기도 하였으나, 오히려 그대로 마치 옥을 깎은 듯 매끈하고·가녀린 佳人의 아름다운 두 손길을 마주 잡고 함께 노니는 광경이다. 이런 남녀간의 "사랑"인 "男女相悅之詞"가 되었기에, 전술한 바 〔竹溪別曲〕도 周世鵬이 〈竹溪志〉에 실음에 黃俊良에 의하여, "高陽酒徒 珠履三千"은 白雲洞書院에 配享된 安軸의 작품이지만, 서원에서 공부하는 儒生들에게 적절한 내용이 되지 못 한다고 지적을 한 바 있다. 〔翰林別曲〕의 7·8장의 내용이야말로 "男女相悅之詞"로 道學君子로서 읊조릴 바가 되지 못한다고 李滉도 지적76)한 바 있다. 특히 李穡(1328~1396)이 쓴 〔鞦韆〕詩에, "堂堂楸樹逈臨風 紅線鞦韆欲蹴空 挽去推來少年在 鐵腸搖蕩眼波中"77)이란 漢詩를 보면, 〔翰林別曲〕 8장을 연상하게 된다. 어쨌든 이 7·8장은 남녀간 "사랑"을 애틋하게 그린 것으로, 艶情이 되기 때문에 "男女相悅之詞"로 따가운 비평을 유학자들로부터 받았다는 사실은 당연한 것이었다.

〔竹溪別曲〕도 4장을 보면, 역시 사랑의 장면은 전개된다.

　　　　楚山曉 小雲英 山苑佳節
　　　　花爛熳 爲君開 柳陰谷

---

75) 李慶福, 高麗時代 妓女文學硏究, 〈月山任東權博士頌壽紀念論文集〉,
　　　p89.
76) 李　滉, 〈退溪集〉, 卷43, 陶山十二曲跋. "吾東方歌曲 大抵多淫哇不足
　　　言 如翰林別曲之類 出於文人之口 而矜豪放蕩 兼以褻慢戲狎
　　　尤非君子所宜尙"
77) 李　穡, 〈牧隱詩稿〉, 卷8, 鞦韆.

忙待重來 獨倚欄干 新鶯聲裏
爲 一朶綠雲 垂未絶
天生絶艶 小桃紅時
爲 千里相思 又奈何   〔竹溪別曲. 4章〕

　楚山曉와 小雲英 그리고 小桃紅은 문맥을 짚어볼 때, 기녀로 보는 게 해석상 무리가 없다고 본다. 아리따운 楚山曉와 小雲英과 더불어 아늑한 동산에서 만났던 좋은 시절. 마침 꽃은 만발하여 화려한데, 그대 위하여 훤히 트인 버드나무 그늘진 골짜기로 거닐던 그 날이야, 추억에 아련히 남는 아름다운 좋은 시절이었다. 그러나 막상 이별하고 보니, 매양 바삐 거듭 오길 기다리는 애절한 심사야, 언제나 난간에 외로이 기대어서, 새로 나온 꾀꼬리 울음 속에 마냥 마음을 달래고 있다. 마치 高句麗 類利王이 사랑하는 雉姬를 찾아 나섰으나, 끝내 찾지 못하고 나무그늘에서 쉬고 있을 무렵, 꾀꼬리 암수가 다정하게 노니는 광경을 보고, 자기의 외로운 심사를 "念我之獨"이라고 독백했다. 애타게 "사랑"하는 임을 기다리는 심정은, 하루라도 바삐 거듭 찾아와 주길 고대하는 마음에서 "獨倚欄干"하였을 것이다. 아! 한 떨기 꽃송이처럼 佳人의 검고도 潤氣나는 머리결이, 마치 푸른 구름처럼 끊임없이 흘러내리는 蠱惑的 맵시야말로, 타고난 天下絶色. 누구와도 견줄 수 없으리 만큼 예쁜 기녀 小桃紅맘 때쯤이면, 아! 정말 千里 먼 곳에 두고 서로 相思 않고서는 못 배기는 마음 어찌 하겠습니까? 佳人의 은유가 "一朶綠雲垂未絶"로 아주 운치 있게 잘 표현되었을 뿐만 아니라, 조선의 사대부들보다는 高麗의 사대부들이 "男女相悅"에서는 인간적인 멋이 있음을 볼 수 있다. 이러한 "사랑"의 내용들을 안고 있었기 때문에, 이를 周世鵬이 〈竹溪志〉에 싣기는 했으되, 黃俊良으로부터 따가운 "豪俠跌宕辭"란 비판을 받았던 것이다.

> 徐玉非 高玉非 黑白頓殊
> 大銀德 小銀德 老少不同
> 姜今歌舞 綠今長鼓 버런學非 소졸玉只
> 偉 花林 勝美景 긔엇더 ᄒ닝잇고
> 花田別號 名實相符 再唱
> 偉 鐵石肝腸 이라도 아니 긋기리 업더라   〔花田別曲. 3章〕

　徐玉非와 高玉非는 기녀로서 검은머리·흰머리가 아주 다른 모
습이오, 큰銀德이와 작은銀德이는 늙거나·젊거나 서로 다른 모습
이다. 이는 기녀들의 外樣上 드러난 머리를 보거나 얼굴을 보고,
젊고 늙은 모습을 그린 것이다. 그리고 姜今이란 기녀가 꾀꼬리같
이 잘 부르는 노래 소리에다 멋들어지게 잘 추는 춤사위. 綠今이
란 기녀가 치는 은근한 장굿소리는 한층 분위기를 흥겹게 만들어
준다. 이렇게 기녀들과 흐드러지게 노는 가운데, 學非의 잘 벌은
몸매, 이는 學非의 가녀린 허리가, 한아름밖에 안 되는 날씬한 맵
시를 "벌다"는 표현으로 써서, 마치 "隔戶楊柳弱嫋嫋 恰似十五兒女
腰"[78]라는 시구에 비견된다고 할까? 玉只의 疏拙한 모습은 성기
고 서투른 모습으로, 곧 못난 모습을 표현한 것이다. 아! 花林이란
이름 그대로, 앞서 등장한 8명 기녀들이 가히 꽃수풀을 이루었는
데, 차라리 실제 고유명사인 花田(꽃밭)에서 기생들에 에워싸여
질탕하게 노는, 귀양 간 花田(남해)에서 노는 自菴의 모습이다. 그
는 귀양 간 絶海孤島 花田에서 시골기생들 속에 싸여 살아가는 모
습은, 어쩌면 꽃밭 속에서 괴롭고도 고달픈 유배생활의 나날을 달
래며 살아갔던 것이다. 이렇게 기녀들의 꽃밭 속에서 놀았다는 사
실은 어쩌면 음성적 "즐거움"이오. 이 기녀들의 꽃수풀 속에서 벌
이는 놀이 속에, 자기마음을 다스려 나가려는 모습이다. 花田이란
地名과 실제 기녀의 꽃밭은, 이름과 실제가 서로 부합하는데, 이런
꽃밭 속에서 자기마음을 야무지게 단속한다 한들, 아무리 사나이

---

78) 杜甫, 漫興詩.

志操가 鐵石같이 굳고 단단하다 하더라도, 어이 아니 끊어질 리가
있겠느냐고 반문하는 것이다. 따라서 자기마음을 잘 다스려 지조
를 철석같이 꼿꼿하게 지키려 해도, 남녀간의 애정 앞에서는 끊어
져버리고 마는, 金綠의 "사랑"에 대한 독백이었다.

4) 일깨움

(1) 勤 學

배움을 부지런히 힘씀으로써, 일깨워 주자는 것이다. "일깨움"에
해당되는 "翰林詩"는 〔竹溪別曲〕·〔不憂軒曲〕·〔錦城別曲〕 등이 있다.

    彩鳳飛 玉龍盤 碧山松麓
    紙筆峰 硯墨池 齊隱鄉校
    心趣六經 志窮千古 夫子門徒
    爲 春誦 夏絃景 幾何如
    年年三月 長程路良
    爲 呵喝 迎新景 幾何如　　　　　　　　〔竹溪別曲. 3章〕

   順興鄉校를 중심으로 전개되는 모습들이다. "彩鳳飛"란 실제 飛
鳳山이 있는데, 山勢가 마치 彩鳳이 날아오르려는 형상과 같은 것
을 표현한 것이다. 地勢는 玉龍이 빙빙 돌아 서린 모양과 같은, 향
교주변의 풍경이 묘사되었다. 鳳이 날아오르련 듯한 山勢와 龍이
빙빙 돌아 서린 듯한 地勢를 안고, 푸른 소나무 우거진 산기슭을
멀리서 바라볼 수 있는 곳에 바로 향교가 있다. 향교 곁에 있는
靈龜峰은 바로 紙筆峰을 가리키는 것이오, 紙筆峰 건너 硯墨池가
있었다. 退溪 생존시만 해도 못물이 말라 있었다는 사실을, 그가
읊은 漢詩[79]로 알 수 있다. 실존했던 지필봉과 연묵지가 있었지

---

79) 李滉, 〈退溪集續集〉, 卷2, 過順興鄉校舊址(有紙筆峰硯墨池). "蕭條籬

만, 향교의 분위기를 돋구기 위해서, 文房四友인 紙筆硯墨을 끌어와서 강조해야만 되었다. 이 文房四友는 공부하는 유생들에게는 학습의 筆記道具로서, 실제 지명에다 이를 덧붙여 향교주위 지필연묵을 통하여, 학습분위기를 한층 高揚하게끔 했던 것이다. 다음은 유생들의 학습내용으로, 그들 마음과 뜻은 항상 六經인 〈詩經〉·〈書經〉·〈易經〉·〈禮記〉·〈春秋〉·〈樂經〉 등에 스며들게 하며, 유생들의 뜻은 千古前 聖賢들의 말씀을 窮究하면서, 萬人의 스승이 될 夫子께 배우고, 거기서 가르침을 받는 제자들이여. 아! 봄에는 歌樂의 篇章을 읊조리고, 여름에는 거문고로 詩章의 音節을 맞추어 타면서 학습하는 모습이다. 마지막 해마다 삼월이면 긴 路程으로 썩 나서서, 아! 큰소리를 외치며 到任하는, 新任者(향교에서 유생을 가르치는 선생)를 맞는 광경이다. 新任者로 到任하는 벼슬아치를 유생들이 길거리에 썩 나가서 맞는데, 呵喝하면서 意氣揚揚하게 到任해 오는 "送故迎新"의 당시 풍습으로 보는 게 좋겠다. 勤學을 통하여 유생들을 일깨우려는 모습이 너무나 歷然하다.

〔宴兄弟曲〕에서도 勤學의 "일깨움"이 잘 나타나 있다.

<blockquote>
就外傳 學幼儀 曉解事理
或書字 或對句 互相則效
我日斯邁 而月斯征 朝益暮習
위 相勉ㅅ景 긔엇더 ᄒ니잇고
中養不中 才養不才 再唱
위 進德ㅅ景 긔엇더 ᄒ니잇고　　　　　〔宴兄弟曲. 2章〕
</blockquote>

〈禮記〉 內則에 사나이가 열 살이 되면, 바깥스승에게 나아가 배우되, 아침에 배운 것을 저녁에 학습한다. 어려서 행할 예절과 태도를 배워, 차츰 일의 이치를 훤히 알게 된다. 혹은 書字에 대하여 혹은 對句에 대하여 互相間 곧장 나타나는 보람을 얻게 된다. 그

落數家村 鷄犬桑麻晝掩門 紙筆峰前池水涸 當時絃誦更誰論"

리하여 〈詩經〉小雅에서 날이면 날마다 배움에 힘쓰고・달이면 달마다 부지런히 노력하여, 아침에 스승에게 가르침을 받고・저녁에는 복습하는 광경이다. 이렇게 형제간 배움에 힘쓰는 모습이다. 〈孟子〉離婁에서 調和된 中의 덕을 지닌 사람은, 중의 덕을 지니지 못한 사람을 길러주고, 才能을 지닌 사람은, 재능을 갖지 못한 사람을 길러 주게 된다. 이 조화된 인격은 당시 사회에서 성실히 봉사할 수 있는 자질로서, 도덕적 교양을 뜻하게 되는데, 이 교양은 지식교육과는 달리 가정에서 涵育되어야 하므로, 才德을 지닌 父兄이 있어야만 한다. 이렇게 부형이 있으므로 교양은 가능할 수 있지만, 아무리 현명한 부형이더라도, 그 스스로 교양에 힘쓰지 않는다면, 재덕을 갖추지 못한 不肖한 부형을 둔 것과 다를 바 없으므로, 中和 곧 조화의 덕은 교양이긴 하지만, 그 자체가 중화가 안 되며, 재능은 교양이지만 재능은 아닌 것이다.80) 그리하여 덕으로 나아가는 광경을 그리고 있다. 세종의 형제지간에 勤學함으로써, "일깨움"을 주고자 하는 노래가 되겠다.

山四回 水重抱 一畝儒宮
向陽明 開南窓 名不憂軒
左琴書 右博奕 隨意逍遙
偉 樂以 忘憂景 何叱多
平生立志 師友聖賢 再唱
偉 遵道 而行景 何叱多　　　　　　　　〔不憂軒曲. 1章〕

晚生員 老及第 樂天知命
再訓導 三敎授 誨人不倦
家塾三間 鳩聚童蒙 詳說句讀
偉 諄諄 善誘景 何叱多
不亦樂乎 負笈書生 再唱
偉 自遠 方來景 何叱多　　　　　　　　〔不憂軒曲. 2章〕

---

80) 〈孟子〉, 離婁下, "孟子曰 中也養不中 才也養不才 故 人樂有賢父兄也"

　　1장은 不憂軒의 거처인 井邑市七寶面詩山里의 산수와 더불어 선비의 白屋斗室에는 풍류를 즐길 수 있는 거문고도 있고 · 書冊을 쌓아두어 讀書三昧에 들기도 한다. 그리고 破寂거리로 장기와 바둑을 두기도 한다. 이렇게 致仕한 후 塵世를 멀리 하고, 거칠 것 없는 閒雲野鶴의 심정 그대로였다. 이 隱遁生活 속에서 오는 인생의 "즐거움"은, 모든 근심을 잊게 할 뿐이다. 그리하여 스승으로서 童蒙들을 가르치고 · 벗들을 사귀는 가운데, 옛 성현들의 도를 따라가는 삶은 "일깨움" 뿐이었다.

　　2장은 不憂軒이 29세에야 늦게 生員이 되어, 20餘年 동안 성균관에서 공부하였으나, 과거에 오르지 못 하였다. 53세 늘그막에야 과거에 급제한 "기쁨"에서 오는 인생의 "즐거움"이라든지, 科擧前에도 訓導와 敎授로서 후생을 가르치는 열의가 대단하였다. 그는 작은 글방에서 아이들을 모아놓고, 어려운 글을 句讀(두)點을 찍어가며 상세히 설명하는 일방, 다정스럽고도 친절하게 잘 인도해 주는 광경에서, 은연중 자기과시가 번득이고 있다. 더구나 孔子(丘, 551~479ＢＣ)가 말한 학습의 "즐거움"을 인용하면서, 타향으로 스승을 찾아 배움을 받으러 떠나는 書生들처럼, 不憂軒한테도 먼 곳으로부터 찾아와 배움을 받는 모습에서, 학문을 닦아 지식을 넓혀 立身揚名하게끔, 이끌어 주려는 勤學의 "일깨움"이 잘 나타나 있다.

大成殿 明倫堂 前廟後寢
東西齋廊 左右夾室 泮水洋洋
手植檜 碧松亭 高隱鄕校
七十門人 三千弟子 濟濟蹌蹌
爲 切磋 琢磨景 幾何如
有時漁經 有時獵史 再唱
爲 日就月將景 幾何如　　　　　〔錦城別曲. 2章〕

　　　金牧伯 吳通判 一時人傑
　　　九重分憂 千里爲州 克勤克念
　　　善政善教 仁聲仁聞 時致三異
　　　爲 以德 化民景 幾何如
　　　修明學校 尤致意焉 再唱
　　　爲 養育 人材景 幾何如　　　　　　　　　〔錦城別曲. 3章〕

　　　朴敎授 大先生 時居皐比
　　　施五敎 叩兩端 諄諄善誘
　　　爲 振起 文風景 幾何如
　　　慇斯懃斯 函丈從容 再唱
　　　爲 師明 弟哲景 幾何如　　　　　　　　　〔錦城別曲. 4章〕

　　2장은 羅州鄕校를 인도하는 그림처럼 자상히 그려져 있다. 여기
서 유생들이 朴成乾으로부터 학문과 덕행을 닦고·자학자습으로
經書와 史記따위를 읽고·여러 가지 책을 널리 봄으로써, 그들의
학문과 덕행이 날로·달로 진보하는 광경을 묘사하고 있다. 3장은
유생들이 배움을 잘 닦음으로써, 훌륭하게 잘 되어 나아가는 학교
교육은, 더욱 자기 뜻에 이르게 된다는 것이다. 朴成乾이 교수로서
잘 가르치니, 牧使인 金春卿의 의도하는 바에 맞게끔 이르게 된다
는 것이다. 그리하여 지식과 능력이 뛰어난 유생들을 양육하는 광
경이다. 김춘경과 吳漢이 짝이 되어 羅州고을을 잘 다스림과 동시
에, 학교사업에도 관심을 기울인 점에 대하여, "일깨움"을 칭송을
한 것이다. 4장은 五恨 朴成乾이 유생을 가르치는 교수로, 이 〔錦
城別曲〕을 자신이 썼다면 "大先生"이라고 당당히 쓸 수 있을까 의
문이 간다. 그는 교수로서 "大先生"으로서 시시로 강의하는 좌석을
폈으며, 〈孟子〉에서 제때 내리는 비가 초목의 변화를 가져오는 것
같이 하는 것이 있고·덕을 이룩하게 해주는 것이 있고·재능을
발전시켜 주는 것이 있고·물음에 답해 주는 것이 있고·혼자서
德을 잘 닦아 나아가도록 해주는, 이 5가지81)는 군자를 가르치는

법이다. 그리하여 이쪽 끝에서 저쪽 끝까지 들추어내어 가며, 곧 질문의 시작에서 끝까지 차근차근하게 잘 인도해 주는 것이다. 이렇게 하여 글을 숭상하고 풍습을 떨쳐 일으키는 광경이다. 선생의 가르침은 겉으로 드러나지 않게 조용하면서도, 선생님께서 다만 조용히 가르치니, 스승은 聰明하고 弟子는 事理에 밝은 광경을 읊조리고 있다. 스승으로서 제자를 잘 가르친다는 것은, 제자들을 올바르게 일깨워서 학문과 지식을 넓혀 나감으로써, 하여금 勤學하는 "일깨움"을 주려는 모습을 그리고 있다.

5) 깨우침

儒敎에서 人間道義를 잘 닦아 이를 실천하도록 獎勵하며, 敎訓과 警戒를 주어 잘 敎導함으로써, 인간생활의 指針을 삼게 하고 "깨우침"을 주자는 것이다. 이에는 倫常과 道學이 있겠고, 〔九月山別曲〕·〔五倫歌〕·〔宴兄弟曲〕·〔配天曲〕·〔道東曲〕·〔六賢歌〕·〔儼然曲〕·〔大平曲〕 등이 이에 속한다.

(1) 倫 常

먼저 〔九月山別曲〕은 조선에서 族譜를 세종5년(1423) 최초로 완성하고, 장차 후손들에게 父母·兄弟·임금에게 교훈과 경계로 行身할 바를 명심토록 "翰林詩"로 써서, 이를 암송하도록 한 노래다.

> 父兮生 母兮育 子孫甡甡
> 出必告 反必面 彩舞蹁躚
> 承順顏色 昏定晨省 永言孝思
> 爲 餘慶 無窮景 긔엇더 ᄒ니잇고

---

81) 〈孟子〉, 盡心上, "孟子曰 君子之所以五敎者 有如時雨化之者 有成德者 有達財者 有答問者 有私淑艾者 此五者 君子之所以敎也"

欲報之德 昊天罔極 再唱
爲 어느자니 갑스오리 잇고   〔九月山別曲. 2章〕

式相好 無相猶 兄弟眞情
摠和同 無爭訟 先祖遺書
佩服不忘 終身誦之 益篤其情
爲 親睦 九族景 긔엇더 ᄒ니잇고
宜兄宜弟 天倫樂事 再唱
爲 鬩于墻 나는 마로리라   〔九月山別曲. 3章〕

採於山 釣於水 可以療飢
行無牽 止無泥 惟適所安
用行舍藏 安貧樂道 踽踽洋洋
爲 藏器 待時景 긔엇더 ᄒ니잇고
思君不忘 一片丹心 再唱
위 하ᄂ리ᅀ 밋아ᄅ 시리이다   〔九月山別曲. 4章〕

　2장은 돌아간 부모님께 효성과 봉양을 다하지 못하는 안타까움
에서, 어버이의 은덕을 갚으려 해도 갚을 수 없음을 한탄하고 있
는 것이다. 그러므로 아! 어느 잔으로 갚을 수 있겠습니까? 따라
서 어버이의 生育의 크나큰 은혜는, 도저히 갚을 수 없다는 것이
다. 3장은 화합하는 형제야말로 울안에서 다투다가도, 바깥에서
업신여김을 당하면 함께 막으며, 아무리 좋은 벗이 있다해도 그럴
때에 우리는 돕지 않는다고, 〈詩經〉小雅의 常棣를 읊고 있다. 이
常棣는 형제끼리 잔치하며 부른 노래로서, 형제간의 우애를 배경
으로 하여 쓴 시다. 그리하여 형제간의 싸움을 나는 아예 말겠다
고 읊었다. 3장은 군자는 항상 임금을 생각하고, 잊지 않으려는
마음속에서 우러나오는 일편단심이야말로, 아! 어쩌면 저 푸르고
푸른 하늘이야 미처 아시겠습니다 라고 감탄하였다. 倫常의 "깨우
침"을 주어, 평소 생활을 통하여 잊지 않도록 하기 위해, 〈文化柳
氏族譜〉를 收單하면서 그 앞머리에다 붙였던 것이다.

〈五倫歌〉의 1장은 아득한 옛날 太皥伏羲氏에서 비롯하여 炎帝神農氏·唐堯·虞舜으로 이어져 온 이들은, 後世 治者들이 가장 이상으로 삼았던 인물들이다. 아! 이렇게 上古로부터 聖神들은 하늘의 뜻을 이어, 萬百姓들의 準則이 되는 道를 傳承하여 온 모습이다. 2장은 부모가 낳아 길러준 은혜가 하늘처럼 무궁하다는데, 出天之孝의 모범인 孟宗(三國, 字恭武)·王祥(晋人)·曾參(字子輿, 505~435BC)·閔損(魯, 字子騫, 536~487BC) 등의 효성을 예증하고 있다. 3장은 신하는 임금을 바른 길로 인도하되, 임금의 잘못을 간하여 바르게 이끌어 주는 것을, 忠誠이라 하였다. 麒麟과 鳳凰이 나타남으로써 聖君의 시대가 도래함을 노래한 것으로, 이는 世宗의 善治를 은근히 나타냈다고 볼 수 있다. 4장은 夫婦는 天定配匹이오·如鼓琴瑟이오·夫唱婦隨요·二姓之合이오·百年偕老요·死則同穴로, 夫婦有別이라는 명분으로 묶어 놓았다. 5장은 형제지간에 讓義하는 광경으로서, 이는 伯夷·叔齊처럼 세종의 형제지간에 讓義하는 모습을 빗대었다고 볼 수 있다. 6장은 유익한 세 벗이란 자기보다 나은 이로, 수직적인 인간관계로 발전할 수 있는 신의가 있는 벗으로, 晏平仲(嬰, 齊夷維人, ?~500BC)으로 삼고 있다. 이렇게 五倫을 노래함으로써, 조선건국과 더불어 儒敎 立國한 처지에서, 백성들에게 倫常의 "깨우침"을 주자는 의도가 스며있는 작품이다.

〈宴兄弟曲〉에서 1장은 형제가 우애로움을 읊으면서, 인간에게는 배우지 않아도 절로 능한 선천적 능력을 가졌고, 생각지 않아도 아는 叡智를 가졌는데, 天命으로서 性의 自證과 실현에 있다고 보아, 이 性의 실현은 인간의 道가 되는 것이다. 이러한 性을 따르는 것이 형제다. 3장은 天倫은 형제간의 우애로, 이를 다독거려 주는 광경이다. 인생이란 근심과 "즐거움"을 같이 하는 형제로, 손발같이 서로 의지하며 살아가는 것이다. 형제간의 우애를 잘 다독거려 줌으로써, 倫常에서 "깨우침"을 주자는 것이다.

(2) 道 學

　斯道를 顯揚하기 위하여, 孔子의 사상을 인간이 실천해야 규범
으로 닦아야 된다는 趣旨거나, 또는 朱子의 성리학을 儒者들이 지
녀야 할 德目으로 삼아, 곧 道學으로서 당시 선비들에게 "깨우침"
을 주자는 것이다. 이 점에 대하여 전술한 바도 있지만, 〈竹溪志〉
에 〔竹溪別曲〕이 실림으로써 黃俊良과 周世鵬사이에 상당한 論難
이 오고 갔는데, 주세붕은 이에 대하여 답하길, 내 노래는 모두가
성현들의 말씀을 서술한 것뿐이지, 내가 지은 것은 아니다. 비록
스스로 지은 혐의가 있다하나, 실은 성현의 지극히 善하고·지극
히 간략한 요지에서 나온 것이다. 곧 그것은 몸을 닦고 풍속을 교
화시키는 방편으로 보조됨이 없지 아니할 것이니, 어찌 꺼려하는
바가 있다해서 삭제하겠습니까82)라 하여, 자기가 지은 詩는"述而
不作"83)이란 점을 강조함으로써, 이 곳 공부하는 유생들에게 "깨
우침"을 주는데, 도움이 됨을 주장하고 있다. 이 道學에 속하는 작품
은 〔配天曲〕·〔道東曲〕·〔六賢歌〕·〔儼然曲〕·〔大平曲〕 등이 있다.
　〔配天曲〕은 성종23년(1492) 임금이 成均館에 납시어 釋奠祭를
올렸다84)는 기록으로, 윤곽을 알 수 있다.

　　　維我后 履大東 克配彼天
　　　斂五福 錫庶民 建其有極
　　　勅我五典 式敍彝倫 化行俗美
　　　至治 蝟興景 幾何如
　　　壽域春臺 一世民物 再唱
　　　熙熙 皥皥景 幾何如　　　　　　　　　　　〔配天曲. 1章〕

82) 周世鵬, 〈武陵雜稿原集〉, 卷5, 答黃學正仲擧. "如僕之歌 皆述而不作
　　　雖若涉於自爲 而實出乎聖賢至善至約之要旨 則其於修己化俗
　　　之方 未爲無補 有何所嫌而遽爲之刪去哉"
83) 〈論語〉, 述而, "述而不作 信而好古 竊比於我老彭"
84) 〈成宗實錄〉, 卷268, 23年壬子8月己未.

하늘이 孔子를 한량없는 聖人으로 삼고자 하였듯, 하늘이 成宗께 충분한 재능을 발휘할 성인으로 삼아, 날마다 太學(成均館)에 나아가니, 光明한 가운데 빛나는 것처럼, 마치 어진 가운데 어진 분처럼 학문은 더욱 높아졌다. 先師인 孔子를 존경하고 斯道인 聖人의 道가 되는 儒敎를 존중히 여기는 가운데, 성인들의 말씀이 적힌 옛 글을 깊이 상고하는 것이다. 공자는 왕위에 없었으면서도 임금으로 존경을 받게 되었는데, 王은 아니나 왕의 덕을 갖춤으로 素王이라 일렀다. 이렇게 공자께 文廟에서 지내는 큰제사인 釋奠을 올리니, 온갖 예의에 맞도록 하였다. 그러므로 이미 많은 福을 받았다는 것이다. 그리하여 잘 가르쳐 敎化를 崇尙토록 하고, 드높이는 광경이다. 周나라때 天子가 세운 太學을 辟雍이라 칭하였다. 이 辟雍에는 東西南方으로 물이 둘렸고, 여기 물을 건널 수 있도록 다리를 설치하였으니, 橋門이라 하였다. 後漢의 明帝가 辟雍에 나아가 講하였는데, 이때에 여러 儒生들이, 그 앞에서 어려운 질문을 던졌다. 이를 수많은 선비들이 에워싸서 보고 들었다는 것이다. 여기 모인 선비들이 너무 많아 대개 億萬으로 헤아릴 정도였다고 한다. 이렇게 수많은 유생들이 明帝가 講하는 광경을 橋門을 에워싸고 관람하고·경청하듯, 辟雍인 성균관으로 성종께서, 친히 왕림하는 성대한 행차의 광경이다. 成宗의 성균관의 釋奠祭에 參與하는 모습을 그리고 있으니, 유생들에게 도학에 대한 "깨우침"을 주고자, 당일 예조에서 〔배천곡〕짓게 하여 불렀음을 알 수 있다.

2장은 문묘에서 공자께 드리는 釋奠에 온갖 예의에 맞도록 하니, 이미 많은 복을 받았다는 것이다. 잘 가르쳐 敎化를 숭상토록 하고 드높이는 광경이다. 수많은 유생들이 橋門을 에워싸고 관람하고 경청하듯, 성균관으로 성종께서 친히 왕림하는 성대한 행차의 광경을 읊고 있다. 3장은 泮宮인 성균관으로 성종께서 이르러 임시로 꾸민 御座가 있는 곳으로 모시니, 군자들이 마시고·먹고·잔치하는데, 즐거워하는 모습이다. 이런 잔치자리에 아리따운 비녀와 갓끈으로 잘 꾸민 冠을 쓴 벼슬아치들과, 푸른 깃에다 푸른 패물로 잘 차린 여러 유생들이 모여드니, 점잖고 공손한 선비들이 잔치에서 함께 술 마시는 광경이다. 술로써·은혜로써 예를 다하고 일을 마치니, 취하고 배부른 가운데, 〔賡載歌〕로 화답하는 광경이다. 공자께 드리는 釋奠祭를 機會로 하여, 벼슬아치들과 유생들에게 道學의 "깨우침"을 주자는 의도가 깔려 있는 작품이다.

〔道東曲〕도 道學이 우리 나라로 들어오게 된 연원이 가까이는 安珦에 의해 이루어짐으로써, 그를 칭하여 "三韓 千萬古에 眞儒"라고 찬양하였다. 道學의 연원이 1장은 아득한 먼 옛날 太皥伏羲氏에서 비롯하여 黃帝 軒轅氏로 이어지고, 唐堯의 태평성대와 虞舜(姓姚, 字重華)에 와서 비로소 都邑을 정하였다. 2장은 인심은 위태하고 道心은 적으니, 精하며·一하여야 진실로 그 中을 잡으리라 한 것은, 舜임금이 禹임금에게 말한 것이다. 3장은 殷나라 어진 湯王도 훌륭한 신하 伊尹(姓伊, 名摯)의 도움을 받아, 덕이 없는 夏나라 桀王을 내쫓고 임금이 되었고, 周나라 文王(姓姬, 名昌)은 太公望 呂尙(姓姜, 名尙, 號太公, 呂는 봉한영지)과 같은 좋은 신하를 얻어 天下統一의 기초를 다졌고, 武王(名發)이 殷나라 紂王(名辛·受)을 치고는 천하통일을 이룩하였다. 뒤를 이어 成王(名誦)을 잘 보필한 신하인 周公旦(姓姬, 名旦, 諡號元文)과 召公奭(名奭, 諡號康)이, 이렇게 임금과 신하가 서로 마음이 맞는 광경이다. 4장은 大聖인 공자를 泗水와 洙水위에 내리시니, 만고를 두고 도학의 근원이 그칠 때가 없다는 것이다. 5장은 공자의 제자로 顔回의 四勿과 曾參의 三省에다, 공자의 덕은 우러러보면 더욱 높아 보이고·뚫어 파보면 인격절조가 더욱 굳어, 앞에 보이는 듯하다가 홀연히 뒤에 있는 듯하다 한 것은, 孔子의 學德과 교육적 천재성을 지적한 것이다. 이렇듯 聖人을 좇아 배움에 수고로움조차 잊는 광경이다. 6장은 子思(孔子의 孫, 孔伋)가 〈中庸〉에서 말한 '하늘이 命賦한 것을 기르리라 浩然之氣'를, 至誠은 그침 없으니 지

성이란 하늘과 하나같음으로, 天行이 不息하듯이 지성은 止息하지 않는다. 止息이 없는 지성의 덕은 博厚·高明·悠久로 특징 지워지고, 그것은 만물에 대한 천지의 功用과 合一되는, 곧 지성이 그침 없는 것이야말로 근본이라 하였다. 7장은 청명한 날에 부는 바람과 비온 뒤에 맑은 달은 宋나라때 周敦頤(1017~1073)의 인품을 비유한 것으로, 끊어진 도학의 끈이 周敦頤에 와서 다시 계승된 것을 일렀다. 8장은 사람의 욕심은 마치 물이 제멋대로 흘러 浩浩히 하늘로 번지는 것처럼, 一千五百年만에 大儒인 朱子(熹, 1130~1200)가 나서, 恭敬을 根本으로 세워 큰 隄防을 만드니, 성현의 일을 계승하고 앞으로 오는 후학의 길을 열어주는 일이, 어찌 孔子와 다르겠느냐 했다. 9장은 우리 三韓땅에 참다운 道學者인 安珦을 내리시니, 저 높은 小白山은 중국의 廬山과 같고, 저 푸른 竹溪水는 중국의 濂水와 같다는 것이다. 白雲洞書院(1543)을 떨쳐 일으켜 도학을 지켜나가게 한 것은, 작은 名分의 일(周世鵬이 우리 나라 最初의 書院을 세움)이 되거니와, 晦庵인 朱子를 尊敬하고 禮遇케 한 공(安珦이 性理學을 輸入)이 크다면서, 도학이 海東으로 들어온 淵源을 밝힘으로써, 도학에 대한 이해의 바탕 위에서 "깨우침"을 주려 한 것이다.

〔六賢歌〕는 程伊川(頤, 1033~1107)·張橫渠(載, 1020~1077)·邵堯夫(擁, 1011~1077)·司馬公(光, 1019~1086)·韓魏公(琦, 1008~1075)·范文正(仲淹, 990~1053) 등 宋나라때 六賢을 찬양한 것으로, 이는 성현의 격언을 飜出한데 지나지 않는다. 주세붕이 백운동서원을 처음으로 열고, 송나라에서 도학이 일어날 때에 그 배경을 깨우쳐 주기 위해 飜出한 작품일 뿐이다.

〔儼然曲〕의 1장은 군자의 외모가 장엄하고 엄숙하여 단정하게 앉았으니, 마치 성현을 대하는 것 같아, 어디서 한 점의 邪慝한 생각이 나랴. 2장은 孔子와 顔回(字淵, BC 512-482)가 즐긴 바는 무엇이라도 찾고야 말겠다는 것이다. 3장은 부드럽고 자연스럽기

가 어려우니, 끊임없이 애쓰고·공경하고·삼가기를 잊지 말자는 군자의 태도에다, 공경하는 마음으로 언덕의 한구석을 삼아, 다른 데는 앉지 말자 했다. 4장은 높으나 높은 하늘에·두터우나 두터운 땅에, 밝으나 밝은 日月에다·四季節은 누구를 위하여 흘러가는고? 사물의 근원이 시초로부터 쉬지 않고, 자꾸 돌아감이 유구한 광경을 읊고 있다. 5장은 움직이면 하늘을 우러러보고·고요하면 땅을 굽어보느니, 쳐다보고·굽어보아 부끄럽지 아니한 군자의 모습이다. 6장은 군자는 남을 높이되 제 몸을 낮추는 태도와, 스스로를 기르되 화목하게 하고, 공경하는 마음으로 사람들을 대접하느니, 많은 福祿이 한없다는 것이다. 7장은 이렇게 하여 여름날 북쪽창문 아래 높이 누웠으니, 맑은 바람은 부드럽게 불어오고, 남쪽다락 아래로 비온 뒤 밝은 달빛이 비치니, 伏羲氏적 사람과 어느 것이 다르다고 알던 것이겠느냐 이다. 군자로서 몸과 마음가짐을 깨우쳐 주기 위해 써진 작품이다.

〔大平曲〕도 역시 군자로서 몸과 마음가짐을 깨우쳐 주기 위한 내용이다. 1장은 堯임금은 몸에는 공순히·사람에는 謙讓하였고, 2장은 夏나라 禹임금을 왼쪽에 모시고·舜임금의 신하인 皐陶(요, 有虞氏, 字庭堅)는 오른쪽에 모시니, 순임금이 애쓰지 않아도 피곤하지 않았다는 것이다. 3장은 군자는 7가지 가르침을 닦게 하니, 敬老·尊齒·樂施·親賢·好德·惡貪·廉讓이오, 밖으로는 3가지 지극함을 행해야 하니, 至禮·至賞·至樂이다. 4장은 齊나라에는 鮑叔牙(齊나라 大夫) 鄭나라에는 子皮인 罕虎(鄭나라, 姓公孫, 字子皮)가 있으니, 이들 어진 이를 높이 쓰는 모습이다. 5장은 군자는 가득 차면 감하게 되고·넘치면 사양하라 했다. 江海로 내려가는 百千의 물이 모여서 바다로 흘러드는 것처럼, 제후가 천자를 찾아뵙는 모습을 그리고 있다. 역시 군자의 자질을 바르게 갖게 하기 위해 써진 작품이다. 문학성은 전혀 없는 성현의 격언을 輯出한 내용으로, 서원의 유생들한테 "깨우침"을 주기 위해 써진, 작품일

따름이다.

6) 믿 음

"믿음"은 宗敎的 敎理를 널리 펴고자 하는 목적이 뚜렷한 작품들
이 되기 때문에, 이들은 불교의 관습적인 문구를 열거하는데 그치
고, 작자 나름대로의 새로운 創意力을 발휘하지 못 하였다85)고 지
적한 바 있다.

(1) 淨 土

涵虛己和의 〔彌陀讚〕·〔安養讚〕·〔彌陀經讚〕 義相의 〔西方歌〕
등은, 〈阿彌陀經〉에 나오는 經文을 암송하기 좋도록 "翰林詩"의 형
식에 집어넣은 것이다. 〔彌陀讚〕은 극락의 主宰佛인 阿彌陀如來를
찬양한 것이고, 〔安養讚〕과 〔西方歌〕는 極樂世界를 찬양한 내용이
다. 그리고 〔彌陀經讚〕은 〈阿彌陀經〉자체를 찬양한 "믿음"의 세계
인 것이다. 그래서 작품의 예를 들어서 설명을 하지 않기로 했다.

(2) 悟 道

悟道는 번뇌를 해탈하고 悟界에 들어갈 수 있는 길이거나, 도를
깨치는 "믿음"의 세계를 가리킨다. 이에 속하는 작품은 末繼智블의
〔騎牛牧童歌〕뿐이다. 이 〔騎牛牧童歌〕는 이미 安廓86) 桂奉瑀87)

---

85) 조동일, 〈한국문학통사〉2, 지식산업사, 1983, p284.
86) 安 廓, 麗朝時代의 歌謠, 1927.5, 〈現代評論〉.
　　安 廓, 鄕歌의 解, 1928.1.20-28, 中外日報.
　　安 廓, 朝鮮音樂과 佛敎, 1930.5, 〈佛敎〉.
　　安 廓, 朝鮮歌詩의 硏究, 1931.3, 通卷161號, 〈朝鮮〉.
87) 桂奉瑀, 朝鮮文學史〈北愚桂奉瑀資料集(1)〉, 독립기념관 한국독립운

그리고 金文基[88] 등에 의하여 이미 소상히 밝혀진 셈이다.

〈均如傳〉에서 〈華嚴經〉의 普賢十願品을 암송하기 쉽도록 鄕札表記로서 〔普賢十願歌〕란 노래를 지었듯이, 〈關東瓦注〉에서 關東紀行 漢詩를 이해하기 좋도록 마지막 뭉뚱그려 〔關東別曲〕을 지었듯이, 〈寂滅示衆論〉의 悟道의 奧妙한 이치를 설명한 뒤, 그 要諦를 집약하여 노래부르기 쉽도록 제작한 것이 〔기우목동가〕다.

1장은 자기가 닦은 善根功德을 돌려서 중생에게 보시하되, 所期하는 곳으로 향하여 나아가는 菩提회향·衆生회향·實際회향으로, 있는 그대로의 모습인 萬有本體는 眞實常住함이 萬法實相의 뜻에 따라 實相이 되매, 둥글고 너그러워 결함이나 부족함이 없으니, 여러 迷妄의 무리를 거느리고 제도하면서, 나 좋아라 阿彌陀佛이라 부르짖는다.

2장은 부처님의 大恩을 갚는 길은, 진실로 佛法修行이 원숙한 사람으로, 부처님의 知見을 터득한 사람이라는 것이다. 대장부여! 쉴 새 없는 煩悶과 고통 속에서 지내다가 육신이 죽으면, 生前 지은 業을 따라 三界六道를 수레바퀴 돌 듯 돌아감을 밝혀주는 것이다. 3장은 六根과 六塵에서 나온 이 몸은, 온 세상 모든 사물을 妄念에서 떠나게 하자는 것이다. 그리하여 須彌山이 있는 四大洲로 佛子들은 遊歷하며, 많은 師家를 찾아 불도를 수행하는 광경이다. 4장은 空寂은 실체가 없는 空과 起滅이 없는 寂으로, 靈妙는 불가사의한 지혜인 般若로, 이는 천연 그대로여서 조금도 인위적 造作을 더하지 않은 자태요, 사람마다 본래 갖추어 있는 심성을, 淸淨으로 원만하게 되돌리는 모습이다.

동사연구소, 1996.

88) 金文基, 騎牛牧童歌研究, 〈語文學〉, 39집, 韓國語文學會, 1980.

　　金文基, 景幾體歌에 나타난 淨土思想과 佛敎受容樣相, 〈佛敎와歷史〉, 韓國佛敎研究院, 1991.

　　金文基, 佛敎系景幾體歌研究, 〈省谷論叢〉, 22집, 省谷學術文化財團, 1991.

5장은 갑작스레 道를 깨치는 신묘한 공용은 본시의 마음으로, 이 마음이 부처님 경계로 들면, 前世·後世가 끊어져도 趙州(眞際大師, 778~897) 스님처럼 마음으로 도를 깨쳐, 生滅과 변함이 없는 도량이 된다. 이 도량이야말로 자연스런 천당인 極樂世界요·나아가서는 涅槃의 세계로서, 무슨 생각과 구별도 없이 단도직입적으로 깨달아, 불과를 얻는 가르침을 받게 된다. 敎法의 문을 드나드는 법문에서, 부처님의 敎法은 중생들로 하여금 나고·죽는 고통의 세계를 벗어나, 이상경인 열반의 문으로 들게 하니, 스스로 眞如의 覺體를 본래 밝게 비추는 광경을 읊조리고 있다.

6장은 三學中 二法인 禪定과 智慧를 等持로, 한 경계에 머물러 산란치 않고, 곧 평등하게 유지하면서, 마음으로 思慮하고·事理를 量度하여 끊어버리니, 부처님이 그 제자들 성불하는 일을 기록하고, 劫數·國土·佛名·壽命 등을 자세히 기록한 記別을 제자들한테 주는 광경이다.

7장은 목적한 바를 이루어, 광대하고도 원만하게 불도를 수행하는 사람들이여. 사람은 본디 태어나면서부터 佛로 완성되었다. 그러기 때문에 원만히 성취하여, 眞實된 自性을 얻는 모습을 그리고 있다.

8장은 事와 理가 같은 것은 卽이오·차별되는 것은 離라 한다. 이렇게 여러 생각들을 원컨대 중생들과 함께 하니, 함께 事와 理가 차별되는 모습에서, 所緣하는 진리와 契合하는 모습이다.

9장은 갑자기 마음속에 깨달아, 理를 여러 사람들에게 널리 알리니, 이는 미혹의 바다에서 "깨달음"의 언덕으로, 중생들을 같이 끊아 주어, 건너가게 하는 광경이다.

10장은 본디 아무런 형상이 없는 데다 法佛身의 광명이 三千大千世界를 비치매, 禪의 수행자가 江湖의 구름이나 물이 흐르듯, 雲水僧은 거처를 정하지 않고, 고승을 찾아 수행을 계속하는 禪客들이다. 이들은 滿月같이 圓融한 부처님의 "깨우침"을 터득하는 모습이다.

　11장은 널리 중생을 제도하고, 스스로 수행하여 자기를 위하는 이익을 얻는 自利요, 다른 사람에게 공덕과 이익을 베풀어 중생을 구제하는 利他로, 중생들이 성불을 원하거나·부처가 중생을 구제하려는 마음이거나, 阿彌陀佛이 세운 48원은, 그 모두가 부처가 되는 소원이다. 부처가 중생을 구제하려는 한없이 넓고 큰 서원인 대원으로, 이 대원에서 내가 얻는 果報의 界域인, 불과 중생·凡과 聖이 각기 한계와 차별이 있어, 서로 같지 아니한 경계의 광경을 읊조리고 있다.

　12장은 널리 알리는, 일체 聲聞僧은 一來向에서부터 阿羅漢의 구경에 이르러, 三界의 修惑을 끊은 자리에 있는 수도인이 되는 것이다. 본디 우리들의 사고나 개념으로서는, 捕捉할 수 없을 만큼 심원한 眞如의 마음을 갖는 광경을 노래하는, "믿음"의 세계다.

4 結 言

　"翰林詩"의 主題分類는 拙著 〈韓國翰林詩評釋〉[89]을 바탕으로 하여 시도해 본 바, 종래의 분류방법에서 벗어나, 이른바 起點을 "詩言志"에다 잡아서, "志"에서 출발하게 되었다. 이 "志"라는 사람의 感情을 말하는 것으로, 七情에서 분류방법을 찾고자 한 것이다. 그리하여 "한림시"의서 주제분류에서 찾아진 "마음(情)"이란 "기쁨"·"즐거움"·"사랑"이오, 생각은(思) "일깨움"·"깨우침"·"믿음" 등 6항목으로 나눌 수 있었다.

　문학작품이 가치를 가지려면, 무엇보다 "슬픔"이나 "노여움"을 표현한 작품이 위대한 문학유산이 되는데, 이 "翰林詩"의 가장 두드러진 특징은, "기쁨"·"즐거움" 등이 핵심이 된다고 하겠다. 물론

---

89) 金倉圭, 〈韓國翰林詩評釋〉, 國學資料院, 1996.

"사랑"을 표현한 작품도 있지만, 때문에 이 문학은 진작 李滉이나 黃俊良 등에 의해, "褻慢戲狎"하다거나 또는 "豪俠跌宕"하다는 따가운 비평을 받았던 것이다. 家門이나 人物의 誇示와 君王이나 慕華의 頌祝등은 "기쁨"의 세계가 되고, 술·妓女·음악으로 더불어 遊樂하거나·景勝을 찾아 遊覽하거나·벼슬을 抛棄斷念하고, 자연을 찾아 隱居하면서 閑日月하는 세계는 "즐거움"이 가장 두드러진 "한림시"의 모습이 되겠다. 그렇기 때문에 이를 趙東一은 "들뜬문학"이라 했고, 여증동은 "떠벌림체"라고 지적하기도 했다. 여기다가 "男女相悅之詞"가 되는 "사랑"도 〔翰林別曲〕과 〔竹溪別曲〕등에서 볼 수 있다. 과연 이 "한림시"의 핵심은 "기쁨"과 "즐거움" 그리고 "사랑"이 주제의 핵심이 되는 문학이라고 정의를 내릴 수 있겠다.

이밖에도 朝鮮이 건국된 후 儒敎를 國是로 삼았기 때문에, "일깨움"으로 勤學과 道學창도를 하기 위한 시작품을 썼는데, "述而不作"이라는 테두리 안에서 써졌기 때문에 문학적 가치를 운위할 수 없다. 또 儒敎倫理의 덕목을 펴기 위해 써진 작품도 볼 수 있는데, 이들은 모두가 目的文學으로 써졌기에 문학성이 없는 딱딱한·生硬한 문학이 되었다. 그밖에 "믿음"에서도 佛敎의 經典내용이나 悟道따위를 암송하기 좋게끔 써졌기 때문에, "깨우침"에서와 같이 문학성이 전혀 없는 生硬한 문학이 되었다.

따라서 이 "翰林詩"는 "기쁨"과 "즐거움"의 세계가 전개되는 자랑과 놀이에서 유용하게 쓰인 "軟文學性"이 가장 특성이 된다면, "깨우침"과 "믿음"에서처럼 儒者나 僧侶들이 目的意識을 갖고 써진 작품은, 문학으로 柔軟한 맛이 없는 生硬한 "硬文學性"을 띠고 있는 것이, 또 "한림시"의 특징이라고 規定지울 수 있을 것 같다.

高麗 高宗朝에 나타난 〔翰林別曲〕은 朝鮮 宣祖朝까지 "翰林詩"의 模範이 되었으면서도, 이는 장차 누군가에 의하여, "麗民詩"와 朝鮮初 "宮廷詩"에 대한 형식문제가 糾明 되어지리라 생각되나, 문학적 形式上 "翰林詩"요·性格上 "宮廷詩"로서 구실도 감당한 兩面性

을 지닌 一方, "翰林詩"의 특징이 되는 軟文學性과 硬文學性이란
兩面性도 지닌 것이 특색이 되는 詩文學이라 이를 수 있다.

찾아보기

― 용어·책명·논문명 ―

(ㅈ)

自己誇示 171

찾아보기

― 인 명 ―

찾아보기
－ 지명 및 기타 －

【 부 록 】

翰林詩集成

少年行

新進의 少年들 前道茫코
萬丈의 氣焰이 가심에서
大新羅의 花郎徒를 이제본듯
위 抱負景幾 엇더하니잇고
歷史를 찻는 職工
歷史를 찻는 職工
위 前進景幾 엇더하니잇고

白沙도 뛰여라 勇進할사
病魔도 수지켜 挑戰할사
空前絶後 勇犬勁地 나의將來
위 血誠景幾 엇더하니잇고
새社合를 짓는 役夫
새社合를 짓는 役夫
위 活動景幾 엇더하니잇고

〈新生〉, 1931. 3 (28號)

新春別曲

自　山

咸作詞

봄바람 봄비에 뭄둑핀앗
봄바람 봄비에 쏙한榮花
자고피고 하는일이 모도한세
위 自然景幾 엇더하니잇고
人間事도 새가쌔라
人間事도 새가쌔라
위 時時景幾 엇더하니잇고

슬픈때 우슴도 우슴이오
殷城의 悲光도 春光이라
山에핀앗 내우슴이 모도一樣
위 物情景幾 엇더하니잇고
淡淡非常 두사이에
淡淡非常 두사이에
위 이봄景幾 엇더하니잇고

〈新生〉, 1931. 3 (28號)

鍾鳴曲

自 山

別山

牽德鐘 自鳴鐘 풍경인경
敎合鐘 自由鐘 경쇠요령
强한소래 자근소래 석거치니
위 ○○景幾 엇더하니잇고
쇠북마쳐 새 노래에
쇠북마쳐 새 노래에
위 새져景幾 엇더하니잇고

〈新生〉, 1931. 1·3 (26號·28號)

忠孝歌

大麓之東山秀麗水清漣葱葱佳氣百年間神藏鬼秘鍾靈久似烟兮非烟

晚華村風景幾如何○蒼梧雲喬山弓丹心一片淚三載鷹峯蹊自成素冠

白衣食蘗魚深衣覓誰識傷心處春草綠○秋壠無冬雪萱堂報春暉俄然

唱梁山操有詩歌董生行多讀西山吟千載下聞風者起○皺溫袍

導引術聞之季路與子房南遊及遠遊山青水白度十秋得之心寫之目名

區風景幾如何○有美一人兮覬其志觀其行俯仰庶無愧可使懦夫者立

窮與達其有命非獨先生之不過時

〈高興柳氏世譜〉卷首

近以来此鄉士獨有寒山寺一片居銅山與金
穴笑之以嘗連咲〻乎囂〻乎使人數百步
去復還

右苐四章

敕縄袍導引術聞之季路與子房南遊及遠遊
山青水白庭十秋得之心寓之目名區風景幾
如何

右苐五章

有羲一人芳觀其志觀其行俯仰庶無愧可使
懷夫者立窮與達其有命非獨先生之不遇時

右六苐章

閒圭誅

歌詞

大麗之東山秀麗水清淡葱〻佳気百年間神
歲兒秘鐘靈久似烟芳非烟晚華村風景發如
何

　　右葉一章

蒼梧雲喬山弓丹心一片淚三載鷹峯蹊自成
素冠白衣食無魚深裏竟誰識傷心處春草綠

　　右葉二章

楸瓏無冬雪萱堂報春暉俄狀唱梁山操有時
歌董生行多讀南陵詩西山吟千載下間風者

　　右葉三章

起

〈白衣先生行狀〉, 筆寫本

一屛一榻左箴右銘이라暗室을欺心호
며天聽如雷라私語ㅣ를妄發호라戒愼恐懼를隱微
間에ㅅ디마셔坐如尸儼若思終日乾乾夕惕若호노
晤든尊事天君호고攘除外累호야百體從令五常不
歎호야治平事業을다이무려호엿더니時也命也인
디迄無成功歲不我與호니白首林泉의오올일이다
시업다우읍다山之南水之北애欽藏蹤跡호야百年
間老景긔엇다호니잇요

澤民은 내의 才分아니런가 窮經學道를 뜯두고 이리
호라 査하리 藏修호 窒遯世 無悶 호노라 호엿온번 남녜 모
옵고 綠籤山窓의 共把遺經 究終始 景긔 엇다 호니 잇

興滿前ᄒᆞ니悠然肯次ㅣ與天地萬物上下同流景긔
엇다ᄒᆞ니잇고
집은范萊蕪의蓬蒿ㅣ오길은蔣元卿의花竹이로다
百年浮生이러타엇다ᄒᆞ리진실로隱居求志ᄒᆞ고長
往不逐ᄒᆞ면軒冕이泥塗ㅣ오鼎鍾이塵土ㅣ라ᄯᅩ磨
霜刃인들ᄯᅳᆮ곳ᄎᆞ리랴韓昌黎三上書ᄂᆞᆫ새의ᄠᅳᆮ
뎌區區ᄒᆞ고杜子美三大賦ㅣ새몸세行道ᄒᆞ랴두어
와彼以爵我必義不顧人之文綱ᄒᆞ야世間萬事都付
天命景긔엇다ᄒᆞ니잇고
君門深九重ᄒᆞ고草澤隔萬里ᄒᆞ니十載心事를어
ᄒᆞ야上達ᄒᆞ료數封奇策이草ᄒᆞ얀디오래거다致君

士何事平尚志而已嘅再科名損志ᄒᆞ고剎達害德이라
모ᄅᆞ이黃卷中聖賢을뫼압고言語精神目夜애頤養
ᄒᆞ야一身이正ᄒᆞ면어ᄃᆡ러로못가리오俯仰恢恢ᄒᆞ、
고往來平平ᄒᆞ니갈길로안즈호立志를아니ᄒᆞ라壁立
萬仞磊落不變ᄒᆞ야嘐嘐然尚友千古景고엇다ᄒᆞ니
잇고

八山恐不邃八林恐不密寬閒之野寂寞之濱에卜居
를安ᄒᆞ니野服黃冠이魚鳥外비디업다芳郊애雨晴
ᄒᆞ고萬樹애花落後에青藜杖집고五十里溪頭애開
往閒來ᄒᆞ는바ᄃᆞ든曾點氏浴沂風雩와程明道傷花隨
柳도이러던가엇다던고暖日光風이불어니볼거니

獨樂八曲

太平聖代田野逸民嘗耕雲麓釣烟江이이밧긔일이

업다窺通이在天ㅎ니貧賤을시름ㅎ랴至堂金馬닌

내의願이아니로다泉石이壽域이오草屋이春臺라

於斯臥於斯眠俯仰宇宙流觀品物ㅎ야居然浩浩

然開襟獨酌岸幘長嘯景긔엇다ㅎ니잇고

草屋三間容膝裏昂昂一閒人嘗琴書를벗을삼고松

竹으로울흘니備備生事외淡淡襟懷예塵念이어

디나리時時예落照趣清蘆花岸紅ㅎ고殘烟帶風楊

柳飛ㅎ거든一竿竹비기안고忘機伴鷗景긔엇다ㅎ

니잇고

齊有鮑叔 鄭有子皮
齊有鮑叔 鄭有子皮
偉 進賢把景 幾何如

満ᄒ면 損ᄒᄂ니
満ᄒ면 損ᄒᄂ니
益의 홀든 譴겸ᄒ쇼셔
偉 江河能下 百川ᄲᄅᄅ이 朝宗品 景 幾何如

竹溪舊志

太平曲 五章

몸애란 元恭ᄒᆞ시고 사ᄅᆞᆷ애란 克讓ᄒᆞ시니
몸애란 元恭ᄒᆞ시고 사ᄅᆞᆷ애란 克讓ᄒᆞ시니
偉 唐堯와 聖德이 하ᄂᆞᆯ ᄀᆞᄐᆞ샷다

伯禹ᅵ 居左ᄒᆞ고 皐陶ᅵ 在右ᄒᆞ니
伯禹ᅵ 居左ᄒᆞ고 皐陶ᅵ 在右ᄒᆞ니
偉 帝舜 無爲ᄒᆞᆫᄃᆞᆯ 모ᄋᆞᆷ일이 잇ᄇᆞ시리잇고

內修七敎ᄒᆞ고 外行三至ᄒᆞ니
內修七敎ᄒᆞ고 外行三至ᄒᆞ니
偉 太平 景幾何如

前間恭作, 〈校註歌曲集〉(國故叢書第3輯), 發行 : 1951, 正陽社

太 平 曲　寶出家譜 五章

1、 몸에란尤恭하시고 …사람에란克讓하시니 (再唱) 에　唐堯聖德이 하날과 가라잇다
2、 伯禹이居左、…皐陶이在右 (再唱) 에　帝舜無爲로 오이리잇브시리잇고
3、 內修七致、外行三至(再唱) 에　太平景幾어떠하니잇고
4、 齊有飽叔、鄭有子皮(再唱) 의　進賢景幾어떠하니잇고
5、 滿호면損호니…益할든諫호소서 (再唱) 에　江海龍下　百川이 朝宗景幾어떠하니잇고

金台俊編著, 〈朝鮮歌謠集成〉, 發行日 ： 1934. 2. 11, 朝鮮語文學會

太平山五章副出家語

몸애란允悲ᄒᆞ시고사ᄅ매란克讓ᄒᆞ시니唱再偉唐堯虞舜德이하ᄅᆞᆯ가타

샷다伯禹이居左皋陶이在右唱再偉帝舜無爲므음이리잇브시리잇고

內修七敎外行三至唱再偉太平景幾何如齊有鮑叔鄭有子皮唱再偉

進賢景幾何如滿ᄒᆞ면損ᄒᆞᄂᆞ니益홀든諫ᄒᆞ쇼셔唱再偉江河能下百

川이朝宗景幾何如

〈大東野乘〉, 海東雜錄三(周世鵬), 發行日 ： 1910. 4. 25, 發行所 ： 朝鮮古書刊行會

大平曲 五章 翻出家語

呂에 맏兄泰ᄒ시고 사ᄅ매 맏克讓ᄒ시니 唱 偉唐

堯聖德이 하ᄂᆞᆯ와 ᄀᆞᄐᆞ샷다

伯夷居左皐陶在右 唱 偉帝舜無爲ᄒ샤미이다

잇브시미 이고

內修七敎外行三至 唱 偉大平景幾何如

齊有鮑叔鄭有子皮 唱 偉進賢景幾何如

蕭ᄒ야 揖ᄒ거니 益ᄒ야 읻正謙ᄒ야도리 唱 偉江漢能

百川이 朝宗景幾何如

〈竹溪志〉, 가람本
甲辰冬十月甲戌商山周世鵬序

大平曲五章 翻出家語

몸애갇允恭ᄒ시고사ᄅ매간克讓ᄒ시니 [唱][再] 偉唐

堯聖德이하ᄂᆞᆯ외ᄀᆞᆮᄉᆞᆺ다

伯禹이居左夔龍이在右ᄒ야 [唱][再] 偉帝舜無爲ᄒ믈ㅇ이리

잇브시리잇고

內修七敎外行三至 [唱][再] 偉大平景幾何如

齊有鮑叔鄭有子皮 [唱][再] 偉進賢景幾何如

蒲ᄒ얘損ᄒᄂ니益을믄謙ᄒ企ᄉ며 [唱][再] 偉江海能下

百川이朝宗景幾何如

〈竹溪誌〉, 金文基本

序 ： 甲辰冬十月甲戌尙山周世鵬序

新刊序 ： 崇禎四癸亥(哲宗14年, 1863)六月後學通政大夫承政院右副承旨兼經筵叅贊官孔巖許傳序. 都有司鼎鎭

太平曲五章 翻出家語

님애란允恭ᄒ시고 사ᄅᆞᆷ애란克讓ᄒ시니 嗚偉唐

堯聖德이 하ᄂᆞᆯ와 ᄀᆺ삿다

伯禹이居左 皐陶이在右 嗚偉帝舜無爲ᄆᆞᆯ이리

잇브시리잇고

內修七敎 外行三至 嗚偉太平景幾何如

齊有鮑叔 鄭有子皮 嗚偉進賢景幾何如

滿ᄒ면損ᄒᆞᄂᆞ니 益ᄒᆞᆯᄃᆞᆯ謙ᄒᆞ丘ᅌᅥ 再嗚偉江海能下

百川이朝宗景幾何如

周世鵬〈武陵集〉, 卷8

甲子(明宗19年, 1564)六月二十三日眞城李滉謹白

萬曆九年歲在辛巳(宣祖14年, 1581)三月有日男朝散大夫永川郡守兼春秋館編修官博識

重刊跋 : 嘉善大夫前兵曹叅判完山柳致明謹識. 先生易簀後三百六年己未(哲宗10年, 1859)七月有日傍孫相炫謹識

刊記 : 己未季夏德淵重刊

大平曲五章　翻出家語

呂이란兒恭ᄒᆞ시고　셔ᄅᆞ매란克讓ᄒᆞ시니 [再]
偉　唐堯聖德이하ᄂᆞᆯ와ᄀᆞ트샷다 [唱]

伯禹이居左　鼻陶이在右 [再]
偉　帝舜無為ᄆᆞ슴이리잇고 [唱]

內修七敎　ᄉᆞ行二至 [再]
偉　大平景幾何如 [唱]

齊有鮑叔　鄭有子皮 [再]
偉　進賢景幾何如 [唱]

舜古ᄲᆞ類古ᄂᆞ니益亶云ᄐᆞ謙ᄒᆞ企서 [再]
偉　江海能下百川이朝宗景幾何如 [唱]

〈竹溪誌〉, 洪在烋本
序 ： 甲辰(中宗39年, 1544)冬十月甲戌商山周世鵬

動동호되 天텬을보오 靜졍호되 地디를보

오 動동호되 天텬을보오 靜졍호되 地디

를보오 偉위 俯仰앙애 붓그럽디 아닌 景景幾긔

何如하여긔

謙遜自牧겸손ᄌᆞ목 和敬待人화경 ‚ 謙遜自牧

和敬待人화경ᄃᆡ인 偉위 萬福無疆만복무강 景幾

何如하여긔 어제

北窓淸風북창쳥풍 南軒霽月남헌졔월 北窓淸風쳥

南軒霽月남헌졔월 偉위 義皇의황 제 사ᄅᆞᆷ과어

니 아더니잇고

竹溪旧志

儼然曲엄연 七章

儼然端坐단연 如對聖賢여 儼然端坐연
如對聖賢셩여현디 偉위 一點邪念샤렴이 이
어드러셔 나리잇고
仲尼顏子즁니 所樂何事한고 仲尼顏子
所樂何事전한고 偉위 츳고야 마로리이다
溫溫安安온온 어려우니 壺壺翼翼니
닛디마오 溫溫安安온온 어려우니 壺壺翼翼
닛디마오 偉위 敬경으로 丘隅구우를
삼아 년디 안디 마음새
놉흐나 놉흐신 하늘해 두터우나 두터우신
ᄯᅡᆺ해 보오 나보오신 日月혈에 春夏秋冬
穆穆목 은눌ㅎ여 흘너가는고 偉위 一元循環일원순환
悠久유구ㅎ야 不殆何如불태하여 한여

前間恭作, 〈校註歌曲集〉(國故叢書第3輯), 發行：1951, 正陽社

儆然曲 七章

1、 儆然端坐如對聖賢 (再唱) 위 一点邪念아 아드매쉬나리잇고
2、 仲尼顏子所樂何事 (再唱) 위 찾고아마로리이다
3、 溫々安安어려우니 臺々翼々낫써마오 (再唱) 위 敬으로丘隅를 사마년며 안자마옵새
4、 노푸나노푸신놀해 두터우나두터우신뻐히 발가나발가신日月에 春夏秋冬은늘로하야 흘러가는고 위 一元循環 悠久景幾어떠하니잇고
5、 勸호디天을보오 靜호디地를보오 (再唱) 위 俯仰에부쇼럽디아닌景幾어떠하니잇고
6、 謙遜自牧 和敬待人 (再唱) 위 萬福無彊景幾어떠하니잇고
7、 北窓淸風南軒霽月 (再唱) 위 羲皇젓사람과어나아더니잇고

金台俊編著,〈朝鮮歌謠集成〉, 發行日 ： 1934. 2. 11, 朝鮮語文學會

儼然曲七章

儼然端坐如對聖賢唱再催一點邪念이어드러셔나리잇고. 仲尼顏子

所樂何事唱再催즛고야마로링이다. 溫溫安安어러우니虛虛翼翼닛

씨마오唱再催敬으로丘隅를사마년듸안씨마읍새. 노프나노프신하

눌혜두터우나두터우신씨해블フ나발フ신日月에春夏秋冬은눌ㅎ

여홀러가는고催一元循環悠久景幾何如. 動호듸天을보오靜호듸

地을보오唱再催俯仰애붓꼬럽디아닌景幾何如. 謙遜自牧和敬待人.

再催萬福無疆景幾何如. 北窓淸風南軒霽月唱再催羲皇계사롬과어

니아더닝잇고.

〈大東野乘〉, 海東雜錄三(周世鵬), 發行日 : 1910. 4. 25, 發行所 : 朝鮮古書刊行會

仁덕미아ᄂ 景幾何如

謙遜自牧 和敬待人 위 萬福無疆景幾何如

北窓淸風南軒霽月 위 義皇列샤呂과어니아ᄃ

하ᄋ이오

儼若曲 十章

儼然端坐 如對聖賢唱再 偉 一點邪念이어드러서라

령잇

仲尼顏子所樂 何事唱再 偉 爻고아마토링이다

溫溫姿安어라우니 壼壼翼翼잇서마오唱再常敬□

도立隅를사마ᄃᆡ안히마ᄋᆞᆸ새

노프나노프신하ᄂᆞᆯ혜두더우나두ᄃᆡ우신ᄯᅡ해볼

ᄀᆡ보ᄀᆞ신日月에春夏秋冬은ᄂᆞᆯᄅᆞᆼ마ᄒᆞ더ᄭᅡ

노고偉一元循環悠久景業이何如

닙고위ᄃᆡ天을ᄐᆞᆯ고靜ᄒᆞ뒤地ᄅᆞᆯᄉᆞᆷᄋᆞ唱再偉侑俯仰애봇

〈竹溪志〉, 가람本
甲辰冬十月甲戌商山周世鵬序

謙遜自牧和敬待人 唱俛 偉萬福無疆景幾何如

北窓清風南軒霽月 唱俛 偉義皇列作呂과어니아더

닝잇고

儼然曲七章

儼然端坐如對聖賢 唱再 偉一點邪念이어드머셔나

링이仲尼顏子所樂何事 唱再 偉츳고아마로링이다

溫溫安安어러우니亹亹翼翼니스더마오 唱再 偉敬으

됴됴隅를사마년디안뎌마옵새

노푸나노푸신하늘해두터우나두터우신따해를

가나보가신日月에春夏秋冬은눌로호야흘러가

눈됴偉一元循環悠久景幾何如

動호디웃습보오静호디地을보오 唱再 偉俯이붓

仄럽디아닌景幾何如

〈竹溪誌〉, 金文基本

序 ： 甲辰冬十月甲戌尙山周世鵬序

新刊序 ： 崇禎四癸亥(哲宗14年, 1863)六月後學通政大夫承政院右副
承旨兼經筵叅贊官孔巖許傳序. 都有司鼎鎭

쇼럽디아닌 景幾何如

誰遜自牧和敬待人 唯偉 萬福無疆景幾何如

北窓淸風南軒霽月 唯偉 義皇젹사룸과어니아다

님잇고

儼然曲七章

儼然端坐如對聖賢嘔偉一點邪念이이드러셔니링이오

仲尼顔子所樂何事嘔偉爻고아마로링이다

溫溫安安어려우니蕩蕩翼翼닛서마오嘔偉敬○

로丘隅를사마뎬디안서마옵새

노프나노프신하늘해두터우나두터우신싸해볼마나볼마신日月에春夏秋冬은눌로호야흐러가는고偉一元循環悠久景幾何如

動호디天을보오靜호디地을보오嘔偉俯仰에볏

周世鵬〈武陵集〉, 卷8

甲子(明宗19年, 1564)六月二十三日眞城李滉謹白

萬曆九年歲在辛巳(宣祖14年,　1581)三月有日男朝散大夫永川郡守兼春秋館編修官博識

重刊跋 ： 嘉善大夫前兵曹叅判完山柳致明謹識. 先生易簀後三百六年己未(哲宗10年, 1859)七月有日傍孫相炫謹識

刊記 ： 己未季夏德淵重刊

시런ᄃ아ᄂ 景幾何如
謙遜自牧 和敬待人ᄒ야 偉 萬福無疆 景幾何如
北窓淸風 南軒霽月ᄒ야 偉 義皇ㅅ제 드고어ᄆ스ᄃ
닝이고

儼然齋七章

儼然端坐ᄒᆞ야 如對聖賢ᄒᆞ야 偉 一點邪念 ○○이드리여시니
링이오

仲尼顔子所樂 何事오 偉 ᄎᆞ즈리라
溫溫쯫쯫이여 偉 偉 偉敬○

〈竹溪誌〉, 洪在烋本
序 ： 甲辰(中宗39年, 1544)冬十月甲戌商山周世鵬

安靜詳密ᄒᆞᆫ 뜯 雍容和豫ᄒᆞᆫ ᄋᆞᆷ 安靜詳密ᄒᆞᆫ

雍容和豫ᄒᆞᆫ 벋 偉 韓魏公의 端嚴

謹重ᄒᆞᆷ 이 어느제 밧ᄇᆞ시리잇고

居廟堂ᄋᆡ 오 則憂其民ᄒᆞᆫᄃᆡ 處江湖ᄋᆡ 멀ᄀᆞᆼ 則憂

其君ᄀᆞ 居廟堂ᄋᆡ 오 則憂其民ᄒᆞᆫᄃᆡ 處江

湖ᄋᆡ 멀 則憂其君ᄀᆞ 偉 范文正ᄋᆞᆯ 이

進退有憂ᄒᆞᆫᄃᆡ 어느제 즐거우시리ᄒᆞ고

竹溪旧志

六賢歌 뉵현가

規圓矩方 繩直準平 偉 程伊川 規圓矩方

繩直準平 偉 程伊川 이 展也

大成 貴 호줄을뉘알니잇고

戔悅孫吳 晩逃佛老 戔悅孫吳

晩逃佛老 偉 張橫渠 身의 一變

至道 力踐 景幾 何如

手探月窟 足蹋天根 手探月窟

足蹋天根 偉 邵堯夫 의 篤風

難邊 歷覽 景幾 何如

篤學力行 清修苦節 篤學力行

清修苦節 偉 司馬公 의 事神

不欺 獨樂 景幾 何如

前間恭作,〈校註歌曲集〉(國故叢書第3輯), 發行 : 1951, 正陽社

六賢歌 (六章)

1、規圓矩方、繩直準平 (再唱) 와 程伊川의 展也大成賢한을솜뉘알나잇고

2、早悅孫吳、晩逃佛老 (再唱) 위 張橫渠와 二變至道力踐其幾어뎌하니잇고

3、手探月窟、足躡天根 (再唱) 위 邵堯夫의 駕鳳鞭鸞歷覽景幾어뎌하니잇고

4、篤學力行、淸修苦節 (再唱) 위 司馬公의 事神不欺獨榮景幾어뎌하니잇고

5、安靜詳密、雍容和豫 (再唱) 위 韓魏公의 端殻謹重이어ㄴ、제닷보시리잇고

6、居廟堂則愛其民、處江湖則愛其君 (再唱) 위 范文正의 進退有憂어늬제즐거우시리잇고

金台俊編著，〈朝鮮歌謠集成〉，發行日 ： 1934. 2. 11, 朝鮮語文學會

六賢歌

規則矩方繩直準不唱再偉程伊川이展也大成賞호주를뉘알리잇고.

早悅孫吳晩逃佛老唱再偉張橫渠의一變至道力踐景幾何如. 手探月

窮足蹈天根唱再偉邵堯夫의駕風鞭霆歷覽景幾何如. 篤學力行溝修

苦節唱再偉司馬公의事神不欺獨樂景幾何如. 安靜詳密雍容和豫唱再偉

韓魏公의端嚴謹重이어ᄂ제밧비시리잇고. 居廟堂則愛其民處江

湖則愛其君唱再偉范文正이進退有憂어ᄂ제즐거우시링잇고.

〈大東野乘〉, 海東雜錄三(周世鵬), 發行日 : 1910. 4. 25, 發行所 : 朝鮮古書刊行會

무셔 브리잇고

岑文公曰 韓魏公無頃刻忙時 亦無纖介忙意

居廟堂則憂其民 處江湖則憂其君

偉范文正의

進退有憂어 무셔 즐거우시링잇고

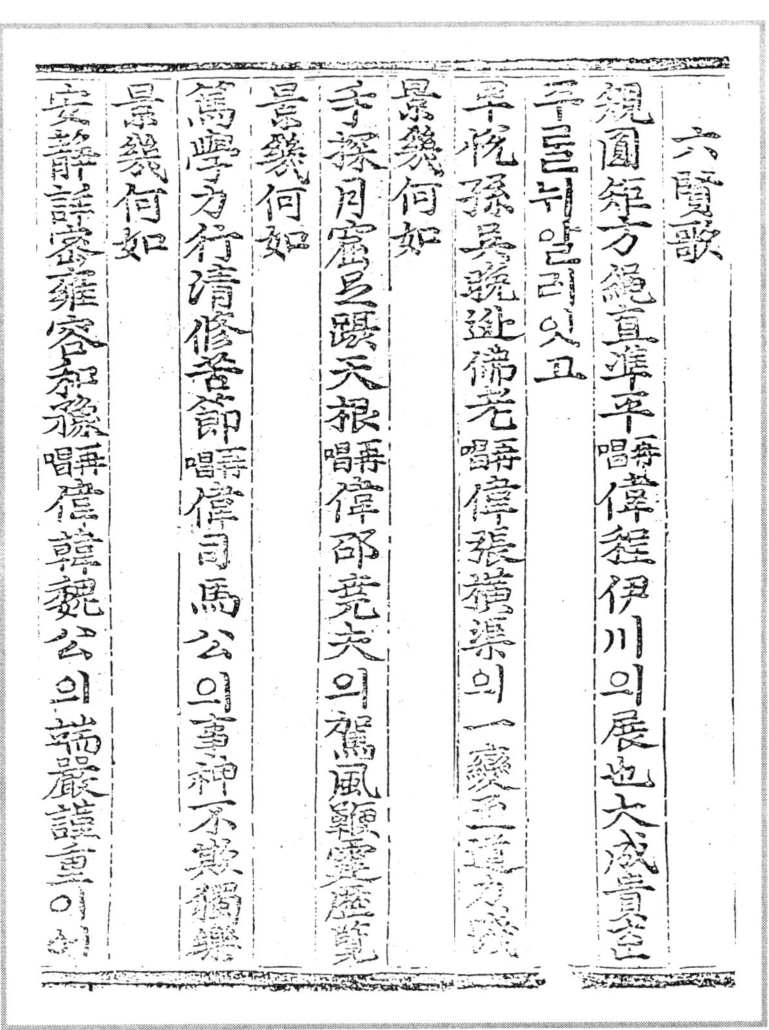

六賢歌

覘圓紀方經直準平唱偉程伊川이展皂大成貫堂

스믈뉘말리잇고

于況孫吳蘼迹儒老嚻偉張橫渠의一變至道方成

景羲何如

手孫月窟旦躁天報唱偉邵堯夫의鳶風頤霽庶覽

景羲何如

篤學力行清修苦節唱偉司馬公의事神不欺獨藥

景羲何如

安靜詳審雍容和緩唱偉韓魏公의端嚴議論이여

〈竹溪志〉, 가람本
甲辰冬十月甲戌商山周世鵬序

ㄴ졔밧ㅂ시리이고 宋文公曰韓覘公無頃 劒忙許小與懲介止

居廟堂則憂其民處江湖則憂其君 唱 弄 偉范文正이

進退有憂어ㄴ졔즐거워시링잇고

六賢歌

規圓矩方繩直準平 唱再 偉程伊川의展迤大成貴호
주를뒤쌀리잇고
早愧孫吳晩逃佛老 唱再 偉張撗渠의一變至道力踐
景幾何如
手探月窟足躡天根 唱再 偉邵尭夫의駕風鞭霆歷覽
景幾何如
篤學力行淸脩苦節 唱再 偉司馬公의事神不欺獨樂
景幾何如
安靜詳宻雍容秢豫 唱再 偉韓魏公의端嚴謹重이어

〈竹溪誌〉, 金文基本
序 : 甲辰冬十月甲戌尙山周世鵬序
新刊序 : 崇禎四癸亥(哲宗14年, 1863)六月後學通政大夫承政院右副
承旨兼經筵叅贊官孔巖許傳序. 都有司鼎鎭

ᄂ제 반ᄇ시리 잇고 朱文公曰韓魏公無頃刻忙時亦無纖介忙意

居廟堂則憂其民處江湖則憂其君唱所偉范文正의

進退有憂어ᄂ제 즐거우시링잇고

六賢歌

規圓矩方繩直準平ᄒᆞ야 偉程伊川이 展也大成 景
주를뉘알리잇고
早悅孫吳晚逃佛老ᄒᆞ야 偉張橫渠의 一變至道力踐
景幾何如
手撥月窟足蹋天根ᄒᆞ야 偉邵堯夫의 駕風鞭霆歷覽
景幾何如
篤學力行淸修苦節ᄒᆞ야 偉司馬公의 事神不欺獨樂
景幾何如
安靜詳密雍容和豫ᄒᆞ야 偉韓魏公의 端嚴謹重이어

周世鵬〈武陵集〉, 卷8
甲子(明宗19年, 1564)六月二十三日眞城李滉謹白
萬曆九年歲在辛巳(宣祖14年, 1581)三月有日男朝散大夫永川郡守兼春秋館編修官博識
重刊跋 : 嘉善大夫前兵曹叅判完山柳致明謹識. 先生易簀後三百六年己未(哲宗10年, 1859)七月有日傍孫相炫謹識
刊記 : 己未季夏德淵重刊

ᄉ쳬ᄲᅥ리오고
松公曰 韓魏公 無頇
慨時而無幾 介忙意
居廟堂則憂其民 處江湖則憂其君 唱偉范文正公이
進退有憂ᄒᆞ니 니쳐言ᄒᆞ야 시ᄅᆞᆷ오고

六賢歌

親圓矩方絶直準平 唱 偉程侯川의 展也大成貴哉
平토아알이오고
景抗孫吳晩選傌老 唱 偉張橫渠의 一蘷三道力踐
景幾何如
手探月窟足攝天根 唱 偉邵堯夫의 駕風鞭霆遨應覽
景幾何如
篤學力行清修苦節 唱 偉司馬公의 事事不欺獨樂
景幾何如
安靜詳密雍容和豫 唱 偉韓魏公의 端嚴謹重이요
景幾何如

〈竹溪誌〉, 洪在烋本
序 ： 甲辰(中宗39年, 1544)冬十月甲戌商山周世鵬

三韓 千古萬古 만션코 眞儒를 느리오시니

小白이 廬山션로이오 竹溪ᄲᅢ이 濂水

로다 興學衛道카욕돼 도 小分ᄲᅩ내일이

어니와 尊禮晦庵카흑쳐이 그功용이 크샷

다 偉 吾道로 東來리욕 景幾何如 ᄲᅥᇰ여.

竹溪旧志

顔生四勿선된 曾氏三省하심사 仰高鑽堅하며
曉前怠後하제 偉라 學聖忘勞工景幾
何如하니잇가
率하리 天命之性매여 養하리 浩然之
氣하면 偉라 至誠無怠하이 이本본이
이다
光風霽月같은 瑞日祥雲같은 光風霽月
같은 瑞日祥雲같은 偉라 그처디긔올 엇데
하야니으신고
人欲이 橫流滔天하야 浩浩滔天일신
一千五百年하얀긔에. 晦翁이 나샷다
敬으로 本본을세여 大防을밀구르
시니 偉라 繼往開來하이 仲尼샤ᄂᆞ다.
르시리잇가

道東曲　九章

伏羲神農ㅅ 黃帝ㅅ 堯舜을　伏羲神農

黃帝ㅅ 堯舜이　偉 繼天立極 景幾

何如

人心惟危ㅎ고　道心惟微ㅎ야　惟精惟一와

允執厥中ㅎ실　偉 주거니밧거니　聖

人ㅅ의心法법이 다만이뿐이이다

禹湯文武 皐伊周召　禹湯文武

皐伊周召오　偉 君臣이 相得 景

幾何如

下土ㅔ 茫ㄹ 커늘　上帝是憂ㅎ샤

圩頂大人을 洙泗우희 누리오시니

偉 萬古 渊源이 그흘 누업ㅅ샷다

前間恭作, 〈校註歌曲集〉(國故叢書第3輯), 發行 : 1951, 正陽社

道東曲 九章

一、伏羲神農黃帝堯舜(再唱)에 繼天立極景幾어떠하니잇고

二、人心惟危、道心惟微、惟精惟一、允執厥中、에 주거나밧거나 聖人의心法이다 모잇본니이다

三、禹湯文武、皋伊周易(再唱)에 君臣相得景幾어떠하니앗고

四、下土茫茫커늘、上帝是愛하사、坼頂大人을洙泗우해나리오시니 에 萬古淵源이그슴뉘업사삿다

五、顔生四勿、曾氏三省、仰高鑽堅、瞻前忽後、어 學聖忘勞景幾어떠하니잇고

六、率하니天命之性、養하니浩然之氣(再唱)에 至誠無息이아本니이다

七、光風霽月、瑞日祥雲(再唱)에 그처단길넘엇는데하야니아신고

八、人欲이橫流하야浩浩滔天일새 一千五百年에臨翁아나섯다、敬으로本을숨씨여 大防을매그라시니 에 繼往開來아仲尼나다르시리잇가

九、三韓千萬古에眞儒를나리오시니 小白이廬山이오竹溪이濂水로다 學術得道는小分네이리어니와 尊禮崇道이그功이크삿다、애ㅣ吾道東來景幾어떠하니앗고

金台俊編著,〈朝鮮歌謠集成〉, 發行日 : 1934. 2. 11. 朝鮮語文學會

이야本이니이다 戲時樂歌 右三章亞

光風霽月瑞日祥雲 再唱 偉그처딘센날엇데ᄒ야니

아신고

人欲이橫流ᄒ야浩浩滔天일서一千五百年에晦

翁이나삿다敬으로本을세워大防을막ᄀ라시니

偉繼往開來야仲尼나다라시리잇가

三韓千萬古에眞儒달나리오시니小白이盧山이

요竹溪ᄂ濂水로다興學衛道ᄂ小分에일이어니

外尊禮晦菴이오功이ᄏ삿다偉吾道東來景幾何

如ᄒ 戲時樂歌 右三章三

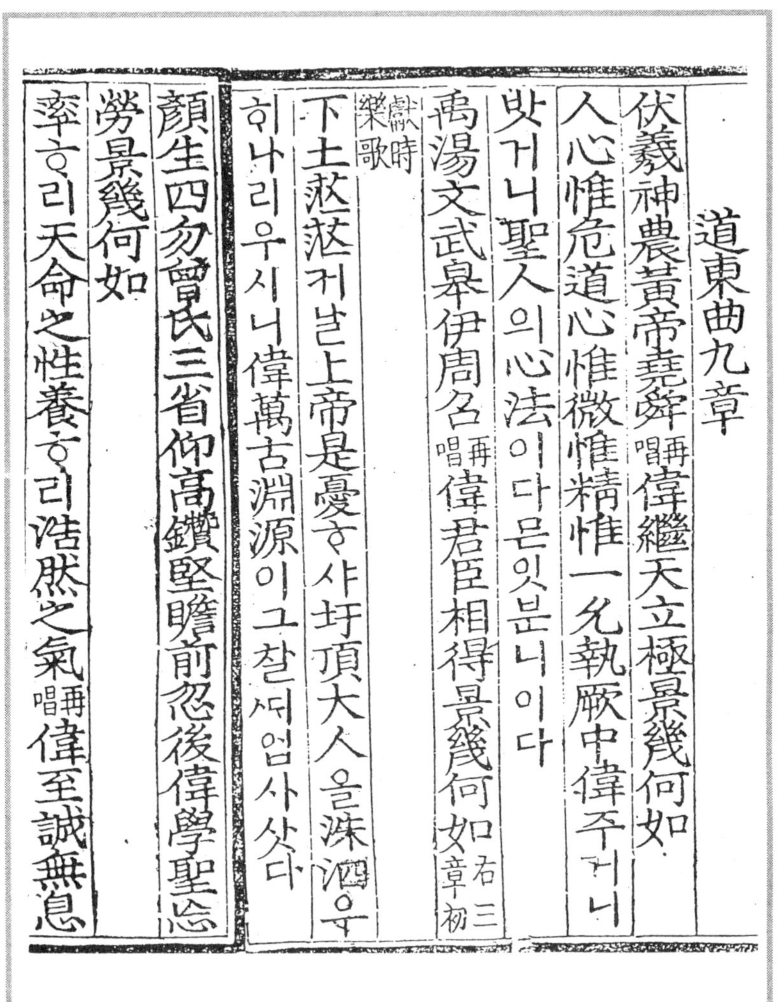

道東曲九章

伏羲神農黃帝堯舜 唱再 偉繼天立極景幾何如

人心惟危道心惟微惟精惟一㐌執厥中偉不거니

밧거니聖人의心法이다믄잇분니이다

禹湯文武皐伊周召 唱再 偉君臣相得景幾何如 右三章初

樂歌 時

下土救救커날上帝是憂ᄒ샤坤頂大人을洙泗우

ᄒ나리우시니偉萬古淵源이오찰셔엄ᄭ옵셧다

顏生四勿曾民三省仰高鑽堅瞻前忽後偉學聖忐

勞景幾何如

率ᄒ리天命之性養ᄒ리浩然之氣 唱再 偉至誠無息

安珦〈晦軒先生實記〉, 卷4, 晋州硯山藏板, 5刊, 1921

道東山九章

伏羲神農黃帝堯舜唱再偉繼天立極景幾何如。人心惟危道心惟微惟
精惟一允執厥中偉쥬거니밧거니뾴人의心法이다믄잇분이니다。
禹湯文武皐伊周召唱再偉君臣이相得景幾何如。下土茫茫커늘上帝
是惡ᄒ샤坪頂大人을洙泗우히ᄂ리오시니偉萬古淵源이그출ᄂ업
ᄉ샤다。顔生四物曾氏三省仰高鑽堅瞻前忽後偉學聖忘勞景幾何
如。難ᄒ리天命之性養ᄒ리浩然之氣唱再偉至誠無息이이本니이다
光風霽月瑞日祥雲唱再偉그쳐딘긴놀엇데ᄒ여니ᄋ신고。人欲이橫
流ᄒ야浩浩滔滔天일ᄉ一千五百年에晦翁이나샷다敬으로本을셰여
大防을밍ᄀ르시니偉繼往開來이仲尼나다르시리잇가。三韓千古
萬古眞儒를느리오시니小白이廬山이오竹溪이洙水로다興學術道
노小分네이리어니와偉禮晦非이그功이크샷다偉吾道來來景幾何
如。竹溪出小白山 溪溪出盧山

⟨大東野乘⟩, 海東雜錄三(周世鵬), 發行日 ： 1910. 4. 25, 發行所 ：
朝鮮古書刊行會

이아李니이다

光風霽月瑞日祥雲曝儒二져민고믄옷ᄢᆡ고쇠니다

ᄋ실고

人欲이橫流호야浩浩流來일ᄉᆡ一千五百年에

翁이니ᄉᆞ다談으로죠ᄎᆞᆯ伺에大防을ᄆᆞᆯᄀᄂᆞᄉ며

偉繼往開來야仲尼ᄂᆞ리이믜옷다

三韓千萬古에眞儒ᄅᆞ몬어오시ᄂᆞ小白ᄋ盧山이

오防溪이瀰水ᄃᆞ다興學衛道노다分네이리어ᄂ

오事禮臨卷이오ᄋᆡ이고ᄉᆞ다儒吾道東來景羲何

如防溪出小白山

道東曲九章

伏羲神農黃帝堯舜이 繼天立極이 景義何如

人心惟危道心惟微 惟精惟一이　一兒　儒偉嚴嚴偉六이

眼人의 心滅이 다믄 뜻星이니이다

禹湯文武皐夔伊周召 曙儒君臣이 祖得景義何如

下至范范가 늘上帝是憂호샤 抃頭大人이 들漆泗이

회니리오시니 億萬古 淵源이 그 章니뎌 이샤다

顔生四勿曾民三省 仰高鑽堅 瞻前忽後 儒學聖志

勞旦景義何如

奉古리 天命之性을 養古야 日浩然 之氣를 儒로誠無息

〈竹溪志〉, 가람本
序 ： 甲辰冬十月甲戌商山周世鵬序

이아本니이다

光風霽月瑞日祥雲〔唱弄〕 偉 그치민놀엇뎨ᄒᆞ야ᄂ

수仙교人欵이擴流ᄒᆞ야浩浩滔天일셔一千五百

年에晦翁이나샷다敬오로本ᄂᆞᆯ셰여大防을밍ᄀ

ᄃ셔니偉繼往開來야仲尼나다ᄅ시리잇가

三韓千萬古에眞儒ᄃᆞᆯᄂ리오시니小白이廬山이

오竹溪이瀘水로다興學衛道ᄂᆫ小分네이리어니

外尊禮晦菴이그功이크샷다偉吾道東來景幾何

如〔竹溪出小白山　瀘溪出廬山〕

道東曲九章

伏羲神農黃帝堯舜 [唱再] 偉繼天立極景幾何如

人心惟危道心惟微惟精惟一允執厥中偉주거니

聖人의心法이다마믄잇분니이다

禹湯文武皐伊周召 [唱再] 偉君臣이相得景幾何如

下土茫茫커늘上帝是憂ᄒ야作坍頑大人을洙泗ᄆ

리오시니偉萬古淵源이그츨뉘업소삿다

顔生四勿曾氏三省仰高鑽堅瞻前忽後偉聖學志

勞景幾何如

率ᄒ리天命之性養ᄒ리浩然之氣 [唱再] 偉至誠無息

〈竹溪誌〉, 金文基本

序 ： 甲辰冬十月甲戌尙山周世鵬序

新刊序 ： 崇禎四癸亥(哲宗14年, 1863)六月後學通政大夫承政院右副
承旨兼經筵參贊官孔巖許傅序. 都有司鼎鎭

이아本니이다

兆風霽月瑞日祥雲때에偉그처딘늘엇데ㅎ야니

○신고

人欲이橫流ㅎ야浩浩滔天일서一千五百年에晦

翁이나삿다敬으로本을셰여大防을밋ㄱ르시니

偉繼往開來이仲尼나다르시리잇가

三韓千萬古애眞儒를ᄂ리오시니小白이廬山이

오竹溪이漉水로다興學衞道ᄂ小分네이리이니

외尊禮晦庵이그功이크샷다偉吾道東來景幾何

如竹溪出小白山
如濂溪出廬山

道東曲九章

伏羲神農黃帝堯舜이셔偉繼天立極景幾何如

人心惟危道心惟微惟精惟一允執厥中偉쥬거니

받거니聖人의心法이다믄잇분니이다

禹湯文武臯陶周召唱偉君臣이相得景幾何如

下土茫茫커늘上帝是愛ᄒ야叮頂大人을洙泗오

희ᄂ리오시니偉萬古淵源이그츨뉘업스샷다

顔生四勿曾民三省仰高鑽堅瞻前忽後偉學聖念

勞景幾何如

率ᄒ리天命之性養ᄒ리浩然之氣唱偉至誠無息

周世鵬〈武陵集〉, 卷8

甲子(明宗19年, 1564)六月二十三日眞城李滉謹白

萬曆九年歲在辛巳(宣祖14年,　1581)三月有日男朝散大夫永川郡守兼春秋館編修官博識

　重刊跋 :　嘉善大夫前兵曹叅判完山柳致明謹識.　先生易簀後三百六年己未(哲宗10年, 1859)七月有日傍孫相炫謹識

　刊記 : 己未季夏德淵重刊

이오 本山이라

光風霽月 瑞日祥雲 偉 正大ᄒᆞᆫ 긔ᄆᆞᆯ ᄆᆡ진홀 ᄋᆡ셰

수셔고

人欲이 橫流ᄒᆞ야 ○ 浩浩滔天을셔 ᅵ 千五百年에 ᄒᆞᄐᆞ

翁○ᄂᆞᆫᄂᆞ다 敎ᄒᆞ로 本뎌ᄉ ᄋᆡ셰 大陸을 ᄆᆞᄃᆞᆯᄉᆞ니

偉 繼往開來ᄉᆞ 仲尼ᄂᆞ다 ᄃᆞᄉᆡ리잇가

三韓千萬古에 眞儒ᄅᆞᆯᄂᆞᆫ ᄆᆞ이ᄉᆡ 不日ᄃᆞ 興學衛道ᄂᆞᆫ 小숑네 ᄂᆞᄋᆞᆯ이

와 尊禮陸菴이요 功이오 ᄉᆡᆨᄃᆞ 偉 三道東泰景幾何

如 竹溪出小白山

〈竹溪誌〉, 洪在烋本

序 ： 甲辰(中宗39年, 1544)冬十月甲戌商山周世鵬

花田別曲

一、天之涯、地之頭、一點仙島、左望雲、右錦山、봉써고써(巴川、高川) 山川奇秀、鍾生奎俊、人物繁盛、위 天南勝
地 景긔엇더하니잇고。 風流酒色、一時人傑(再唱) 위 날조차멋분이신고

二、河別侍、芷芝帶、幽僻衆尊、朴敦授、윤커나、醉中써랏、姜綸雜談、方勵鮮睡、鄭機飲食、위 品官齊會景 긔엇더하
니잇고。 河世涓氏、밤버흔風月 (再唱) 위 唱和景긔엇더하니잇고

三、徐玉非、高玉非、黑白頓珠、大銀德、小銀德、大小不同、姜今歌舞、綠今長鼓、버러學非 쇼옥玉只、위 花林勝美
景긔엇더하니잇고。 花田別號、名實相符(再唱) 위 鐵石肝腸이라도 아니굿기리업더라

四、漢元今、以文歌、鄭韶草笛、或打鈸、或叩聲、間擊遙聲、搖頭轉身、佛諸醉態、위 發興景긔엇더하니잇고。
姜允元氏、스스르렝딩소리 (再唱) 위 늣긔야졉드로리라

五、綠波酒、小麴酒、麥酒濁酒、黃金鷄、白文魚、柚子盞、貼匙蓋예 위 マ독브어 勸觴景긔엇더하니잇고。

六、京洛繁華야、너는불오냐、朱門酒肉이야、너는됴하냐 石田茅屋、時和歲豊、郷村會集이야 나는됴하하노라
鄭希哲氏過麥田大醉 (再唱) 위 어닌제會풀커기이슬고.

勝義景그의디ᄒ우니○잇고花田別號各實相符

偉鐵石肝腸이라도ᄆ니ᄉᆺ기리ᄉ마디라 漢一元

令以文歌鄭韶登留或打鉢或招盤閒擊

搓頭輾身備諸醉態偉發興景그의엇디ᄒ우닝잇고

姜先元氏ᄂ우렬딩소리偉둣괴야좀드로리

와◇綠波酒小麴酒灸酒濁酒黃金鷄白文魚袖

子盞貼匙臺예偉ᄀ두比어勸觴景그의엇디ᄒ우닝

잇고鄭希哲氏遇麥田大醉偉시제ᄒᆞ플거

가시실고◇京洛繁華ᅵ야니노블오나朱門酒

肉이야믜노됴ᄒᆞ야石田茅屋時和歲豐鄉村會

集이ᄯᅡᄂ노됴하ᄒᆞ노라

花田別曲 花田慶尙道南海縣別號

天之涯地之頭一點仙島左望雲右錦山巴川[州]

高川[고]山川奇秀鍾生豪俊人物繁盛偉天南勝[州]

地景긔엇더ᄒ니잇고風流酒色一時人傑[偉再唱]

날조차몃분이신고河別侍芷芝帶齒爵無雙朴

敎授ㅣ신져醉中에姜綸雜談方動軒睡鄭機

飮食偉品官齊會景긔엇더ᄒ니잇고河世涓氏

발[?]立風月偉[再唱]唱和景긔엇더ᄒ니잇고◇徐

王非高王非黑白頊珠大銀德小銀德老少不同姜

今歌舞綠今長鼓[배]린學非소돌조只偉花林

金絿〈自菴集〉, 啓明大本

勝美景그엇디ᄒᆞᆫ닝잇고花田別號名實相符ᅵ라

偉鐵名脂膓이라도아니굿기리엄디라漢元

搖頭輾身備諸醉態偉發興景그잇디ᄒᆞᆫ닝잇고

今以文歌鄭韶草笛或打鉢或扣鑑間擊盞

姜先元氏ᄉᆞ두렁딍소리偉듯괴야죰三五리

과○綠波酒小麴酒麥酒濁酒黄金鷄白文魚

子蓋貼臺삐偉ᄆᆞ두ㅂ어勸觴景그잇디ᄒᆞᆫ닝

섯고鄭希哲氏過麥田大醉偉잔뇌지츨블어

기미실고○京洛繁華ᅵ아니오불오

肉이아니오됴ᄒᆞ나石田茅屋時和歲豊鄕村會

偉이아나노뇨ᄒᆞ노라

花田別曲　茂田慶尚道南海縣別號

天之涯地之頭一點仙島左望雲右鎮山巴川　川號

高川　山川竒秀鐘坐豪俊人物繁盛偉天南勝　唱

地景긔엇더ᄒᆞ니잇고風流酒色一時人傑　偉　唱

날조차멋분이신고河別侍並坐㿹世　齒爵無尊卑

教授손이醉中ᄭᅦ三姜綸雜談方勳　鄭機

飲食偉品官齋會景긔엇더ᄒᆞ니잇고河世涓氏

받비主風月　舞唱　唱和景긔엇더ᄒᆞ니잇고○徐

主非高主非黑白頌珠大銀德小銀德老少年同姜

今歌舞緣今長鼓비린學作소　조主六镣花林

金綠〈自菴集〉, 奎章閣本

第七爵配天曲 五倫歌詞

維我后履大東克配彼天斂五福錫庶民建其有極勅我五典式叙彝倫化行俗美至治蝎與景幾何如壽域春臺一世民物再熙熙皞皞景幾何如天綏聖日就學緝熙光明尊先師重斯道儗古彌文釋奠黃素王以洽百體既多受祉崇教隆化景幾何如橋門觀聽益億萬計四再臨雍盛舉景幾何如　思樂泮官采芹我后戾止住翠華御帳殺舟舟需雲簹緌百僚衿佩諸生臍濟蹌蹌同宴以飲景幾何如以酒以德既醉既飽唱舟載賡周雅景幾何如

〈成宗實錄〉卷268, 成宗23年8月己未

海之東湖之南羅州大牧錦城山錦城浦亘古流峙寫鍾秀人才景幾何如千年地

勝民安物阜再唱寫佳氣遠籠景幾何如大成殿明倫堂前廟後寢東西齋廊左右

夾室洋水洋洋手植檜碧松亭高隱鄉校七十門人三千弟子齊齊蹌蹌寫切磋琢

磨景幾何如有時漁經有時獵史再唱寫日就月將景幾何如金牧伯〔卿名春吳通判〕

右一時人傑九重分憂千里寫州克勤克儉善政善敎仁聲仁聞時致三異寫以德

化民景幾何如修明學校尤致意焉再唱寫養育人材景幾何如

朴敎授大先生時居鼻比施五敎叩兩端諄諄寫振起文風景幾何如愍斯

斯文從容再唱寫師明弟哲景幾何如金永勳崔貴源父母俱存羅渙與羅慶

兄弟無故羅振文羅慶光始起家風金崇祖共貴枝年少才能羅顯羅贄四寸兄

共上蓮榜景幾何如伊樂子一鄉人材再唱寫十人同年景幾何如

笑西施萬喚來淸歌妙舞勝牧丹亞應兒橫吹玉笛下三山桂一枝交彈寶瑟細

枝一枝花雙伽倻琴詠周南滿園幽並手長鼓舞鼓逢逢磬管珊五音六律同時

作寫醉裡歡場景幾何如商山月巫山月徧照書窓再唱寫待使華獨調景幾何

海之東湖之南羅州大牧錦城山錦城浦亘古流峙爲鍾秀人才景幾何
如千年地勝民安物阜再唱爲佳氣葱籠景幾何如大成殿明倫堂前廟
後寢東西齋廊左右夾室泮水洋洋手植禮碧松亭高隱鄉校七十門人
三千弟子濟濟蹌蹌爲切磋琢磨景幾何如有時漁經有時獵史再唱爲
日就月將景幾何如金牧伯卿名壽吳道判漢名一時人傑九重分憂千里
爲州克勤克儉善政善教仁聲仁聞時致三異爲以德化民景幾何如修
明學校尤致意爲再唱爲養育人材景幾何如
補敎授大先生時居臬以施五敎叩兩端諄諄善誘爲振起文風景幾何
如懇斯懇斯函丈從容再唱爲師明弟哲榮幾何如金叔勤崔貴源父母
俱存羅溪與羅慶源兄弟無故羅振文羅慶光始起家風金崇祖洪貴枝
年少才能羅顯羅贊四寸兄弟共上蓮榜景幾何如伊榮乎一鄉人材再
唱爲十人同年景幾何如
笑西施萬喚來清歌妙舞勝妓丹亞應兒橫吹玉笛下三山桂一枝交彈
寶瑟細柳枝一枝花雙伽倻琴詠周南滿國幽並手長鼓舞鼓逢磬管
瑚璉五音六律同時俱作爲醉裏歡墟景幾何如南山月亞山月偏照書
窓再唱爲待使華獨調景幾何如

〈竹亭書院誌〉, 石版本

海之東湖之南羅州大牧錦城山錦城浦亘古流峙爲鍾秀人才景幾何
如千年地勝民安物阜再唱爲佳氣葱籠景幾何如大成殿明倫堂前廟
後廈東西辦廊左右挾室洋水洋洋手植檜碧松亭齋隱鄉校七十門人
三千弟子濟濟蹌蹌爲切磋琢磨景幾何如有時漁穩有時獵史再唱爲
日就月將茶幾何如金牧伯吳通判一時人傑　九重分憂千里
爲州克勤克儉善政善教仁聲仁聞時致三異爲以德化民景幾何如修
明學校亡致意爲丹唱爲養育人材景幾何如
朴教授大先生時居鼻比施五教叩四端諄諄善誘爲振起文風景幾何
如慈斯慈斯函丈從容丹唱爲師明弟哲景幾何如金枝勤雀貴源父母
俱存羅渙興羅慶源兄弟無故羅振文羅處光始起家瓜金崇祖洪貴校
年少才能雖顯雖贊四寸兄弟共占爲蓮榜景幾何如伊樂乎一鄉人
材再唱爲十人同年景幾何如
笑西施萬喚來清歌妙舞勝妝丹亞應兒橫吹玉笛下三山桂一枝交彈
寶瑟細柳枝一枝花雙伽倻琴詠周南滿園香競予長鼓舞鼓逢迓瑳管
瑲瑲五音六律同時俱作爲醉裏歡塲景幾何如商山日巫山月偏照著
窓再唱爲待使華獨調景幾何如

〈咸陽朴氏遺蹟〉單, 石版本

景幾何如懃斯懃斯面丈從容弄唱爲師明弟哲景幾何如

金叔勳崔賁源父毋俱存羅澳興羅慶源兄弟無故羅振文羅慶

先始起家風金崇祖洪貴效年少才能羅顯羅賁四寸兄弟共上

爲蓮榜景幾何如何伊樂乎一鄕人材弄唱爲十人同年景幾何

如

笑西施萬喚來淸歌妙舞勝牧丹亞應兒橫吹玉笛下三山揲一

枝交揮寶瑟細柳枝一枝花雙伽倻琴咏周南滿園幽並手長頭

舞鼓逢逢磬管鏘鏘五音六律同時俱作爲酲裏歡墟場景幾何如

商山月巫山月偏照書窗弄唱爲待使華獨調景幾何如

皇明成化四年戊子四月日爲錦城敎授時作

海之東湖之南羅州大牧錦城山錦城浦亘古流峙爲鎮秀人才

景幾何如千年地勝民安物阜弄唱爲佳氣葱籠景幾何如

大成殿明倫堂前廟後寢東西齋廊左右夾室洋水洋之手攄檜

碧松亭高隱鄉校七十門人三千弟子濟濟蹌蹌爲切磋碳磨景

幾何如有時漁經有時獵史弄唱爲日龍月將景幾何如

僉牧伯〔卿〕〔名春〕吳通判〔漢〕〔名〕一時人傑九重分憂千里爲州克勤克

倫善政善教仁聲仁聞時致三異爲以德化民景幾何如修明學

校左致意焉弄唱爲養育人材景幾何如

朴教授大先生時居皐比施五教叩兩端諄之善誘爲振起支風

〈咸陽朴氏世譜〉(己酉譜, 1789)

間不遑他及孝悌忠信偉樂且有儀景何叱多舞之踏之

歌詠 聖德唱再 偉祈天永命景何叱多尹之任惠之和我

無能焉聖之時顏之樂乃所願也上不怨天下不尤人心

廣體胖偉不懼不憂景何叱多不忮不求何用不臧唱再偉

古訓是式景何叱多壬辰歲四月初抑有奇事降 論書

到衡門閭里觀光廉介自守不求聞達教誨童蒙偉過蒙

褒獎景何叱多特加三品時致惠養唱再偉 聖恩深重景

何叱多樂乎伊隱底不憂軒伊亦樂乎伊隱底不更人伊

亦偉作此好歌消遣世慮景何叱多

不憂軒曲 〔何叱多方言譯之則何如也曰偉／何如用高麗翰林別曲音節〕

山四回水重抱一卧儒宮向陽明開南牕名不憂軒左琴書右博奕隨意逍遙偉樂以忘憂景何叱多平生立志師友聖賢〔再唱〕偉遵道而行景何叱多晚生員老及第樂天知命再訓導三敎授誨人不倦家塾三間鳩聚童蒙詳說句讀偉諄諄善誘景何叱多不亦樂乎員笈書生〔再唱〕偉自遠方來景何叱多再上疏闢異端依乎中庸進以禮退以義守身爲大備員霜臺具臣薇垣引年致仕偉如釋重員景何叱多一介孤臣濫承 天寵〔再唱〕偉再叅原從景何叱多耕田食鑿井飮不知帝力賞良辰設賓筵兄弟朋友談笑之

丁克仁〈不憂軒集〉, 丁八聲刊, 石版本, 1969

不憂軒曲　七章

一、山四回、水重抱、一畝醫宮、向陽明、開南牖、名不憂軒、左琴書、右博奕、隨意逍遙、偉（위）樂以忘憂景何叱多
平生立志、師友聖賢（再唱）위　遠道而行景긔엇더삿다
（景긔엇더삿다）

二、晚生員、老及第、樂天知命、再訓導、誨人不倦、家塾三間、鳩聚童蒙、詳說句讀、偉（위）辭辭聱誘景긔엇더삿
다。不亦樂乎、負笈蟇生（再唱）위　自遠方來、景긔엇더삿다

三、再上疏、鬪異端、澄承天寵、依乎中庸、退以義、守身爲大、備員鑾臺、引年致仕　위　如彈冠負景긔엇더삿
다。一介孤臣（再唱）위　再參原從、景긔엇더삿다

四、耕田食、鑿井飲、不知帝力、賞良辰、設賓筵、兄弟朋友、談笑之間、不遑他及、孝悌忠信　위　樂且有儀景긔엇더삿
다。舞之蹈之、歌詠盛德（再唱）위　新天永命景긔엇더삿다

五、尹之任、惠之知、我無能謗、聖之時、顯之榮、乃所願也、上不怨天、下不尤人、心廣體胖　위　不愧不愛景긔엇더삿
다。不恔不求何用不戚（再唱）위古訓是式景엇더삿다

六、壬辰歲、四月初、抑有奇事、降監菁、到衡門、閭里觀光、廉介自守、不求聞達、致誨童蒙　위　過蒙褒獎景긔엇더
다。特別三品、時致惠養（再唱）위　聖恩深重景긔엇더삿다

七、樂호키不憂軒이여　樂호不愛人어여　위作此好歌、逍遙世慮、景긔엇더삿다

金台俊編著,〈朝鮮歌謠集成〉, 發行日 ： 1934. 2. 11, 朝鮮語文學會

并飲不知帝力賞良辰設賓筵兄弟朋友談笑之間

不遑他及孝悌忠信偉樂且有儀景何叱多舞之蹈

之歌詠 聖德再唱偉祈天永命景何叱多尹之任惠

之和我無能爲聖之時顏之樂乃所願也上不怨天

下不尤人心廣體胖偉不懼不憂景何叱多不恔不

求何用不藏再唱偉古訓是式景何叱多壬辰歲四月

初抑有奇事降 諭書到衡門閭里觀光廉介自守

不求聞達教誨童蒙偉過蒙褒奬景何叱多特加三

品時致惠養再唱 聖恩深重景何叱多樂乎伊隱

底不憂軒伊亦樂乎伊隱底不憂人伊亦偉作此好

歌消遣世慮景何叱多

不憂軒曲曰（何叱多方言譯之則何如也曰偉何如用高麗翰林別曲音節）
山四回水重抱一畝儒宮向陽明開南牕名不憂軒
左琴右書博奕隨意逍遙偉樂以忘憂景何叱多乎
生立志師友聖賢再唱偉遵道而行景何叱多晚生員
老及第樂天知命再訓導三教授誨人不倦家塾三
間鳩聚童蒙詳說句讀偉諄諄善誘景何叱多不亦
樂乎負笈書生再唱偉自遠方來景何叱多再上疏闢
異端依乎中庸進以禮退以義守身爲大儒員霜臺
其臣薇垣引年致仕偉如釋重負景何叱多一介孤
臣濫承天寵再唱偉再參原從景何叱多耕田食鑿

丁克仁〈不憂軒集〉, 奎章閣本, 丁孝穆刊, 1786

圓遍爲到處處　爲本無形相景羲何多爲尼

伊古　本無形相遍照大千云　爲江湖汐月

景羲好下入阿彌陁佛云

叙迦世尊雪山雲中六年苦行菩提田向開口

說法死彼死此　爲廣廣衆生景羲何多爲尼

伊古　廣廣衆生自剎剎砲云　爲大形境界

景羲好下入阿彌陁佛云

涅槃會上叔臺飲光知音相對菩薩當寂六現

神通亦是虛傳　爲至今流傳景羲何多爲尼

伊古　菩哉一枝檢達人入云　爲本未虛玄

景羲好下入阿孫陁佛云

發悴起用慕屑銀悴綱羅達翁心修羅邊處

三際通達究義　為即雜諸想景義何多為尼

伊古　即雜諸想發其眾生云　為其證祥相

景義好下入阿彌陷佛詩云

種々幻化皆生如春圓覺妙心不識此意迷真

逐妄坐死輪回　為忽然心覺景義何多為尼

伊古　忽然心覺普告諸人云　為同言覺岸

景我好下入阿彌隨佛云

欲覺傳呪平志法會佛呂譜譯元是廣證淨大寂

景我好下入阿彌陀佛　語
湛寂空寂本無一物涅槃寂亦不持不隨情識不隨
見聞不隨生滅　為定慧亦不持景我何多為尼
卲古空慧亦不持絕慮思量　為蒙備授記
景我好下入阿彌陀佛　語
虛靈不昧常住靈山三昧之功本無是非本元
真妄緣兩俱忘　為成就大圓景我何多為尼
伊古成就大圓道者是亦　為本昌圓寂
景我好下入阿彌陀佛　語

伊古　與於振整一刀物无心語云　為四洲遊方

景我好下人阿彌陀佛語云

無念無愚是尒長安佛想傳心頒息緣應寧滅

空中清淨法身　為空寧靈知景我何多為尼

伊古　空齋靈知本來面目云　為逩寧即是

景我好下人阿彌陀佛云

頒悟玅用本是靈際一念不二前後際斷絕見

為自然天堂景樂何多為尼

趙州常住道場　為自然天堂頒教法門云

伊古　自然天堂頒教法門云　為自然光明

騎牛牧童歌

生ヽ世ヽ領脫邪見遠離群魔進ヽ生ヽ絶貪

寘喪除滅我慢　為田向三處景義有　為免

伊古　回向三處突相田沔云乑　為度諸遠論

景我好下入阿彌陀佛云ヽ

如吞余後之不復造恒住淨戒業既淸淨兵裳

菩提究竟成道　為報佛大恩景義荷荷人為免

伊古　報佛大恩大丈夫亦云乑　為教明論田

景我好下入阿彌陀佛云ヽ

曆覽宗師決義真宗更加精進鶉衣一鶉世ヽ

生ヽ不退淨行　為出教報坐景義何多為尼

末繼智訔〈寂滅示衆論〉, 國立中央圖書館本
皇明成化歲在辛丑暮春下澣於雉岳山上院庵

표해라 極樂國大敎主阿彌陀觀世音

大勢至 諸大菩薩 婆婆世界念佛

衆生攝受無邊爲寶皆接人景의잇

디호니고잇 知與不知相逢勸念昌爲座

乙極樂景나눈표해라

聞衆其數甚多皆不退亦多有一生
補處衆生聞者應當發願生彼國土
爲但會一處景ㄱ 엇디ㅎ뇨고 諸上善人
以爲朋伴 昌爲熏習日增進景ᄂᆞ료라혜
阿彌陁佛罕八大誓願生十念者皆往
生佛說分明何況一念全持名号成就三昧
爲宣證上品景ㅅㅏ기 엇디ㅎ니잇고 阿彌陁
佛慈悲願力 昌爲殊勝功德景ᄉᆞᄎᆞ호

百千樂同時俱作聞是音者自然生念

佛念法爲念僧景　그엇디ᄒᆞ닝잇고　寶樹光

明亦能說法昌들爲聞法歡喜景ᄉᆞ니ᇰ됴다

佛光明佛壽命無量無邊進生

人壽長遠與佛無異　阿彌陁隨佛成佛

移ᄅᆞ於今十劫爲壽命長遠景ᄉᆞ니三

엇디ᄒᆞ뇌고棄佛顧力自然比自左一景爲

永斷生死景ᄉᆞ斗上됴다菩쁘音陁眾解

晝夜六時常以淸旦各以衣裓盛衆妙華

爲供養他方景伊긔잇더ᄒᆞ니고잇十萬億

刹正行自在景임爲勝事諸佛景이잇더ᄒᆞ야ᄉᆞᆯ

彼國有雜色鳥種種奇妙白鶴鸚

孔雀舍利迦陵頻伽共命之鳥

是諸衆鳥晝夜六時出和雅音其音爲演暢說法景이잇더ᄒᆞ야ᄂᆞᆯ

令法音宣流變化景임爲戀念三昧景은ᄒᆞᆫᄂᆞᆯ

微風吹動諸寶行樹及寶羅網出微妙

行樹皆是寶周匝圍繞爲故名極樂爲

切德莊嚴景괴잇더ᄒᆞ니고잇極樂不離其

法界中ᄒᆞ야爲擬天成佛景이ᄂᆞ됴動ᄒᆞ七

寶池八切德水充滿其中寶開上有樓閣

衆寶合成池中蓮花大如車輪雜色光

明爲微妙香霬旻沙이잇더ᄒᆞ고九品起座

坐寶蓮花死旻爲受諸快樂이ᄂᆞᆫ됴寶

金地碧虛空常徠天樂南天衆香合待

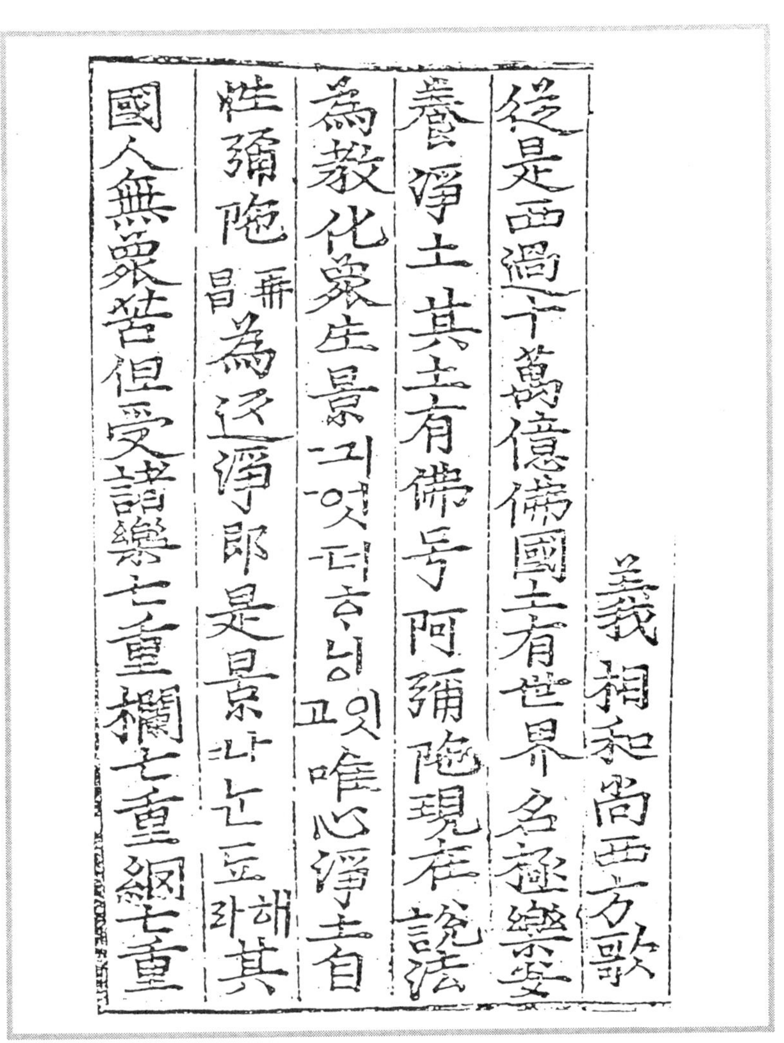

〈念佛作法〉, 成均館大本
隆慶六年(宣祖5年, 1572)壬申四月日開刊於千佛山開元寺

第九易發機感

過去與現在住世。無量諸佛。莫不爲度衆生。出現於世。我等佛子。

於彼諸佛。早當廻機。到此知非亦希有，奇哉妙哉我佛風化。

四州　忽然回頭，

第十普念回向

離生死大方便。無敎不說。指徑路度群迷。此尤深切。無始至今。

長沉愛河。不知出要。因此知歸亦希有。廣矣大矣此釋威德。

再唱　廓然超化。

第五六方同讚

東南方西北方上下諸佛。廣長舌遍大千說誠實言。汝等衆生
當信諸佛。所護念經。如是同讚亦希有。佛佛皆以廣長舌相。

再明 同讚勸持。

第六 彼此相接

如本師釋迦豰。讚佛功德。彼諸佛亦稱讚我佛如來。能於五濁、
成大菩提。說難信法。如是相讚亦希有、彼此如來皆因極樂

再明 互相稱讚。

第七 人天共遵

讚淨士讚彌陁。說此經已。舍利弗諸比丘。八部龍天。聞佛所說。
歡喜踊躍。信受奉行。流通法化亦希有，聞經受持發願往生。

再唱 其數無量。

第八 現未俱益

正像法各千年。已成過去。往生人不可計。皆承經力。奇歟此經。
群經滅後。獨留於世。度盡有緣亦希有。凡有見聞皆得往生。

再唱 同登彼岸。

彌陀經讚

第一開示捷徑
大矣哉大導師釋迦文佛。應群機開三乘無法不說。更於其間別開方便。演說是經。令修淨土最希有。〈大悲世尊說示此經〉
可憐生可憐愍我等衆生。生復死死復生苦無盡期。惟我世尊。〈惟我本師導生大悲〉

第二指途迷倫
善權方便。開示勸進。令不退墮亦希有。〈如暗得燈〉
〈再唱〉如保赤子了。

第三讚土令忻
彼佛國名極樂安養淨土。我本師示人天所以為樂。其中莊嚴種種殊勝。滿口稱揚勸令往生亦希有。我大導師無上法王。
〈再明〉讚彼淨土。

第四讚佛勸念
彼佛號無量光亦無量壽。我本師示人天所以無盡不可思議功德之利。滿口稱揚勸令勤念亦希有。我大導師衆聖中尊。
〈再唱〉讚彼彌陀。

涵虛得通〈涵虛和尚語錄〉

第十普念回向

救生死大方便無救不說指徑路度群迷此无深切

無始至今長況愛河不知丑要因此知歸赤喬有

廣矣大矣丑終威德　靡然趨化

第七人天共導

讚淨土者讚揚阿陁說此經已含利弗諸比丘八部龍天

聞佛所說歡喜踴躍信受奉行流通法化亦希有

第八現未俱益

聞經受持發願徃生　其數無量

正像法各千年已戒過去徃生人不可計皆承經力

奇教此經滅後獨留於世度盡有緣亦希有

尤有見聞皆得徃生　同登彼岸

第九易發機感

過去與現在世無量諸佛莫不為度衆生出現於世

我等佛子於彼諸佛早當迴機到此知非亦希有

吾我妙我我佛風化　忽然回頭

、第四讚佛勸念

彼佛号無量光亦無量壽我本師示人天所以無量
不可思議功德之利滿口稱揚勸令勤念亦希有
我大道師衆聖中尊　讚彼弥陁

、第五六方同讚

東南方西比方上下諸佛廣長舌遍大千說誠實言
汝等衆生當信諸佛所護念經如是同讚亦希有
佛之皆以廣長舌相　同讚勸莳

、第六彼此相接

如本師釋迦尊讚佛功德彼諸佛亦稱讚我佛如來
能於五濁成大菩提說難信法如是相讚亦希有
彼此如來皆因極樂　互相稱讚

彌陁経讃

第一開示捷経
大羨大導師　教迦文佛應群機　開三乗無法不說
更於其間別開方便　演說是經　令修淨土寂希有
大慈世尊說宗過経題　如瞎得燈

第二迷途逖倫
可憐生可憐愍我等眾生　復死復生　甞無盡期
惟我世尊善薩方便開示勸進　令不退隨亦希有
惟我本師導垂大慈　如保赤子

第三讃玉令忻
彼佛國名極樂安養淨玉　我本師示人天所以為樂
其中莊嚴種々殊勝　瀰口稱揚勸令往生亦希有
我大導師無上法玉　讃彼淨玉

涵虛得通〈涵虛得通和尙語錄〉，奎章閣本・啓明大本

第九以友進道

觀世音大勢至無量海衆。其善根有福德諸上善人。於中坐臥。

兄即照召精進修行。同趣菩提亦希有。諸上善人以爲法侶。

卅卅勲習增進。

第十念佛蒙化

若一日若二日乃至七日。一心念阿彌陁。諸罪消滅。臨命終時。

歳佛菩薩放光接引。九蓮花往亦希有。已發今發當發願王。

卅唱芿得徃生。

第五花池受生

七寶池八德水。充滿其中。池邊有四階道，衆寶合成。池中蓮華。大如車輪。開敷水面，於中受生亦希有。九品花臺次第莊嚴。

再明隨分受生。

第六十方遊行

黃金地碧虛空。常作天樂，雨天花香芬馥。晝夜六時。其中衆生。身乘寶殿。寶衆妙化，供養他方亦希有。十方佛土。飯食頃行。

再明往返無碍。

第七聞音進修

白鶴與孔雀等。出和雅音，微風吹動諸樹。出微妙聲。聞是音者。自然皆生念佛法心。增進修行亦希有。寶樹寶臺。放光說法。

再明宣流法化。

第八長壽等佛

阿彌隨成正覺。於今十刼。住生人無高下。與佛齊壽。十念成就。承佛願力，自然往生，永斷生死亦希有。承佛願力。十念往生。

再明壽命長遠。

安養讚

第一彼此同化

大導師阿彌陀隨現彼接引我本師釋迦文勸令徃生彼此如來。
同以大悲各設方便共度迷倫寂希有。彼佛此佛大悲大化。
再唱恩踰父母，

第二依正俱勝

日極樂日安養名彼佛土。無量光無量壽。名彼如來但聞其名。
其中活計一念便知欣彼忻生亦希有，佛於彼國現住說法。
再唱海會昭然。

第三純樂無憂

彼佛國無三惡亦無八苦作生人身金色皆具妙相。宮殿隨身。
衣食自然。一切具足常享無極亦希有。寶衣寶具香饌珍羞。
再唱隨念現前，

第四依體莊嚴

七重欄七重網七重行樹七寶池七寶臺七寶樓閣。一一華麗。
普徹無礙交影重重清淨嚴飾亦希有。寶臺寶閣寶樹寶網。
再唱莊嚴妙好。

涵虛得通〈涵虛和尚語錄〉

第十念佛蒙化

若一日若二日乃至七日一心念阿彌陀諸罪消滅

臨命終時蒙佛菩薩放光接引九蓮化往亦希有

已發今發當發願王　皆得往生

、第七聞音進修

白鶴與孔雀等出和雅音微風吹動諸樹出微妙聲

聞是音者自然皆生念佛法心增進修行亦希有

實樹寶臺放光說法　宣流法化

、第八長壽等佛

阿彌陀成正覺於今十劫往生人無高下與佛齊壽

十念成就承佛願力自然往生永斷生死亦希有

承佛願力十念往生臨壽命長遠

、第九因友進道

觀世音大勢至無量海衆是善根有福德諸上善人

於中坐卽見聞熏習精進修行同趣菩提亦希有

諸上善人必為法侶　熏習增進

、第四備体莊嚴

七重欄七重網七重行樹七寶池七寶樓閣

一華嚴臺徵無礙交影宣　、清淨嚴飾亦希有

寶臺寶閣寶樹寶網　　莊嚴妙好

、第五花池受生

七寶池八德水充滿其中池邊有四階道眾寶合成

池中蓮華大如車輪開敷水雷於中受生亦希有

九品花臺次第受生　　隨分受生

、第六十方遊行

黃金地碧琉空常作天樂雨天花香芬馥盡晝夜六時

其中眾生身乘寶殿寶裝妙花供養他方亦希有

十方佛土飯食頃行　　往返無碍

○安養讚

大導師阿彌陀觀彼接引我本師釋迦文衛令往坐

彼此如來同以大悲各設方便共度迷倫寗希有

彼佛此佛大悲大化昌恩念父娑

○第二依正俱勝

日超樂曰安養名彼佛土無量光無量壽名彼如來

但聞其名其寧詎一念便知欣彼往生亦希有

佛於彼國現往說法海會昭然

○第三纚樂無憂

彼佛國無三惡亦無八普往生人身金色皆具妙相

宮殿隨身衣食自然一切具足常亨無極亦希有

寶衣宝具香饌珍羞　隨念觀前

涵虛得通〈涵虛得通和尙語錄〉, 奎章閣本・啓明大本

第九　勸念功高

滿三千施七寶，功已無量。更化令訂四果。德亦無邊。勸人念佛功德勝彼。佛說分明。如是德化亦希有。　勸人自念功行滿足。

再唱　直登上品

第十　高超回證

大雄猛大勢王阿彌陀佛。無趾光無量壽無量功德。細細看來。人人分上。各自具足。佛先間證亦希有。　唯心淨土，自性彌陀。

再唱　如佛共證。

第五暫稱皆益

奉十善持五戒。猶未免苦。犯十惡下五逆。應墮無間。暫稱佛号。

罪無輕重。皆令遠離。永出三界亦希有。阿彌陀佛大悲願力。

再明 皆得解脱。

第六功小益大

佛光明佛壽命佛功德海。歷三祇修萬行。方始究竟。但念佛號。

隨功淺深。悉令起昇。授記作佛亦希有。阿彌陀佛大誓願王。

再明 十念起昇。

第七隨機普接

彼佛有九蓮臺化現無境。念佛人。隨高下接向其中。如是方便。

如是接引。悉令成佛度生無厭亦希有。阿彌陀佛大方便力。

再明 九品超生。

第八超方獨尊

過去佛現在佛。無量無邊。四方與上下方。佛亦無數。於此諸佛。

特稱彌陀而為第一。如是高勝亦希有。阿彌陀佛大威德力。

再明 高勝無比。

彌陀讚

第一 從眞起化
靜明空眞淨界。本無身土。為衆生興悲願,方有隱現。我等衆生
長在迷途。無所依歸,嚴土現形,寂希有,是則名為幻住莊嚴。
再四方便接引,

第二 隨機現相
自受用他受用自他受用。大化身小化身三種化身。如是身雲。
熏現自在。究竟圓滿,普應無方亦希有。是則名為大慈悲父。
再唱 隨類攝化

第三 觀相生信
大悲王人慈父阿彌陀佛,頂上相肉髻相無盡相好。一一相好。
放無量光,化無量佛。開悟衆生亦希有。十華藏海大人相好。
再唱瞻皆仰慕。

第四 聞名感化
阿彌陀四十八廣大願王。一一為度衆生誠感十方。因如是願。
己成正覺。現作安養。如願度生亦希有。廣大願力不等饒益。
再唱聞皆感化。

涵虛得通〈涵虛和尙語錄〉, 發行日 : 1940. 5. 20.
發行者 : 李鍾郁 五臺山月精寺藏板 活字本

與人自念の行而足　真登上品
、弟十髙超圓證
大雄猛大勢王阿弥陀佛无量光无量壽无量功德
細、看來人、分上各自具足佛先圓證亦然有
皆心净土自性弥陀　如佛共證

阿彌陀佛大誓弘三界　十念超昇

、第七隨機普接

彼佛有九蓮臺化現無量念佛人隨高下接向其中

如是方便如是接引送令威佛度生无歇亦希有

阿彌陀佛大方便力講九品超生

、第八超方獨尊

過去佛現在佛无量无过四方與上下方佛亦无數

於此諸佛特勝彌陀而為第一如是高勝亦希有

阿彌陀佛大威德力講高勝无比

、第九勸念功高

滿三千施七宝功已无量受化令訂四景德亦无过

勸人念佛功德勝彼佛說多明如是德化亦希有

十華藏海大人朝好聊瞻皆仰慕

、第四聞名感化

阿猕陀四十八廣大願三二一為度衆生誠感十方

因如是願巳成已覺現住笑養如願度生亦希有

廣大願力平等鏡益嗎聞皆感化

、第五輾稱皆益

牽十善持五戒猶未免普犯十惡千五逆應隨無間

韓稱佛号罪無輕重皆令遠難永出三界亦希有

阿猕陀佛大悲願力冉皆得解脫

、第六切小盆天

佛光明佛壽命佛功德瀝曆三祇修萬行方始究竟

但念佛号隨功淺深志令超昇殺記作佛亦希有

○彌陀讚

普明空真淨界李無身主為衆主興悲願方有隱現

我等衆生長在迷途無所依敀嚴王現形寂希有

是則名為幻徑莊嚴囑方便接引

、第一從真起化

、第二隨機現相

自受用他受用自他受用大化身小化身三種化身

如是身雲熏現自在究竟圓滿普應無方亦希有

是則名為大慈悲父　隨類攝化

、第三觀相生信

大悲王天慈父阿孫陁佛頂上相肉譬相無盡相好

一一相好敀無量光化無量佛開悟衆生亦希有

涵虛得通〈涵虛得通和尙語錄〉, 奎章閣本·啓明大本

卷首：時正統四年己未(世宗21年, 1439)

　　　八月哉生明柳村全汝弼紹丁拜敬書

卷末：正統五年(世宗22年, 1440)七月門人文秀書.

　　　留板曦陽山鳳巖寺

宴兄弟曲 樂章歌詞所載五章

一、父生我、母育我、同氣連枝、負襁褓、着班襴、竹馬搖戲、食必同案、遊必共方、無日不偕、위 相愛人景긔엇더ᄒᄂ이잇고

〔葉〕 良智良能、天賦使然、良智良能、天賦使然、위 率性人景긔엇더ᄒᄂ이잇고

二、就外傅、學幼儀、曉解事理、或書字、或對句、互相則效、我日斯邁、而月斯征、朝益暮習、위 相勉人景긔엇더ᄒᄂ이잇고

〔葉〕 中養不中、才養不才、中養不中、才養不才、위 遜德人景긔엇더ᄒᄂ이잇고

三、歌常棣、詠行葦、敦其友愛、誦角弓、觀葛藟、戒其衰薄、豈無他人、不如同父、天生羽翼、위 厚倫人景긔엇더ᄒᄂ이잇고

〔葉〕 百年憂樂、手足相須、百年憂樂、手足相須、위 永好人景긔엇더ᄒᄂ이잇고

四、有大德、履大位、乘龍御天、抱燕恭、謹名分、恪守從職、長枕大被、以庇本根、惟日戒慎、위 兩全人景긔엇더ᄒᄂ이잇고

〔葉〕 天尊地卑、情意交通、天尊地卑、情意交通、위 無間人景긔엇더ᄒᄂ이잇고

五、愛之深、敬之至、通于神明、始于家、始於政、民興於仁、風淳俗美、黎爲大和、庶群致瑞、위 泰治人景긔엇더ᄒᄂ이잇고

〔葉〕 順德所感、萬福來崇、順德所感、萬福來崇、위 蔣昌人景긔엇더ᄒᄂ이잇고

金台俊編著〈朝鮮歌謠集成〉, 發行日 ： 1934. 2. 11, 朝鮮語文學會

有大德復大位秉龍御天抱謙恭漢名令格守臣職長枕大被

以庇本根惟日戒愼　偉　兩全人景 거엇더호니잇고

天尊地卑情意交通天尊地卑情意交通　偉　無間人景

거엇더호니잇고

愛之深敎之至通于神明始于家始於政民興於仁風淳俗美

熏爲大和産祥致瑞　偉　泰治人景 거엇더호니잇고

順德所感萬福來崇順德所感萬福來崇　偉　壽昌人景

거엇더호니잇고

宴兄弟曲六曲　未知誰作

父生我母育我同氣連枝免褓著斑斕竹馬嬉戲食必同案
遊必共方無日不偕　偉　相愛人景　긔엇더ᄒ니잇고
良知良能天則使然良知良能天則使然　偉　平性人景
긔엇더ᄒ니잇고

就外傳學幼僅晚解事理式書字式對　互相則效我日斯邁
而月斯征朝益暮習　偉　相勉人景　긔엇더ᄒ니잇고
中養不中才養不中才養不才　偉　進德人景
긔엇더ᄒ니잇고

歌常棣詠行葦敦其友愛誦角弓觀葛藟戒其裏薄豈無他人
不如同父天生羽翼　偉　厚倫人景　긔엇더ᄒ니잇고
百年憂樂手足之相頂百年憂樂手足之相頂　偉　永好人景
긔엇더ᄒ니잇고

觀覩戒其衰導堂無他人不如同爻天生翼翼
위 厚倫人 景 그 엇더ᄒ니잇고
須百年憂樂手足相須 위 永好 人 景 그 엇더ᄒ니잇고
葉 天尊地卑 情意交通 天尊地卑 情意交通
臣職長枕大 被以鹿 本根惟日 戒愼兩全 人 景 그 엇더ᄒ니잇고
有大德 乘龍御天 抱薰恭謹 名分恪守 愛之深
致瑞 위 太泰治 人 景 그 엇더ᄒ니잇고
意交通 위 無間人 景 그 엇더ᄒ니잇고 ○ 愛之深
之道通于神明 始于家 始於政 民興於仁風淳俗美
熏為大和產 祥致瑞 위 太泰治 人 景 그 엇더ᄒ니잇고
葉 順德所感 萬福來崇 順德所感 萬福來崇
人 景 그 엇더ᄒ니잇고

宴兄弟曲

父生我 母育我 同氣連枝
免襁褓 著斑斕 竹馬嬉戲
食必同案 遊必共方 無日不偕
위 相愛人 景 긔엇더ᄒᆞ니잇더
良知良能 天賦使然 良知良能 天賦使然
위 率性人 景 긔엇더ᄒᆞ니잇고
○
脫解事理 或書字 或對句 互相則效
我日斯邁 而月斯征
위 就外傅 學幼儀 景 긔엇더ᄒᆞ니잇고
斯征 朝益舊習 相勉人
위 相勉人 景 긔엇더ᄒᆞ니잇고
養不中才 養不才 進德人
위 進德人 景 긔엇더ᄒᆞ니잇고
○
歌詠常祿 詠行篤 敦其友愛 諭角

〈俗樂歌詞〉上・〈樂章歌詞〉

五倫歌　樂章歌詞所載六章

一、判陰陽、位高下、天尊地卑、生萬物、厚黎民、代作聖賢、仁義禮智、三綱五常、秉彝之德、위　萬古流行人景긔엇더ᄒ니잇고

〔葉〕　伏羲神農、黃帝堯舜、伏羲神農、黃帝堯舜　위　立極人景긔엇더ᄒ니잇고

二、父爲天、母爲地、生我劬勞、養以乳、敎以義、欲報鴻恩、泣竹笋生、扣氷魚躍、至誠感神、위　養老人景긔엇더ᄒ니잇고

〔葉〕　曾參閔子、兩先生의、曾參閔子、兩先生의、위　定省人景긔엇더ᄒ니잇고

三、納陳君、盡忠臣、居仁有義、尙文德、韜武功、民得其所、耕田鑿井、含哺鼓腹、太平盛代　위　復唐虞人景긔엇더ᄒ니잇고

四、男有室、女有家、天定其配、納腏膈、合二姓、文定厥祥、情勢好合、如鼓琴瑟、夫唱婦隨、위　和樂人景긔엇더ᄒ니잇고

〔葉〕　鳳凰來儀、麒麟必至、鳳凰來儀、麒麟必至　위　祥瑞人景긔엇더ᄒ니잇고

五、兄及弟、式相好、無相猶矣、閔于墻、外禦侮、死生相救、兄恭弟順、秩然有序、和樂且湛、위　讓義人景긔엇더ᄒ니잇고

〔葉〕　百年偕老、死則同穴、百年偕老、死則同穴　위　言約人景긔엇더ᄒ니잇고

六、交友三、損友三、擇其善從、補其德、責其善、無忘故舊、有酒醑我、無酒沽我、蹲蹲舞我、위　表誠人景긔엇더ᄒ니잇고

〔葉〕　伯夷叔齊、兩聖人의、伯夷叔齊、兩聖人의、위　相讓人景긔엇더ᄒ니잇고

〔葉〕　晏平仲의善與人交、晏平仲의善與人交、위　久而敬之人景긔엇더ᄒ니잇고

金台俊編著〈朝鮮歌謠集成〉, 發行日 ： 1934. 2. 11, 朝鮮語文學會

男有室女有家天定其配伯雙爲合二妹文定厥祥情勢好合

如鼓瑟琴夫唱婦隨　偉　和樂ㅅ景긔엇더ᄒᆞ니잇고

百年偕老死則同穴百年偕老死則同穴　偉　言約ㅅ景

긔엇더ᄒᆞ니잇고

兄及弟式相好無相猶矣鬩于墻外禦侮死生相救兄恭弟順

秩然有序和樂且湛　偉　讓義ㅅ景긔엇더ᄒᆞ니잇고

伯夷叔齊兩聖人의伯夷叔齊兩聖人의　偉　相讓ㅅ景

긔엇더ᄒᆞ니잇고

益友三損友三擇其善從補其德貴其善無忌故曰有酒湑我

無酒沽我蹲蹲舞我　偉　表誠ㅅ景긔엇더ᄒᆞ니잇고

晏平仲의善與人交晏平仲의善與人交　偉　久而敬人

景긔엇더ᄒᆞ니잇고

五倫歌六曲　未知誰作而　仁祖朝刊行

判陰陽位高下天尊地卑生萬物厚澤黎民代作聖賢仁義禮智
三綱五常裏裏之德　偉　萬古流行ㅅ景긔엇더ᄒ니잇고
葉　伏羲神農黃帝堯舜伏羲神農黃帝堯舜　偉　立極
ㅅ景긔엇더ᄒ니잇고

父爲天母爲地生我劬勞養以乳敎以義欲報鴻恩是涇竹笋
生扣氷魚躍至誠感神　偉　養老ㅅ景긔엇더ᄒ니잇고
葉　曾參閔子兩先生曾參閔子兩先生이　偉　定省ㅅ
景긔엇더ᄒ니잇고

納諫君盡忠臣居仁有義尚文德韜武功民得其所耕田鑿井
舍飽鼓腹太平盛代　偉　復唐虞人景긔엇더ᄒ니잇고
葉　棋鳳必至鳳凰來仪棋鳳必至鳳凰來仪　偉　祥瑞人
景긔엇더ᄒ니잇고

李衡祥〈樂學便考〉

니잇고葉 伯夷叔齊兩聖人(ᄇᆡ이슉졔량셩인)의

伯夷叔齊兩聖人(ᄇᆡ이슉졔량셩인)이

위 相讓(샹양)ㅅ景 긔 엇디ᄒ니잇고 ○ 益友三損友三擇(익우삼손우삼뒥)

其善後補其德責其善無忘故舊有酒湑我無酒沽(기선죵보기뒥칙기선무망꼬구유쥬셔아무쥬고)

我蹲蹲舞我(아준준무아)

위 表誠(표셩)ㅅ景 긔 엇디ᄒ니잇고

晏平仲(안평듕)의 善與人交(선여인교) 晏平仲(안평듕)의 善與人交(선여인교)

위 久而敬之(구이경지)ㅅ景 긔 엇디ᄒ니잇고

尙文德 翰武功 民得其所 耕田鑿井 含哺鼓腹 太平
샹문덕 한무공 민득기소 경뎐착졍 함포고복 태평
盛代 復唐虞人
위 복당우
景 긔엇더ᄒ니잇고
葉 鳳凰來儀 麒麟必至 鳳凰泰儀
봉황리의 긔린필지 봉황리의
위 祥瑞人
景 긔엇더ᄒ니잇고

男有室 女有家 天定其配 紉雙鴛鴦
남유실 녀유가 텬뎡기비 납ᄱ안합
姓 文定厥祥 情勢好合 如鼓瑟琴 夫唱婦隨
셩 문뎡궐샹 졍셰호합 되고슬금 부챵부슈
위 和樂人
景 긔엇더ᄒ니잇고 ○

百年偕老 死則同穴 百年
빅년히로 ᄉ즉동혈 빅년
景 긔엇더ᄒ니잇고 葉
六停 言約人
위 언약
景 긔엇더ᄒ니잇고 ○

偕老 死則同穴 言約人
리로 ᄉ즉동혈 언약
위
景 긔엇더ᄒ니잇고 ○

及家 式相好 無相猶 美閱于墻外 禦侮 死生相救
급데 식샹호 무샹유 의격열우챵쟝 외어모 ᄉ싱샹구
恭身 順秋然 有序 和樂 湛 讓義人
공대 순딜띤 유셔 화락 답 위 양의
景 긔엇더ᄒ니잇고

五倫歌

判 陰陽(음양) 位高下(위고하) 天尊地卑(텬존디비) 生萬物(ᄉᆡᆼ만믈) 尊黎民(존녀민) 代作聖賢(ᄃᆡ작셩현)

仁義禮智(인의례디) 三綱五常(삼강오상) 秉彝之德(병이지덕) 萬古流行(만고류힝) 人(인)

人졍景 긔 엇더ᄒᆞ니잇고

葉 伏羲神農皇帝堯舜(복희신농황뎨요슌) 伏羲神農皇帝堯舜

立極(립극) 人景 긔 엇더ᄒᆞ니잇고 ○

父爲天(부위텬) 母爲地(모위디) 生我劬勞(ᄉᆡᆼ아구로) 養以乳(양이유) 教以義(교이의) 欲報鴻恩(욕보홍은)

泣竹笋生(읍듁슌ᄉᆡᆼ) 加氷魚躍(가빙어약) 至誠感神(지셩감신) 養老(양로) 人景 긔 엇더ᄒᆞ니잇고 ○

葉 曾參閔子(증참민ᄌᆞ) 兩先生(냥션ᄉᆡᆼ) 曾參閔子 兩先生

人景 긔 엇더ᄒᆞ니잇고 ○

納諫君(납간군) 盡忠臣(진튱신) 居有義(거유의)

○禮曹啓新製歌聖德祝聖壽樂章二篇請載樂府用於宴享從之獻聖德
月於皇明受天命聖維神承顧九五大一統撫於萬邦日月
所照霜露所墜莫不來庭偉四海一家
偉四海一家景何如帝德廣運寘被九圍
問王節星昭我冠冕服聖若天仙偉燮之敬之景何如降綸綍布德音
天祝使番吐空霞輝星月偏衛忽姬神人胥悅父老勝歡蹈舞蹁躚偉
祝壽萬年景何如海隅日出沐浴恩波偉祝壽萬年景何如天海同
海不波濟世瑢照重九譜歡百瑢庶邦來賀一人有慶萬福來同海隅
河清偉天下大平景何如殊方異域欣塞稱臣偉天下大平景何如

惟我王盡忠誠心同燧臺報歉帛勤梯航虞恭候度上下交孚中外宇
一小大稽首偉三呼萬歲景何如帛西盤松洞燕華樽上率群臣備禮儀開張祖席鳴琴瑟偉
景旋景何如八條教啓群蒙仁聖化伸無窮偉永荷皇恩景何如
祖宗致其孝盡其忠偉永荷皇恩景何如帝仁聖擴包谷懷柔篤眷顧隆偉
聰偉永荷皇恩景何如晃天命益虞恭誠之至達宸
何如使華至宣皇風綠綸密錫予重偉永荷皇恩京何如惟我王繼
遠舞蹈及黃童偉永荷皇恩景何如化東漸軼禹功偉比極歈時斑偉永荷皇恩景何
偉永荷皇恩景何如化東漸軼禹功偉比極歈時斑偉永荷皇恩景何
如我受恩重華萬祝聖壽耆耇守偉永荷皇恩景何如

〈世宗實錄〉卷44，世宗11年6月癸未

天生　聖主。父母。東人偉萬歲。乙世伊小西。勤農粲

厚民生。培養邦本。崇禮讓。尚忠信。固結民心。德澤之

光風化之治。頌聲浄溢。偉長治景。其何如。

華山漢水。朝鮮王業。偉并久景。其何如。

訓兵書教陳兵以習坐作。順時令擇開曠不廢蒐狩。

萬騎雷驚殺不盡物。樂不極盤偉講武景其何如。

長慮卻顧安不忘危偉預備景其何如。

懼天災悶人窮克謹祀事。進忠直退姦邪欽恤刑罰。

考古論今夙夜圖治日順一日偉無逸景其何如。

天生　聖主以惠吾人。唱偉千歲乙世伊小西慶會

樓廣延褰帷無歡諮暎烟氣納灝氣遊目天表江山

風月景鶡萬千。宣暢鬱烟偉登覽景其何如。

選於方丈瀛洲三山偉何代可覓止於慈止於孝。天

性同懼止於仁止於敬明良相得先天下憂後天下

樂。樂而不滛偉侍宴景其何如。

華山曲 乙巳四月

華山南漢水北朝鮮勝地白玉京黃金關平夷通達
鳳峙龍翔天作形勢經緯陰陽偉都邑景其何如。
太祖
太宗劍業貽謨偉持守景其何如。
內受禪上稟命光明正大禁革竊通商賈懷服倭邦。
善繼善述天地交泰四境寧一偉太平景其何如。
至誠忠孝睦鄰以道偉兩得景其何如。
有敬畏戒逸欲貽行仁義開經筵覽經史學貫天人。
置集賢殿四時講學春秋製述偉右文景其何如。
天縱之聖學問之美偉古今景其何如。

卞季良〈春亭集續集〉, 發行日 ： 1937. 8. 25,
發行所 ： 大邱府明治町一丁目60番地 卞斗星

華山別曲　樂章歌詞所載(八章)(文獻備考에引)

一、華山南、漢水北、朝鮮勝地、白玉京、黃金闕、平夷通達、鳳峙龍翔、天作形勢、經緯陰陽、偉(위)　都色人景긔엇더ᄒ니잇고。太祖太宗、創業貽謨　위　持守人景긔엇더ᄒ니잇고

二、內受禪、上稟命、光明正大、禁草竊、通商賈、懷服倭邦、善積善述、天地交泰、四海寧一、위　太平人景긔엇더ᄒ니잇고。至誠忠孝、睦鄰以道　위　兩得人景긔엇더ᄒ니잇고

三、存敬畏、戒逸欲、孜行仁義、開經筵、覽經史、學貫天人、遣集賢殿、四時講學、春秋製述、위古人人景긔엇더ᄒ니잇고。天挺之聖、學問之美、위　古今景긔엇더ᄒ니잇고

四、訓兵書、敎陣法、以智坐作、順時令、擇閑曠、不廢蒐狩、萬騎雷駕、殺不盡物、樂不極盤、위講武人景긔엇더ᄒ니잇고。長盧却顧、安不忘危　위　豫備景、긔엇더ᄒ니잇고

五、懷天災、悶人窮、克謹祀事、進忠直、退姦邪、欽恤刑罰、考古論今、夙夜圖治、日愼一日、위　無逸人景긔엇더ᄒ니잇고。天生聖主、以惠東人、위　千歲世―

六、慶會樓、廣延樓、崔嵬敞豁、軼煙氣、納灝氣、遊目天表、江山風月、景槪萬千、宜暢鬱堙、위　登覽景긔엇더ᄒ니잇고　蓬萊方丈瀛洲三山　위　何代可覓

七、止於慈、止於孝、天性同歡、止於仁、止於敬、明良相得、先天下憂、後天下樂、樂而不淫、위　侍宴景긔엇더ᄒ니잇고。天生聖人、父母東人、위　萬歲世―

八、勤農桑、厚民生、培養邦本、崇禮讓、尙忠信、固結民心、德澤之光、風化之洽、頌聲洋溢、위　長治景긔엇더ᄒ니잇고。華山漢水、朝鮮王業、위　並久景人긔엇더ᄒ니잇고

金台俊編著 〈朝鮮歌謠集成〉, 發行日 : 1934. 2. 11, 朝鮮語文學會

東人偉萬歲世勤農桑厚民生培養邦本崇禮讓倘忠信固結民心

德澤之光風化之洽頌聲洋溢偉長治與其何如華山漢水朝鮮王

菜偉亞久與其何如

世宗七年大提學卞季良製華山別曲以進命載諸樂部用之宴饗

華山別曲

華山南漢水北朝鮮勝地白玉京黃金闕平夷阻遠鳳跱龍翔天作
形勢瑩綠陰陽偉都邑景其何如太祖太宗創業貽謨偉持守景其
何如內受釐上興命光明正大蔡草頒通商貢懷服倭邦善繼述
天地交泰四境寧一偉太平景其何如至誠忠孝睦降以道偉兩得
景其何如存敬畏戒逸欲躬行仁義開經筵覽經史學貫天人遷樂
賢殿四時講學春秋製述偉右文景其何如天縱之聖學問之美偉
古今景其何如訓兵書教陳兵以習坐作順時令擇閑曠不廢蒐狩
萬騎畢驚殺不盡物樂不極偉講武景其何如長慮却顧安不忘
危偉預備景其何如懼天災恤人窮克謹記事進忠直退姦邪欽恤
刑罰考古論今夙夜圖治日慎一日偉無逸景其何如天生聖主以
惠東人偉千歲世慶會樓廈延樓童晃煥煙氣納灝氣遊目天
表江山鳳月景煥萬千官爬壁墀偉登覽景其何如蓬萊方丈瀛洲
三山偉何代可覓此於怸止於孝天性同歎止於仁止於敬明良相
得先天下憂後天下樂樂而不淫偉待宴景其何如天生聖主父母

俱天災憫人窮克謹祀事進忠直退奸邪欽恤刑罰考古論今
風夜宵旰愼一日　偉　無逸人景 긔엇더ᄒ니잇고　葉
天生聖主以惠東人天生聖主以惠東人　偉　千歲ᄅ쇼셔 디ᄂ리잇고

慶會樓廣延樓崔嵬敵嶈輯烟氣納顥氣游目天表江山風月
景縣萬千宣暢爵埋　偉　登覽人景 긔엇더ᄒ니잇고　葉
蓬萊方丈瀛洲三山蓬萊方丈瀛洲三山의어듸ᄯ어드리잇고

止於慈止於孝千世同歡止於仁止於敬明良相得先天下憂
後天下憂樂而不淫　偉　侍宴人景 긔엇더ᄒ니잇고　葉
天生聖主父母東人天生聖主父母東人　偉　萬歲ᄅ쇼셔 디ᄂ리잇고

勸農桑厚民生培養邦本崇禮讓尚忠信固結民心德澤之洸
風化之洽頌辞洋々　偉　長治人景 긔엇더ᄒ니잇고　葉
華山漢水朝鮮王業華山漢水朝鮮王業　偉　並久人景
긔엇더ᄒ니잇고

華山別曲九章　未知誰作而似在　世宗朝

華山南漢水北朝軒勝地白玉京黃金闕平夷洞達鳳峙龍翔

天作形勢経緯陰陽　偉　都邑人景긔엇더ᄒ니잇고

佃受祥上稟命光明正大禁草窃通商賈懷服倭邦善継善述

天地交泰四境如一　偉　太平人景긔엇더ᄒ니잇고至誠

忠孝睦隣以道至誠忠孝睦隣以道　偉　両得人景긔엇더

ᄒ니잇고

存敬畏戒逸欽躬行仁義間経遊覧経史ᄌ貫天人置殿集賢

四時講学春秋製述　偉　右文景긔엇더ᄒ니잇고葉

天倪之聖学文之美天倪之聖学文之美古今人景애엇부니

訓兵書教陣法以習坐作順時令擇閒曠不廢蒐狩萬騎雷騖

殺不盡物衆不盤极　偉　講武人景긔엇더ᄒ니잇고葉

長慮却顧安不忘危長慮却顧安不忘危　偉　預備人景

긔엇더ᄒ니잇고

李衡祥〈樂學便考〉

그잇디ᄒᆞ니잇고 葉 華(화)山(산)漢(한)水(슈)朝(됴)鮮(션)王(왕)業(업)華(화)山(산)漢(한)水(슈)

朝(됴)鮮(션)王(왕)業(업) 위 並久人(?)景(졍) 그잇디ᄒᆞ니잇고

○ 慶會樓 廣迤樓 崔嵬敞豁
天表江山 風月 紫霞萬千
納瀛氣遊目
위 登覽ㅅ景 긔 엇더ᄒ니잇고
葉 蓬萊方丈瀛洲三山 蓬萊方丈瀛洲三山
위 어데가 어드리잇고

○ 性同歡 止於仁 止於敬 明良相得
先天下憂 後天下樂 止於慈 止於孝
樂樂而不淫
위 侍宴ㅅ景 긔 엇더ᄒ니잇고
葉 天生聖主父母東人 天生聖主父母東人
위 萬歲를 누리ㅅ景 긔 엇더ᄒ니잇고

企行 ○ 勸農桑 厚民生 培養邦本
崇禮讓 尚忠信 固結民心
德澤之克 風化之洽 頌聲洋溢
위 長治ㅅ景 긔 엇더ᄒ니잇고

입뎡景 긔 엇더ᄒᆞ니잇고 葉텬

天縱之聖 學文之美ㅣ우고 古今入뎡景에 엣부니잇고 ○ 훈병(訓兵)

書敎陣讀以習 坐作順時令 擇閑曠不廢 蒐狩萬騎

驚殺不盡物 樂不耽盤 위 講武入뎡景 긔 엇더ᄒᆞ니 잇고葉

安不忘危 長慮却顧 安不忘危 위 長慮却顧 入景 긔 엇더ᄒᆞ니

잇고葉 預備入뎡景 긔 엇더ᄒᆞ니잇고 ○ 懼天笑 瞯人窮 克謹

死事進忠 宜退奸邪 欽恤刑罰 考古論今 夙夜圖治

日慎一日 無逸入뎡景 긔 엇더ᄒᆞ니잇고 葉텬

主以惡東人 天生聖主 以惠東人ㅣ 千歲

쥬이혜둥인 뎐싱셩쥬이체둥인 위 쳔셰를 누리쇼셔

華山別曲

華山南 漢水北 朝鮮勝地
화산남한슈북됴션승디
白玉京 黃金闕 平夷洞遷鳳
빅옥경황금궐뗘이동달봉
崒龍翔天 作形勢 經緯陰陽
티룡샹텬작형셰경위음양
위 都邑人景 긔 엇더ᄒ니잇고
우도음ㅅ경긔엇더ᄒ니잇고
葉 太祖太宗 創業貽謀 太祖太宗 創業貽謀
태조태종챵업이모 태조태종챵업이모
위 持守人景 긔 엇더ᄒ니잇고
디슈人경긔엇더ᄒ니잇고
○ 納受禪 上稟命 光明正大
납슈뎐샹픔ᄋ뎡광명졍대
禁草竊 通商賈 懷服倭邦 善繼善述 天地交泰
금초뎔통샹고회복왜방션계션슐텬디교태
四境寧一 위 大平人景 긔 엇더ᄒ니잇고
ᄉ졍령일우대팡人졍긔엇더ᄒ니잇고
葉 睦隣以道 至誠忠孝 睦隣以道 위 兩得人景 긔 엇더ᄒ니잇고
목린이도지셩트효목린이도우량득人졍긔엇더ᄒ니잇고
存敬畏 戒逸欲 躬行仁義 開經筵 覽經史
존경외계일욕궁힝인의기뎡년람뎡
學貫天人 置敏集賢 四時講學 春秋製述 위 右文
ᄉ효판텬인티뎡집현ᄉ시강학츈츄졔슐우우문

〈樂章歌詞〉

華山(화산) 漢水(한슈) 朝鮮(됴선) 王業(왕업) 華山(화산) 漢水(한슈)
긔 엇더ᄒ니잇고 葉
朝鮮(됴선) 王業(왕업)이 並(병) 久(구) 人(인) 景(경) 위
긔 엇더ᄒ니잇고

詞
○ 慶會樓廣近樓　崔嵬敞割　鞹煙氣約瀨　氣遊目
졋긔구밤히ᄅ루쥐외잡힐줌된분남ᅙ고ᄀ

天表延小風月　景縣萬千　宣暢靜選　우　發覽入　졍그
딴산풍딘ᄭ애만쳔틴탕올빈우　등밤

蓬萊方丈瀛洲一山　蓬萊方丈瀛
봉리방댱영쥬심산　봄리방댱영

어티ᄒ니잇ᄭ　葉

새 디가어드리싯ᄭ　꼼○
시이ᄌ지이효된　慈止於孝　天下
ᄭ신윈회　止於仁　敬良相得坵　天下憂後天퇴
셜두ᄒ지리인지이ᅌ병란삿득션틴하우후

樂而下游　우시연入　졍 景 그엇디ᄒ니잇고 業
릭젹이ᄅ효

聖父娘東人天生　聖主欠毋東人　우! 萬巖를 누리
셩쥬부모들인틴심셩쥬부모동인우만세

企ᄉ○
勤農桑厚民生　培養邪本　崇禮讓　尚忠信固
권롱상후민심비양방본슝레양샹둥신고

結民心德澤之克　風化之音容성양일　우 長治人 景
틴민셤딕뒤지국픙화지흠ᄋ

入
징 景 그엇디ᄒ니잇고 葉 뎐
天縱之聖 學文之美 天縱

之聖學文之美ㅣ 古今 人 징ᄂ 엿ᄇᄂ잇고 ○ 훈 兵
죵지션ᄒ혹분지미뎐죵 兵

書敎陣法 以習坐作 順時令 擇閑曠 不廢蒐狩 萬騎
셔ᄑ단법이습좌작시령퇴한ᄯ블폐수슈만긔

需驚殺不盡物 樂不拯盤 위 講武人景 그엇디ᄒ니
리무삳본진을락블규반 우강무 경 그엇디ᄒ니

잇고 葉 댱
長慮却顧 安不忘危 長慮却顧 安不忘危
長慮却顧 安不忘危 長慮却顧 安不忘危 우

預備人 景 그엇디ᄒ니잇고 ○
懼天笑 瞯人窮 克謹
구뎐치민안궁근 謹

예비 人 景 그엇디ᄒ니잇고 懼天笑 瞯人窮 克謹

事進忠直 退邪 欽恤刑罰 考古論今 風夜圓燈
ᄭ사진퉁의퇴간샤흠휼형벌고고론슈샤도틴금슈야도틴圓燈

日愼一日 無逸 入 景 그엇디ᄒ니잇고 葉 뎐
일신一日 無逸 人 경 그엇디ᄒ니잇고 天生聖

主以惠東人 天生聖主 以惠東人ㅣ 千歲를 누리金
슈이혜동인뎡셩슈이혜동인 위 쳔셰를 누리 金

華山別曲

華山南漢水北朝鮮勝地白玉京黃金闕亞夷洞達鳳
화산남한슈북됴션승디 빅옥경황금뎐ㅇ이동달봉

崎龍翔天〔作〕形勢経緯陰陽ㅣ都邑ㅅ景
의형셰경위음양우도읍ㅅ경 그엇더ᄒ니

持守人景긔엇더ᄒ니잇고 ○ 納受禪上稟俞光朝
디슈ㅅ경긔엇더ᄒ니잇고 납슈션샹품명괏됴

太祖太宗剏業貽謀
조태종창업이모더

太祖太宗剏業貽謀
조태종창업이모우

太祖太宗剏業貽謀ㅣ
조태종창업이모ㅣ

正大禁草竊通南賈懷服倭邦善繼善述天地交泰
졍대금초뎔듕샹고죄복좨방션게션슐텬디교태

四境寧一大平八景긔엇더ᄒ니잇고 ○ 至誠忠孝
소경녕일대핑팔경 그엇더ᄒ니잇고 지셩튱효

睦隣以道至誠忠孝睦隣以道ㅣ兩得人景그엇더
목린이도지셩튱효목린이도우량득인경그엇더

目隣以道至誠忠孝睦隣以道ㅣ兩得人景그엇더
목린이도지셩튱효목린이도우량득인경그엇더

존녕일우대평八景그엇더ᄒ니잇고 ○ 至誠忠孝
녕일우대평팔경그엇더ᄒ니잇고 지셩튱효

存敬畏戒逸敬躬行仁義開経遊覧経
존경외계일욕궁힝인의기징연람경

古니잇고 ○ 尊敬畏戒逸敬躬行仁義開経遊覧経
ᄒ니잇고 존의게일욕궁희인의기징연람뎡

史學貫天人置嚴集賢四時講學春秋製述ㅣ右文
소학관텬인티뎐집현소시강학춘추졔슐우우문

ᄉ亨學貫天人置嚴集賢四時講學春秋製述ㅣ右文
티뎐집현소시강학춘추졔슐우우문

〈俗樂歌詞〉上, 京都大圖書館, 河合文庫

○大提學卞季良製華山別曲以進。其詞曰。華山南漢水北朝鮮勝地。
白玉京黃金闕平夷通達。鳳峙龍翔天作形勢經陰陽。偉都邑景其
何如。太祖太宗創業貽謀。偉持守景其何如。內父譯上禀命光明。
正大蘩草窩通高貫康服倭邦叅礪善述。天地交泰四覓宇。偉太平
景其何如。至誠忠孝陸醉以道。偉兩得景其何如。存敬畏成遊欲躬
行二義。開經筵覽經史學貫天人置
文景其何如。天縱之聖樂問之美。偉古今景其何如。訓
以習坐作順時令擇開曠不殷茺狩。蒐騎畬鷂發不盡物樂不極盤。偉
武景其何如。長慮却顧妥不忘危。律預備景其何如。惟天災問人
窮兄趨祀事進忠直退姦邪欽恤刑罰考古論今風夜圖治日慎一日。
偉無逸景其何如。聖主以憂宋人。偉千歲世慶舍
摧殘延接崔魏敬豁軼烟氣納顥氣遊目天表江山風月景榮萬千宣
暢懷埋偉登眺景其何如。蓬萊乃文滁洲三山。偉何代可見止於孝。
止於孝天性同欲止於仁止於敬。明良相得先天下憂後天下樂。樂而
不淫偉侍宴景其何如。天生聖主。父母東人。偉萬歲乙世
勸農桑厚民生培養邦本崇樓讓尚忠信周結民心德澤之光風化之
洽頌華洋溢偉良治景其何如。筆山漢水朝鮮王業。偉並父景其何
如。命載詩樂部。用之宴饗。

〈世宗實錄〉, 卷28, 世宗7年乙巳4月辛丑

式相好　無相猶　兄弟眞情
捲和同　無爭訟　兄弟遺風
佩服不忘　終身誦之　従篤其情
爲　親睦九族景　幾何如爲尼是叱古
(서)　親睦九族景　긔엇더ᄒᆞ니잇고)
宜兄宜弟　天倫樂事　宜兄宜弟　天倫樂事
爲　閔于墻　我隙休老里羅
(마)　閔于墻　나는고료다라)
採於山　釣於水　可以療飢
行無牽　止無泥　惟適所安
用舍行藏　安貧樂道　蹈蹈琼琼
爲　藏器待時景　我何如爲尼是叱古
(서)　藏器待時景　긔엇더ᄒᆞ얏더잇고)
思君不忘　一片丹心　思君不忘　一片丹心
爲　天乙沙知飛是多
(마)　(하놀이사아느이다)　爲　하놀이아미처아ᄅᆞ시더이다)

九月山 三支江 儞州勝地
後裔末 前朝初 柳氏起家
文怖 文正 貞愼 章敬 代代封公
爲 積善流芳景 幾何如爲尼是叱古
(리)
(爲) 積善流芳隈 긔엇더ᄒ니잇고
禮志述那 無忝雨風 繼志述那 無忝祖風
爲 我從良 幾叱分是古
(셔) (날좃아)
(爲) 我從良 몃분이시너잇고 (이잇고)
父兮生 母含有 子孫蛀
出必告 反必面 探賾問疑
爲 顔柏色 昏定晨省 永言孝思
爲 餘慶無窮景 幾何如爲尼是叱古
(너)
(爲) 餘慶無窮隈 긔엇더ᄒ니잇고
欲報之德 昊天罔極 欲報之德 昊天罔極
爲 於飛尺 報所乎尼是叱古
(어ᄂ제)
(爲) 어ᄂ잔의잣ᄉ오미잇고

〔九月山別曲〕〈國學〉3號, 國學大, 1947

九月山別曲

〈文化柳氏世譜〉(丙寅譜, 1923)

九月山別曲　　柳嶺怡製

九月山 三支江 儒州勝地 蘭朝後孫末
柳氏起家 文簡文正 貞度章敬 代代封公爲積世旅 文
芳景 긔 엇더ᄒ니잇고
鑑志迷事 天泰祖晟 再昌爲 ᄯ분아시니잇고 文
子孫姓娃 反出必告 綠舞蹁躚 承順顏色 定最有 永言孝思爲餘慶無窮景긔 氏相好 無相信
엇더ᄒ니잇고 敏之德 一再唱爲 어늬잔의 갑ᄉ오리 잇고
兄弟眞情 無爭於 撚和同 先祖遺風 颯颯眼身捐之 不忘之 慈篤其情爲親睦九族景긔 㭪於山可
엇더ᄒ니잇고 宜兄宜弟 一再唱爲 關于墻나ᄂ 모로ᄒ리라 的於水山可
以療飢 此天无 惟適所安 用行舍藏 實貪樂道 路碼津準爲 究若神 時末刻엿
머ᄒ니잇고 一思君不忘 再唱爲 하ᄂ이아 잇ᄎ어 두시리 이다

〈文化柳氏世譜〉(乙酉續譜, 1765)

之(지)德(덕)極(극)再(재)唱(창)爲(위) 어ᄂ자ᄂ갑ᄉ오리잇고 式(식)相(샹) 無(무)相(샹)

好(호)兄(형)弟(뎨)眞(진)情(졍) 怨(원)和(화)同(동) 訟(숑)先(션)祖(조)遺(유)書(셔) 佩(패)終(죵)

欲(욕)服(복)不(블)忘(망) 身(신)謫(적)之(지) 益(익)篤(독)其(기)情(졍) 爲(위)親(친)睦(목)九(구)族(족)

景(경) 그어더ᄒ니잇고 宜(의)兄(형)弟(뎨) 天(텬)倫(륜)樂(락)事(ᄉ) 再(재)唱(창)爲(위)閑(한)

于(우)墻(쟝) 나ᄂ마로리다 釣(됴)於(어)山(산)水(슈) 可(가)以(이)療(료)飢(긔)止(止)行(행)

無(무)毒(독)惟(유) 遍(편)所(소)安(안) 用(용)行(힝)舍(샤)藏(장)樂(락)道(도)踽(우)踽(우)洋(양)

無(무)泥(니) 惟(유)遍(편)所(소)安(안) 藏(장)器(긔)待(ᄃ)時(시)謫(경) 그어더ᄒ니잇고 思(ᄉ)君(군)一(일)片(편)

洋(양)爲(위)藏(장)器(긔)待(ᄃ)時(시)

正(정)不(블)忘(망) 心(심) 再(재)唱(창)爲(위)郭(곽) 리사밋일ᄉ리이다

떠ᄂᆡ丹(단)

九月山산別별曲곡

九구月월千쳔山산 儒유州쥬勝숭地디 後후 前쳔朝됴初초애 柳류氏시起긔
三삼韓文지江강 ⋯ 後梁량末말
家가門文문簡간 正졍 代뒤代뒤封봉公공 爲위積젹善션
貞뎡愼신章장敬경 代대代대封봉公공 爲위積젹善션
繼계志지述술事ᄉᆞ 無무忝祖조風풍 再ᄌᆡ喝갈
流류芳방景경 긔엇더ᄒᆞ니잇고
爲위父부母모 育휵子ᄌ孫손 生ᄉᆡᆼ生ᄉᆡᆼ出출 反반
必필告고 必필面면綵치 舞무踊용躔선 承승順슌顔안色색 昏혼定뎡晨신省성 永영言언思ᄉᆞ
孝효爲위餘여慶경 無무窮궁景경 긔엇더ᄒᆞ니잇고
昊호天텬 欲욕報보 ⋯

〈文化柳氏世譜〉(嘉靖譜, 1526)

霜臺別曲　樂章歌詞所載(五章)

一、華山南、漢水北、千年勝地、廣通橋、雲鍾街건너드러　落落長松、亭亭古柏、秋霜烏府、위　萬古淸風人景긔엇더ᄒ니잇고

二、鷄旣鳴、天欲曉、紫陌長堤、大司憲、老執義、臺長御史、鴛鷺驂驔、前呵後擁、辟除左右、위　上臺ㅅ人景긔엇더ᄒ니잇고

〔葉〕英雄豪傑、一時人才、英雄豪傑、一時人才、위　날조차몃분니잇고

三、各房拜、禮畢後、大廳齊坐、正其道、明其義、參酌古今、時政得失、民間利害、救弊條陳、위　狀上人景긔엇더ᄒ니잇고

〔葉〕싁싁ᄒ더　風憲所司、싁싁ᄒ더　風憲所司、위　振起頹綱人景긔엇더ᄒ니잇고

四、聞議後、公事畢、房主有司、脫衣冠、呼先生、烹龍炮鳳、黃金醴酒、滿鏤臺盞、위　勸上人景긔엇더ᄒ니잇고

〔葉〕君明臣直、太平盛代、君明臣直、太平盛代、위　從諫如流人景긔엇더ᄒ니잇고

五、楚澤醒吟이아、너는됴ᄒ녀　鹿門長往이아、너는됴ᄒ녀　明良相遇、河淸盛代예　驄馬會集이아、난됴하이다

〔葉〕즐거온뎌　先生監察、즐거온뎌　先生監察、위　醉흔景긔엇더ᄒ니잇고

金台俊編著〈朝鮮歌謠集成〉, 發行日 : 1934. 2. 11, 朝鮮語文學會

霜臺別曲五章 〔二曲自宗福業章至此皆樂院所刊行者而此二曲錄是世宗朝作〕

華山南漢水北千年勝地廣道擁雲沒街건너드러落落長松
亭亭古栢秋霜烏府 偉 萬古淸風ㅅ景긔엇더ᄒᆞ니잇고
葉 英雄豪傑一時人才英雄豪傑一時人才 偉 ᄲᅵ조
빗ᄂᆡᆫ景긔엇더ᄒᆞ니잇고

鷄旣鳴天欲曉紫陌長堤大司憲老執義全長御史駕鶴騑驛
前呵後擁辟除左右 偉 上金ㅅ景긔엇더ᄒᆞ니잇고
葉 振起頽綱振起頽綱 偉 긔ᄒᆞᆫ風憲所司
ㅅ景긔엇더ᄒᆞ니잇고

各房拜禮畢後大廳齊坐正其道明其義ᄒᆞᆫ的古今時政得失
民間利害救獘條條 偉 狀上ㅅ景긔엇더ᄒᆞ니잇고 葉
君明臣直太平盛代君明臣直太平盛代 偉 浸陳如流
ㅅ景긔엇더ᄒᆞ니잇고

圓議後公事畢房主有司脫衣冠呼先生ᄒᆞ거ᄉᆞᆫ 烹龍炮鳳
黃金醴酒滿鏤金盞 偉 勸上ㅅ景긔엇더ᄒᆞ니잇고
葉 즐거온더先生監察즐거온더先生監察 偉 醉ᄒᆞᆫ景긔
엇더ᄒᆞ니잇고

芝澤醒吟이아니는됴ᄒᆞ더鹿門長注이아니는됴ᄒᆞ더明良
相遇河淸盛代예駿馬會集이산ᄂᆞᆫ됴하이다

李衡祥〈樂學便考〉

위 狀上(진상)ㅅ 景(경) 그 엇더ᄒ니잇고
葉 君明臣直(군명신딕) 大平盛代(ᄃᆡᄑᆡᆼ셩ᄃᆡ) 君明臣直 大平盛代
위 從諫如流(죵간여류)ㅅ 景 그 엇더ᄒ니잇고
○ 圓議後(원의후) 公事畢(공ᄉ필) 房主有司(방쥬유ᄉ)
脫衣冠(탈의관) 呼先生(호션ᄉ) 섯겨 안자
烹龍炮鳳(팽룡포봉) 黃金醴酒(횡금례쥬) 滿鑪壺盞(만로호잔) 위 勸上(권샹)
ㅅ 景 그 엇더ᄒ니잇고
葉 즐거온뎌 先生監察(션ᄉ감찰) 즐거온뎌 先生監察
위 醉(취)혼ㅅ 景 그 엇더ᄒ니잇고
○ 楚澤(초ᄃᆡᆨ) 醒吟(셩음)이아 녀는 됴ᄒ녀
鹿門長往(록문댱왕)이아 녀는 됴ᄒ녀
明良相遇(명량샹우) 河淸盛代(하쳥셩ᄃᆡ)예
驄馬會集(총마회집)이아 난도 하이다

霜臺別曲

華山南 漢水北 千年勝地 廣通橋 雲鐘街
화산남 한슈븍 쳔년승디 광통교 운종개 건나드러

落落長松 亭亭古栢 秋霜烏府
락락댱숑 뎡뎡고ᄇᆡᆨ 츄상오부

위 萬古淸風ㅅ景 긔 엇더ᄒᆞ니잇고

葉 英雄豪傑 一時人才 英雄豪傑 一時人才
영웅호걸 일시인ᄌᆡ 영웅호걸 일시인ᄌᆡ

위 날조차 몃 분니잇고 ○

鷄旣鳴 天欲曉 紫陌長堤
계긔명 텬욕효 ᄌᆞ뫽댱뎨

大司憲 老執義 臺長御史
대ᄉᆞ헌 로집의 ᄃᆡ댱어ᄉᆞ

駕鶴驂鸞 前呵後擁 辟除左右
가학참난 젼아후옹 벽졔좌우

위 上臺ㅅ景 긔 잇더ᄒᆞ니잇고

葉 風憲所司 風憲所司
풍헌소ᄉᆞ 풍헌소ᄉᆞ

위 振起頹綱ㅅ景 긔 잇더ᄒᆞ니잇고 ○

各房拜禮 畢後大廳 坐正
각방ᄇᆡ례 필후대텽 좌졍

其道明 其義衆 酌古今
기도명 기의참 쟉고금

時政得失 民間利害 救弊條條
시졍득실 민간니해 구폐됴됴

綠樹에　陰이　滋　畫閣에　沉히　琴上薰風에

黃菊에　丹楓　錦繡靑山　鴻飛後에

爲　寧月交光　景幾何如

中興聖代　長樂太平에　爲　四節遊

이사이다

竹溪翁志

彩鳳飛 玉龍盤 碧山 松麓 紙

筆奉 硯墨池 가ᄌᆞ 鄕校 心趣

六經 志露千古 夫子 내後 爲

春調 夏弦 景幾何如

年 三月 長程路애 爲 呵喝

迎 景幾何如

楚山晚 小雲英臨구 山苑佳節 花

爛熳 爲君開 柳陰谷忙 待重

未 獨倚闌干 新鷰聲裡 爲

一朶綠陰 重未絶 天生絶艶

小桃紅도 時 爲千里相思 又

奈何

紅杏紛綸 芳草萋萋 樽前永日

竹溪別曲

竹嶺南 永嘉北 小白山前 千

載興之地 一樣風流 順政城裏

翠華奪 天子藏胎

釀作中興 景幾何如

清風柱閣 兩國頭街

清高 景幾何如

宿水樓 福田臺 僧林亭子 革

庵洞 郁錦溪 聚遠樓上 半醉

爲 進寺 景幾何如

高陽酒徒 珠履三千

從 景幾何如

爲 山水

爲 勢手相

前間恭作(1868~1942)　〈校註歌曲集〉(國故叢書第3輯),　發行　：
1951, 正陽社

竹溪別曲 五章

一、竹嶺南、永嘉北、小白山前、千載興亡、一樣風流、順政城裡、他代無隱(난
디업는)翠華峯 天子藏胎 爲、釀作中興景幾何如(위 釀作中興景ㅅ긔엇더
하니잇고)
清風杜閣、兩國頭御、爲。山水高景幾何如(위 山水노흔景ㅅ긔엇더하니잇고)

二、宿水樓、福田臺、僧林亭子、草菴洞、郁錦溪、聚遠樓上、半醉半醒、紅白
花開山雨裡良(속애) 爲、遊興景幾何如(위 遊興景ㅅ긔엇더하니잇고)
高陽酒徒、珠履三千、爲。携手相徒景幾何如 (위 携手相徒景ㅅ긔엇더하니
잇고)

三、彩鳳飛、玉龍盤、碧山松麓、低筆峰、硯墨池、齊隱鄉校、心趣六經、志窮千
古、夫子門徒、爲、春誦夏絃、景幾何如(위 春誦夏絃景ㅅ긔엇더하니잇고)
年年三月、長程路良、(길애) 爲、呵喝迎新景幾何如 (위 呵喝迎新景ㅅ긔엇
더하니잇고)

四、楚山曉、小雲英、山苑佳節、花爛熳、爲君開、柳陰谷(에)忙待重來、獨倚
欄干、新鶯聲裏、爲、一朵紅雲乘未絕
天生絕艶、小紅時(에) 爲、千里相思又奈何

五、紅杏紛紛、芳草萋萋、樽前永日、綠樹陰陰、畫閣沉沉、琴上薰風、黃菊丹
楓、錦繡春山、鴻飛後良、爲、雪月交光、景幾何如 (위 雪月交光景ㅅ긔엇
더하니잇고)
中興聖代、長樂太平、爲。四節遊是沙伊多(위 四節노녀이사이다)

金台俊編著,〈朝鮮歌謠集成〉, 發行日 ； 1934. 2. 11, 朝鮮語文學會

·竹溪別曲

竹嶺南永嘉北小白山前千載興亡一樣風流順政城裡仙代無隱繁華

峯

天子藏胎爲釀作中興景幾何如

清風壯閣兩國頭術爲山水淸高景幾何如

宿水樓福田崇僧林亭子草菴洞郁錦溪聚遠樓上半醉半醒紅白花開

山雨裡良爲遊寺景幾何如

高陽酒徒珠履三千爲携手相從景幾何如

彩鳳飛玉龍盤碧山松籠紙筆峰硯墨池齊隱鄉校心趣六經志窮千古

夫子徒爲春誦夏絃景幾何如

年年三月長程路良爲呵喝迎景幾何如

楚山曉小雲英山苑佳節花爛熳爲君開柳陰谷忙待重來獨倚闌干新

鶯聲裡爲一朵綠陰垂未絕天生絕艷小桃紅時爲千里相思又奈何

紅杏紛紛芳草萋萋樽前永日綠樹陰陰畫閣沉沉琴上燕風黃菊丹楓

錦繡靑山鴻飛後良爲雪月交光景幾何如中興聖代長樂太平爲四節

遊是沙伊多

〈大東野乘〉四, 海東雜錄三(周世鵬), 發行所 ： 朝鮮古書刊行會, 發行日 ： 1910. 4. 25

苑

楚山曉小雲英山苑佳節花爛熳為君開柳陰谷
忙待重來獨倚欄干新鶯聲裏為一朵綠雲善未
絕天生絕艷小紅時為千里相思又奈何
紅杏紛紛芳草萋萋樽前永日綠樹陰陰晝閣流
沉琴上薰風黃菊丹楓錦繡春山鴻飛後良為墨
月交光景幾何如中興聖代長樂太平為四節趍
是以律多

竹溪別曲

竹嶺南永嘉北小白山前千載興亡一樣風流順
政城裏他代無隱翠華峰
天子藏胎爲釀作中興景幾何如淸風杜閣兩國
頭御爲山水高景幾何如
宿水樓福田臺僧林亭子草庵洞郁錦溪聚遠樓
上半醉半醒紅白花開山雨裏良爲遊興景幾何
如高陽酒徒珠履三千爲蓴手相從景幾何如
彩鳳飛王龍盤碧山松麓低筆峰硯墨池齊隱鄉
校心趣六經志窮千古夫子門徒爲春誦夏絃景
幾何如年年三月長程路良爲可喝迎新景幾何

安軸〈謹齋集〉, 2卷2冊, 發行所 ： 尙州郡恭儉面栗谷里302番地　安宗根, 發行日 ： 1934. 11

年年三月長程路良為呵喝迎新景幾何如。

楚山曉小雲英山苑佳節花爛熳為君開柳陰

谷忙待重來獨倚欄干新鶯聲裏為一朵綠雲

垂末絕天生絕艷小紅時為千里相思又奈何。

紅杏紛紛芳草萋萋樽前永日綠樹陰陰畫閣

沉沉琴上薰風黃菊丹楓錦繡春山鴻飛後良。

為雪月文光景幾何如。

中興聖代長樂太平為四節遊。是沙伊多

竹溪別曲

竹嶺南永嘉北。小白山前千載與亡。一樣風流。
順政城裏他代。無隱翠華峯
王子藏胎。爲釀作中興。景幾何如。淸風杜閣兩
國頭御。爲山水淸高。景幾何如。
宿水樓福田臺僧林亭子草庵洞郁錦溪聚遠
樓上半醉半醒。紅白花開山兩重裏良。爲遊與。景
幾何如。
彩鳳飛玉龍盤碧石山松麓低筆峯硯墨池齊隱
鄉校心趣六經志窮千古夫子門徒。爲春誦夏
絃。景幾何如。

安軸〈謹齋集〉, 延世大本(板刻本), 庚戌(1910)仲夏咸州刊
跋 ： 庚戌五月下澣不肖孫有商盥水謹識

楚山曉、小雲英、山羌佳節、花爛熳、爲君閒柳陰谷
怊待重來、獨倚欄干、新鶯聲裏、爲一朵綠雲垂未
絕、天生絕艷小紅時、爲千里相思、又奈何。
紅杏紛〻、芳草萋〻、樽前永日、綠樹陰〻、畫閣沉
沉、琴上薰風、黃菊丹楓錦繡春山、鴻飛後良爲雪
月交光景幾何如、中興聖代、長樂太平、爲四節遊
是沙伊夕、

竹溪別曲

竹嶺南永嘉北、小白山前、千載興亡、一樣風流、順
政城裡、他代無隱翠華峯
天子藏胎為釀作中興景幾何如清風杜閣兩國
頭御為山水高景幾何如
宿水樓福田臺僧林亭子、炸庵洞、郁錦溪聚遠樓
上半醉半醒、紅白花開山雨裡良、為遊興景幾何
如高陽酒徒珠履三千、為攜手相從景幾何如。
彩鳳飛玉龍盤碧山松麓低筆峯硯墨池齊隱鄉
校心趣六經、志窮千古夫子門徒為春誦夏絃景
幾何如年、三月長程路良為呵喝迎新景幾何
如.

安軸〈謹齋集〉, 奎章閣本(筆寫本), 年紀未詳
　序 ： 上之十六年庚申仲秋下澣外裔孫大匡輔國崇祿大夫議政府左議政領經筵事監春秋館事世子傅清風金在魯謹序
　跋 ： 正統十年乙丑仲春下澣玄孫資憲大夫兵曹判書集賢殿大提學知春秋館事世子左副賓客崇善謹跋
　跋 ： 崇禎紀元後庚申復月上澣不肖孫通政大夫行濟州牧使濟州鎭兵馬水軍節制使兼全羅防禦使慶運再拜謹跋

幾何如年年三月長程路良爲呵唱迎新景幾何

如

楚山曉小雲英山苑佳節花爛熳爲君開柳陰谷

怊待重來獨倚欄干新鶯聲裏爲一朶綠雲垂赤

絶天生絶艶小紅時爲千里相思又奈何

紅杏紛紛芳草萋萋樽前永日綠對陰陰畫閣沉

沉琴上薫風黃菊丹楓錦繡秋小鴻飛後良爲雪

月夜光景翁何如中興聖代長樂太平爲四節遊

伊沙伊多

竹溪別曲

竹溪南永嘉北小白山前千載興此一樣風流順

政城裏他代無隱翠華峯

天子藏胎爲廳作中興景幾何如淸風杜閣兩國

頭御爲山水高景幾何如

宿水樓福田臺僧林亭子草菴洞郁錦溪聚遠樓

上半醉半醒紅白花開山雨裏良爲遊與景幾何

宿高陽酒伴三千爲擘手相從景幾何如

彩鳳飛玉龍蟠碧山松麓低筆峯硯墨池齋隱鄉

校心趣六經志窮千吾夫子門徒爲春誦夏絃景

安軸〈謹齋集〉, 一蓑本(筆寫本), 年紀未詳

　跋　： 正統十年乙丑仲春下澣玄孫資憲大夫兵曹判書集賢殿大提學知春秋
館事世子左副賓客崇善謹跋

如
楚山曉小雲英山苑佳節花爛熳為君開柳陰谷
忙待重來獨倚欄干新鶯聲裏為一條綠雲春未
絕天生絕艷小紅時為千里相思又奈何
紅杏紛紛芳草萋萋樽前永日綠樹陰陰畫閣沉
沉琴上薰風黃菊丹楓錦繡春山鴻飛後良為雪
月交光景幾何如中興聖代長樂太平為四節遊
是沙伊多

竹溪別曲

竹嶺南永嘉北小白山前千載興亡一樣風流順
政城裏他代無隱翠華峯
天子藏胎爲釀作中興景幾何如清風杜閣兩國
頭御爲山水高景幾何如
宿水樓福田臺僧林亭子草庵洞郁錦溪聚遠樓
上半醉半醒紅白花開山雨裏良爲遊與景幾何
如高陽酒徒珠履三千爲携手相從景幾何如
彩鳳飛玉龍盤碧山松麓低筆峯硯墨池齊隱鄉
校心趣六經志窮千古夫子門徒爲春誦夏絃景
幾何如年年三月長程路良爲呵喝迎新景幾何

安軸〈謹齋集〉, 一蓑本(板刻本)
　序　：　上之十六年庚申仲秋下澣外裔孫大匡輔國崇祿大夫議政府左議政兼
領經筵事監春秋館事世子傅清風金在魯謹序
　跋　：　崇禎紀元後庚申復月上澣不肖孫通政大夫行濟州牧使濟州鎮兵馬水
軍節制使兼全羅防禦使慶運再拜謹跋. 庚申冬刊于濟州移藏板本於羅州

彩鳳飛玉龍盤碧山松麓紙筆峯硯墨池齊陰鄉校

心趣六經志窮千古夫子門徒爲春誦夏絃景幾何

如年之三月長程路良爲一唱迎新景幾何如

䕺山曉出雲芙山花佳節花爛縵爲君開柳陰谷怡

待畫来獨倚欄干新鶯莽裡爲一朶綠雲垂未絕天

生絕艶小桃紅時爲千里相思又奈何

紅杏紛紛芳堂筆墨樽前永日綠陰陰畫閣沉沉

琴上薰風賞菊丹楓錦繡青山鴻飛後良爲雪月交

光景幾何如

中興聖代長樂太平爲四節遊是沙伊多

竹溪別曲

竹嶺南永嘉北小白山前千載興三一樣風流順政

城裡他代無隱翠華峰

天子藏胎爲釀作中興景幾何如清風杜閣兩國頭

衙爲山水清高景幾何如

宿水樓福田臺僧抹亭子草菴洞部錦溪裂遠橫上

半醉半醒紅白花開山雨裏良爲遊寺景幾何如

高陽酒徒琢履三千爲携手相從景幾何如

〈竹溪志〉, 가람本(板刻本)

序 ： 甲辰冬十月甲戌商山周世鵬序

楚山曉小雲英山苑佳節花爛熳爲老開柳陰谷忙

待重來獨倚欄干新鶯聲裏爲一朵緣雲峕未絕天

生絕艷少桃紅時爲千里相恩又奈何

紅杏紛絵芳草萋萋樽前永日綠樹陰陰閣沉沉

琴上薰風黃菊丹楓錦繡青山鴻飛後艮爲雪月交

光景幾何如

中興聖代長樂太平爲四節遊是沙伊多

竹溪別曲

竹嶺南永嘉北小白山前千載興亡一樣風流順政
城裏他代無隱翠華峯
天子藏胎爲釀作中興景幾何如淸風杜閣兩國頭
御爲山水淸高景幾何如
宿水樓福田臺僧林亭子草庵洞郁歸溪聚遠樓上
半醉半醒紅白花開山雨裏良爲遊寺景幾何如
高陽酒徒珠履三千爲携手相從景幾何如
彩鳳飛玉龍盤碧山松麓紙筆峯硯墨池齊隱鄉校
心越六經志窮千古夫子門徒爲春調夏絃景幾何
如年年三月長程路良爲呵喝迎新景幾何如

〈竹溪誌〉, 金文基本(板刻本)

序 ： 甲辰冬十月甲戌商山周世鵬序

新刊序 ： 崇禎四癸亥(哲宗14年·1863)六月後學通政大夫承政院右副
承旨兼經筵參贊官孔巖許傳序, 都有司鼎鎭

彩鳳飛來玉山松蘿繞硯齊隱鄉校

心逐大經志寫千古夫子門後爲春譚夏絲景爲何

如年之三月長程路良爲呵唱迎新景爲何玫

芝山曉雲英山苑佳節花爛熳爲三開柳陰谷

待重來獨倚欄干新鶯聲裏爲一瞬綠雲未絕天

佳絕艷小桃紅時爲千里相思又奈何

紅杏絲絲芳草裏撐前永日綠樹陰之畵閣沉之

琴上薰風黃菊與楓錦繡青山鴻飛後良爲長樂月炎

光景幾何如

中興聖代長樂六十爲四節遊是

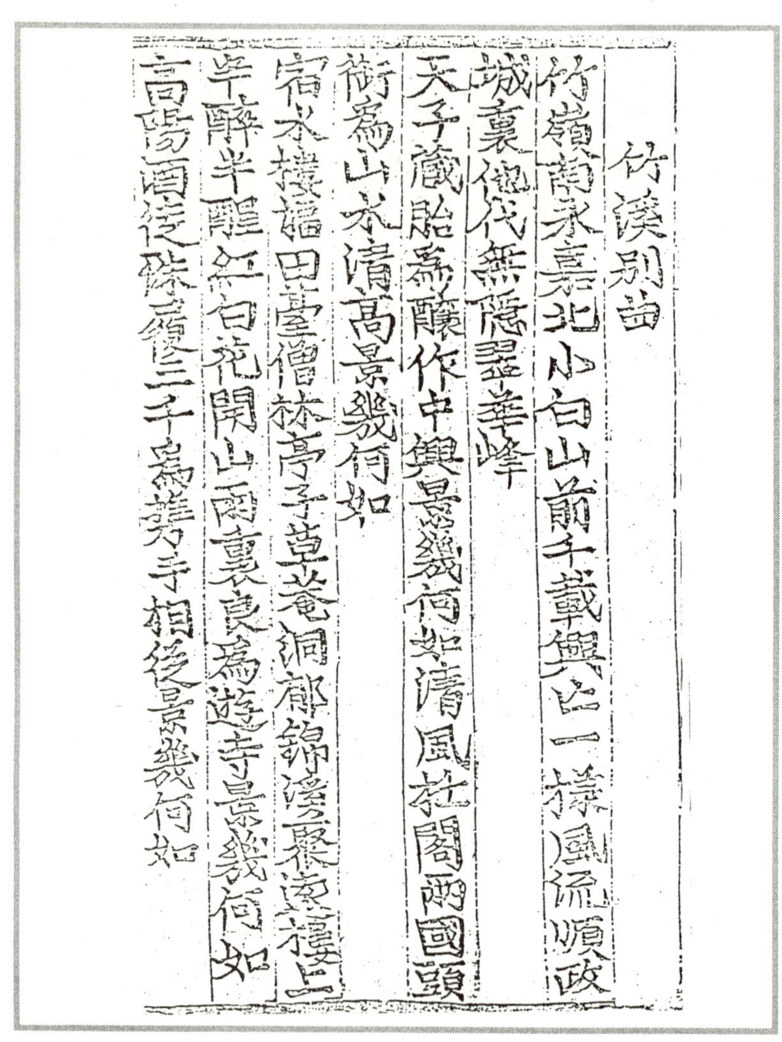

竹溪別曲

竹嶺南來嘉北小白山前千載興亡一樣風流順政
城裏傲代無隱羅華峰
天子藏胎爲釀作中興景幾何如淸風杜閣兩國題
衛爲山水淸高景幾何如
宿水樓福田臺僧林亭子草菴洞郡錦溪聚遠樓上
半醉半醒紅白花開山兩裏良爲遊寺景幾何如
高陽酒徒餘三千爲舞亭相後景幾何如

〈竹溪誌〉, 洪在烋本(板刻本) : 〔資料探訪〕 每日新聞(1985年 12月 2日字) 初刊本으로 確認
　序 : 甲辰(中宗39年・1544)冬十月甲戌商山周世鵬

六、雪嶽東、洛山西、襄陽風景、降仙亭、祥雲亭、南北相望、騎紫鳳、駕紅鸞

佳麗神仙 爲、爭弄朱絃景幾何如(위 爭弄朱絃景ㅅ긔엇더하니잇고

高陽酒徒、習家池舘、爲、四節遊伊沙伊多(위 四節노녀이사이다)

七、三韓禮義、千古風流、臨瀛古邑、鏡浦臺、寒松亭、明月淸風、海棠路、萬

酉池、春秋佳節、爲、遊賞景幾何如爲尼伊古 (위 遊賞하는景ㅅ긔엇더하니

잇고)

望槎亭上、滄波萬里、爲、鷗伊鳥蘇甲豆斜羅(위 갈맥이새 반갑도셰라)、

八、江十里、壁千層、屏圍鏡澈、倚風岩、臨水穴、飛龍頂上、傾綠蟻、聳氷峯

六月淸風 爲、避暑景幾何如(위 避暑景ㅅ긔엇더하니잇고)

朱陳家世、武陵風物、爲、傳子傳孫景幾何如(위 傳子傳孫景ㅅ긔엇더하니

잇고)

關東別曲 九章

一、海千重、山萬疊、關東別境、碧油幢、紅蓮幕、兵馬營主、玉帶傾盖、黑朔
紅旗、鳴沙路 爲、巡察景幾何。(鳴沙路에 위巡察景ㅅ긔엇더하니잇고)
朔方民物、慕義超風、爲、王化中興景幾何如 (위 王化中興景ㅅ긔엇더하니
잇고

二、鶴城東、元帥臺、穿島國島、轉三山、移十洲、金鰲頂上、收紫霧、卷紅嵐、
風恬浪靜 爲、登望滄溟景幾何如(위 登望滄溟景ㅅ긔엇더하니잇고)

三、桂棹蘭舟、紅粉歌吹、爲、歷訪景幾何如(위 歷訪景ㅅ긔엇더하니잇고)
叢石亭、金幱窟、奇岩怪石、顚倒巖、四慕峰、蒼苔古碣、我也足、石岩回
殊形異狀、爲、四海天下無豆含叱多 (위 四海天下(에)업드삿다)

四、玉簪珠履、三千徒客、爲、又來悉何奴日是古 (위 또오다하ᄂᆞ니잇고)
三日浦、四仙亭、奇觀異迹、彌勒堂、安祥渚、三十六峰、夜深々、波激々
松梢片月 爲、古溫貌我隱伊西爲乎伊多。(위 넷양지난이슷하오이다)

五、泚郞徒矣六字丹書、爲、萬古千秋尙分明(위 萬古千秋아즉도分明하사이다)
仙遊潭、永郞湖、神淸洞裡、綠荷洲、青瑤嶂、風煙十里、香冉冉、翠霖霖
琉璃水面、爲、泛舟景幾何如(위 泛舟景ㅅ긔엇더하니잇고)
蓴羹鱸鱠、銀絲雪縷、爲、羊酪豈勿蓼爲古里(위 羊酪어디말삼하고리)

金台俊編著〈朝鮮歌謠集成〉, 發行日 ： 1934. 2. 11, 朝鮮語文學會

三韓禮義千古風流臨瀛古邑鏡浦臺寒松亭明

月清風海棠路菡萏池春秋佳節爲遊賞景何如

爲尼伊古

燈明樓上五更鍾後爲日出景幾何如

五十川竹西樓西村八景翠雲樓越松亭十里青

松吹玉笛弄瑤琴清歌緩舞爲迎送佳賓景何如

藕甲豆斜羅

望槎亭上滄波萬里爲鷗伊鳥

江十里壁千層屏圍鏡徹倚風巖臨水穴飛龍頂

上傾綠蟻箪氷峯六月清風爲避暑景幾何如

陳家世武陵風物爲傳子傳孫景幾何如

三日浦四仙亭奇觀異迹彌勒堂安祥苔三十六

峯夜深深波激激松梢片月烏古溫貌我隱　伊西

為于伊多　述即徒　美　大字丹書爲萬古千秋尚分

明

仙遊潭永郎湖神清洞裏綠荷洲青瑤嶂風煙十

里香舟舟翠霏琉璃水面爲泛舟景幾何如尊

美鱸膽銀絲墮纔爲羊酪豈勿參　爲王古　墨嶽東

洛山西襄陽風景降仙亭祥雲亭南北相望騎紫

鳳駕紅鸞佳麗神仙爲爭弄朱絃景幾何如高陽

酒徒皆家池館爲四節遊　伊沙伊多

關東別曲

海千重山萬疊關東別境碧油幢紅蓮幕立馬營
主王帶頙盖黑槊紅旗鳴沙路爲巡察景幾何如
朔方民物慕義趨風爲王化中興景幾何如
鶴城東元帥臺穿島國島轉三山移十洲金鼇頂
上收紫霧卷紅嵐風恬浪靜爲登望滄溟景幾何
如桂棹蘭舟紅粉歌吹爲歷訪景幾何如
蘘石亭金幟窟奇巖怪石顛倒巖四仙峯蒼苔古
碏我也足石巖田殊形異狀爲四海天下無豆舍
此多王會珠履三千徒客爲又來
恭何奴是古

安軸〈謹齋集〉2卷2冊, 發行所 ： 尙州郡恭儉面栗谷里302番地 安宗根, 發行日 ： 1934. 11

三韓禮義千古風流臨。古邑鏡浦臺寒松亭。

明月淸風海棠路薔薇池春秋佳節為遊賞景

何如。為尼伊古燈明樓上五更鐘後為日出景

幾何如。

五十川竹西樓西村八景翠雲樓越松亭千里

青松吹玉簫弄瑤琴清歌緩舞為迎送佳賓景

何如。望槎亭上滄波萬里為鷗伊鳥。羅甲豆斛

羅

江十里壁千層屏圍鏡澈倚風巖臨水穴飛龍

頂上頃綠蟻聳冰峯六月清風為避暑景幾何

如。朱陳家世武陵風物為傳子傳孫景幾何如。

三日浦四仙亭。奇觀異迹。彌勒堂安祥渚。三十

六峯。夜深深波瀲瀲松梢片月。為古溫貌我隱。伊西為千伊多

述即徒美六字丹書。為萬古千

秋尚分明。

仙遊潭永郎湖。神清洞裏綠荷洲青瑤嶂風烟

十里。香舟舟翠霏霏琉璃水面為泛舟景幾何

如。尊羲鑪膾銀絲雪縷為羊酪豈勿參。為里古

雪嶽東洛山西襄陽風景降仙亭祥雲亭南此

相望騎紫鳳駕紅鸞鳥佳麗神仙為爭弄朱絲景

幾何如。高陽酒徒習家池館為四節遊伊沙伊

多

關東別曲

海千重山萬疊關東別境碧油幢紅蓮幕兵馬
營主王帶傾盖黑槊紅旗鳴沙路為巡察景幾
何如。朔方民物慕義趨風為王化中興景幾何
如。
鶴城東元帥臺穿島國島轉三山移十洲金鼇
頂上。収紫霧卷紅嵐風恬浪静。為登望滄溟景
幾何如。桂棹蘭舟。紅粉歌吹為歷訪景幾何如。
叢石亭金幱窟。奇巖怪石。顚倒巖四仙峯嵳峩苔
古碣我也。足石巖回殊形異狀。為四海天下無
豆舍叱多玉簪珠履。三千徒客。為又來。惢何如
日是古

安軸〈謹齋集〉4卷2冊, 延世大本(板刻本)
庚戌(1910)仲夏咸州刊. 跋 : 庚戌五月下澣不肖孫有商盥水謹識

三韓禮義千古風流、臨瀛古邑、鏡浦臺寒松亭、明
月清風海棠路菡萏池、春秋佳節、爲遊賞景何如
爲尼伊古燈明樓上、五更鍾後、爲日出景幾何如。
五十川竹西樓、西村八景、翠雲樓越松亭十里青
松吹玉遠美瑤琴清歌緩舞爲迎送佳賓景何如。
望槎亭上滄波萬里、爲鷗伊鳥蘸甲豆斜羅。
江十里碧千層、屛圍鏡澈倚風巖臨水穴飛龍頂
上、傾綠蟻聳氷峯上月清風、爲避暑景幾何如朱
陳家世武陵風物、爲傳子傳孫景幾何如。

三日浦四仙亭奇觀異迹、彌勒堂安祥渚、三十六
峯夜深、波瀲、松梢片月、為古溫貌、我隱伊西
為乎伊多、述郎徒矣、六字丹書為萬古千秋尚分
明。
仙遊潭永郎湖神清洞裡、綠荷洲青瑤嶂、風烟十
里香舟、翠罪、琉璃水面為泛舟、景幾何如尊
羨鱸鱠銀絲雪縷為羊酪、豈勿參為古里。雪嶽東
洛山西襄陽風景降仙亭祥雲亭南北相望、騎紫
鳳駕紅鸞佳麗神仙、為爭美朱絃景幾何如。高陽
酒徒習家池館為四節遊伊沙伊多。

關東別曲

海千重山萬疊關東別境、碧油幢紅蓮幕兵馬營

主、玉帶傾蓋、黑槊紅旗、鳴沙路爲巡察景幾何如。

朔方民物慕義趨風爲王化中興景幾何如。

鶴城東元帥臺、穿島圓島轉三山務十洲金鼇頂

上、叭紫霧卷紅嵐風帖浪靜爲登望滄溟景幾何

如。桂棹蘭舟紅粉歌吹爲歷訪景幾何如。

叢石亭金幔窟奇巖怪石、顚倒巖四仙峰蒼苔古

碣我也足石巖田、珠形異狀爲四海天下無豆舍

叱多玉簪珠履三千徒客爲又來悲何奴日是古。

安軸〈謹齋集〉3卷2冊, 奎章閣本(筆寫本), 年紀未詳

序 : 上之(英祖)十六年庚申仲秋下澣外裔孫大匡輔國崇祿大夫議政府左議政領經筵事監春秋館事世子傅淸風金在魯謹序

跋 : 正統十年乙丑仲春下澣玄孫資憲大夫兵曹判書集賢殿大提學知春秋館事世子左副賓客崇善謹跋

跋 : 崇禎紀元後庚申復月上澣不肖孫通政大夫行濟州牧使濟州鎭兵馬水軍節制使兼全羅防禦使慶運再拜謹跋

三韓禮義千古風瀝臨壙古邑鏡浦臺寒松亭明

月清風海棠路滿普陀春秋佳節爲遊賞景何如

爲屋伊古燈明樓上五更鍾後爲月出景幾何如

五十川竹西樓西村八景翠雲樓越松亭十里靑

松吹玉遂吳躁琴請歌緩舞爲迎送佳賓景何如

望槎亭上滄波萬里爲鷗伊烏韱甲豆斜羅

江十里辟千層屏圓鏡徵倚風巖臨水冗飛龍頂

上傾綠蟻聲冰峯六月清風爲避暑景幾何如來

陳家世武陵風物爲傳兮傳孫景幾何如

三日蒲四仙亭奇觀異迹彌勒堂安祥渚三十六
峯夜深深波瀲瀲松梢片月爲古溫貌我隱伊西
爲乎伊彡述郎徒矣六字丹書爲萬古千秋尙分

明

仙遊潭永郎湖神清洞裏綠荷洲青瑤嶂風烱中
里香舟舟翠霏霏琉璃水面爲泛舟景羲何如尊
羡鹽膽銀絲雪縷爲羊酪豈勿參爲里舌雪巖東
洛山西襄陽風景降仙亭祥雲亭南北相望騎氣
鳳駕紅鸞佳麗神仙爲笋羡朱絃景羲何如高陽
酒徒習家池館爲四節遊伊沙伊彡

關東別曲

海千重山萬疊關東別境碧油幢紅蓮幕兵馬營
玉帶傾盖黑槊紅旗鳴沙路爲巡察景幾何如
朔方民物慕義趨風爲王化中興景幾何如
鶴城東元帥臺穿島國島轉三山移十洲金鼇頂
上歛蒸霧卷紅嵐風恬浪靜爲登望滄溟景幾何
如桂棹蘭舟紅粉歌吹爲歷訪景幾何如
叢石亭金幱窟奇巖怪石顛倒巖四仙峯蒼苔古
碣我也足石巖回殊形異狀爲四海天下無豆舍
叱多玉簪珠履三千徒客爲又來悲何奴日是古

安軸〈謹齋集〉2卷2冊, 一蓑本(筆寫本), 年紀未詳
跋 : 正統十年乙丑仲春下澣玄孫資憲大夫兵曹判書集賢殿大提學知春秋
館事世子左副賓客崇善(1392~1452)謹跋

三韓禮義千古風流臨瀛古邑鏡浦臺寒松亭明
月清風海棠路齒齒池春秋佳節爲遊賞景何如
爲尼伊古 燈明樓上五更鍾後爲日出景幾何如
五十川竹西樓西村八景翠雲樓越松亭十里青
松吹玉邃美瑤琴清歌緩舞爲迎送佳賓景何如
望槎亭上滄波萬里爲鷗伊鳥蘇甲豆斜羅
江十里壁千層屏圍鏡澈倚風巖臨水穴飛龍頂
上傾綠蟻聳永峯六月清風爲避暑景幾何如宋
陳家世武陵風物爲傅子傅孫景幾何如

三日蒲四仚亭奇觀異迹彌勒堂安祥渚三十六
峯夜深深波瀲瀲松檜片月為古溫顏義隱伊西
為乎伊多述郎徒美六字丹書為萬古千秋尚分
玥
仙遊潭永郎湖神淸洞裏綠荷洲青瑤嶂風煙十
里香再華翠霏霏琉璃水面為泛舟景義何如尊
羨鱸膾銀絲雲纏為羊酪豈勿叄為里古雪嶽東
洛山西襄陽風景降仙亭祥雲亭南花相瑩騎綮
鳳駕紅鸞為佳麗神仙為爭美朱絲景義何如高陽
酒徒習家池館為四節遊伊沙伊多

關東別曲

海千重山萬疊關東別境碧油幢紅蓮幕兵馬營
主玉帶傾盖黑槊紅旗鳴沙路爲巡察景幾何如
朔方民物慕義趨風爲王化中興景幾何如
鶴城東元帥臺穿島國島轉三山移十洲金鼇頂
上收紫霧卷紅嵐風恬浪靜爲登望滄溟景幾何
如桂棹蘭舟紅粉歌吹爲歷訪景幾何如
叢石亭金幱窟奇巖怪石顛倒巖四仙峯蒼苔古
碣我逃足石巖回殊形異狀爲四海天下無豆舍
叱多玉簪珠履三千徒容爲又來悉何奴日是古

安軸〈謹齋集〉3卷2冊, 一蓑本(板刻本)

序 ： 上之十六年庚申仲秋下澣外裔孫大匡輔國崇祿大夫議政府左議政兼領經筵事監春秋館事世子傅淸風金在魯(1682~1759)謹序

跋 ： 崇禎紀元後復月上澣不肖孫通政大夫行濟州鎭兵馬使水軍節制使兼全羅防禦使慶運再拜謹跋. 庚申冬刊于濟州移藏板本於羅州

（葉）一枝紅의 밧근 笛吹、一枝紅의 빗근 笛吹、위 든고아 좀드러지라

七、蓬萊山、方丈山、瀛洲三山、此三山、紅樓閣、綽約仙子、綠髮額子、錦繡
帳裏、珠簾半捲　위　登望五湖ㅅ景긔엇더ᄒ니잇고

（葉）綠楊綠竹裁亭畔애　綠楊綠竹裁亭畔애　위囀黃鶯반갑두셰라

八、唐唐唐、唐楸子、皂莢남긔、紅실로、紅글위、미요이다、혀고시라、밀오
시라、鄭少年하、위　내가논ᄃㅣ눔갈셰라

（葉）削玉纖纖雙手ㅅ길헤、削玉纖纖雙手ㅅ길헤、위　携手同遊ㅅ景긔엇더
ᄒ니잇고

翰林別曲

一、元淳文(俞元淳) 仁老詩(李仁老) 公老四六(李公老) 李正言(李奎報) 陳翰林(陳澕) 雙韻走筆 沖基對策(劉沖基) 光鈞經義(劉光鈞) 良鏡詩賦(金良鏡) 위 試場ㅅ景 긔엇더ᄒ니잇고
(葉)琴學士(琴儀)의玉笋門生 琴學士의玉笋門生 위 날조차몃부니잇고

二、唐漢書 莊老子 韓柳文集 李杜集 蘭臺集 白樂天集 毛詩尙書 周易春秋 周戴禮記 위 註조쳐내외온景 긔엇더ᄒ니잇고
(葉)太平廣記四百餘卷 太平廣記四百餘卷 위 歷覽景 긔엇더ᄒ니잇고

三、眞卿書 飛白書 行書草書 篆籀書 蝌斗書 虞世南書 羊鬚筆 鼠鬚筆 빗기드러 위 딕논景 긔엇더ᄒ니잇고
(葉)吳生劉生兩先生의 吳生劉生兩先生의 위 走筆景 긔엇더ᄒ니잇고

四、黃金酒 柏子酒 松酒醴酒 竹葉酒 梨花酒 五加皮酒 鸚鵡盞 琥珀盃에 ᄀ득부어 위 勸上人景 긔엇더ᄒ니잇고
(葉)劉伶陶潛兩仙翁의 劉伶陶潛兩仙翁의 위 醉혼景 긔엇더ᄒ니잇고

五、紅牡丹 白牡丹 丁紅牡丹 紅芍藥 白芍藥 丁紅芍藥 御榴玉梅 黃紫薔薇 芷芝冬柏 위 間發ㅅ景 긔엇더ᄒ니잇고
(葉)合竹桃花고온두분 合竹桃花고온두분 위 相映人景 긔엇더ᄒ니잇고

六、阿陽琴 文卓琴 宗武中笒 帶御香 玉肌香 雙伽倻琴 金善琵琶 宗智稽琴 薛原杖皷 위 過夜人景 긔엇더ᄒ니잇고

金台俊編著〈朝鮮歌謠集成〉, 1934. 2. 11發行, 朝鮮語文學會

善琵琶宗智嵇琴薛原杖鼓偉過夜人景긔엇더ᄒ니잇고葉一枝紅의빗근笛吹一枝紅의빗근笛吹偉듣고아줌드러지라

○蓬萊山方丈山瀛洲三山此三山紅樓閣婥妁仙子綠髮額子錦繡帳裏珠簾半捲偉登望五湖人景긔엇더ᄒ니잇고葉綠楊綠竹栽亭畔애綠楊綠竹栽亭畔애偉囀黃鸎반갑두셰라

○唐〻〻楸子皂莢남긔紅실로紅실로偉ᄆᆡ요이다혀고시라밀오시라鄭少年하偉내가논ᄃᆡᄂᆞᆷ갈셰라葉削玉纖〻雙手人길헤削玉纖〻雙手人길헤偉携手同遊人景긔엇더ᄒ니잇고

翰林別曲八章 高宗時翰林諸儒作

元淳文仁老詩公老四六李正言陳翰林雙韻走筆冲基對策
光鈞經義良鏡詩賦偉試塲人景긔엇더ᄒᆞ니잇고葉琴學士
ᄅᆡ玉筍門生琴學士의玉筍門生偉날좃ᄎᆞ엿부니잇고○唐
漢書莊老子韓柳文集李杜集蘭臺集白樂天集毛詩尙書周
易春秋周戴禮偉註조차내외景긔엇더ᄒᆞ니잇고葉太平
廣記四百餘卷太平廣記四百餘卷偉歷覽人景긔엇더ᄒᆞ니
잇고○真卿書飛白書行書草書篆書榴書蝌蚪書虞書南書羊
鬚筆鼠鬚筆빗기드러偉딕논景人긔엇더ᄒᆞ니잇고葉吳生
劉生兩先生劉生兩先生의偉走筆人景긔엇더ᄒᆞ니
잇고○黃金酒栢子酒松酒醴酒竹葉酒梨花酒五加皮酒鸚
鵡盞琥珀杯에ᄀ득부어偉勸上人景긔엇더ᄒᆞ니잇고葉劉
伶陶潛兩仙翁의劉伶陶潛兩仙翁의偉醉흔景긔엇더ᄒᆞ니
잇고○紅牡丹白牡丹丁紅牡丹紅芍藥白芍藥丁紅芍藥御柳玉梅
黃紫薔薇芷芝冬柏偉間發人景긔엇더ᄒᆞ니잇고葉合竹桃
花고ᄂᆞ즌是偉相映人景긔엇더ᄒᆞ니잇고○河陽琴文卓笛宗武中琴帶御香玉肥香雙伽耶人고金

紅(홍)실로 紅(홍)글위 미요이다 혀고시라 밀오시라 鄭(뎡)少年(쇼년)하 위 내가 논디 눔갈셰라

(葉)

削玉纖纖(삭옥셤셤)雙手(쌍슈)ㅅ길헤 削玉纖纖(삭옥셤셤)雙手(쌍슈)ㅅ길헤 위 攜手同遊(휴슈동유)ㅅ景(경) 긔엇더하니잇고

合竹(합듀)桃花(도화) 고온 두 분
合竹桃花 고온 두 분 위 相聯(샹년)ㅅ景 긔 엇더ᄒ니잇고 ○

阿陽琴(아양금) 文卓笛(문탁뎍) 宗武中琴(종무듕금)
帶御香(띄어향) 玉肌香(옥긔향) 雙伽倻(쌍개야)ㅅ고
金善琵琶(금션비파) 宗智稽琴(종디계금) 薛原杖鼓(설원장고)
위 過夜(과야)ㅅ景 긔 엇더ᄒ니잇고
一枝紅(일지홍)의 빗근 笛吹(뎍취)
一枝紅의 빗근 笛吹 위 듣고아 ᄌᆞᆷ 드러지라 ○

蓬萊山(봉리산) 方丈山(방댱산) 瀛洲三山(영쥬삼산)
此三山(차삼산) 紅樓閣(홍루각) 婥妁仙子(쟉약션자)
綠髮額子(록발익자) 錦繡帳裏(금슈댱리) 珠簾半捲(쥬렴반권)
위 登望五湖(등망오호)ㅅ景 긔 엇더ᄒ니잇고
綠楊綠竹(록양록듀) 栽亭畔(재뎡반)애
綠楊綠竹 栽亭畔애 위 囀黃鶯(젼황잉) 반갑두세라 ○

唐唐唐(당당당) 唐楸子(당츄자) 早莢(조협)남긔

書蝌斜 書虞 書蓆 書羊鬚筆 鼠鬚筆
셔마두 셔우시 남셔 양슈필 셔필
빗기드러 위 딕논景 긔엇더ᄒ니잇고
吳生劉生 兩先生의 오셩 류셩 냥션ᄉᆡᆼ의
吳生劉生 兩先生의 오셩 류셩 냥션ᄉᆡᆼ의
위 走筆ㅅ景 긔엇더ᄒ니잇고 ○

黃金酒 柏子酒 松醴酒 황금쥬 ᄇᆡᆨᄌᆞ쥬 숑례쥬
竹葉酒 梨花酒 五加皮酒 듁엽쥬 리화쥬 오가피쥬
鸚鵡盞 琥珀盃예 フ득브어
위 勸上ㅅ景 긔엇더ᄒ니잇고
劉伶陶潜 兩仙翁의 류령도ᄌᆞᆷ 냥션옹의
劉伶陶潜 兩仙翁의 류령도ᄌᆞᆷ 냥션옹의
위 醉혼景 긔엇더ᄒ니잇고 ○

紅牧丹 白牧丹 丁紅牧丹 홍모단 빅모단 뎡홍모단
紅芍藥 白芍藥 丁紅芍藥 홍쟉약 빅쟉약 뎡홍쟉약
御柳玉梅 黃紫薔薇 어류옥ᄆᆡ 황ᄌᆞ쟝미
芷冬栢 又間發 지동빅 우간발
위 間發ㅅ景 긔엇더ᄒ니잇고
合竹桃花 고온두분 합듁도화
合竹桃花 고온두분 합듁도화
위 相暎ㅅ景 긔엇더ᄒ니잇고

翰林別曲 高宗時諸儒所作

元淳文 仁老詩 公老四六
李正言 陳翰林 雙韻走筆
沖基對策 光鈞經義 良鏡詩賦
위 試場ㅅ景 긔 엇더ᄒ니잇고
琴學士의 玉笋門生 琴學士의 玉笋門生
위 날조차 몃부니잇고 ○

唐漢書 莊老子 韓柳文集
李杜集 蘭臺集 白樂天集
毛詩尚書 周易春秋 周戴禮記
위 註조쳐 내외온ㅅ景 긔 엇더ᄒ니잇고
大平廣記 四百餘卷 大平廣記 四百餘卷
위 歷覽ㅅ景 긔 엇더ᄒ니잇고 ○

真卿書 飛白書 行書草書
篆籀書

〈樂章歌詞〉
〈俗樂歌詞〉京都大圖書館 河合文庫
〈雅俗歌詞〉海南尹孤山宗宅本. 내용은 확인 못함.

云云〔俚〕劉伶陶潜兩仙翁云云〔詞腦〕紅牡丹白
牡丹丁紅牡丹紅芍藥白芍藥丁紅芍藥御
榴玉梅黃紫薔薇芷芝冬柏偉閒發景何如
合竹桃花云云〔俚〕偉相映景何如阿陽琴文
卓笛宗武中笒帶御香玉肌香雙伽耶琴金
普琵琶宗智嵆琴薛原杖鼓偉過夜景何如
一枝紅云云〔俚〕蓬萊山方丈山瀛州三山此
三山紅樓閣婷妁仙子綠髮額子錦繡帳裏
珠簾半捲偉登望五湖景何如綠楊綠竹裁
亭畔偉轉黃鶯景何如唐唐唐楸子皂莢
木云云〔詞腦〕削玉纖纖云云〔俚〕偉携手同遊景
何如
此曲高宗時翰林諸儒所作

翰林別曲

元淳文〔兪元淳〕 仁老詩〔李仁老〕 公老四六〔李公老〕
李正言〔李奎報〕 陳翰林〔陳澕〕 雙韻走筆
沖基對策〔劉沖基〕 光鈞經義〔閔光鈞〕 良鏡詩賦〔金良鏡〕
偉 試場景 何如〔俚語〕
琴學士〔琴儀〕 玉笋門生 云云〔俚語〕

〔倣此〕唐漢書 莊老子 韓柳文集
李杜集 蘭臺集 白樂天集
毛詩尚書 周易春秋 周戴禮記
云云〔俚語〕
太平廣記 四百餘卷 偉 歷覽景 何如

眞卿書 飛白書 行書草書
篆籀書 蝌蚪書 虞世南書
羊鬚筆 鼠鬚筆 云云〔俚語〕
吳生劉生 兩先生 偉 走筆景 何如

黃金酒 柏子酒 松酒醴酒
竹葉酒 梨花酒 五加皮酒
鸚鵡盞 琥珀杯

◈ **著者 略歷**

金倉圭, 文學博士

　現 在：大邱敎育大學敎國語科敎授
　著 書：〈韓國翰林詩評釋〉1996
　　　　　〈安自山의 國文學硏究〉2000
　　　　　〈麗鮮詩文學論考〉2001
　　　　　其他論文 多數

韓國翰林詩硏究

◈ 인쇄 2001년 5월 15일　◈ 발행 2001년 5월 20일
◈ 저자 김창규　◈ 발행인 이대현
◈ 편집·교정 이태곤·이은희·김민영　◈ 표지디자인 파스텔
◈ 발행처 역락출판사 / 서울 성동구 성수2가 3동 277-17
　　　　　성수아카데미타워 319호(우 133-123)
◈ TEL 대표·영업 3409-2058 편집부 3409-2060 팩스 3409-2059
◈ 전자우편 yk3888@kornet.net / youkrack@hanmail.net
◈ 등록 1999년 4월 19일 제2-2803호
◈ ISBN 89-88906-89-6-93810
◈ 정가 20,000원

* 잘못된 책은 교환해 드립니다.